ESTAMOS COMEÇANDO NOSSA DESCIDA

JAMES MEEK

ESTAMOS COMEÇANDO NOSSA DESCIDA

Tradução de
MARCOS MAFFEI

EDITORA RECORD
RIO DE JANEIRO • SÃO PAULO
2010

CIP-BRASIL. CATALOGAÇÃO-NA-FONTE
SINDICATO NACIONAL DOS EDITORES DE LIVROS, RJ

M444e
Meek, James, 1962-
Estamos começando nossa descida / James Meek; tradução Marcos Maffei. – Rio de Janeiro: Record, 2010.

Tradução de: We are now beginning our descent
ISBN 978-85-01-08231-2

1. Correspondentes de guerra – Ficção. 2. Ficção inglesa.
I. Maffei, Marcos. II. Título

09-3456.

CDD: 823
CDU: 821.111-3

Título original em inglês:
WE ARE NOW BEGINNING OUR DESCENT

© James Meek 2007

Publicado mediante acordo com Canongate Books Ltda.

Texto revisado segundo o Novo Acordo Ortográfico da Língua Portuguesa

Todos os direitos reservados. Proibida a reprodução, no todo ou em parte, através de quaisquer meios.

Direitos exclusivos de publicação em língua portuguesa somente para o Brasil adquiridos pela EDITORA RECORD LTDA.
Rua Argentina 171 – Rio de Janeiro, RJ – 20921-380 – Tel.: 2585-2000
que se reserva a propriedade literária desta tradução

Impresso no Brasil

ISBN 978-85-01-08231-2

Seja um leitor preferencial Record.
Cadastre-se e receba informações sobre nossos lançamentos e nossas promoções.

EDITORA AFILIADA

Atendimento e venda direta ao leitor:
mdireto@record.com.br ou (21) 2585-2002

Outubro de 2001

1

Às 4 horas da manhã, quando ainda estava escuro e faltava uma hora para a oração da Salat Fajr, a oração da alvorada, Sarina Najafi levantou-se, lavou-se, vestiu-se, tomou um apressado café da manhã de *lavash* e queijo e saiu do apartamento de sua família no décimo andar de um prédio moderno nos arredores ao sul da cidade iraniana de Esfehan. Seu pai, mãe e dois irmãos ainda estavam dormindo. Frequentavam a mesquita só às sextas, e Sarina, com 15 anos, não era muito mais devota do que isso, se tanto. Mas a diretora de sua escola estava querendo causar uma boa impressão de si mesma aos *basiji*, os vigilantes da revolução islâmica, por isso, durante toda aquela semana, Sarina e mais seiscentas alunas do Colégio Libertação de Khorramshahr rezariam cinco vezes por dia. Na opinião de Sarina, que ela dividia com frequência e em alto e bom som com suas amigas, aquilo era demais. Claro, as meninas tinham tanto direito a rezar quanto os meninos, como a diretora dissera. Mas como ela conseguiria terminar seu projeto de classe e estudar para a prova de inglês com todas essas rezas e acordando tão cedo?

    Sarina pegou o elevador para o térreo. Sobre seu mantô lilás predileto usava um xador preto que deixava apenas o rosto de fora e, sobre ele, uma pasta pendurada com alças no ombro com seu material escolar e uma câmera de vídeo que pegara emprestada para seu projeto. Ela arrumou a parte de cima do xador por onde sua teimosa franja ficava escapando. Assim que Sarina e as amigas estivessem a uma distância respeitável da mesquita, lá se iria o xador. Cinco vezes por dia! Era cansativo. Ela não gostava de pensar que seu primo Faraj, com aquele jeito de sorrir para ela na rua, a veria naquele traje sem graça.

Lá fora estava frio. As fortes luzes da rua iluminavam a terra nua e o concreto. Era um novo conjunto habitacional, construído para abrigar os engenheiros e técnicos que, como os pais de Sarina, trabalhavam na usina nuclear. Não havia árvores ou grama ainda, mas os apartamentos eram grandes e bons, e as famílias estavam encantadas com eles. A 1 quilômetro de distância, Sarina podia ver o luminoso de neon verde na mesquita temporária. Era um ginásio de esportes que fora convertido na semana anterior. Logo adiante, atrás de um muro alto de concreto com arame farpado, estava a usina nuclear. O presidente viera visitá-la alguns meses antes, e dissera algumas coisas bem idiotas, embora Asal tivesse cochichado para Sarina que ele era atraente e ela tivesse lhe dado um tapa no braço.

Havia pouco trânsito àquela hora. Sobre o som dos poucos carros e de seus próprios passos, Sarina ouviu um estranho ruído a distância, surdo e rápido, como os tornos na oficina de móveis de seu tio. O mesmo som que escutou quando o presidente veio. Sim, era isso: um helicóptero. Mais de um, talvez. Ela seguiu andando. Aos poucos, outras meninas, fantasmas sombrios com seus xadores, começaram a encher a rua. O som dos helicópteros diminuiu e Sarina ouviu os risinhos e murmúrios das colegas. Um "clique" amplificado ressoou no bairro e o muezim começou a chamar para as orações.

Uma nova avenida de quatro pistas ia direto para o portão da usina, mas o caminho mais rápido para a mesquita era através de um grande terreno baldio, e então por uma rua muito mais estreita, entre duas fileiras de mansões confortáveis onde os engenheiros nucleares mais graduados e suas famílias moravam. Pela quarta manhã seguida, Sarina se viu em meio a uma coluna tagarelante de meninas vestidas de preto movendo-se lentamente na escuridão que antecedia a aurora, passando sob as luzes das ruas como um rio.

Sarina viu Asal esperando por ela do lado de fora de sua casa e a cumprimentou.

— Vamos logo, sua lerda — disse Asal.

— Detesto acordar cedo — Sarina disse. — Você não vê como faz mal a minha pele? Você ouviu os helicópteros?

— Sim! — respondeu Asal, os belos olhos se arregalando com o fascínio. Foi a última palavra que Sarina ouviu-a dizer.

Tudo pareceu ocorrer de uma só vez. Outro som veio da usina à frente delas, uma mistura de chocalhar com raspar, como uma régua passando pelas grades de uma cerca. Da frente da coluna de meninas, ouviram o som de motores, e gritos. Atrás delas, do trecho de terreno vazio, veio outra vez o barulho dos helicópteros, agora ensurdecedoramente alto. Sarina olhou para trás. Viu meninas correndo em pânico em diferentes direções e enormes formas negras aproximando-se do chão em nuvens de poeira. Uma sirene começou a uivar da direção da usina. Sarina virou-se a tempo de ver uma série de ofuscantes clarões brancos, seguidos por estrondos que a fizeram se agachar e cobrir a cabeça com as mãos. Quando ela voltou a olhar, viu alguma coisa que não fazia sentido. Uma coluna de caminhões seguia pela rua em sua direção, vinda da usina. Havia soldados nas janelas e em aberturas nos tetos, empunhando armas e gritando numa língua que ela achou que não entendia, mas percebeu com um choque que era inglês, embora não conhecesse todas as palavras. Os caminhões precisavam frear o tempo todo porque havia centenas de meninas berrando, tomadas de pânico, bloqueando a passagem.

Sem saber por que, ela se agachou junto à parede e pegou a câmera de vídeo. Começou a filmar. Captou tudo, sob as luzes ofuscantes. Os soldados norte-americanos gritando uns para os outros Os caminhões parando e arrancando. O grito: "Avancem! Façam a porra dos caminhões avançar! Se alguma piranha de burca ficar no caminho, abram fogo, porra! Adiante!" Os caminhões avançando contra a massa de estudantes. Os gritos quando as rodas passavam sobre os corpos. Os tiros. Mesmo quando as balas perfuraram o corpo de Sarina, a câmera continuou a gravar, registrando os bilhões de dígitos de informação que seriam encontrados intactos em sua mão fria, no meio da pilha de cadáveres.

Adam Kellas deteve o avanço desimpedido de sua caneta no caderno, releu as últimas frases, riscou "de burca" e porra. *Se alguma piranha ficar no caminho, abram fogo!* Os pejorativos extras eram supérfluos. Sem eles, a frase ficava precisa, eficaz. Dependendo da posição do leitor, a raiva seria direcionada contra as tropas dos EUA, ou contra ele, Kellas, o autor. A direção não importava; a emoção, sim. A frase tinha a virtude adicional de distrair a atenção de quão sem graça era a exemplar Sarina, cujo único propósito imediato, de outro modo ficaria claro, era a inocência e o martírio. Seiscentos pastores iranianos aniquilados em seus trajes maltrapilhos não teriam dado um começo tão promissor.

Kellas pôs a caneta na superfície rústica da mesa, cruzou as mãos na nuca e arqueou as costas o máximo que podia. Estava surpreso com a facilidade com que escrevera o começo do romance. Preenchera quatro páginas à mão em duas horas, sem muitas rasuras. A aquisição da mesa e da cadeira tinha ajudado; não tinha mais de escrever com o caderno apoiado nos joelhos, ou no chão. Talvez houvesse tempo de lixá-la e envernizá-la, se Mohamed conseguisse verniz e lixa.

Kellas virou-se. Mark estava sentado no colchão, segurando o caderno no gancho de seu braço maneta, e com a mão boa, a esquerda, folheando-o e trabalhando no laptop. O quarto tinha paredes caiadas e janelas em dois lados. Havia um armário embutido, de que Mark e sua fotógrafa, Sheryl, haviam se apropriado antes de Kellas se instalar; os três companheiros de quarto tinham cada um sua mala metálica barata com fechos de latão, além das mochilas. O chão era revestido com um carpete vermelho e cada centímetro dele onde não ficavam os colchões estava coberto por um emaranhado de cabos, extensões e carregadores. À noite, quando as luzes principais eram apagadas e o gerador continuava funcionando, o quarto brilhava com os pontinhos luminosos vermelhos e verdes das baterias carregando. Eram 22 horas. Ultimamente houvera muitos aviões sobrevoando, trovejando do céu. Naquela noite o gerador era o único ruído.

Kellas gostava de Mark, mas havia três coisas desagradáveis nele. Na verdade, gostar dele era a quarta. Kellas queria saber o que acontecera com a mão dele, mas não conseguia achar um pretexto para perguntar se nascera assim, se fora decepada acidentalmente, arrancada numa explosão, ou submetida a uma amputação judicial; de modo que não perguntara. Não deveria ser necessário. Um homem sem uma das mãos tem a obrigação implícita de explicar o motivo para seus companheiros de quarto. Essa era a primeira razão. Outra era que Kellas entreouvira Mark gritando com um dos funcionários da Aliança do Norte, cujo serviço era distribuir os motoristas entre os repórteres, que ele era um repórter *norte-americano* e que não trabalhava para "algum jornal europeu de merda". Kellas o tratara com frieza por algum tempo depois disso, até Mark descobrir o que o estava incomodando e dizer a ele para não ficar ofendido, já que nunca considerara a Inglaterra como europeia. O que mais chateava Kellas era o quão duro Mark trabalhava. Os editores deles estavam em fusos horários diferentes. Os de Kellas ficavam em Londres, e os de Mark e Sheryl, na Califórnia. Mark tinha de trabalhar as 12 horas de seu dia afegão, e então as 12 horas de seu dia californiano, todas as 24 horas, sem superposição. Kellas nunca o vira dormir. Não que Kellas fosse negligente, mas se passasse um dia sem escrever nada, não ficava preocupado. Mark ficaria. Estava sempre entrevistando pessoas e tentando descobrir alguma coisa. Não passava tempo o bastante esperando que algo acontecesse.

Kellas perguntou a Mark se podia pegar emprestado um par de pilhas AA.

— Pegar emprestado? — Mark perguntou.

— Arranjarei umas novas para você até o fim da semana.

— Onde? Sabe aquele irlandês? Você sabe qual. O fotógrafo. Veio por terra do Paquistão, a cavalo e a pé. Levou dez dias. Está indo embora amanhã porque suas pilhas AA acabaram e ninguém se dispõe a mexer em seu estoque para ajudá-lo.

— Preciso de um par.

— Não tenho nenhuma. Não as uso. Essas são da Sheryl. Peça a ela.

— Ela acha que eu ando tomando o café dela, mas queria que ela soubesse que comprei o meu. Os potes são iguais.

— Por que você não diz a ela?

— Você poderia dizer quando eu não estiver aqui.

— Por que, está com medo de não ficar bem?

— Não gosto dela.

— Gostar dela? Você não tem de gostar dela.

Kellas virou sua cadeira de modo que ficasse voltada para o quarto.

— Você trabalha demais.

— Você também. Ficou fora o dia inteiro, voltou e fez uma matéria, e passou as duas últimas horas escrevendo nesse caderno.

Kellas fechou o caderno e o colocou sob o laptop.

— O que é, um diário?

— É.

Mark riu e virou uma página do próprio caderno. Pôs um lápis entre os dentes e franziu a testa de modo que suas sobrancelhas espessas se juntaram. Kellas podia perceber pelo jeito que seus ombros balançavam que ele ainda estava rindo. Sombras se moveram passando pela janela e vozes indistintas vieram de fora. O prédio estava lotado. Kellas tinha sorte de ter um terço do quarto.

— Qual é a graça?

Mark balançou a cabeça. Seus olhos estavam agora semicerrados.

— O que foi?

Mark cuspiu o lápis, que rebateu na tela de seu laptop.

— "Querido diário! Sheryl não quis falar comigo hoje! Ela é uma pentelha! Ela logo vai ficar sabendo que dois podem jogar o mesmo jogo! E, ah meu Deus, em Mazar-i-Sharif, seis traidores foram enforcados em frente do santuário! Que horror!" — Ele o olhou. — Sabe quem mais tem pilhas AA? A sua amiga Astrid Walsh. Bem na porta ao lado.

— Eu sou amigo dela?

— Ela atravessou as montanhas com você.

— Só parte do caminho. Separamo-nos depois de atravessar a passagem Anjuman.

— Então peça a ela.

— Eu devia — disse Kellas, brincando com sua caneta. — Fui com ela ao hospital na noite passada.

Mark bufou. Estava lendo as notícias.

— Dá para acreditar nisso? — disse. — Essa guerra mal começou e eles já estão falando sobre a próxima.

Mark e Sheryl tinham estado em seu local habitual naquele dia, a casa de um mujahedin perto da linha de frente. O teto tinha vista. Era mais um posto de vigia do que uma oportunidade de reportagem. Sheryl voltaria com fotografias de explosões em certa cordilheira a distância, onde os B-52 despejavam bombas às toneladas. Passaria a maior parte da noite editando e transmitindo as fotos para seu jornal nos EUA. Os californianos tinham um apetite para olhar, no café da manhã, as monumentais formas de brócolis que suas bombas faziam no céu depois de serem jogadas. Uma vez, Sheryl mostrou a Kellas um detalhe muito ampliado de uma de suas fotografias na tela de um laptop. Ele viu as vertentes descoradas da cordilheira, a fumaça e a poeira das explosões se dispersando no azul e, talvez, sob a unha do dedo com que Sheryl apontava, algo mais.

— Está vendo? — Sheryl disse. — Está vendo o homenzinho do Talibã?

Talvez estivesse. Podia haver uma vertical preta de alguns pixels de altura, e uma horizontal. O ponto bege poderia ser um rosto. Poderia haver um combatente talibã ali, de pé, surdo, exultante e engasgado com a fumaça das bombas, abrindo bem seus braços e gritando para os Estados Unidos que ainda não se tornara um mártir. Kellas não conseguia ter certeza. Talvez fosse uma fenda na rocha. Sheryl tinha lentes do tamanho de baldes, mas a cordilheira ficava muito além da linha de frente da Aliança. Ficava a meio caminho de Cabul.

Mark estava imerso em seu trabalho. Kellas pegou seu caderno e leu de novo a abertura. Tinha decidido escrevê-la um ano antes, um romance feito para vender o máximo de exemplares possível no menor tempo, ser transformado em filme e videogame, dar a Kellas dinheiro o bastante para gastar pelo resto da vida escrevendo o que bem quisesse, o que, aliás, poderia ser nada. Tinha 37 anos. Até aquele momento escrevera dois livros no tempo que sobrava de suas atividades como repórter. Queria que fossem grande literatura, mas não eram nem bons nem ruins. Tampouco eram populares, o que fora desencorajador, mais do que devastador. Tranquilizou-se convencendo a si mesmo de que cada livro era um fim, não um meio para um fim. Teria sido difícil de acreditar se não soubesse que outros se diziam a mesma coisa. O poeta Pat M'Gurgan lhe dissera, em 1981, quando estavam saindo da faculdade, que um escritor podia se contentar em ser a boa safra que uma terra num determinado ano dá, ou podia ser a própria terra. A caracterização agradou a Kellas. Tornara-se uma das expressões que ele considerava sábias e originais quando era jovem. Depois, poderia tê-la reavaliado, mas seu valor enquanto sabedoria fora substituído por seu valor enquanto lembrança, e não lhe ocorreu tocar no assunto, em particular porque M'Gurgan mantinha-se fiel a ela, até uma noite em que Kellas, então morando em Londres, ligara pra ele em sua casa em Dumfries.

Depois de conversarem por um tempo, M'Gurgan anunciou que parara de trabalhar em poemas e em seu romance autobiográfico. Estava na metade de um novo livro, o primeiro de uma trilogia de fantasia para adolescentes.

— Não me importa o que você acha — M'Gurgan falou com agressividade, antes que Kellas pudesse dizer qualquer coisa. — Estou cansado de ser pobre. As únicas pessoas que conheço que leem o tipo de livros que eu escrevia até agora são minha mulher e outros escritores como você. Quero ganhar dinheiro. Quero ser popular antes de morrer. Você deve estar achando que vendi minha alma. Você tem visto minha alma recentemente? É algo que as crianças ficam chutando na sala quando a televisão está chata. Os olhos delas já estão esbugalhados.

A pele de Kellas pareceu se esticar e se contrair sobre seu corpo. Seu pulso acelerou.

— Como você sabe que vai ser uma trilogia se eles não publicaram o primeiro ainda? — perguntou.

— Como eu sei? Cento e cinquenta mil das deliciosas librinhas de Sua Majestade, é assim que eu sei.

A decisão de Kellas veio naquela noite. Apenas veio, ele não a tomou. Chegou enquanto ele estava olhando através de seu reflexo para os espinhos e folhagens do jardim. Veio, e sua consciência teve de abrir espaço para ela. Estava derrotado. As grandes palavras não estavam a seu alcance e ele preferia ser popular a obscuramente sábio. Não se iludia que seria simples escrever um best seller, escrever um romance que teria como principal característica atrair o maior número possível de leitores. Por toda a Londres havia centenas de escritores que acreditavam que poderiam escrever romances comerciais com facilidade, mas optavam por não fazê-lo. Essa noção falsa era a única barreira que restava entre eles e a enxurrada inexorável do desespero. Kellas sabia que seria difícil. Não era um empreendimento a ser abordado como rebaixamento ou vulgarização. Precisaria aprender a se contentar com o novo meio, não só estudá-lo. No dia seguinte comprou cinco thrillers grossos com o título e o nome dos autores estampados em letras douradas com 5 centímetros de relevo na capa.

Em setembro de 2001, depois de Kellas ter tomado suas notas e estabelecido as linhas de sua trama em diagramas em grandes folhas de papel, usando canetas de cores diferentes para cada núcleo, um grupo de jovens sequestrou quatro aviões e os jogou contra o Pentágono e o World Trade Center em Nova York, causando milhares de mortes e enorme destruição. Kellas não falara sobre seu novo livro no trabalho, e quando seus colegas no jornal *The Citizen* o viram naquele dia, olhando fixamente para as telas de TV, mordendo o lábio, apertando o encosto de uma cadeira, minúsculas bolas de fogo brilhando em seus olhos, ficaram assombrados com quão seriamente afetado ele ficara, como se soubesse que havia um amigo seu nos andares mais altos. Não havia.

Ele estava assistindo a um evento quase idêntico ao que planejara, em segredo em seu estúdio, como o clímax de seu romance.

Ele sabia que o mercado de thrillers era concorrido. Considerara o risco de que poderia ter de competir com um livro com o mesmo enredo que o seu. Mas não previra o grau em que idealistas ingênuos, sem nenhuma compreensão da natureza humana, nenhuma empatia com outros seres humanos e uma fé infantil no uso da violência para produzir resultados felizes, poderiam persuadir pessoas a pôr em prática seus enredos lamentáveis no mundo real. Kellas se aplicara muito em fazer de seu líder terrorista uma figura unidimensional do mal, quando o personagem sobre o qual ele queria escrever não passava de um romancista frustrado que não tinha ideia de sua condição. Não ocorrera a Kellas que há homens que poderiam preferir ver suas narrativas emocionantes e improváveis encenadas para as massas por um exército de crentes que vendê-las nas livrarias de aeroporto da maneira habitual.

Alguns dias depois, a mulher com quem ele dormia havia seis meses, Melissa Monk-Hopton, uma colunista do *The Daily Express*, rompeu com ele, dizendo que os ataques terroristas a Nova York e Washington a tinham feito reavaliar suas opções de vida. Essas tinham sido as palavras que ela usara. Kellas perguntou quantos homens e mulheres ela imaginava que teriam usado as ações de um grupo de fanáticos religiosos suicidas para racionalizar seus rompimentos naquela semana. Ela respondeu em sua coluna do dia seguinte, proclamando o fim de sua "vergonhosa confraternização com os covardes traidores da esquerda liberal". Ele a desejara da maneira mais vulgar. Mas mesmo que, enquanto ela se referia a ele como "meu namorado", ele se referisse a ela como "a mulher com quem ando saindo", ficara magoado com o jeito com que ela o abandonara. Pareceu-lhe curioso que ele desse tanto valor a conhecer as mulheres, e se gabasse para qualquer um do quanto gostava da companhia delas, e no entanto nunca tivesse sido feliz com uma mulher por mais do que alguns meses. Tirou alguns dias de folga e tentou beber, mas não conseguiu fazer mais do que cheirar o uísque antes de derramá-lo no ralo. Ficava no sofá por horas a fio, dando a volta completa em todos os canais da TV em intervalos de dois segundos, e pedia *kormas* de frango e calzones dos restaurantes locais que entregavam em casa. O molho pingava em suas roupas e lá secava. Ele examinava o rosto dos entregadores, procurando indícios de desprezo em seus olhos, mas viu apenas medo, ou nada.

Quando o *Citizen* veio a ele algumas semanas e pediu que viajasse para o Afeganistão para render um repórter ao norte de Cabul, os editores fizeram a oferta com ares de grandiosidade. Mostraram-se graves quanto ao assunto, como se estivessem praticando o tom para seus parentes, e estavam entusiasmados. Queriam ter certeza de que ele sabia que devia estar tanto agradecido quanto solene. Não era a primeira vez que pediam a Kellas para escrever sobre uma guerra, mas era a primeira vez que ele via seus editores tão atenciosos quanto a cada lugar na lista. Nas outras guerras, combatidas por estrangeiros desinteressantes, Kellas e seus pares escreviam suas matérias e as remetiam para casa, torrões fragmentados de narrativa que viviam e morriam em um dia ou dois. O que estava sendo oferecido a Kellas agora era o privilégio de tomar parte numa história muito maior. Uma história que era a luminosa parada de uma influente nação de contadores de histórias, criadores de mitos e arautos de notícias, os Estados Unidos, mas à qual contadores de histórias estrangeiros podiam se anexar. O incrível era que não faria diferença se ele ou qualquer outro na grandiosa parada em movimento estivesse berrando a própria versão dos fatos ou gritando com sotaque que os eventos ocorriam de maneira inteiramente diferente. A poderosa e estridente versão norte-americana absorveria essas pequenas narrativas, e a voz dele se acrescentaria ao alarido geral, e o alarido geral daria poder a sua voz. Ele podia fazer parte da parada ou ficar gritando sozinho.

Kellas recusou-se a ir, e seus editores lhe disseram que compreendiam, embora ele não lhes tivesse dado nenhuma razão. Supuseram que ele estava bebendo demais, e a suposição acarretou uma conduta: deram a ele o misto de respeito, medo, liberdade e desprezo que o negócio das letras concedia aos que presumia alcoólatras. Sabiam que ele ficara abalado pelos eventos, embora não soubessem que Osama bin Laden roubara a ideia de seu livro, que seu melhor amigo estava confinado num sótão escrevendo sobre duendes, e que ele não imaginara que sua amante o abandonaria. Era verdade que ele não estava apaixonado por Melissa, mas ela lhe dera a entender que estava por ele. Ela respondia ao desejo dele com o dela, até o dia em que o suspendeu definitivamente.

O que mudou a decisão de Kellas quanto a ir ao Afeganistão, o que o fez voltar a seus editores e convencê-los a enviá-lo para lá depois que recusara a oferta foi algo que ouviu num pub.

— Não o culpo por ter recusado o serviço no Afeganistão, parceiro — o repórter dissera. — Eu me cagaria de medo. — Ergueu e baixou seu copo e a espuma da cerveja escorreu da borda. Kellas assentiu lentamente, terminou sua bebida e foi atrás do editor internacional. Como muitos outros antes dele, Kellas descobriu que não era corajoso o bastante para deixar que os outros pensassem que era um covarde, e partiu para a guerra.

Uma versão revista de seu thriller oportunista começara a se gestar nele, como um rancor que se cultiva, desde que chegara a Jabal-Saraj, até aquela noite, em que começou a ser descarregada no papel, com a ajuda dos novos móveis. Originalmente a casa não tinha mobília, só tapetes e colchões; uma casa afegã. As refeições eram servidas num pedaço de plástico estendido no chão. Nenhum dos norte-americanos, europeus ou asiáticos que estavam lá contestara o arranjo, até a história de um espanhol, conhecido por sua preferência pelo conforto e seu ódio pela corrida das 8 horas para as montanhas. Ele passava a manhã deitado com um livro numa das mãos e a outra atrás da nuca. Saía na hora do almoço e, quando voltava, era visto escrevendo alguma coisa para seu jornal sem ter feito quaisquer notas, seus dedos grossos e pesados atacando o teclado do laptop como se fosse uma antiga máquina de escrever dada a emperrar e foi visto por todos comprando uma confortável poltrona e um abajur de chão, que despejava uma luz alaranjada sobre seu corpo redondo, relaxado e sereno. Tudo o que lhe faltava era uma televisão. (Mais tarde, ele adquiriu uma.)

Até aquele momento os jornalistas estrangeiros instalados na casa tinham expressado seu desafio às condições locais tanto falando mal das práticas comerciais afegãs quanto exibindo seu equipamento, suas multiferramentas em bolsos pregados à mão, suas calças leves de tecido de traje espacial ou suas antenas de banda larga, que se dobravam como altares. O desafio do espanhol foi de um tipo diferente. A visão dele em sua poltrona, quando até então nada houvera a não ser tapetes e almofadas vermelhos e azuis, afetou Kellas. A falta de mobília vertical não o tinha incomodado até então. Depois da jornada no avião de transporte verde-musgo de Dushanbe a Faizabad, depois da viagem até ali com Astrid em carros russos, a casa o encantara por sua luminosidade e paz. Quatro paredes e um teto, um gerador, colchões macios para se deitar à noite, três refeições por dia, se desejado, e tambores de aço nos banheiros que eram enchidos com água e aquecidos por fornalhas à lenha toda as manhãs e noites. Kellas não falava mal dos afegãos. Duzentas pratas por dia por um carro, um motorista e um intérprete eram fáceis de pagar. Ele ficava satisfeito de gastar o dinheiro do *Citizen*. Cada nota de 100 dólares novinha entre seu indicador e polegar entregue a Mohamed — que olharia de relance para ela, sorriria, a dobraria no meio, colocaria no bolso e debitaria dos milhares de dólares que devia aos pequenos comerciantes locais, todos detentores de armas automáticas — era uma nota a menos na bolsa que Kellas usava em volta da cintura. Quando partira de Londres, a bolsa continha 10 mil dólares. Parecia que um livro de bolso estava enfiado na frente de sua calça jeans. Quando ele se agachava sobre o buraco do banheiro de manhã e abaixava as calças, imaginava o cinto do dinheiro arrebentando e ele tendo que recuperá-lo na paisagem marciana de esgoto ali embaixo, onde ratos passeavam em meio a colinas de fezes.

O que afetara Kellas quando vira o espanhol em sua poltrona fora um passo imaginativo mais ousado e honesto do que qualquer outro que os estrangeiros na casa tinham dado. O espanhol ousara enfrentar a possibilidade de viver em meio aos afegãos para sempre. Não viveria, e sabia disso. Mas ele se permitira a possibilidade. Viver entre os afegãos, mas não como um afegão; sem deixar a barba crescer e comprar um *shalwar kameez* e se tornar muçulmano. O espanhol permitira-se considerar a possibilidade de que poderia viver entre os afegãos não como um colonialista, um soldado ou alguém da ajuda humanitária, mas como o homem que de fato era, um escritor cansado, culto, engraçado, sexualmente indulgente, ateu, casado duas vezes, amante de vinho, ganhando 70 mil euros por ano, vindo do lado rico do Mediterrâneo. Ao obter seu conforto e ignorar (exceto na hora do almoço) a guerra que prosseguia no horizonte, o espanhol se embrenhara naquela terra estrangeira mais profundamente que qualquer outro *farang* no alojamento.

Kellas enviou Mohamed para comprar uma mesa e duas cadeiras. Mohamed encontrou-as no bazar. Balançavam, com pernas feitas de uma mistura de metal e madeira. Naquele país, até a mobília tinha próteses. Como todos os estrangeiros no prédio,

Kellas estava representando, mas dessa vez, inspirado pelo espanhol, decidira mudar de papel. Nas roupas que usavam, nas coisas que levavam, e em suas ações, os jornalistas eram explicitamente transientes. Os ingleses adotavam o papel de soldados-exploradores; os norte-americanos, o duplo papel de missionários e prospectores. Os franceses eram cientistas bucaneiros, do tipo que mataria para conseguir levar para casa o sarcófago ou bacilo antes de um rival; os alemães se viam como estudantes em seu ano de intercâmbio no exterior; os japoneses, como astronautas em outro planeta. Um pouco da postura inglesa era compartilhada por Kellas, embora ele tendesse menos a ser exploratório ou militar do que alguém enviado, com generosas diárias de viagem, para visitar um parente pobre que não conhecia e cujo endereço não sabia. Todos esses papéis tinham em comum lidar com a vida em países difíceis, como o Afeganistão ou o Congo, mas sua característica marcante era o modo como ajudavam a separar os repórteres de seus contemporâneos burgueses que ficavam seguros em casa. Nisso residia o gênio do espanhol, e seu desprendimento. Nada seria mais fácil para ele do que voltar para casa e impressionar seus amigos de classe média e uma variedade de garotas com histórias de como tinha sobrevivido a minas, morteiros e bloqueios do Talibã. Ele poderia avançar em meio às nuvens de poeira com um chapéu *pakul* com os dentes cerrados e os olhos na distância longínqua, por trás de óculos de aviador. Não impressionaria ninguém na Espanha ouvir que ele, no Afeganistão, arranjara para si uma confortável sala de estar. Por essa razão, a sala era uma proeza maior. Levar suvenires do Afeganistão de volta à burguesa Europa seria trivial. Transportar fragmentos do mundo burguês europeu, mesmo que brevemente, para o Afeganistão era um gesto magnífico. O espanhol fizera uma sala de estar; Kellas faria um escritório. Tinha a mesa e a cadeira. Afixou um mapa na parede sobre a mesa. Tinha o computador. O adereço final que faltava era um telefone e, embora Jabal não tivesse telefone fixo ou cobertura de celular, ele tinha um telefone via satélite, um objeto quadrado preto com o tamanho e peso de uma sanduicheira elétrica. Vinha com uma pequena antena quadrada que tinha de ficar ao ar livre, apontada para um satélite sobre o oceano Índico, para funcionar. Kellas instalara a antena com um cabo que saía do telefone em sua mesa e passava por uma janelinha até uma cadeira do lado de fora. A antena ficava no assento da cadeira, voltada para as estrelas ao sul.

O telefone via satélite de Mark tocou. Ainda era manhã nos Estados Unidos. Era a ligação matutina dos editores. Kellas estava esperando uma ligação parecida de Londres. Estava muito atrasada. Apertou um dos botões de seu telefone. Estava mudo.

Mark desligou.

— Não está conseguindo sinal? — perguntou.

— Não — Kellas disse.

— Não sei se tem algo a ver — Mark disse —, mas sabe aquele menino, o baixinho que certas noites fica de guarda no portão? Ele parecia tão feliz e confortável numa cadeira quando eu cheguei. Parecia uma das suas.

Uma emoção revirou as entranhas de Kellas. Os hormônios atiravam primeiro e faziam perguntas depois. Ferveram, e avisaram o cérebro para ficar fora do caminho enquanto eles faziam seu trabalho sujo. Kellas, sob o domínio da raiva, levantou-se e saiu de meias para o corredor. Passou pela porta do quarto que Astrid dividia com a mulher da NPR e o sujeito mais velho da Suécia. Se ela estivesse ali com a porta aberta, de pernas cruzadas e com a curva do corpo sobre o laptop, olhos sob a franja loira, a raiva teria passado. Mas não. Ele atravessou o amplo corredor, além dos vultos dos coreanos dormindo, até a porta. Botas! Proibidas na casa. Em meio ao acúmulo de camurça enlameada e poeira, cadarços duros com tecido espacial, estavam as pesadas botas escocesas de Kellas. Precisava achar um par em meio a centenas de botas antes de sua raiva ceder. Todavia, não estava cedendo. Estava recebendo reforços. Kellas achou suas botas. Estava com muita pressa para soltar os cadarços e enfiar direito os pés, de modo que saiu na escuridão com os dedos enganchados sobre a língua das botas e os calcanhares sobre a parte da trás, o que deixou seu andar trôpego, como um monstro animado em stop-motion de um filme B da década de 1960. A noite fria envolveu-o e a linha de árvores ao longo do muro do prédio estendia um tênue rendilhado de galhos através do céu. Kellas chegou à esquina do prédio e viu que a cadeira fora tirada de debaixo de sua janela e a antena, deixada no chão, apontando na direção errada. A mesma coisa acontecera na noite anterior. Tinha ficado com raiva então, mas agora o que sentia era mais maravilhoso e inebriante, uma lufada de ira que o deixava animado, limpo e livre. Ficou atônito ao descobrir em si mesmo tanto de algo que ele mal sabia que tinha um pouco. Avançou até o portão do prédio. O guarda levantou-se imediatamente da cadeira. Era um menino de 15 ou 16 anos, bem mais baixo do que Kellas, usando um *shalwar kameez* puído com um velho suéter de lã de gola em V por cima. Usava sandálias de plástico nos pés sem meias. Sua kalashnikov pendia em diagonal sobre o peito, pendurada no ombro por uma tira imunda de pano. O verniz na coronha estava quase todo gasto, como um pedaço de madeira levado à praia, e cada parte saliente do metal estava prateada, gasta pelo uso. Era provavelmente a arma da família, a única coisa valiosa que ele e seus parentes possuíam além de ovelhas e filhas. A expressão do outro mostrou a Kellas o quanto sua raiva devia estar evidente. A cabeça do menino estava descoberta e seus cabelos eram curtos e quase louros. Ele franziu os olhos e apertou os lábios. Tremia um pouco, com o rosto vermelho e desafiador. Kellas percebeu que era assim que o rosto do menino preparava-se para enfrentar uma surra ou uma humilhação de alguém mais velho, e que ele, Kellas, era esse alguém. A raiva ainda jorrava através dele, indomada, com a qualidade terrível de uma inundação, escondendo ou simplificando todas as fronteiras. Kellas era ao mesmo tempo a inundação e o corpo levado por ela. Kellas agarrou a cadeira com a mão esquerda e a ergueu.

— Eu disse a você! — gritou. — Essa porra de cadeira é minha! — A noite pareceu gravar as palavras num sulco profundo e diamantino, e tocá-las de novo para Kellas várias vezes. A parte dele que estava sendo levada pela inundação não conseguia falar. A inundação recrudesceu e Kellas gritou as mesmas palavras para o menino, que não se moveu, e não disse palavra. Ele não falava inglês. As palavras de Kellas eram uma gritaria sem sentido. Com a mão esquerda, Kellas deu um empurrão no peito do menino. A palma entrou em contato com o corpinho quente e rijo do adolescente por um instante antes de ele recuar um passo. Recuperou-se, apertou ainda mais os lábios e encarou os olhos de Kellas, que se virou e voltou para a casa em passos pesados levando a cadeira. A raiva se amainara e ele estava calmo. A vergonha chegou em seguida. Ele colocou a antena de volta na cadeira.

Um som veio de cima na escuridão, como se o céu tivesse se tornado de pedra, e uma rocha estivesse sendo arrastada. Às vezes, os jatos de um avião americano se aquietavam ou trovejavam subitamente. Kellas olhou para o sul. Ao longe, distinguiu um fraco clarão. Ele ouviu o menino de sentinela murmurando algo atrás dele. Imaginou se seria uma oração ou uma maldição. Kellas tivera uma recaída ao golpear e gritar. A língua era o obstáculo, claro, mas desde o rompimento com Melissa, passara a desconfiar das palavras e de sua habilidade em usá-las mesmo quando compartilhava o idioma. Mesmo em seus momentos de maior união aparente com Melissa, com sua ex-mulher Fiona, ou com Katerina em Praga, ele permanecera impermeavelmente solteiro.

Empurrar o menino tinha sido o mais perto de sentir o calor de outro corpo humano desde que colocara a mão no ombro nu de Melissa para acordá-la na manhã em que ela o abandonou. Não, não era verdade. Por alguma razão, vira-se segurando a mão de Astrid no ônibus para o hospital na noite anterior. Tinham conversado. Tinham olhado um nos olhos do outro. Era uma pena que ele não tivesse mais fé em falar, ou olhar. Houve um tempo em que Kellas achava que o encontro dos olhos, com sua característica infinita, ele olhando ela olhando ele olhando ela, e assim por diante para sempre, era a mais pura forma de intimidade, quando as almas chegavam perto de se encontrar, como dois pássaros descendo do ar para beber na mesma água profunda e estreita. Agora ele se perguntava se o encontro dos olhos, mesmo os olhos daqueles que se amam, não era mais do que uma forma refinada de cegueira.

A muitos quilômetros de distância, o mais leve dos ruídos surdos veio da direção do clarão. Estranho que chegasse tão longe; um truque da atmosfera. O som dos Estados Unidos aguilhoando a superfície do lado noturno do mundo.

Ele pretendia manter-se a distância de Astrid. Abandonara uma velha esperança, a de que duas pessoas podiam formar um todo. Lembrou-se de quando pensava que duas pessoas juntas podiam vivenciar uma comunhão com o mundo que a alma solitária obtém com facilidade. Podia imaginar. Acontecera com ele. A primeira vez que se apaixonara, quando menino, tinha sido por uma menina com a qual jamais falara. Obteve o que não poderia ter tido se tivessem ficado juntos: compartilhou o êxtase da solidão. Por essa razão, e porque era a primeira vez, aquilo agira nele como uma toxina, como um câncer não fatal. Ele se recuperou, mas mudou, ficou danificado, talvez. No que concerne ao amor, era impossível distinguir entre dano e mudança.

A caminho de seu quarto ele passou por Astrid indo na outra direção carregando um laptop aberto. Estava usando seu anoraque grande demais. Sorriram um para o outro.

— Oi — disse Astrid. Através da franja, os olhos verdes o fitaram com curiosidade e dúvida. Ela passou por ele, parou e disse sobre o ombro: — Conseguiu sua cadeira de volta?

Kellas virou-se.

— Não fiz bem em gritar — disse.

— É — Astrid disse. — Meninos com armas. É quando ficam mais orgulhosos.

Na Virgínia ela era uma caçadora.

— Ele não ia usá-la contra mim.

— É o que mostra que você foi abusivo.

— Eu fui abusivo?

— Sim. Quando homens desarmados saem empurrando meninos armados só porque sabem que podem. O que você acha disso?

— Não a vi na aldeia bombardeada hoje — disse Kellas.

— Levantei cedo. Fui até lá e voltei antes das 10 horas. O cara, Jalaluddin. Ele estava completamente desolado. Merda.

Kellas esquecera o nome do marido, embora o tivesse anotado. Mas lembrava a desolação do homem quando o deixaram sentado nas ruínas de sua casa.

— Dei dinheiro a ele — disse Astrid, olhando o espaço atrás de Kellas. — Acho que gostaria de não ter feito isso. Como se eu tivesse tentando comprar alguma coisa. Cem pratas.

— Não foi uma bomba sua.

— Ah, foi uma bomba minha, sim — disse Astrid com ar ausente. — Todas as bombas são minhas. — Olhou para ele. — Você deu alguma coisa para ele?

— Dei. A mesma quantia.

— Tome — disse Astrid. Ela fechou o laptop, colocou-o debaixo do braço e pôs a mão livre num dos bolsos de seu anoraque. Tirou um par de pilhas Duracell e as entregou a ele. — Mark disse que você estava precisando.

Kellas agradeceu e pegou as pilhas. As pontas de seus dedos tocaram a palma da mão dela. Ele sentiu traços de umidade nas linhas que a cruzavam e o calor que o computador deixara.

— Obrigado. Não sei quando poderei lhe devolver — disse. Astrid estava abrindo seu laptop de novo. As mangas do anoraque roçaram nele.

— Mas você vai devolver, não é? — ela disse.

— Assim que puder.

— Não esqueça! — ela disse por sobre o ombro. Estava sorrindo ao dizê-lo. Kellas chamou-a para perguntar se ela queria dar uma volta depois, mas ela não respondeu.

Dezembro de 2002

2

Quando o expresso para Heathrow partiu de Paddington, o celular de Kellas vibrou em seu bolso. Embora ele não tivesse a menor intenção de responder, pegava-o e olhava o mostrador toda vez que o sentia tocando. Era seu correio de voz. Tinha 18 mensagens novas. Tinha 20 de texto, e 40 ligações perdidas.

Se Kellas tivesse um celular com câmera no Afeganistão, um ano antes, agora teria uma foto de Astrid. Talvez fosse melhor não ter. Ela não teria envelhecido. Tinha 34 anos, então. Mas a natureza de uma pessoa se mostra em movimento e mudança, e isso faz da imobilidade de toda fotografia uma espécie de mentira. A memória é mais plástica. A diferença entre o modo como nos lembramos de um amigo e como ele está quando o reencontramos pode ser comprimida, unida e alisada pela memória quando não há fotografias no caminho. Agora que Kellas tinha um telefone com câmera, conhecia o jogo em que um fica tirando fotografias do outro até ficar com uma só imagem que agrade a ambos. Se meses se passavam sem se verem de novo, a verdade consensual do momento tornava-se a imagem sagrada de quem a possuía. Ou deixava-se de acreditar nela, ou se começava a ter fé nela.

O telefone vibrou com um SMS de Liam Cunnery. *Psicoterapeuta diz Tara mostrando sinais de estresse pós-traumático. Muito bem Adam.*

O trem saíra da estação às 9 horas; Kellas ia pegar um avião para Nova York às 11. Seria possível que Cunnery tivesse levado Tara para ver um psiquiatra capaz de diagnosticar estresse pós-traumático numa criança de 10 anos da meia-noite até aquela hora? Era possível. Ele tinha uma voz segura de escola particular e um olhar alerta, astucioso e brilhante que dizia: "Sigam-me!", prometendo aos terapeutas de Londres que eles também podiam fazer parte da luta internacional pelos direitos dos oprimidos em que Cunnery agia como um fiscal. A alternativa era o pistolão. Um artigo de opinião no semanário que Cunnery editava, *Left Side*, ainda era um prêmio para um terapeuta ambicioso. A alegação de estresse pós-traumático era mais ambígua. Não era preciso esperar que pelo menos um dia se passasse após o trauma para que o estágio "pós-" começasse? O uso da palavra "psicoterapeuta" inteira surpreendera Kellas. Cunnery tendia a ser breve e cordial em suas comunicações pessoais, e apocalíptico e raivoso em sua revista. Alto, pálido e bem-vestido, ligeiramente encurvado, deslocava-se entre restaurantes e escritórios em Clerkenwell, Bloomsbury e Westminster com um sorriso fixo e a testa permanentemente franzida de concentração, como um cirurgião operando. As mulheres diziam entre si que estavam prontas a ser seduzidas por ele, mas ele não tinha interesse. Como amante, mantinha-se próximo da mulher, Margot. Uma nuvem de nobres intenções o acompanhava. Mesmo em ambientes fechados, ele parecia estar avançando contra a ventania, como se os ventos da mudança não conseguissem resistir a brincar com seus cabelos claros e macios onde quer que ele estivesse. Quando estava de bom humor, era porque alguma atrocidade tinha sido cometida num país longínquo, pela qual o governo britânico, o governo norte-americano, o capitalismo, o Banco Mundial, o FMI, corporações multinacionais e o Vaticano deviam ser os responsáveis, não importando a identidade das vítimas e dos autores. A única vez que Kellas o vira abatido fora durante a queda da União Soviética. A depressão de Cunnery durou um ou dois dias, até ele perceber que o fim da superpotência comunista significava que o último obstáculo para atribuir tudo quanto era atrocidade a Washington e ao capitalismo tinha sido removido. Era gratificante para Kellas que, agora, quando considerou que a filha estivera envolvida numa atrocidade, Cunnery não tivesse posto a culpa na Casa Branca ou no Banco Mundial. Tinha posto a culpa em Adam Kellas.

O trem ganhou velocidade passando pelo oeste de Londres. O céu de dezembro aparecia em fatias turquesa entre rampas e pilares, e o sol marcava recortes brancos nas urtigas, pilriteiros e garrafas de cidra de 2 litros ao lado dos trilhos. Kellas ouviu o Afeganistão mencionado no noticiário da BBC que estava sendo mostrado dentro do vagão. A tela mostrava uma fotografia de Hamid Karzai. Um novo momento de imprecisão da Força Aérea dos Estados Unidos estava sendo noticiado. Kellas não voltara ao Afeganistão desde que comprara um lugar num helicóptero partindo do vale do Panjshir alguns meses depois de ter chegado. O helicóptero rugia e resvalava no solo, o copiloto estava virado para trás para ver se todo mundo tinha pagado e o cobrador em calças de veludo e jaqueta de couro brandia o punho cheio de dólares para Kellas e Astrid gritando: "Seiscentos! Seiscentos!" sobre o barulho do motor. Os vinte outros estrangeiros e afegãos apertavam-se sobre a bagagem e tanques de combustível com ar de quem está sendo explorado, nervosos e impacientes. Kellas deu seu dinheiro e Astrid pôs o dela de volta no bolso do jeans. Ela gritou no ouvido de Kellas: "Eu não vou. Não me ligue", agarrou a mochila e pulou pela porta aberta. Kellas aproximou-se da borda atrás dela, com a mão do cobrador apertando seu braço, gritando em dari, e a viu 15, 20 metros no mato achatado sob o helicóptero que alçava voo, caída no chão, levantando-se, pondo a mochila nos ombros e indo em direção ao grupo de motoristas e oficiais sem olhar para trás, as pontas de sua echarpe retorcendo-se com o turbilhão de ar levantado pelo helicóptero. Então ela se tornou apenas átomos colorido em meio à faixa verde de amoreiras junto à lâmina curva do rio, e as montanhas cercaram o helicóptero hesitante como as mãos de gigantes cegos procurando uma libélula por seu zumbido, e o cobrador empurrou Kellas para longe da porta. Tinha sido a última vez que vira ou ouvira falar de Astrid, até algumas horas atrás, quando viu o e-mail dela implorando que ele fosse vê-la imediatamente.

    A forma como lidava com aquela mochila demonstrava que ela era forte para uma mulher magra de braços finos. Para levantá-la do chão, ela se abaixava e dobrava o corpo. Os pulsos apareciam finos e brancos das mangas de seu anoraque grande demais, sua franja caía nos olhos e seu queixo vinha um pouco para a frente. Um som vinha de seus pulmões quando ela pegava as alças da mochila, erguia seu peso e a colocava nas costas. Uma vez ele se oferecera para ajudar e ela fizera que não com a cabeça. Percebia que ele a observava. Às vezes sorria, às vezes, não, mas nunca o olhava nos olhos até a mochila estar em suas costas com as alças fechadas. Mais de uma vez, no Afeganistão, Kellas se viu pensando naquele som, a expiração vocal, que saía involuntariamente quando ela sentia o peso. Pensava no ar no peito dela, sua passagem pela laringe, os ossos e os músculos contendo-o. Reconhecia o fascínio do qual esse som mínimo era o centro. Um fascínio era o que ocorria quando uma só vida não era o suficiente para conter a presença de mais alguém. Ele precisaria viver duas ou três vidas ao mesmo tempo. Nem mesmo eram palavras que produziam o fascínio, apenas a flexão dos membros dela e o som mínimo quando ela sentia o peso da mochila. Apenas essas coisas tinham chegado até ele, e por mais escassas que fossem as chances, ele queria segui-las até sua fonte.

No trem, a pele de Kellas arrepiou-se. Não fazia a menor ideia de onde estava sua mala. Começou a se levantar, e então se lembrou de que não tinha bagagem, só passaporte, carteira, celular e as roupas que estava usando: um terno de linho preto, uma camisa branca com a manga direita manchada de sangue, e botas de couro preto, botas urbanas, com solas macias e zíper lateral. Deixara o sobretudo na casa de Cunnery e passara a noite num hotel porque ficara com medo de ir para casa. Se tivesse ido para seu apartamento em Bow e visto a mensagem de Astrid lá, teria arrumado alguma espécie de mala, mas ainda assim, voar sobre o Atlântico sem levar nada era algo que ele nunca fizera. Ele imaginara que viajaria sozinho atendendo a um chamado urgente, descartando todos os fardos, deixando para trás coisas com as quais teria de lidar se o dever fosse a única consideração. Imaginara que não teria de se preocupar com dinheiro na viagem, e isso também ocorrera. Um editor estava lhe oferecendo um adiantamento de 100 mil libras pelos direitos mundiais de *O voo da águia desgarrada*, o thriller que começara no Afeganistão. O livro estava pronto.

Imediatamente antes de ir para a Ásia Central, Kellas passara uns dias com M'Gurgan e sua mulher, Sophie, em Dumfries. Eles tinham um sobrado geminado em estilo vitoriano com fachada de pedra vermelha no meio da cidade. Kellas crescera numa casa como aquela no nordeste da Escócia. A casa devia ter parecido aos adultos como a de M'Gurgan parecia agora a ele, com o mesmo amontoado desequilibrado de mobília confortável e descombinada, objetos de leilão, um único sofá, paredes gastas com marcas de lápis de cor e a fortuna em brinquedos e aparelhos eletrônicos quebrados empilhados em cima dos armários. Havia uma lâmpada que funcionava em cada cômodo, mas nem sempre com uma luminária em volta. Roupas para todas as idades e de todos os tamanhos estavam secando em pelo menos dois cômodos, e todo lugar não acessível a um aspirador de pó tinha pequenas montanhas de cereais e soldadinhos de plástico amontoados nos cantos. Kellas e M'Gurgan tinham estudado na mesma escola por seis anos antes de deixarem Duncairn, e M'Gurgan, que vivia num chalé quase sem livros num dos novos loteamentos perto da Aberdeen Road, invejava as estantes de Kellas, que se espalhavam pelos corredores, ficavam penduradas sob o teto e se apertavam entre chaminés. Ele corria as mãos pelas lombadas de uma antiga coleção de Dickens que pertencera ao avô de Kellas e disse um palavrão quando viu que a mãe de Kellas consertara com fita adesiva a primeira edição de *Deaths and Entrances* da mesma coleção, e apertou o nariz contra as páginas de um antigo *Alice no país das maravilhas*. Colocara o nariz junto à margem e inalara, erguera o rosto, já grande e rosado aos 14 anos, sorrira mostrando as covinhas e dissera a Kellas: "É como se eu tivesse cheirado a pilha de calcinhas de meninas do reverendo Charles Dogdson." Era algo que na época estava além da compreensão de Kellas. Depois que M'Gurgan fora embora, ele levara o livro para o seu quarto e cheirara as páginas até espirrar, mas não conseguira nem quisera crer que as roupas de baixo das meninas tivessem o cheiro de porões úmidos. Em Dumfries, o patriarca M'Gurgan quisera, para sua própria satisfação, imitar e superar a biblioteca da casa da família de Kellas e o fizera. Estantes deixavam todos os corredores mais estreitos, havia livros sobre as esquadrias das portas, livros avançavam em degraus na parede atrás da escada, enfileiravam-se nos patamares das janelas e ocupavam a tampa plana das caixas da descarga dos banheiros. M'Gurgan escrevia no sótão, uma cela minúscula com livros em todas as paredes, e iluminada por uma nesga de céu de um buraco feito no teto e precariamente envidraçado.

    O jantar não se parecia com os jantares da infância de Kellas. A televisão não ficava na cabeceira da mesa, estava fora da cozinha onde os M'Gurgan comiam. A mesa era barulhenta, animada e tumultuada, iluminada pelas brigas entre as duas filhas do primeiro casamento de M'Gurgan e o filho do atual, e por um bom vinho. M'Gurgan insistira que as crianças, cujas idades iam de 11 a 16 anos, bebessem vinho. Encheu o copo de cada uma delas, completando com um dedo de água da torneira. Sophie observou sem dizer nada, aguardando que a insensatez do marido recebesse uma punição natural. M'Gurgan propôs um brinde e ergueu o copo. Kellas e Sophie ergueram os seus, e as crianças, como se tivessem combinado antes, ficaram sentadas com os braços cruzados, olhando fixamente para o pai.

— Crianças, eu gostaria muito que vocês erguessem seus copos e fizessem um brinde a nosso amigo Adam, que veio de Londres para nos visitar, e está indo para o Afeganistão na semana que vem — disse M'Gurgan.

— Ele não veio visitar a gente, veio visitar você e Sophie — disse Angela. — Para que ele viria me visitar? Sou uma menina de 14 anos e ele é um homem de 40.

— Trinta e sete — disse Kellas.

— Como se fizesse diferença — disse Angela, olhando fixa e perigosamente para o pai. — Vou contar na escola que você fica me embebedando e dando uma de cafetão, me oferecendo para homens velhos.

Carrie, a menina mais velha, olhou de relance para Kellas e deu uma risadinha.

— Angela, não quero que você use essa linguagem de gângster — disse Sophie.

— O que é cafetão? — perguntou o menino, Fergus.

M'Gurgan disse:

— Gostaria que vocês demonstrassem um pouco de respeito por mim, seu pai, por meu amigo Adam, e por este Bordeaux 1996, que me custou 15 libras no Haddows.

— Cheira a garagem de ônibus — disse Angela.

— Você não devia ficar nos encorajando. Não somos velhas o bastante para tomar um porre — disse Carrie.

— Não se trata de um porre! — gritou M'Gurgan, dando um soco na mesa. — É cultura civilizada, europeia, francesa, da porra do Jean-Paul Sartre.

— Ah, agora estou me sentindo muito civilizada — murmurou Angela. — Se você quer que a gente beba álcool, por que não posso tomar uma margarita azul?

M'Gurgan assumiu uma expressão sombria e estendeu o braço para Kellas.

— Vocês se dão conta de que, a essa mesma hora na semana que vem, Adam poderá ter sido feito em pedaços por uma mina? Desculpe, Adam.

— Tudo bem — disse Kellas. — Embora eu espere que não. — Sorriu. — Saúde — disse, ergueu o copo e tomou um gole.

— Isso, saúde — disse M'Gurgan. A perspectiva da morte violenta de Kellas acalmou a todos e as filhas tomaram golinhos afetados de vinho. Angela franziu o nariz e pôs a língua para fora e Fergus, que já tinha esvaziado seu copo, o estendeu querendo mais.

Ao chegar ao fim do jantar, com a segunda garrafa de vinho quase vazia e as crianças fora da mesa, Kellas começou a sentir no estômago o receio antes da confissão. Queria receber o mesmo tipo de raiva superficial e afetuosa que M'Gurgan demonstrara com Carrie e Angela. Uma decepção de verdade seria tolerável. O pior seria a compreensão, a falta de surpresa. Temia que o amigo já esperasse há tempos que ele se vendesse. Estava para perguntar a ele como sua trilogia de fantasia estava indo. Sophie falou antes que pudesse abrir a boca, perguntando a Kellas se ainda estava saindo com Melissa.

— Foi um erro — disse Kellas.

— Quem é essa? Eu a conheci? — perguntou M'Gurgan.

— Você sabe que sim — disse Sophie. — A chique.

— Ah, lembrei — disse M'Gurgan, sorrindo. Ele virou a taça de vinho pela haste e bateu de leve com a borda no lábio superior. Olhou para Kellas. — Lembro-me de você explicando-a.

— Você se lembra? — perguntou Kellas.

— Você disse que sempre tivera a ambição de dormir com uma mulher de direita — disse M'Gurgan. — Achava que elas seriam menos propensas à culpa que as de esquerda. Assumiriam que têm direito ao prazer. Você esperava que pudessem compartilhar com você um pouco do próprio egoísmo.

— Não me lembro de ter dito nada assim — disse Kellas. Um sorriso apareceu-lhe nos cantos da boca.

— Ela não correspondeu às suas expectativas? — perguntou Sophie. Olhava atentamente para Kellas, com curiosidade, fixando-o com seus olhos castanho-escuros. Os três tinham estudado na mesma escola em Duncairn, embora as prioridades de M'Gurgan só tivessem permitido que ele só a conhecesse anos depois.

— Liam Cunnery a conhece — disse Kellas. Percebeu que ficara vermelho e estava olhando para as mãos, brincando com o moedor de pimenta. Olhou para M'Gurgan e para Sophie, sorriu e voltou a olhar para as mãos. — Deu a ela um emprego como pesquisadora na TV uma vez. Ele tem facilidade para separar uma pessoa de suas ideias. Ele pode ignorar as ideologias de Melissa e se dar bem com ela, como um vegetariano tirando os pedaços de bacon de uma salada e deixando-os na lateral do prato. Mas ela é uma esnobe, e de fato pensa que os filhos dos ricos nascem mais inteligentes. E a última coisa que me disse quando estava indo embora foi: "Sabe, Adam, se seu pau fosse apenas um centímetro e meio maior...". E mostrou os dedos, assim. A precisão da coisa, como uma espécie de instrumento científico. Acho que ela até fechou um dos olhos ao mostrar os dedos.

Pouco depois, as risadas estavam cedendo, e M'Gurgan foi buscar outra garrafa. No andar de cima, ouviram uma das crianças gritar, uma porta batendo, e Fergus cantando o refrão de "Hotel Yorba". Quando chegou a "I'll be glad to see ya later", houve uma série de ruídos surdos e um gemido.

— Eu vou ver — disse Sophie, que subiu a escada fazendo ameaças ansiosas.

— Seu menino está bêbado — disse Kellas.

— Ficávamos bêbados quando éramos meninos.

— Estamos bêbados agora.

— Vamos — disse M'Gurgan. — Andar.

O machucado na cabeça de Fergus não foi sério. Kellas e M'Gurgan saíram pelas ruas de Dumfries. Era terça-feira à noite e os pubs já tinham fechado fazia tempo. Carros circulavam, sozinhos ou em pares, de algum modo furtivos e encolhidos na escuridão. Um velho gordo firmemente fechado num agasalho de fibra sintética caminhava devagar atrás de um labrador negro ofegante. Sua barriga balançava levemente com o andar, como um pedaço de porco numa câmara frigorífica. Uma moça bêbada gritou e praguejou a algumas ruas de distância. Passando por um pub às escuras, tiveram a impressão de ouvir o ruído de bolas de sinuca, e M'Gurgan bateu na porta, suspeitando de que houvesse fregueses lá dentro. Ninguém apareceu. Chegaram à praça. O relógio da torre marcava meia-noite. Encostaram no pedestal da estátua de Robert Burns e M'Gurgan passou para Kellas uma garrafa plástica de Grouse.

— Ele tinha a nossa idade quando morreu — disse Kellas, apontando o poeta com o queixo.

— A mulher dele teve seu último filho no dia em que o enterraram. — M'Gurgan estava enrolando a língua um pouco. — Ele era muito fecundo, e acho que metade dos meninos por aqui tem seus genes. Parece que a camisinha nunca foi inventada. Detesto ser um pai desconfiado, mas quando você vê o que aconteceu hoje à noite com Carrie e Angela, você acha que elas só estão me amolando com aquilo de não beber ou uma delas está grávida? Filhos são como livros; uma vez que você os termina, não são mais seus.

Kellas sabia que estava chegando ao momento em que teria de contar o que estava escrevendo. Perguntou a M'Gurgan se ele tinha terminado o primeiro livro de sua trilogia de fantasia.

— Mudei de ideia. — respondeu M'Gurgan.

Os braços de Kellas se arrepiaram, e ele tremeu.

— Como assim? — perguntou.

— Mudei de ideia — Deu de ombros e pôs a tampa de volta na garrafa. — Devolvi o dinheiro. Não vou mais fazer. — Olhou para Kellas, arregalou os olhos e deu um único som de risada agudo. — Ainda não contei para Sophie. Ela pode me abandonar. Estava planejando umas férias no Egito para nós.

— Ela não vai abandoná-lo.

— É. Talvez. Ah, eu não consegui escrever a coisa. Era ridículo. Estava sentado lá uma noite e me dei conta de que passara dois dias arranjando nomes para elfos. Estava me perguntando se devia ser Balinur, Balemar, ou Balagun, e percebi que tinha me transformado num palerma delirante. Queria me vender para que pudéssemos viver melhor, mas não conseguiria olhar para Fergus num terno Versace sabendo que teria sido comprado por um homem sentado num sótão inventando nomes para criaturas imaginárias com orelhas pontudas. Talvez haja outro jeito. Estou de volta a *O livro da forma* agora.

Kellas fez sons de aprovação. Conhecia *O livro da forma*. M'Gurgan era um poeta e aquele era o romance de um poeta. Estava trabalhando nele fazia 15 anos. Era deslumbrante, belo, como uma máquina de voar com peças aerodinâmicas e requintadas que não encaixavam, e que nunca iria voar.

M'Gurgan perguntou a Kellas o que ele estava escrevendo. Kellas começou a responder lentamente, referindo-se a um romance. Enquanto falava, sua mente esquadrinhava o vazio procurando uma maneira de justificar para um poeta escocês socialista que ele conhecia desde a infância — que, apesar de ter decorado *To Brooklin Bridge* aos 19 anos e de ser capaz de tocar boa parte do repertório de músicas folclóricas norte-americanas em seu violão de 12 cordas, se referia a eles como "ianques de merda" — a concepção de um thriller comercial para atrair plateias em cinemas multiplex dos estados do Meio-Oeste dos EUA e jovens aficionados de jogos de computador violentos. Ele apenas conseguiu pensar em Robert Burns, em como M'Gurgan como pai ficava exasperado com a promiscuidade dos jovens descendentes de Burns, em como o menino que ainda existia em M'Gurgan, enquanto poeta conhecido em Dumfries, não era exatamente fiel a Sophie, e em como o tempo perdoava aos poetas qualquer grau de infidelidade, não só com suas esposas, como com seus ideais, desde que fosse apaixonada e liricamente cantada. Burns, o patriota escocês e o patriota britânico, Burns o monarquista-revolucionário. Burns, que cantou com júbilo a Revolução Francesa, e com o mesmo júbilo, a Revolução Americana. Que poema teria escrito se os franceses tivessem tentado fazer a Revolução Americana em nome dos norte-americanos antes que estes estivessem prontos? Uma lufada de vento soprou através do cérebro de Kellas, limpando as grossas espirais do vinho e do uísque. Kellas começou a explicar seu novo livro para M'Gurgan como se sempre tivesse pretendido que fosse desse jeito, embora as palavras lhe ocorressem enquanto falava. Explicou ao poeta como pretendia escrever um romance best seller voltado para o mercado militarista. Subverteria o gênero fazendo dos Estados Unidos o inimigo — não um grupo norte-americano isolado, mas o governo norte-americano, a maioria norte-americana, o modo de vida norte-americano. Os personagens norte-americanos seriam retratados como caricaturas estereotipadas, sem humor, degeneradas, ignorantes, de duas dimensões, enquanto seus correlatos europeus, os heróis e heroínas, seriam espirituosos, autênticos, amorosos, corajosos, admiráveis. O livro jogaria com o reservatório de antiamericanismo e patriotismo europeus que era profundo, mas pouco explorado. Os leitores seriam levados a acreditar numa guerra limitada para salvar a civilização, com um grupo misturado de guerreiros britânicos, franceses e alemães — e talvez até espanhóis, italianos e russos — derrotando uma pérfida conspiração norte-americana para impedir a justiça internacional. Os europeus iriam adorar. Seria denunciado em púlpitos e nas rádios dos Estados Unidos, e os norte-americanos iriam odiá-lo e comprá-lo em quantidades enormes para saber o que era tão importante denunciar. Kellas ainda não planejara a trama toda, mas incluiria com certeza uma cena em que os europeus invadiriam uma base aérea em East Anglia usando uma coleção de velhos veículos icônicos.

— Acho que vai ter um Austin Allegro — disse Kellas. — Uma inglesa dirigindo e um veterano da Legião Estrangeira derrubando um bombardeiro americano com um míssil disparado do teto solar.

M'Gurgan nada disse enquanto Kellas falava, e não o olhou, apenas ficou ali com as costas no pedestal, franzindo a testa e piscando, com a cabeça ligeiramente inclinada. Depois que Kellas terminou, houve silêncio por algum tempo. Um carro de polícia diminuiu a velocidade em frente a eles, e então acelerou e desapareceu.

— Como vai chamá-lo? — perguntou M'Gurgan.
— Não tenho um título ainda.
— Que tal *O Anticristo contra-ataca*?

Kellas sorriu. M'Gurgan perguntou se era sátira. Kellas ia dizer que sim e hesitou, pois não estaria dizendo a verdade. Balançou a cabeça. O livro só funcionaria se parecesse sinceramente superficial. Se fosse escrevê-lo, mentir para os leitores não seria necessário; tudo o que importaria seria mentir para si mesmo e acreditar quando fizesse do mundo um lugar mais simples, mais absurdo do que ele achava que era. Embora não tivesse passado muito tempo com prostitutas, e até agora tivesse evitado se tornar ele mesmo uma, compreendia o que fazia algumas delas mais populares do que outras. Era o oposto da sátira. Conseguiam dar de si mesmas uma aparência de sinceridade tão perfeita que era indistinguível da sinceridade verdadeira.

— Você sabe que eu estava falando sério quando disse que gostei de seu último — disse M'Gurgan. — Adorei *A manutenção da fúria*. Achei que você estava conseguindo alguma coisa com ele.

— Nunca o vi numa livraria.

— Você está com um ar péssimo. Acha que eu vou ser muito duro com você por causa disso?

— Talvez eu mude de ideia, como você.

— Não acho. Mas você não vai conseguir vender um livro como esse agora. Todo mundo acha que os Estados Unidos são o filhotinho ferido depois que as Torres Gêmeas caíram.

— O que você quer dizer, você não concorda?

— Você tem maior proximidade com soldados do que eu com elfos. Está indo para o Afeganistão na semana que vem. Eu não estou indo para uma floresta encantada para fazer mágica com uma turma de criaturas imaginárias. — M'Gurgan fez um gesto irritado com a mão, como se estivesse expulsando uma vespa da sala. — Todo mundo se compromete. É difícil ser puro.

Kellas pegou o trem de volta para Londres no dia seguinte. Já obtivera o visto russo. Voou para Moscou, obteve um visto para o Tadjiquistão, subornou para conseguir uma passagem na Tajikistan Airlines, pegou o avião para Dushanbe, arranjou um visto afegão e voou no avião verde-musgo para Faizabad. M'Gurgan estava errado. Quando Kellas voltou do Afeganistão, o campo de prisioneiros dos EUA em Guantánamo tinha sido instalado, e Kellas e outros como ele estavam atrás de mapas do Iraque. Em Londres, Frankfurt e Paris ouvia-se o rosnado do filhotinho. Não foi difícil vender seu livro.

O trem para Heathrow estava no túnel sob o aeroporto, reduzindo a velocidade. Kellas estendeu e dobrou os braços. Sentia-se pegajoso. Teria de comprar um curativo novo antes de embarcar no avião. Observou os executivos alinhando suas valises com rodinhas no corredor.

Havia uma mensagem que iria responder. Seu dedo digitou no teclado, dizendo para seu agente mandar via fax o contrato final do livro para o escritório de seus editores em Nova York. Iria assiná-lo lá. Saiu do trem nas sombras da ala sul da estação. Era o único que não estava com pressa. Ternos e valises com rodinhas passavam por ele. Leu a única contribuição de M'Gurgan para o fluxo de mensagens daquela manhã. Dizia: "Adam. Mais sangue e trevas do que você ou nós merecemos. Ligue-me."

Ele desligou o celular e foi em direção às escadas rolantes.

3

Kellas comprou uma passagem de primeira classe, só de ida, para Nova York num dos balcões das companhias aéreas. Nunca voara na primeira classe. A atendente foi simpática. Talvez sejam mais simpáticos depois que se paga 4 mil libras por uma poltrona de primeira classe. Era pagar uma quantia e tanto por menos de 1m² a mais, champanhe de graça e talheres de metal. Ele iria gastar como um ganhador da loteria por alguns dias. Talvez tivesse talento para ser rico. Andara observando-os. Percebera que faziam o luxo parecer algo que lhes estava sendo imposto, independentemente de sua vontade. Era impossível saber se desfrutavam o champanhe ou não. Era o que se fornecia, como água da torneira, e eles se resignavam.

— Pelo visto, veio da guerra — disse a atendente ao entregar-lhe os documentos. Tinha um nome cingalês. Usava um batom escuro, pesado, e tinha uma constelação de pintas minúsculas, como sardas, nas bochechas. Ela estava olhando o curativo sujo, que saía da manga, dava uma volta na base do polegar e entrava de novo.

— É verdade — disse Kellas. — É um ferimento de guerra.

Os cantos da boca da mulher inclinaram-se para baixo e seus olhos ficaram mais redondos.

— De onde? — perguntou.

— De Camden ontem à noite — disse ele.

— Seria melhor dar uma examinada antes de embarcar. Boa viagem — ela deu um amplo sorriso, ele agradeceu e afastou-se do balcão. Ela estava tentando se assegurar de que ele não se comportaria de forma inapropriada, sangrando como alguém da ralé no guardanapo engomado do recinto real do 747. Ele olhou em volta e no mesmo momento ela ergueu os olhos de sua tela, dando com os dele. Dessa vez ela não sorriu. Parecia ansiosa. Ele devia ter deixado de lado a gracinha do ferimento de guerra, só para ser simpático. As gerações anteriores da família da atendente deviam ser do Sri Lanka. Quem poderia saber que ferimentos de guerra de verdade flexionavam-se sinuosos e rosados, com pontos cicatrizados, sob bons jeans, saias e camisetas?

Depois de ter passado pelo check-in e pela segurança, Kellas foi até a Boots. Comprou uma cartela de pilhas AA e perguntou se eles tinham curativos. Tinham, em ampla variedade clínica, como se regimentos de feridos parassem regularmente para trocar seus curativos em trânsito por Heathrow. Quatro prateleiras repletas ostentavam o legado de cirurgiões do passado, com camadas de vantagens proclamadas como os anúncios de transatlânticos nos jornais antigos. Primeiros Socorros de Ponta — Detém Rapidamente o Sangramento — Curativos — Para Cortes e Escoriações Grandes — Absorve o Sangue — Hipoalergênico, dizia uma das caixas. Recuperação Rápida — Kit para Fechar a Pele — Para Cortes Profundos. Kellas pegou duas dessas, e duas bandagens (Alta Qualidade — Não Desfia — Bandagens que Mantêm os Curativos Firmes no Lugar). Usaria uma de cada, e o restante constituiria a sua bagagem na viagem para os Estados Unidos. Não queria entrar no salão da primeira classe com curativos desfiados. Quando chegou ao banheiro, uma reluzente gota de sangue fresco estava chegando à base de sua mão. Kellas agarrou um maço de papel-toalha da máquina mas um pingo caiu no piso antes que ele pudesse absorvê-lo. Um faxineiro num traje de poliéster verde colocou o balde no chão a alguma distância dele.

— O senhor não pode fazer isso aqui — disse, como se existisse um lugar em outra parte do aeroporto para esse fim, com seu próprio pictograma: um homenzinho sangrando, preto sobre amarelo.

— Desculpe — disse Kellas, agachando-se e removendo a mancha com uma esfregadela. — Preciso trocar o curativo.

Tirou o paletó, colocou-a perto da pia, arregaçou a manga manchada de sangue e pôs o braço com o curativo sob água corrente. Tinha feito um serviço péssimo, e iria fazer de novo, porque é difícil fazer um curativo em seu próprio antebraço. Tirou o pano esgarçado com que envolvera o corte, algumas horas antes, usando os dentes como uma terceira mão. Agora o pano parecia ter cem anos. Lavado, o corte era comprido, pouco profundo, um canal pegajoso onde o sangue coagulado se abrira e começara a sangrar de novo. Um médico poderia recomendar pontos, mas ele podia se virar sem. Ainda era difícil entender como o tinha feito, embora tivesse enchido a casa dos Cunnery com cacos irregulares e afiados em pouquíssimo tempo. Tinha sido eficiente o bastante daquele modo e só quando todas as mulheres — Melissa, Lucy, Sophie, Margot e Tara — estavam gritando e berrando juntas, ele ficara cansado e descuidado. Todos os homens, também; uma gritaria e vociferação contígua, como gado e lobos no curral juntos, perturbados em sua luta entre si por um inimigo comum mais terrível ali na planície. Talvez tivesse sido ver o sangue que os fizera deixar de segurá-lo tempo suficiente para ele conseguir fugir da casa.

Tirou o kit de curativo e a bandagem da sacola da Boots, removeu-os de suas caixas e plásticos e colocou-os dos dois lados da torneira. Os homens indo e vindo das pias dos dois lados olhavam rapidamente para seus suprimentos médicos. Ninguém perguntou nada, e os pontos de interrogação eram encobertos pelo som das descargas, das portas dos cubículos, zíperes e secadores de mãos. Kellas pegou o curativo e se preparou para usar os dentes. Sentiu uma mão em seu ombro e o faxineiro retirou o curativo da mão dele. Sem dizer nada, sem olhar para o rosto de Kellas até o fim, o faxineiro se encarregou do ferimento. Tinha mãos quentes e gentis, ligeiramente ásperas, e tratou Kellas com a firmeza paternal e cética de um barbeiro barato. Tinha cabelo encaracolado grisalho, bigode e um semblante norte-africano. Devia ter cerca de 50 anos. Um cheiro de colônia vinha de sua cabeça e pescoço. Kellas ficou grato pela ajuda e ainda mais grato porque o faxineiro nada dizia nem esperava que ele dissesse alguma coisa. Pretendera perguntar seu nome, e de onde ele era, mas quando o faxineiro terminou seu trabalho rápido e eficiente, afastou-se, pegou o cabo de seu esfregão e assentiu para ele. Kellas disse apenas: "Shukran", uma do punhado de palavras que memorizava desde que começara a aprender árabe alguns meses antes da invasão do Iraque.

O faxineiro sorriu.

— Não há de que — disse. — Boa viagem.

Quando Kellas voltou ao sombrio salão de embarque, sentiu um travo desagradável no fundo da boca e começou a piscar. O faxineiro tinha sido gentil; a gentileza não era algo bom para Kellas agora. Teria sido melhor se o faxineiro tivesse lhe dado um soco na cara. A gentileza em si era ótima, mas a vergonha sempre a seguia. Quando você vê gentileza, sabe logo que a vergonha está do outro lado da esquina, com todas as suas lamúrias, choradeiras e remorsos. Para onde o senhor está indo? Nova York? Que ótimo. E posso perguntar do que está fugindo? Seus inimigos? Isso não é o que diz aqui, senhor. Veja, diz: "Amigos".

O que ele precisava era ver os aviões, enormes, pesados, as asas grossas e as quatro turbinas correndo pela pista e flutuando livres do chão como misericórdia, como um milagre na direção do oceano. Quando os visse movendo-se e decolando, ficaria bem. Um deles o levaria até as nuvens e para o oeste azul. Ele não era um fugitivo, embora os outros pudessem pensar que sim. Voltara lá antes do amanhecer e deixara um cheque em branco na caixa de correio de Cunnery, com "o quanto precisar" escrito no verso, em maiúsculas, por alguma razão. Eles poderiam achar que estava se afastando deles, mas não sabiam que ele precisava se aproximar de outra pessoa. Ele quisera vê-la o ano todo e agora ela pedira que fosse encontrá-la, e ele estava indo. Kellas começou a andar na direção do portão de embarque.

Passou por uma mulher com jeans de cintura baixa e um suéter de lã cortado de forma a mostrar a barriga e os ombros. Tinha o cabelo penteado em anéis com laquê, batom escarlate no rosto bronzeado e um piercing de ouro no umbigo, e andava de salto alto, puxando uma mala atrás dela. Ela olhou de relance para ele e desviou os olhos. Ele gostaria de ter certeza de que não estava atravessando o Atlântico atrás de sexo. As pessoas faziam isso. Homens e mulheres voavam dezenas de milhares de milhas, gastando centenas de libras e milhares de litros de combustível de avião, apenas para fazer sexo, e não só os turistas sexuais de meia-idade ricos em Bangcoc ou Zanzibar, mas homens e mulheres jovens e atraentes de Londres, Brisbane ou Buenos Aires, que tinham se envolvido com alguém que morava do outro lado do mundo e que, mesmo que não gostassem tanto um do outro para se instalar mais perto, achavam mais fácil atravessar os oceanos a cada seis meses para tocar o corpo nu de sua contraparte do que achar alguém novo para compartilhar a cama em suas próprias cidades. Não era isso. Parte da ideia de viajar com tão pouca bagagem era sua esperança de que, ao chegar, a mulher que ele fora encontrar precisaria de menos peso para mantê-lo lá. Ele não queria perder seu sangue-frio. Claro que ela era bonita, mas muitas mulheres são, e não são nada agradáveis de se conviver; são apenas curadoras de sua própria beleza. Elas podiam mostrá-la apenas, mas quando a visita guiada terminava, não sobrava nada. Astrid era uma dessas mulheres, daquelas que habitavam a própria beleza. Era delas e elas moravam nela.

Ele a encontrara depois do anoitecer nos jardins do alojamento da Aliança do Norte, em Faizabad, em outubro de 2001. Os geradores estavam desligados e tudo o que ele pôde ver a princípio foi sua silhueta contra as estrelas. O céu estava denso de estrelas, e o rio se ouvia alto na curva que fazia em volta das rochas na base da afloração onde ficava o alojamento. Parecia a Kellas que ele e os outros estrangeiros espalhados em meio aos arbustos e árvores, murmurando em seus telefones via satélite, estavam à margem do cosmos, ouvindo o ruído do tempo. Estava ajoelhado na relva com a cabeça para trás, estupefato com a Via Láctea, quando a ouviu se movendo, e ela apareceu sobre ele.

As baterias do telefone via satélite de Astrid estavam gastas. Ela perguntou se podia ligar para seu editor e para seu pai do telefone de Kellas. Ele já tinha feito o mesmo tipo de ligação no mesmo tipo de ordem, e disse a ela que poderia falar quanto tempo quisesse. Ficou um pouco distante dela. Havia a luz verde do mostrador do telefone. Chegava até o rosto dela, mas ele não podia vê-la. Tinha sido apenas o vulto escuro movendo-se como uma asa sobre as estrelas e a voz dela pedindo para usar o telefone. De modo que naqueles primeiros minutos ele só a conhecera pela voz. Soara preocupada consigo mesma, mas quando ela falou havia uma hesitação e uma abertura, uma espécie de timidez respeitosa, como se para ela todo mundo fosse sábio até ser provado tolo, e ela não quisesse se arriscar a perder os atenciosos.

Quando Astrid terminou suas ligações, ficaram de pé conversando no jardim. Ambos tinham chegado naquele dia, Kellas de avião do Tadjiquistão, Astrid por terra num dos comboios vindos de Dushanbe, atravessando o rio Aru Darya, e então indo para o leste de caminhão. Nenhum dos dois estivera antes no Afeganistão.

— Eles têm um jeito de olhar para nós aqui. Para nós, os estrangeiros — disse Astrid. — Eles me fazem sentir menos real do que eles. Fazem com que eu me sinta gravada e projetada, como se pudesse ser desligada e deixar de existir, enquanto eles continuariam vivendo. Vou me sentar. Não estou me sentindo muito bem.

Sentaram na terra. Kellas estava começando a conseguir ver com a luz das estrelas e percebera que Astrid tinha o rosto estreito, com maçãs altas e uma boca larga e delicadamente delineada. Quando ela franzia o cenho, e o fazia com frequência quando falava, como que para assegurar aos outros e a si mesma que estava pensando seriamente, um padrão denso de quatro linhas horizontais aparecia em sua testa — fazia com que ela parecesse mais velha, e trazia dor; quando ela sorria, as linhas desapareciam e seu rosto brilhava com mais felicidade do que ela podia realmente usar para si mesma. Havia o bastante ali para todos.

Ele podia ver pela maneira cansada e impaciente como se movia que ela estava doente e se sentindo mal. A transição dele tinha sido mais ríspida do que a de Astrid. Não sabia naquela manhã se pegaria um voo ou não e, até o avião verde-musgo decolar do aeroporto de Dushanbe, duvidara seriamente. Ele e os outros correspondentes estrangeiros e os afegãos da Aliança vieram sentados em assentos de lona junto à fuselagem. Entre eles, ocupando a maior parte do espaço de carga do avião, havia duas toneladas de água em garrafas para a CNN. Quarenta minutos depois de levantarem voo aterrissaram numa faixa de terra e pedras aplainadas com as tiras de metal que os engenheiros militares usam quando têm pressa. Desembarcaram pela rampa traseira numa nuvem de poeira levantada pelas hélices do avião, que quando se dissipou deixou ver uma fileira de afegãos esperando e observando, deixando a poeira assentar. Para as crianças, a chegada do avião era a final, grandiosa, ridícula cena na peça do dia, e elas pulavam, cantando em inglês "How are you? How are you?" A maioria dos outros era de motoristas, mas eles não importunavam. Mantinham-se a distância, esperando os estrangeiros irem até eles. Um dos afegãos parecia não ter nenhuma outra razão para estar ali além de ver o avião chegar. Ele olhou para Kellas com uma intensidade vazia, com as mãos atrás das costas. Era um olhar que Kellas nunca vira antes, e veria de novo no Afeganistão, o olhar de homens espertos, curiosos e não educados, ansiosos por um mensageiro. Lutariam e morreriam por sua religião ali, mas um homem ousado poderia inscrever sua própria religião em olhos como aqueles, se tivesse a coragem e a religião fosse intensa o suficiente.

Kellas pôs sua bagagem num Uazik e por 25 dólares foi levado para a cidade por uma estrada cheia de crateras. De ambos os lados da via, mercadores acendiam lampiões de querosene em suas bancas de madeira. Havia um cheiro de cozinha. O país era repleto de escuridão e suas luzes e fogos brilhavam contra ela como gemas num pelo espesso. As dúvidas de Kellas em Londres pertenciam a alguma outra pessoa. Estava contente de ter sido mandado para esse outro mundo para cumprir tarefas, reportar para casa. Havia deveres e alguns eram dele.

— Talvez eu fique aqui por um bom tempo — disse Astrid. — Clareia minha cabeça. É meio... exaltante. Poderia me dar licença por um momento? — Ela foi até a borda do jardim. Kellas ouviu-a vomitando e tossindo. Ouviu um membro escorregando na relva, um grito e o som de um galho quebrando. Correu até lá e pegou Astrid pelos pulsos quando ela deslizava por uma margem íngreme até as rochas sobre o rio. Ele a ajudou a subir de volta e ela agradeceu. Seus pulsos estavam frios e úmidos e ela tremia levemente. Ele pôs a mão na testa dela. Estava fria e úmida.

— Isso foi tão estúpido — disse Astrid, rindo com alívio. — Não devia ter tentado vomitar no rio.
— É o que eles bebem aqui, também — disse Kellas.
— É — Astrid disse. — Não acho que tenha algo dele em mim.
— Você precisa se aquecer — disse Kellas. Voltaram para o alojamento quando o gerador começava a funcionar e as luzes se acenderam. Ele se certificou de que os poloneses com os quais ela dividia o quarto a fizessem deitar, tremendo, no saco de dormir, e voltou mais tarde com carneiro e arroz que os afegãos tinham cozinhado, um copo de chá e alguns comprimidos de ibuprofeno. Astrid consumiu tudo. Um grupo de suíços estava indo com dois Uaziks para Jabal-Saraj dali a um dia, ela disse, ambos poderiam ir com eles. Kellas disse que ela deveria repousar mais.

— Isso vai ter passado até amanhã de noite — disse Astrid rapidamente. Ela teve um calafrio de náusea, virou de lado e fechou os olhos. Mechas de seu cabelo estavam grudadas na testa.

Na manhã seguinte Kellas foi vê-la. Seu quarto ficava na outra extremidade do único corredor do prédio. Eram 7 horas e mal ficara claro. Os poloneses disseram que ela tinha saído. Deixara as coisas no quarto. Kellas caminhou até Faizabad, o esfumaçado amontoado de tijolos de barro, pedaços de madeira tortos e aberturas estreitas e escuras que ficava rente ao solo do vale e às encostas das montanhas como restos queimados numa panela. Trocou dólares por um punhado ensebado de dinheiro afegão e achou a casa de banhos da cidade, onde se despiu ante os olhos de homens rindo em calções ensopados e mergulhou seu corpo numa fonte que soltava vapor. Depois andou pelas vielas, por caminhos de palha e barro marcados por pegadas humanas e cascos de animais. Não havia muitos veículos. Toda vez que um Uazik ou um Kamaz ou um velho Toyota passava, era como um tigre numa coleira, rugindo e buzinando, separando meninos, velhos e mulheres em burcas azul-pálido como se nunca tivessem visto um motor.

Ocorreu a Kellas que, se ele falasse dari, teria podido achar Astrid facilmente. Era a única branca magra de calça jeans e um anoraque preto grande demais com cabelos loiros escapando de um chapéu *pakul*. Todos a teriam visto. Sentiu-se um tolo por não saber a língua.

    Chegou ao mercado, onde velhos que pareciam ter ouvido o choro de seus filhos desvanecer e se tornar silêncio vezes demais conduziam burros carregando cestos de raízes retorcidas de árvores serradas, arrancadas como os sisos do fundo das mandíbulas de colinas desmatadas, para vender como lenha. Encontrou Astrid com a cabeça inclinada na direção de uma gaiola onde havia um pássaro cinza gordo e singular.

— Aposto que eles o assam para você — disse Kellas, que estava com fome.

— Aposto que não — disse Astrid. — É uma perdiz de briga. A briga é amanhã, no entanto. Teremos de estar longe daqui. Eu apostaria meu dinheiro nesse aqui, que vai acabar com todas as perdizes da cidade. Viu os olhos dele? É um matador. O que você acha? Poderia levá-lo comigo para Jabal?

— Por que não? — disse Kellas. Não restava febre alguma nela. Ela parecia mais jovem. Ainda tinha leves rugas sob os olhos. Faziam-na parecer sábia. Ela tentou convencê-lo a comprar outra perdiz, para que eles pudessem promover brigas enquanto cruzavam a montanha.

— Se você quiser — disse Kellas. Uma das duas iria acabar na panela desse modo.

Astrid olhou-o de uma maneira que ele gostou, intensa e curiosa.

— Não, você tem razão — ela disse baixinho. — Foi uma ideia estúpida.

— Eu disse que sim.

— Mas não era o que você estava pensando, era? — indagou Astrid.

Ao amanhecer do dia seguinte, eles conseguiram lugares nos dois Uaziks alugados por uma equipe suíça de TV para a jornada de três dias através das montanhas até Jabal-Saraj, onde as tropas da Aliança estavam preparando uma última resistência contra os talibãs até que os norte-americanos começassem a atacar do ar seu novo inimigo comum, na planície de Shomali, nos portões de Cabul. Com o repórter e o câmera suíços, e o produtor esloveno deles, o intérprete tadjique, um acompanhante afegão e dois motoristas, eram um total de nove com suas bagagens nos carros quando partiram vale afora. O acompanhante era um ex-guarda-costas de Ahmed Shah Massoud, infinitamente orgulhoso de ter conhecido o herói do Hindu Kuch, um orgulho não danificado por seu fracasso em evitar que Massoud fosse assassinado pela al-Qaeda alguns dias antes dos ataques a Nova York e Washington. O guarda-costas era conveniente para passar uma conversa em cada uma das barreiras que encontravam, sempre três jovens com armas velhas e um pedaço de corda esticado de um lado a outro da estrada. Antes de partir, os ocidentais embrulharam seus equipamentos em filme plástico e enrolaram cachecóis em torno do rosto. O repórter suíço convidou Astrid para ir com ele, o câmera e o guarda-costas, enquanto Kellas foi com o intérprete e o produtor.

— O velho suíço, ele vai comer ela — disse o intérprete, Rustum, depois de meia hora de viagem. Disse sem ênfase, como se estivesse falando do passado, em vez do futuro.

— E se ela não quiser? — Kellas perguntou. Estava desconfiado do produtor, um indivíduo bronzeado e temperamental esperando sua oportunidade para virar Werner Herzog assim que tivessem um dia inteiro de terra selvagem de ambos os lados deles.

— Para onde ela irá? — perguntou o intérprete, mas com menos confiança, surpreso e então mal-humorado com a asserção de Kellas de que Astrid era capaz de ação independente. Tinha 25 anos. Já fizera uma lucrativa viagem de ida e volta ao Afeganistão desde que as grandes redes de TV ocidentais tinham redescoberto o país. Alisou o bigode e apoiou o queixo no ombro do produtor esloveno no banco da frente.

— O que você acha, Alex? — disse.

— Cinquenta anos é velho? — disse Alex. — Não para um suíço.

Inicialmente a estrada era uma faixa de pedras pequenas meio soltas meio embutidas no solo que se tornara poeira tão fina quanto talco. A cada segundo, o velho veículo do exército soviético dava um solavanco fazendo os passageiros pularem em seus lugares. A poeira se espalhava dos pneus na frente do Uazik, tão fluida como leite antes de se erguer alta e envolvê-los, de modo que o dia ficou amarelo e eles apertaram bem os cachecóis sobre suas bocas e narizes. Era meados de outubro, e eles estavam muitas centenas de metros acima do nível do mar, e subindo mais, mas o sol brilhava. Estava quente. Mais alto, a poeira diminuiu e as pedras na estrada ficaram piores, rochas redondas do tamanho de cabeças de vaca, com buracos entre elas. Por mais alto que subissem sempre havia aclives abruptos de rocha vermelha e seixos dos dois lados, em um gradiente elevado para cumes implausivelmente próximos do céu. Passaram por caminhões de munição, caixas com a palavra "Granadas" deslocando-se nas caçambas abertas com cada solavanco, e a água da CNN, e tropas de mulas brutalizadas carregando cestos cheios de estrume seco. Passaram em volta de lagos cor de sangue e lagos cor de relva. Na primeira travessia de um rio, pararam, e todos desceram, exceto os motoristas. A ponte era uma fileira de troncos tortos soltos colocados de uma margem a outra sem serem presos a nenhum dos lados, ou entre eles. Os motoristas atravessaram com célere temeridade e os outros foram a pé. Quando voltaram para os carros, Astrid mudou de veículo. Sentou no meio do banco traseiro, entre Rustum e Kellas. Kellas percebeu que ela sentara-se cautelosamente.

— Espere — disse ela, erguendo a mão quando ele tentou entrar ao lado dela. Ela pôs a mão na cintura do jeans, com o anoraque, e tirou uma pistola.

— Nunca vi um repórter com uma dessas antes — disse Kellas.

— Acabei de comprar do guarda-costas. Ele queria 500 por ela mas eu barganhei até baixar para 120. Não se preocupe, o cartucho não está dentro. Veja. Fique de lado por um instante.

Ela segurou o deselegante objeto em forma de L pelo cabo, acionou o mecanismo para a frente e para trás, espiou no cano, segurou a arma com as duas mãos, apontou-a pela porta aberta para a rocha, fechou um olho, mirou e puxou o gatilho até o cão atingir com um ruído seco que ressoou na câmara vazia.

— Que pedaço fajuto de lixo soviético — ela disse. — Deviam prensar essas como chaleiras de lata na época deles.

Abriu o zíper de um bolso, tirou um par de luvas de esqui, pôs a arma dentro e recolocou as luvas por cima.

— Entre, Adam, vamos embora. Não me olhe com essa cara. Você nem imagina o tipo de besteira santimonial que tive de ouvir dos suíços. Mais ainda agora que eles sabem que não podem se aproveitar de mim. O que se pode ver no carro da frente é Nietzsche em ação. "Em verdade eu ri daqueles que pensam que são virtuosos porque suas garras são cegas."

— Eu não disse? — exclamou Rustum, batendo com a palma da mão no joelho e puxando seu bigode com a outra.

— Não há lei aqui — disse Astrid. — Mulheres solteiras precisam de proteção.

— Estou enjoado de armas — disse Kellas. — Há armas demais neste país.

— Aqui está uma fora de circulação. — Ela sorriu e bateu no bolso. A compra a deixara animada. A consciência de Kellas o impelia a dizer que não aprovava, enquanto alguma outra força o deixava tonto e piscando, como se tivesse saído na luz ofuscante do presente depois de muito tempo numa câmara escura. Achava insensato um jornalista andar armado. Armas atraem armas. Mas não havia indignação sobrando nele. Não se importava. Perguntou a Astrid se conseguiria reembolso como despesa de viagem.

— Pagaram por um capacete e um colete, que eu deixei para trás — ela disse. — Devem estar jogando fora mil por semana em seguro. Podem muito bem juntar 120 pratas para uma das festas de sábado à noite do Kremlin.

— Isso a torna uma combatente — disse Kellas.

— Ah, e você por acaso não é um combatente? — Astrid riu. — O que acha que está fazendo aqui? Está procurando a guerra. Você a está vendendo. É o bastante. Você está nela. Você se alistou.

— Vocês, maníacos por armas, são péssimos comediantes — disse Alex, o produtor esloveno. Ele não se virou. Ergueu a cabeça e eles viram o traço borrado de seus olhos no retrovisor com a estrada de pedras chacoalhando o Uazik.

— Não sou uma maníaca por armas — Astrid disse.

— Talvez não — Alex disse. Estava gritando sobre o barulho da viagem. — Você não é homem. Talvez isso faça diferença. Eu costumava achar que os homens adoram armas porque faz com que pareçam sérios. É a morte num tubo, e a morte é séria, certo? Carregar a morte consigo faz de você uma pessoa séria. Vi o que aconteceu com amigos meus que se alistaram e entraram em unidades de elite, sabe, essa besteira das forças especiais. Vi o que aconteceu. Eram caras que realmente queriam ser capazes de fazer as pessoas rirem, mas eram tão estúpidos que não conseguiam contar uma piada. Não conseguiam nem mesmo contar uma história engraçada. E todas as piadas do mundo são variações de uma só: homem andando na rua, escorrega numa casca de banana, cai, fica parecendo bobo. É a única coisa que os maníacos por armas entendem sobre a comédia. Entendem que a morte é a maior piada de casca de banana de todas. É a coisa mais ridícula que acontece a alguém. Um momento você está andando, ei ei ei, o rei do mundo, o cara orgulhoso, o centro do universo. E então, bang! O comediante puxa o gatilho e o cara orgulhoso vira 80 quilos de carne. Muito mais engraçado que uma torta na cara. Os maníacos por armas são péssimos comediantes, e estão sempre ansiosos por contar a única piada que sabem. É uma piada fatal, final, sem volta, estão loucos para contá-la, e sabem que não podem.

— Essa é boa. Use essa quando os índios avançarem da montanha ali — Astrid disse. — Use essa sua filosofia porque eu não vou ajudá-lo.

No dia seguinte, depois de passarem a noite numa aldeia onde os homens punham as mãos dentro das dobras de suas roupas e tiravam pedaços de lápis-lazúli para vender, o comboio fez uma parada ao meio-dia num mercado do lado de fora das muralhas da fortaleza de um senhor da guerra. Comeram kebabs com gosto de gasolina. Nuvens escondiam os picos das montanhas e o ar estava pegajoso. Cheirava a inverno. O pasto era ralo e barrento. Os mercadores, e os homens que não eram mercadores mas ficavam de cócoras observando, olhavam para eles como se avaliassem o valor que possuíam, e a força do grupo deles. As muralhas da fortaleza tinham 6 metros de altura, feitas da mesma rocha da qual emergiam, e eram cravadas de seteiras.

Enquanto comiam, um comboio de três carros chegou, voltando para Faizabad. Pararam próximo aos Uaziks da equipe suíça e os ocupantes desceram. Kellas reconheceu Miriam Hersh, da Reuters. Ela veio até onde ele e Astrid estavam. Kellas beijou-a nas duas bochechas e Miriam contou como Jabal-Saraj estava decadente, como estava lotado demais, como pouca coisa acontecia.

Ela estava indo para casa. Kellas perguntou onde era a sua base agora e ela o olhou com olhos cansados, úmidos.

— É isso, acabou — ela disse. — Quando falei casa, quis dizer casa mesmo. Londres. A Reuters está me mandando de volta de vez. — O vento fez seu cabelo cair no rosto, e ela o jogou para trás, puxando as mangas do casaco de lã sobre as mãos. Estava começando a tremer de frio. — Já é hora. Fiquei fora tempo suficiente. — Ela fungou e mudou seu peso de um pé para o outro. — Não quero ser uma expatriada profissional quando tiver 50 anos.

— Miriam e eu nos conhecemos quando a minha base era em Varsóvia — Kellas disse para Astrid.

— Sua base? — Miriam riu. — Quando é que você alguma vez teve uma base em qualquer lugar?

Kellas corou.

— Era, sim — disse.

Miriam sorriu para ele, embora seus ombros estivessem tremendo, e dirigiu-se a Astrid.

— Adam ficou famoso na Europa Oriental na década de 1990 por nunca morar numa cidade por mais de seis meses. E ele ficou por lá... quanto tempo? Dez anos?

— Nove — disse Kellas. — Dois deles em Praga.

— Mas não foram anos consecutivos em Praga, foram? — Miriam perguntou. — Era como um rei deslocando sua residência por seus domínios. Seis meses em Budapeste, quatro em Kiev...

— Acho que soa como uma vida muito boa — Astrid disse.

— Sabe como é — Kellas disse, olhando de um rosto para outro. — Você fica num país por mais do que alguns meses, e começa a saber tanto dele que seus editores não têm mais certeza sobre o que você está falando. Eles querem que você recupere um pouco de sua ignorância. Você se distanciou muito dos leitores.

— O que ele quer dizer é que nunca estava satisfeito — Miriam disse a Astrid. Kellas riu e negou. — Você é um bom repórter, mas não é dotado de muito poder de permanência — Miriam continuou. — É o oposto desses repórteres da TV que acham que porque eles estão em algum lugar, aquele lugar deve ser onde as notícias estão. Onde quer que você estivesse, você tinha certeza que o lugar não era *o certo*. O que quer que *o certo* fosse, era em algum outro lugar.

— E uma mulher em cada porto? — Astrid perguntou.

— São países sem acesso ao mar — Kellas disse.

Miriam estava pulando no mesmo lugar. Pusera uma sacola no caminhão errado quando estava partindo de Jabal e ficara sem suas roupas de inverno.

— Tenho um par extra de luvas — Astrid disse. — Não preciso delas.

— Se você tem certeza... Pode salvar meus dedos.

Astrid abriu o zíper do bolso. Um dedo da luva ficara preso no gatilho da pistola e quando ela as tirou a arma veio junto. Caiu na relva. Astrid entregou as luvas para Miriam, pegou a pistola e a pôs de volta no bolso. Miriam seguiu a arma com os olhos.

— Pensei que você fosse uma jornalista — ela disse, pondo as luvas.

— Há algo em mim que faz com que você pense diferente?

— A arma. Para quem você trabalha, *Stars and Stripes*?

— Espero que as luvas a ajudem a se manter aquecida — Astrid disse, fixando os olhos nos de Miriam. — Você precisa ser mais cuidadosa com suas coisas.

— Eu agradeço — disse Miriam, debilmente, acuada pelo olhar de Astrid. — Mando-as de volta quando chegar em casa.

— Não precisa — disse Astrid. Foi até o Uazik em que estava viajando e tirou da traseira sua mochila. Kellas ouviu o som mínimo de seus pulmões quando ela a ergueu, mas ao mesmo tempo os companheiros de viagem chamaram Miriam, ligando os motores.

— Preciso ir — disse Miriam. — Você está viajando com ela?

— Astrid. Astrid Walsh. Trabalha para o *DC Monthly*.

— Espero que você compreenda o risco que ela é.

— Você a conhece?

— Ela simplesmente acabou de deixar cair a porra de uma arma do bolso. É justa causa para demissão em todas as empresas que conheço. Dá para ver que é uma doida. Uma groupie de militares. Conheço o tipo. É uma dessas mulheres que não tem nenhuma amiga mulher. Você devia esperar aqui por outro comboio.

— Ela é legal — disse Kellas. — Excêntrica.

Miriam apertou os lábios e olhou Kellas fixamente, segurando a respiração. Soltou-a.

— Já entendi. Ia dizer para você ficar longe dela, mas... já entendi. — Desejaram boa sorte um ao outro e Miriam voltou para o próprio comboio.

Naquela tarde os carros de Kellas e Astrid cruzaram a passagem de Anjuman. A estrada era uma trilha sinuosa de pedras pretas e neve compactada. Dos dois lados a cobertura de neve tinha alguns centímetros. Quando atravessavam o ponto mais alto, uma nevasca veio e duas vezes eles tiveram de descer para empurrar os Uaziks. Kellas e Astrid ficaram lado a lado, com Alex e Rustum do lado de cada um deles, com as mãos na porta traseira do Uazik, e puseram seu peso contra ele. Seus pulmões doíam e a cabeça girava por causa da altitude. Os motoristas disseram que dali a uma semana só cavalos conseguiriam passar. Na descida, Astrid tentou encostar a cabeça no ombro de Kellas e dormir um pouco, mas os solavancos da estrada a acordavam o tempo todo. Quando estavam em seus sacos de dormir num alojamento no alto do vale do Panjshir, Kellas observou Astrid dormindo, e viu como as quatro linhas na testa se acentuavam, então relaxavam e desapareciam, para depois voltarem.

Na manhã seguinte, quando estavam se preparando para partir, o humor de Astrid mudou. O rosto dela assumiu uma expressão remota e ela lhe disse secamente que ia ficar ali. Iria para Jabal depois.

Kellas estava ajoelhado junto a sua mochila, com suas coisas espalhadas em volta dele, as roupas de inverno, a garrafa de uísque para o correspondente do *Citizen* que ele ia substituir, os livros. Sentiu uma secura estranha na língua e se deu conta de que estava boquiaberto. Limpou a garganta e perguntou a ela o que acontecera. Astrid olhou para ele como uma predadora para quem ele não era a presa, fria, distante, e orgulhosa de si mesma, sem o menor indício de alguma necessidade social humana. Não respondeu e deu-lhe as costas.

Kellas entrou no Uazik sem ela e eles partiram. A viagem sacudiu-o mais com dois em vez de três no banco de trás, sem o corpo de Astrid para segurar o seu. Não estava incomodado com a súbita mudança de humor dela, mas ficara surpreso. Passou a manhã pensando em Astrid, e em por que ela significava tão pouco para ele. Sacolejando através do Panjshir seus pensamentos ficaram mais sombrios. As montanhas ficavam mais perto e eram mais íngremes, fazendo sombras mais persistentes. Ao entardecer ele estava tomado pela sensação solitária de ter sido trapaceado como a de quando todos os personagens preferidos de um drama morrem, mas o drama ainda continua. Quando ele tentou se lembrar do rosto de Astrid, para tentar entender por que não se importava, não teve certeza de estar se lembrando bem dele. Teria sido mais fácil se ela estivesse ali. A única coisa que ele tinha certeza de se lembrar era o som mínimo que vinha de dentro dela quando ela punha a mochila nas costas. Ouviu aquela memória da vida nela até ficar escuro e os faróis do Uazik enfim iluminarem uma estrada coberta de cascalho.

4

Uma voz gravada em Heathrow informou o embarque do voo de Kellas. Ele passou pelo último grupo de lojas antes de chegar ao portão. Havia uma livraria, e ele não tinha nada para ler. Parou perto da entrada, olhando a primeira mesa, onde estavam empilhados exemplares de um revelador manifesto liberal norte-americano intitulado *De Platão à OTAN*. Se chegasse um pouco mais perto havia o risco de se deparar com exemplares de um livro com uma capa verde e vermelha que ele andava evitando desde que fora publicado, embora o tivesse lido duas vezes. Vira-o na noite anterior na casa de Cunnery. Tinham ido buscá-lo; tinha sido autografado. Conversas e eventos, cuja memória lhe veio, se seguiram, ameaçando seus passos. Desviou-se da livraria e foi até o portão de embarque, de mãos vazias, furioso e ávido por champanhe.

Saiu da rampa para o odor elétrico do avião e o ruído do gerador. Por um momento fez parte da laboriosa demora na entrada do avião, uma procissão tangida firmemente pelas bocas sorridentes da tripulação, até descobrirem que era um dos privilegiados e indicarem para seguir à esquerda até a cabine da primeira classe. Os passageiros que já haviam embarcado nela estavam refestelados em vastas poltronas, afundados em dobras e pregas de couro tingido como crianças da realeza. Encontrou seu lugar junto à janela. Na poltrona do corredor ao lado da dele estava sentada uma mulher alta e corpulenta de uns 20 e tantos anos usando pérolas e um tailleur caro da cor e da textura de pétalas de lírios brancos. Ali, no nariz do 747, havia tanto espaço que ela não precisou mover os pés, e muito menos se levantar, para ele passar. Ela ergueu os olhos do livro que estava lendo. Ele pôde ver que era em chinês ou japonês. Sorriu para ele e ambos disseram "oi". Kellas colocou o cinto de segurança. Ficou mexendo no fecho, roeu as unhas e estava suando. Não tinha medo de voar. Era o solo que estava lhe fazendo mal. Quanto mais tempo o avião ficasse parado, quanto mais rituais, toalhas quentes — por que as pessoas limpavam o rosto com elas? Andavam com o rosto sujo? — quanto mais falação tranquila do piloto, mais improvável parecia que aquele pesado crucifixo de metal de casca fina entupido de viajantes fosse capaz de transportá-lo daquela ilha, atravessando o oceano para bem longe da vergonha que crescia dentro dele. Como contas do rosário em seus dedos, sentia e contava as coisas que fizera e dissera na casa de Cunnery. Ainda seria possível que... se há algum Sr. Kellas a bordo, ele poderia se apresentar? Ele antecipou o frio das algemas contra a pele de seus pulsos, e o peso. Olhou sobre o ombro. Havia passos rápidos no corredor, quase correndo, e tecido escuro. Era um dos comissários de bordo. Olhou para Kellas, pôs a mão na boca, dobrou os joelhos, e tocou-o no ombro.

— Eu o assustei? Ah, desculpe. Estou tão atarefado hoje! Está tudo bem?

— Tudo bem, estou ótimo — disse Kellas, com a sensação de que tinha derramado algo sobre si mesmo. Estava visualizando os oito convidados em volta da mesa de Cunnery. Cunnery à sua esquerda. Sophie M'Gurgan à direita. Lucy Flagg à sua frente, Pat M'Gurgan ao lado dela, Joe Betchcott com um suéter justo demais, e Margot e Melissa na outra ponta. A mente é difícil de manipular, com seus processos automáticos. O que ele queria fixar era a pergunta sobre o Afeganistão para a qual dera uma resposta tão direta. Preferiria ter isso como o ponto de partida daquele incômodo peso da culpa, enorme em seu estômago. Teria gostado de manter os outros detalhes como outra classe de lembranças, separadas por um fosso do resto. Mas a mente era democrática, uma sintetizadora. Conectava tudo. Lembrava, por exemplo, que Sophie observara como ele olhava para o decote de Lucy, profundo e fresco nas curvas acentuadas do vestido. Que todo mundo, não só Lucy, ouvira-o dizendo a ela que estava muito sexy. Que xingara Joe Betchcott de "punheteiro fascista de merda" bem antes da pergunta ter acontecido, quando havia tomado apenas um drinque. O pior de tudo é que não ficara bêbado em momento algum. Precisava de uma bebida agora, para dominar a inércia da mente organizadora. Precisava ser controlado. Precisava apagar da memória que a sua resposta à pergunta sobre a guerra tivera algo a ver com a visão das pilhas de talheres reluzentes e os múltiplos garfos na sala de jantar, que o fizeram observar para Cunnery a surpreendente ausência de pinças de prata para escargot, em um tom que soou sarcástico, invejoso e malicioso. Poderia ele, com alguma justiça, denegrir o filho único Liam Cunnery por usar a prataria de seus falecidos pais com os convidados para o jantar? Seria o caso de se esperar que ele, enquanto socialista confesso, tivesse vendido a prataria e doado o dinheiro para a causa? Talvez. Embora Cunnery tivesse os talheres, Kellas teria ficado mais ofendido se a mesa tivesse sido arrumada com garfos e facas comuns. A alma de Kellas não tinha se remoído da mesma maneira em outros banquetes. Fora uma exibição de luxo a recepção que Rab Balgillo dera em seu casamento, na fazenda de seu sogro em Orkney alguns anos antes, e não lhe parecera apenas generoso. Balgillo gastara, sua família gastara, a família da noiva gastara; todo mundo gastara, inclusive Kellas, e todo o longo fim de semana em Orkney tinha sido nada mais do que pura alegria. Os M'Gurgan estavam profundamente endividados na época, e Kellas estava ganhando bem como freelancer. Foram dias de insistência até conseguir que Pat e Sophie aceitassem seu dinheiro para pagar as despesas da viagem e então prometessem que nunca tentariam pagar a dívida, ou a mencionariam de novo. Os dias do banquete serviram para reuni-los; Kellas e Katerina voaram de Praga a Edimburgo, e alugaram um carro para ir a Duncairn na casa dos pais de Kellas. Pat e Sophie se juntaram a eles e foram juntos até Thurso, onde pegaram a balsa para Stromness.

Era o meio do verão no norte e o sol mal se punha. Passaram as noites tingidos de vermelho e dourado. Embora Katerina fosse de longe a pessoa mais bela no casamento, isso não importava na luz do anoitecer; na radiância todas as formas humanas pareciam demonstrar uma nobreza implícita. Pat, Sophie, Kellas, Katerina, Rab, sua noiva Leslie e a artista Hephzibah Cooper ficavam na relva junto aos menires, ouvindo os insetos, fazendo cócegas uns nos outros com junça, e falando bobagens sobre o universo e as ilhas. Quando o vento soprava, era cálido e trazia o cheiro de turfa e água salgada. Kellas passou um bom tempo olhando a fina corrente de ouro na nuca de Katerina enquanto Hephzibah falava que as pedras eretas tinham três metros sob a terra, e alguém perguntou como ela sabia, e ela disse que Rab lhe contara, o que Rab negou. As vozes e risadas vinham até Kellas através da vegetação ondulante e ele ouvia, esperando a próxima lufada de vento despentear os cabelos de Katerina para que ela os arrumasse novamente.

A festa ocorreu num celeiro decorado com o feno do sogro fazendeiro e com cavalos selados e prontos para serem montados pelos convidados, que tinham sido instruídos a se vestir em estilo western. Kellas e Katerina usavam calças jeans e camisas xadrez, com chapéus de caubói e estrelas de xerife de uma loja de brinquedos em Kirkwall. Sophie comprara botas costuradas à mão, uma camisa bordada, uma gravata de cadarço e um chapéu Stetson autêntico; Pat estava ótimo como Pancho Villa, com bandoleiras, um sombreiro e um bigode de plástico de 12 centímetros. A banda tocou até as 2 horas e Katerina dançou com um convidado vestido de cacto. Só o rosto dele aparecia, a fantasia era inteiramente rígida, e no meio do Gay Gordons ele caiu e rolou no chão, se sacudindo como um besouro de pernas para o ar.

Às 4 horas da manhã o sol já estava bem acima do horizonte e Kellas, Katerina, M'Gurgan, Sophie, Hephzibah, Rab e Leslie bebiam no chão da sala da casa de Leslie. Alguém perguntou a M'Gurgan como era a casa dos pais de Kellas e ele quis saber se os outros conheciam a história do gato. M'Gurgan estava com o sorriso convidativo do contador de histórias ao mencionar o caso e quando disse a Kellas: "Conte-a você", Kellas rebateu:

— Não, você conta.

— Tínhamos voltado do pub — começou M'Gurgan — e estávamos sentados na cozinha. As mulheres já tinham subido e o pai de Adam apareceu pronto para ir para a cama, o que é uma operação considerável. Ele passa uma hora patrulhando a casa, assegurando-se de que está tudo desligado, as portas duplamente trancadas, o aquecimento em temperatura tropical. Os lasers estão preparados. Sabe, estacas saindo das paredes para empalar intrusos. Então, ele fez suas rondas e lá está ele no roupão albanês e um gorro com borla do Uzbequistão, que ele só usa quando Adam está lá porque são essas coisas que o filho lhe dá de presente quando volta de suas missões no cu do mundo. E o pai de Adam nos diz: "Vocês poderiam se certificar de que o gato, depois que entrar, não saia mais?" E ele nos mostra como trancar a portinhola do gato, e vai para a cama. A tarefa designada parece fácil, e continuamos conversando. Algum tempo e uns uísques depois, vem um som da porta dos fundos. Eu já tinha ouvido gatos entrando por portinholas antes. Tenho experiência, e sei que são criaturas muito ágeis. Não importa o tamanho deles; deslizam pela abertura pequena com apenas um leve ruído, algo como "claque", e pronto, entraram. Mas esse som foi diferente. Faltou um pedaço. Ouvimos o "cla", e ficamos esperando... e nada do "que". Então fomos lá olhar. O gato é gigantesco! É do tamanho de uma ovelha. E está entalado no meio da portinhola, com a cabeça e as patas da frente dentro, e a traseira e as patas de trás do lado de fora. Parece um leão que tentou pular por um aro. Então pergunto a Adam que diabos é aquele Gargântua e ele diz que seus pais acabaram de arranjá-lo, que é a primeira vez que o vê. Então abrimos a porta, e o gato apenas vem junto com ela. Daí Adam sai, fechamos a porta, e ele põe as mãos na traseira do gato e empurra, e eu pego as patas da frente e puxo. E Adam fica dizendo: "Não o machuque!", e eu estou tentando puxar com delicadeza, e o gato me olha muito calmo e enfia suas garras em minhas mãos. Profundamente. Dou um pulo para trás, bato a cabeça, e começo a xingar o gato e Adam diz: "Fale baixo, meu pai tem sono leve." Estou tentando fazer o sangue estancar e então percebo que as coisas não estão boas para o gato. Está fazendo uns barulhinhos arfantes, como duas ratazanas trepando, imagino. Enquanto isso Adam está ficando realmente nervoso e eu tenho uma ideia: usarmos manteiga para deixar o gato escorregadio. Adam começa a procurar em volta e tudo o que ele acha é uma garrafa de azeite de oliva extravirgem. E é então que percebo o estilo de vida que Adam tem porque ele começa a despejar azeite de oliva no gato. Sabe, como se fosse uma salada de rúcula. Estou esperando ele começar a ralar parmesão. Daí eu espalho o azeite no gato e retomamos nossas posições, eu puxo, ele empurra, o gato grita como um louco e voa da porta para a cozinha. O episódio seguinte é o pai de Adam aparecendo enfurecido em sua roupa de dormir libanesa, gritando conosco por causa da algazarra que estávamos fazendo. Explicamos que o gato entalou na portinhola. O pai de Adam olha para aquele enorme animal mutante arfando no chão, as patas cobertas com meu sangue e a barriga untada com azeite de oliva extravirgem como uma entrada *avant-garde* de um restaurante no norte de Londres, e diz: "Nunca vi esse animal na minha vida!"

No avião, Kellas riu alto. M'Gurgan ainda estava usando o bigode postiço enquanto contava a história. Um golpe duro e frio atravessou o riso de Kellas e ele sentiu os músculos em volta da boca amolecerem e os lábios se fecharem. Depois do que acontecera, depois do que ele fizera, não parecia mais possível que alguma vez voltasse a estar com os M'Gurgan na mesma sala de novo.

O Boeing afastou-se do porão de embarque. De onde Kellas estava sentado, tão perto da frente, o ruído das turbinas acelerando parecia bem distante. Assim que o avião virou e começou a mover-se para a frente com sua própria força, Kellas sentiu a vergonha começar a derreter dentro dele. Juntaram-se à fila de aviões esperando para usar a pista. As altas caudas se moviam umas junto às outras como velas em um porto, e as estreitas linhas de janelas das cabines ficavam escuras e brilhavam ao sol como os olhos de animais de corrida antes de ser dada a largada. Quando o 747 levando Kellas se posicionou no começo da pista, e o som de um súbito aumento do combustível queimando em turbinas do tamanho de fornalhas chegou a seus ouvidos, remoto e abafado, como trovão a distância, a vergonha do que ele fizera tinha quase desaparecido. Quando o avião acelerou e ele foi pressionado para trás na poltrona, e a fuselagem do 747 balançou um pouco, e os copos no carrinho retiniram uns nos outros como dentes de cristal, a vergonha sumiu; e quando o avião deixou o solo, as faces e sons da noite anterior em Camden ficaram para trás. A velha ilha o soltara às graças do ar como uma árvore retorcida deixando cair um broto, e embora ainda estivesse tão perdido quanto qualquer um, sua perdição tinha um vetor e uma velocidade levando-o para longe das testemunhas do que ele fizera.

O avião inclinou-se enquanto subia. Kellas olhou pela janela para as asas lá atrás. Gostava de vê-las dobrar, adejar um pouco nas pontas ao fazer o esforço de virar o grande Jumbo através do ar espesso, os fiapos de vapor saindo da borda como fumaça. O céu estava congestionado, o piloto informou, e nivelariam em baixa altitude sobre o oeste do país por algum tempo antes de subir para o alto e frio corredor transatlântico de jatos.

Nas terras lá embaixo havia cobertores de geada nas elevações e linhas de neve nas partes sombreadas, que não derretera da semana anterior. A Inglaterra tinha uma base verde, mesmo no meio do inverno. A distância conferia mistério ao lugar, a qualquer lugar. Dali não era possível saber que era uma ilha; tinha uma dimensão própria, uma majestade amarrotada, nebulosa. A 3 mil metros de altura as pessoas só existiam no solo se você as imaginasse. Kellas podia distinguir o braille semilegível das aldeias e fazendas lá embaixo, mas não conseguia imaginar seus moradores. Daquela altitude, era mais fácil situar o rei Artur dormindo na névoa dos pântanos galeses, e Titânia e Oberon cobertos por aqueles bosques fofos, do que popular as cidades com os milhões de pessoas reais. O melhor que se poderia esperar de um estrangeiro olhando para baixo, um norte-americano, árabe ou africano que nunca estivera na ilha, era que a considerasse mais do que a sala onde Elvis se encontra com Tintin cada um a caminho de outro lugar. Que eles construíssem algum fac-símile decente da vida lá embaixo na relva, tijolo e pedra cinza, percebessem o veio humano constituindo a textura da vista. Caso contrário, o que poderia o olho ver ao espiar de tão alto uma terra estrangeira, exceto a história em vez do ontem, a profecia em vez do amanhã, e um hoje que era ou uma vista, ou um alvo.

Era mais ou menos daquela altitude que os pilotos de F-18 veriam a planície de Shomali, entre Cabul e Jabal-Saraj na foz do Panjshir. Três mil metros era a altura que um Stinger podia alcançar para derrubá-los, e nenhum nunca fora derrubado. Os pilotos tinham deixado as cabines com ar-condicionado de seus porta-aviões, voado sobre o Paquistão até o Afeganistão e tatuado a terra com bombas, e então voado para casa para uma refeição e um banho. Ainda estavam fazendo isso. Atingir era também uma maneira de tocar. Mas se atingir era a única maneira de tocar que você tinha, danificava quem se tocava tão gravemente que, quando você fosse abraçá-los, recuariam de você.

Os pilotos viam o que faziam de longe. Não podiam aterrissar. Sempre houve a distância. Os Estados Unidos viajavam de milhares de quilômetros de distância e seu sentido de tato detinha-se 5 quilômetros antes. Jogavam as bombas, e se afastavam de novo. Não era inteiramente uma questão de retribuição, por mais forte que fosse a paixão de vingança então. Havia curiosidade nessa atitude, e uma espécie de remorso. Em qualquer ato de ferir há subjacente o fantasma da intimidade. Como os 19 mártires cujo suicídio os convocara ao Afeganistão, os pilotos norte-americanos mostravam que o poder que representavam era grande e sua causa, irresistível. Não tinham medo de matar ou morrer. E, no entanto, nenhuma destruição existia sem um momento de compreensão, um instante em que o bombardeador imaginava aqueles que bombardeava, todo o seu desprezo e desafio em relação a suas vítimas imaginadas convergindo em um abraço de morte forçado. O bombardeador compreendia quem estava matando e o bombardeado compreendia por quem estava sendo morto, e os dois se tornavam um só. No Afeganistão, Kellas se perguntara quando ocorria esse momento de união e consumação. Seria no instante em que os sequestradores viram o vidro das torres preenchendo as janelas da cabine, e as pessoas trabalhando nos escritórios viram uma sombra tragar a luz? O momento em que seus corpos se vaporizaram juntos numa explosão incandescente de combustível, e suas consciências permaneceram pelo instante necessário para compreender? Quando os talibãs sentiam o gosto da poeira espalhada pelas bombas norte-americanas caindo em volta deles, ou quando os Estados Unidos e seus pilotos viam a explosão dessas bombas nas telas?

Kellas observara os jatos farreando sobre as paredes de barro, canais de irrigação e bosques de amoreiras no lado norte da planície. Uma vez ele quase pisara numa mina, seguindo as guinadas do avião contra o azul e não olhando por onde andava. O som das turbinas dos F-18 encobrira os gritos de seus colegas, avisando-o que ele estava saindo do caminho marcado. Os F-18 eram bastante precisos, no geral. Matavam e aleijavam os talibãs, o que era a intenção deles. Entretanto, volta e meia faziam merda.

Houve uma noite em que eles ficaram sabendo que os norte-americanos tinham bombardeado uma aldeia da Aliança por engano. Os repórteres e fotógrafos em Jabal estavam entediados e mal-humorados porque a guerra estava em toda parte e em lugar algum, como Deus: eles diziam a seus editores que acreditavam nela, mas raramente a ouviam, e muito menos a viam, à parte o som dos aviões e as colunas de fumaça no horizonte. Estavam no fim de outubro. Todos eles esperavam um impasse durante o Ramadã, o Hanucá e o Natal, até o próprio Ano do Cavalo. O rumor de mortes numa aldeia aliada ali perto, com os feridos levados para um hospital de caridade italiano no Panjshir, deu-lhes a esperança de terem assunto.

Kellas deu um olhar de relance para o sinal de manter os cintos afivelados. Ainda estava aceso. Estavam subindo de novo, sobre o mar irlandês. Se ele não conseguia lembrar cada palavra e cada olhar de Astrid, que valor teria essa jornada à Virgínia agora? Ele tinha escrito para ela, mas ela não lhe respondera ou telefonara. Um ano tinha se passado. Sabia que queria vê-la, mas para saber o que queria ver nela, ele apenas podia relembrar as semanas no Afeganistão e perceber o que distinguia na confusão de humores dela. Tinham dormido juntos e tinham matado juntos, e ele não a conhecia.

Na noite seguinte ao bombardeio, ele descobrira a súbita alegria da liderança nela. O tipo de líder que rebeliões locais sem esperança produziam, ou bandos de resistentes, ou jogos complicados de crianças: rápido, alerta e certeiro. Os motoristas habituais dos jornalistas não estavam disponíveis naquela hora da noite, e foi Astrid quem organizou um micro-ônibus Toyota para levá-los ao hospital no Panjshir antes da meia-noite. Ela virara-se para Kellas, que não sabia em que posição estava, e perguntara: "Quer vir?" Ela inclinara a cabeça, erguera as sobrancelhas e sorrira, e Kellas assentira. Lembrava-se do que ela estava vestindo: o suéter vermelho de lã, um pouco desfiado na bainha, com o cachecol preto, o anoraque preto grande demais com calça jeans, as botas de camurça preta com pontas angulares. Quando era incômodo ficar com a cabeça descoberta, ela usava o cachecol sobre ela, ou enfiava o cabelo num chapéu *pakul*. Mas o cabelo escapava.

Kellas e Astrid se sentaram na parte de trás do micro-ônibus. Na frente deles, dois fotógrafos falavam francês. A lua estava clara o bastante para a silhueta das montanhas ficar visível contra o céu. Não havia luzes artificiais na planície ou nas ruas da cidade. As construções de barro refletiam a lua. Suas paredes pareciam emitir uma leve fosforescência, como se fossem feitas de material lunar, e as janelas sem vidros estavam escuras como a entrada de uma gruta. O Toyota passava pelas casas silenciosas sem energia elétrica como um ateu folheando descuidadamente o Alcorão.

— Meu jornal não me dá espaço para escrever sobre o que é bonito aqui — Kellas disse.

— As pessoas que o leem não ficariam contentes se ele desse — disse Astrid. — Pensariam que eram pecadores terríveis se estivessem atrás da verdade sobre a guerra e descobrissem que você insinuara alguma beleza.

— Eles têm o direito de saber que a guerra não é algo que emana naturalmente do solo deste país. Não mais do que dos nossos.

As quatro linhas apareceram na testa de Astrid enquanto ela pensava em cada palavra que dizia:

— Você pode escrever poesia outro dia — disse, inclinando-se e falando para o banco na frente dela. Virou-se e olhou para ele: — Você pode ter a beleza, mas esse é o seu prêmio, Adam Kellas, é o que *você* vê. O que o seu jornal precisa é o que os afegãos veem. Não sei se parece tão bonito assim para eles. É apenas a aparência da pobreza.

— Eu nem sequer queria vir para cá — disse Kellas.

— Por que veio?

— Hábito.

Astrid sorriu. Sua testa se descontraiu. Kellas perguntou a si mesmo se ela teria percebido o que ele ocultava. Ela perguntou:

— O que fez você achar que devia quebrar o hábito?

— Um país envia seus viajantes ao exterior como palavras ditas de uma pessoa para outra — disse Kellas. — Como eu conversando com você agora. O país vê seus viajantes partirem e eu ouço minhas palavras quando saem de minha boca e entram em você. Mas o país não vê o que ocorre ao viajante quando ele chega ao lugar estrangeiro, e eu não posso saber como você entende as palavras que eu digo.

— Eu posso lhe dizer, se você quiser — disse Astrid, sorrindo e mexendo na orelha.

— Eu nunca saberei o que aconteceu com as palavras — disse Kellas. — E o viajante nunca volta. Torna-se outro homem, que pertence um pouco ao lugar para onde viajou. Ele pertence mais a esse lugar cada dia a mais que fica. E é exatamente essa parte, o pertencer, que eu nunca descubro como passar às pessoas que ficaram em casa. Talvez porque eu não consiga acertar. Talvez porque eles não queiram saber.

— Você quer muito — disse Astrid. — O melhor de nós ainda não passa de um pequeno mensageiro, com uma mensagem breve e baixa. Nenhum de nós consegue fazer com que um país entenda outro. É preciso o coro todo e um milhão de mensagens apenas para estabelecer uma conexão mínima.

— O que você vê quando olha através desse vidro? — Kellas perguntou.

— Ah, a escuridão é outro país — disse Astrid. — A noite é outro mundo. Não tanto uma ocultadora de segredos, mais uma produtora de mistérios. Não consigo deixar de acreditar que há coisas lá fora que não existem à luz do dia. Você sempre pode arranjar algo para caçar quando a lua está brilhando.

— Então você está aqui por si própria.

— Escrevo o que escrevo. Envio minhas mensagens de volta. Mas isso é o dever. Não é a recompensa. Imagino que você ficaria muito mais contente, também, se mantivesse seu dever e suas recompensas separadas. — Ela parou, inclinou a cabeça para a frente e pegou um fio solto no joelho de sua calça jeans. — Quando eu era adolescente tinha uma coisa com Ártemis, a caçadora. Tinha um livro com histórias sobre os velhos deuses. Havia uma página que eu ficava olhando, que era Ártemis correndo pela floresta à noite com o arco numa das mãos e a outra estendida na minha direção, a menina olhando para a imagem. O ponto de vista do cervo. Mas eu não me sentia como um cervo. Sentia que Ártemis estava me caçando porque queria estar comigo, e eu queria estar com ela, mas eu queria que antes ela me caçasse.

Ela contou a Kellas sobre o lugar onde morava, na ilha de Chincoteague na ponta sul, virginiana, da península de Delmarva.

Sua mãe fora uma professora de História que saltara para a morte do teto do colégio em que trabalhava em Washington DC, logo depois de ter dado a seus alunos um trabalho sobre Destino Manifesto. Em várias ocasiões mais tarde, o diretor dissera à família que tinha certeza de que o trabalho nada tinha a ver com as intenções suicidas de sua mãe. Conhecendo sua mãe, de quem a esperança e a paz se esvaíam todas as noites e todos os outonos com a certeza das marés, Astrid considerava que provavelmente isso era verdade, mas revirava as suas entranhas saber que o diretor dissera isso não porque estivesse tentando proteger a família, mas porque estava tentando proteger a História. Deixaram Washington; o irmão de Astrid, Tom, mudou-se para Seattle, e Astrid foi morar com o pai, que se aposentou numa casa em meio aos pinheiros da península. Ela ainda morava com ele, e brincou de ser a filhinha do papai, mas não ficava lá com frequência. Depois da faculdade, escola de cinema, alguns anos gerenciando uma banda, alguns anos fazendo curtas-metragens, e alguns anos administrando uma galeria, ela estivera na antiga Iugoslávia e em Ruanda e estabelecera sua reputação no jornalismo.

    Contou a Kellas como certa vez, numa noite de abril, não conseguindo dormir por causa da febre do feno, foi até a cozinha, olhou o jardim e viu uma corça arrancando as folhas novas de uma pereira. Observou o animal por um momento em paz, mas havia algum anseio nela na cálida noite de primavera, a lua cheia no pescoço da corça. Pensou em seu rifle, mas atrairia os vizinhos, e, de qualquer modo, a temporada de caça já terminara, e ela já matara a sua quota. Com as bochechas ardendo e o coração acelerado ela foi até seu quarto, vestiu-se e voltou à cozinha. A corça continuava lá. Ela saiu da casa pelo outro lado e começou a avançar o mais lenta e silenciosamente que podia em direção aos fundos. Quando tinha passado da primeira quina, ouviu os galhos da pereira chacoalhando enquanto a corça arrancava as folhas com os dentes. O som parou. Astrid supôs que o animal a tivesse farejado. Ela respirou fundo várias vezes, então correu a tempo de ver a traseira branca da corça e seus cascos saltando poderosamente os arbustos no limite do jardim. Astrid a perseguiu, tropeçou numa raiz e caiu nas agulhas dos pinheiros. Ouviu a corça investindo entre as árvores na frente dela, já a centenas de metros de distância.

— Lembro do cheiro de resina das agulhas — disse Astrid.
— Sentia o cheiro de tudo. Até achei que podia sentir o cheiro da corça, seu calor e o almíscar. Fui um ser humano selvagem por um segundo. Não sei o que teria feito se a tivesse pego. Cortar a garganta dela com meus dentes? — Ela riu. — Sorte eu não ter conseguido. Ela podia estar prenhe. Queria tocá-la, mas não a queria assustar.

O micro-ônibus pulou e chacoalhou na estrada ruim vale acima, às vezes bem estreita, só a garganta e o rio, às vezes se abrindo em prados, bosques e campos onde durante o dia camponeses conduziam arados rústicos puxados por bois, como os servos europeus num livro de horas. Algumas das irregularidades da estrada eram as marcas remanescentes das esteiras de tanques soviéticos, destruídos pelos homens de Massoud vinte anos antes e gradualmente digeridas na textura da estrada. O rio era bom para pescar trutas. Da janela do Toyota, Kellas podia ver cintilações prateadas onde a lua se refletia na água veloz. Olhou em volta. Astrid o observava.

— Vi afegãos pescando ali embaixo — disse ela.
— Há um lugar mais adiante no vale — disse Kellas. — Vendem peixe frito e batatas fritas.
— *Fish and chips* — disse Astrid. Encostou-se em Kellas e baixou a voz. — Será que há algum afegão trepando aqui na escuridão do vale? O que você acha?
— Pode haver, imagino, em meio às amoreiras. As folhas e o escuro os escondem, e o som do rio encobre o barulho.

— As casas são lotadas, e há todas as proibições — disse Astrid.

— Se você pode ser morto por fazer isso, e ninguém o pega, deve ser intenso.

— Seria preciso escolher o horário, e o lugar, e planejar — disse Astrid. — Acho que todos os amantes daqui são como combatentes da resistência.

— Alguns dos amantes são na verdade casados — disse Kellas.

— Isso é verdade — disse Astrid. — Mas eu estava pensando nos que não são e não podem ser.

— Perguntei a Mohamed sobre o assunto — disse Kellas. — Ficou tímido e dando risinhos. Um homem europeu não pode ficar sabendo. Eles encontram os estrangeiros no limite das suas aldeias, e nós não ficamos sabendo o que acontece dentro. Você poderia, talvez. Colocar um véu e entrar nas casas. — Ele pegou a mão de Astrid no colo dela, de modo que não pudesse ser visto, e ela apertou a dele. Mal podia vê-la no escuro, conseguia ver seus olhos apenas quando ela os movia.

Um dos fotógrafos franceses virou-se para trás. O nome dele era Louis-Bernard. Estava cultivando a barba pela primeira vez na vida e ela crescia de forma irregular. Astrid e Kellas separaram as mãos.

— É por isso que os muçulmanos ficam tão furiosos — disse Louis-Bernard. — Não tem nenhum lugar para ir se masturbar em paz.

O outro fotógrafo, Zac, virou-se e disse:

— Ele cresceu num internato administrado por jesuítas, de modo que sabe do que está falando.

No hospital, iluminado pela luz do gerador e com o nome da instituição de caridade pintado em letras garrafais na parede, foram mandados de volta, embora fossem persistentes. A inglesa que administrava o lugar perdeu a paciência e os jornalistas fizeram a jornada de uma hora de volta a Jabal de mãos abanando. Kellas e Astrid foram sozinhos para onde cada um dormia. Na manhã seguinte, ele foi ver o que acontecera na aldeia bombardeada.

O local ficava na planície entre Jabal e o campo de pouso de Bagram. Ficava a vários quilômetros das posições mais próximas dos talibãs, em meio a porções meticulosamente divididas de campos que, por sua vez, eram divididos por lagos de patos, canais de irrigação, bosques de choupos e salgueiros, e diques de barro. As casas eram grandes, espaçosas e sólidas, mas humildes entre as árvores, exibindo nas paredes a aparência que a exposição ao tempo confere aos tijolos de barro não tratados. Os jornalistas de Jabal tiveram de parar os carros a 800 metros de onde a bomba caíra e ziguezaguear a pé entre os canais, com seus intérpretes parando frequentemente para pedir informações. As filas de carros estacionados de qualquer jeito onde a estrada terminava fizeram Kellas pensar num casamento no campo, mais do que num funeral. Enquanto Kellas e Mohamed andavam entre as árvores, podiam ver os outros jornalistas e intérpretes atrás e na frente deles, convergindo para o local em diques paralelos, levando notebooks, câmeras e sacolas, como convidados trazendo presentes. O céu exibia o mesmo azul claro e rude de todas as manhãs, e era a hora mais confortável, quando o frio da noite se amenizava e o sol do meio-dia ainda não começara a queimar. O som da água fluindo de um canal a outro e os galhos dos salgueiros roçando nos ombros de Kellas possibilitaram que sua consciência do passado e do futuro se esvaísse e ele se sentiu satisfeito. Coroas de nítidas folhas amarelas das amoreiras, cruéis e finas como a vitória, mordiam o céu.

Um afegão descalço em roupas cinza sujas e um boné dourado estava de cócoras na poeira em frente a uma casa bombardeada. Era a casa dele. A explosão matara sua mulher, que costurava roupas para um casamento, e ferira seus dois filhos, sua mãe e seu irmão. Ele ficava de cócoras perto das ruínas, com as mãos de dedos compridos manchadas de argila vermelha apoiadas nos joelhos, e os repórteres vinham fazer perguntas a ele. Ele respondia, embora não conseguisse encará-los. Por horas ele esteve cercado por um pequeno grupo de pessoas constrangidas usando roupas ocidentais, tirando fotografias, escrevendo suas palavras e filmando. As mesmas perguntas eram feitas, e o homem afegão, cujo nome era Jalaluddin, respondia, e quando já tinha contado metade da história a um grupo de jornalistas, outro grupo chegava e fazia com que ele voltasse ao começo.

A maioria dos repórteres, incluindo Kellas, perguntava como ele se sentia em relação aos norte-americanos. Talvez ele dissesse algo inesperado. Poderia vir com uma teoria de que eles tinham feito de propósito, ou talvez desse de ombros e coçasse o nariz, dizendo: "A derrota do Talibã é mais importante do que a morte da minha mulher ou os ferimentos dos meus filhos. Fico triste por minha família, mas é a guerra. É tudo para o bem comum, afinal." Mas Jalaluddin não disse nada de inesperado. Kellas poderia ter escrito que os afegãos sabiam portar-se terrivelmente bem com calma dignidade, mas não teria sido verdade. Não era como eles se portavam. As coisas eram como eram. Tudo o que Jalaluddin disse, com Mohamed traduzindo, foi:

— Minha mulher está morta. Os norte-americanos destruíram nossa família. O que posso fazer? Deviam bombardear o inimigo. Não nós.

Estava pastoreando suas ovelhas na tarde anterior quando ouviu a explosão. Correu de volta e com os outros aldeões começou a tirar sua família das ruínas com as próprias mãos. Não havia dúvida de que fora uma bomba norte-americana. Kellas ainda podia ver fragmentos dela, pedaços rasgados de aço fino pintados de verde-escuro, e as barbatanas giratórias que a guiavam. Tinha números pintados em branco. Dava para ver que era elegante e benfeita. Os fragmentos estavam misturados aos destroços. Por causa da natureza do material, não pareciam destroços ou ruínas. Parecia que o solo espontaneamente assumira calombos com algumas bordas retas. Um homem da BBC estava no meio do monte de argila fragmentada fazendo uma reportagem para a câmera. Kellas subiu até onde um dos quartos da família estava aberto para o mundo, num corte, semi-intacto. As paredes internas da parte que sobrevivera eram caiadas. Uma cama estreita estava cuidadosamente arrumada, com as dobras da coberta bem retas e sem rugas. Vasilhas de plástico rosa e verde que tinham sido usadas muitas vezes ainda estavam empilhadas numa prateleira. O pequeno relógio de parede com ponteiros em flechas parara às 4h30. Na parede havia a foto de um jovem usando uma camisa de uniforme esportivo e sorrindo, com prédios modernos do Oriente Médio ao fundo. Kellas descobriu com o vizinho que a foto era de um primo da mulher morta que morava no Irã, e, com Mark, que a camisa era do San Francisco 49ers. Anotou as informações. A mulher de Jalaluddin já tinha sido enterrada no cemitério da aldeia, cujo tamanho era exagerado, sob uma pequena elevação de terra. Os aldeões cobriram o túmulo com galhos espinhosos para impedir que o gado passasse por cima ou que cachorros e chacais desenterrassem o corpo. Meia hora depois que Kellas chegou, o serviço fúnebre começou. Um dos anciãos fez um sermão. Ele ficou bem no meio de um círculo que os homens formaram. As mulheres da aldeia ficaram um pouco mais afastadas, todas juntas, sob a sombra das árvores, e os estrangeiros formaram um perímetro externo menos organizado, os repórteres inclinados para ouvir seus intérpretes, os fotógrafos indo e voltando para conseguir bons ângulos. O homem que pregava o sermão tinha uma barba branca, um boné *haj* e uma fieira de contas balançando das mãos cruzadas à sua frente. Falava com os olhos fechados. Suas roupas não estavam gastas ou sujas, mas não eram caras. Era mais velho que a maioria ali reunida, mas não era um ancião. Alguns dos anciãos estavam inclinados e tremiam. Com certeza ele era o pregador, o que conduzia as orações, o que conhecia melhor o Livro e os escritos dos eruditos que o submeteram a 13 séculos e meio de exegese. Era como os outros; era isso o que lhe dava autoridade, não sua erudição. Para um pregador, faltava-lhe vaidade. Estava ali falando como um homem que não acreditava que era especial e era o fato de ser comum que daria a suas palavras o tom da revelação, se suas palavras fossem boas o bastante. Kellas dependia de Mohamed para saber o que ele estava dizendo. Era difícil para Mohamed. Não tinha condições de fazer tradução simultânea. Conseguia apenas uma frase em cada duas, ou grupos de sentenças. Era como olhar um desenho animado, desses que se veem passando rapidamente as folhas de um livrinho. Movia-se e pulava, e a ação ficava clara em cinquenta imagens passando. O pregador disse: "Uma mulher foi morta. Tinha vontades na vida, mas precisamos pensar em Deus, e nos subordinar à Sua vontade." Mais tarde, disse: "Os norte-americanos vêm aqui, jogam suas bombas no Afeganistão e matam pessoas inocentes. Não toleramos isso. Ainda assim, não é nossa, a culpa? Nós os convidamos a vir. Nada respira sem Deus. Deus está usando os norte-americanos para atingir os culpados entre nós, punindo aqueles de nós que nada fizeram de mau." Os aldeões ouviram sem palavras ou expectativas, e então voltaram ao trabalho.

Kellas perguntou a um repórter que conhecia de seus anos em Praga se ele vira Astrid.

— Esteve aqui mais cedo — disse o repórter. — Perguntou sobre você. Queria saber sobre os seus dias itinerantes. Pareceu desapontada quando eu disse que você voltara a Londres para ficar.

— Desapontada — repetiu Kellas. Observou Jalaluddin afastando-se do túmulo, os ombros curvados e o corpo trêmulo.

— Para mim já chega — disse o repórter. — Já estive em funerais de desconhecidos demais em lugares como este. Quero reportagens depois das quais eu possa estar em casa para jantar. Quero reportagens que eu possa fazer usando um cardigã. Sinto saudade dos meus filhos.

Viram Jalaluddin falando com um grupo de homens da aldeia, que apertaram sua mão e o deixaram. Jalaluddin olhou para as ruínas de sua casa, onde os vizinhos estavam começando a separar os tijolos bons do entulho. Subiu um pouco na pilha, lenta e hesitantemente separou algumas formas, então parou, deixou cair o que estava segurando, e sentou-se. Inclinou um pouco a cabeça. Kellas foi até ele, seguido por Mohamed. Kellas perguntou a Mohamed se devia lhe dar dinheiro. Mohamed disse que seria uma boa coisa. Kellas catou 1 milhão na moeda local em seu bolso, cerca de 25 dólares, e deu a Mohamed para entregar a Jalaluddin. Ele apertou a mão de Jalaluddin e disse a Mohamed para dizer a ele que esperava que a sua vida voltasse a ser boa. Mohamed disse alguma coisa e deu o dinheiro ao homem, que o pegou sem olhar para as notas ou para eles, e murmurou alguma coisa.

— Disse que Deus seja louvado por sua gentileza — disse Mohamed.

— Ele realmente falou "Deus seja louvado por sua gentileza"? — Kellas perguntou quando eles iam embora. — E queria dizer isso mesmo? — Confiava menos em Mohamed quando ele traduzia as pequenas cortesias dos pobres. Mohamed tendia ao esnobismo quando estava entediado, o que acontecia com frequência. A opinião dele, Kellas suspeitava, era de que os pobres não podiam se dar ao luxo de exceder o que se esperava deles, e se o faziam, ele os corrigia traduzindo o que achava que deviam ter dito. Kellas e Mohamed começaram a voltar para o carro. Kellas olhou para trás uma vez e viu que Jalaluddin não se mexera. Ficara sentado imóvel com a cabeça curvada, olhando para o nada, o dinheiro em sua mão, enquanto os vizinhos empilhavam tijolos com energia exagerada.

Kellas inclinou-se para a frente, pegou o guia de entretenimento da companhia aérea e folheou a parte dos filmes oferecidos. Aceitou uma taça de champanhe da bandeja da comissária. *Doce lar.* As críticas a esse tinham sido favoráveis, Reese Whiterspoon revelando um talento para a comédia romântica. Foi naquela noite, a noite seguinte à que estivera na aldeia e encontrara Jalaluddin, que perdera a paciência com o menino-sentinela e o empurrara pelo peito berrando que era a porra da cadeira dele. Um daqueles momentos de raiva que pareciam vir do nada, mas era improvável, já que Kellas os sentia tão raramente. Ele ainda conseguia evocar seu grito exatamente como soara na escuridão, tão alto que ficara distorcido em seus ouvidos, e lembrar como fora a sensação de sua palma tocando o peito ossudo e quente do menino. Se ele tivesse aceitado a oferta de atendimento psiquiátrico do *Citizen*, sugerida timidamente pelo editor administrativo, como um pai enfiando o folheto de um serviço de atendimento a drogados por baixo da porta de seu filho, poderia fazer soar simples e compreensível. O sensível e liberal Kellas vai para uma aldeia onde o descuidado carrasco da guerra executou sua sentença fatal. Kellas fica com o coração partido. Sua consciência incha enormemente, pressiona seu cérebro e o transforma em um mingau venenoso. Tive um colapso nervoso, doutor. A guerra é tão cruel e a minha cabeça, tão frágil. Não sei o que aconteceu comigo. Perdi o controle. Um psiquiatra barato assente e compreende. Um psiquiatra esperto diria a Kellas que ele estava mentindo. Como então, o psiquiatra esperto perguntaria, você não perdeu controle quando o Talibã soltou três mísseis no mercado em Charikar e havia pedaços de corpos por todos os lados? Se ficara tão abalado naquela tarde, como pôde ser tão cínico a ponto de mentir pra

Astrid sobre quanto dinheiro dera a Jalaluddin? Se estava tão devastado pela crueldade da guerra, como pôde se sentar naquela noite à mesa bamba e escrever seu romance de merda? O psiquiatra esperto percebe como Kellas é. O psiquiatra esperto diz: eu o conheço. Você sabe que eu conheço. Não o vejo ficando transtornado com os bombardeios. O acesso de ódio pelo menino afegão foi causado por outra coisa. É como um homem de capacete e óculos protetores olhando através de um véu de perspex para algo tão distante e incompreensível, que a única maneira possível de tentar entender é atacando.

Kellas terminou o champanhe. Olhou em volta para mais uma dose. A mulher ao seu lado estava voltando para a poltrona após ter aplicado uma camada nova de batom carmim, que contrastava lindamente com a pele pálida e o branco perfeito de seu tailleur. Ela sorriu para Kellas ao sentar e pegar seu livro.

— Não se mova — disse Kellas.

— Como? — A mulher sorriu de novo, menos à vontade.

— Lembro — disse Kellas cuidadosamente — que quando eu era criança costumava brincar com o batom de minha mãe... Não se mova! Eu não queria passar o batom, quero dizer, só fazê-lo sair e voltar ao tubo. Parecia a língua de um robô, e às vezes minúsculas lascas dele caíam. Fico surpreso que hoje, trinta anos depois, eles ainda não consigam fazer um batom que não solte lascas; fique imóvel, estou terminando: há um pedacinho dele na lapela de seu paletó. Não tente tirar! Vai manchar.

— Posso usar a unha. — Ela tinha sotaque norte-americano e aparência chinesa.

— Não, sei de um jeito melhor. Foi assim que o aspirador de pó foi inventado.

— Você trouxe um aspirador de pó?

— Espere. — Kellas pegou um guardanapo de papel em sua mesinha, tirou uma só folha do papel duplo, exalou até seus pulmões ficarem quase totalmente vazios, e colocou o papel sobre a boca ligeiramente aberta. Começou a inalar de leve e abaixou a boca até a lapela da mulher, onde a partícula carmim estava. Com o papel farfalhando contra o tecido ele sugou com força, recuou e dobrou a folha com a mão direita. Abriu as dobras com os dedos e apontou para o pedaço minúsculo de batom. A mulher olhou a própria lapela. Não ficara marca alguma. Ela riu e bateu palmas.

— Ora, muito obrigada, cavalheiro — disse ela. — Belo serviço. Você sempre põe um guardanapo de papel na boca quando faz isso? — Ambos riram e coraram.

— Uma ex-namorada me ensinou isso — Kellas disse. — A única outra vez que tentei, fiz uma sujeira só.

— Seja como for, serviu para nos apresentarmos, certo? — O nome dela era Elizabeth Chang. Era de Xangai. — CNC — disse ela. — Chinesa nascida na China.

A família dela morava em Boston, ela estava estudando História da Arte em Oxford. Era sua segunda faculdade. Estava indo visitar uma amiga em Nova York. Havia diamantes no ouro de seus brincos. Ela era grande, não gorda, mas alta, corpulenta e forte. Tinha uma risada profunda e generosa, como a de uma mulher mais velha, o que fez Kellas sentir-se à vontade, e ela ria com facilidade, ante a menor sugestão de um gracejo.

— Ah, meu Deus, minha amiga é escritora! — disse Elizabeth depois de ter perguntado o que ele fazia, e ele ter dito. — Acabou de fechar um excelente contrato com Karpaty Knox para seu primeiro romance.

— É a minha editora norte-americana — disse Kellas. — Vou assinar o contrato do meu livro lá esta tarde.

Elizabeth parabenizou-o.

— Obrigado. Karpaty Knox, e meus editores ingleses, são de propriedade de uma antiga editora francesa, Éditions Perombelon. O cara que a administra, Didier, fez os anglo-saxões comprarem meu livro. Gostou da trama. Quis que eu fosse a Paris encontrá-lo. Qual é o valor do contrato de sua amiga, se não se incomoda que eu pergunte?

— Um milhão de dólares.

— É muito dinheiro — Kellas disse após um instante. — Qual a idade dela?

Patricia Lee Heung, a amiga, tinha a mesma idade de Elizabeth e, como ela, nascera em Xangai e emigrara para os Estados Unidos com a família quando era adolescente. Seu romance se chamava *Fogo vermelho, grou branco*. Era uma saga de várias gerações sobre uma jovem cuja mãe chinesa morre no parto, é persuadida por seu amante comunista a ajudar a assassinar seu pai norte-americano, é perseguida pelos Guardas Vermelhos na Revolução Cultural, foge para os Estados Unidos, enriquece como fabricante de utensílios de cozinha chineses de luxo, é cortejada por um belo jovem norte-americano que se casa com ela e surrupia-lhe a fortuna, volta para a China quando o capitalismo se torna legal, e encontra seu antigo amante comunista, agora um bilionário do software que acabou de ficar viúvo. Ele implora que ela o perdoe, e eles se casam, numa cerimônia glamourosa. O livro termina com os filhos de seus casamentos anteriores se formando como os melhores da classe em Harvard juntos.

— Isso de surrupiarem-lhe a fortuna é terrível — disse Kellas.

— Ouça só o que diz, Sr. Viajante de Primeira Classe! Você não gosta desse tipo de livro, gosta?

— É um tipo de livro?

— É, o tipo de livro em que gente bonita e corajosa supera seus problemas, fica rica, se apaixona, se casa, tem filhos e vive feliz para sempre. É o tipo de livro que o povo americano e o chinês querem ler.

— Isso dá um bilhão e meio de leitores. Melhor avisar os editores.

— Talvez eles devessem estar lendo o seu. Sobre o que é? — Ela ficara um pouco agressiva por conta de sua amiga. Estava se divertindo. Kellas olhou pela janela. Uma planície de nuvens parecendo biscoitos se estendia ininterrupta até o horizonte. O champanhe estava ficando quente, mas ele continuou a beber.

— É um thriller — disse.

— Ã-rrã.

— Passa-se no presente. É sobre uma guerra entre a Europa e os Estados Unidos.

— Isso nunca vai acontecer! — A reação de Elizabeth foi como se ele tivesse declarado uma heresia. A expressão dela fez Kellas sentir-se melhor quanto ao livro do que em qualquer outro momento desde que o terminara.

— Provavelmente não — disse Kellas. — É um romance. É uma obra da imaginação. Veja você, os Estados Unidos também são uma obra da imaginação. É real agora. Mas primeiro foi imaginado.

— Então, o que acontece? Os norte-americanos começam a bombardear Londres?

— Não — disse Kellas. Quando ela disse isso, as palavras tiveram aquela estranha potência do literalmente possível combinado com o fantástico, as características primordiais da pornografia, que o fez começar a brincar com a ideia a princípio. — Uma unidade do exército dos Estados Unidos se vê com problemas quando intervém no Oriente Médio e comete uma atrocidade horrível tentando escapar. As tropas chegam à Europa no caminho de volta para os Estados Unidos e os europeus decidem que têm de tentar prendê-los e submetê-los a julgamento. O governo norte-americano diz que os europeus têm de libertá-los.

Elizabeth perguntou qual era o título. Quando ele disse, ela riu.

— Parece um daqueles livros grossos em brochura com enormes letras metálicas na capa, com uma explosão na frente.

Sempre tem algo como *Águia desgarrada* no nome. *Ultimato* isso e *Final* tal.

— E é. É um desses. E é assim que se faz o título. Fiz uma tabela. Adjetivos à direita, substantivos à esquerda.

— Por que você quis escrever um livro assim?

— Para ganhar dinheiro. Para ser lido.

— Ah.

— Você parece desapontada.

— O que eu falei sobre o tipo de livro que as pessoas querem ler — disse Elizabeth. — Quero dizer, apesar do que eu falei. Gosto de acreditar que há pessoas por aí escrevendo livros que só consigo ler se me esforçar seriamente, mesmo que nunca os leia. Mesmo que eu nunca faça o esforço. Gosto de acreditar que ainda há escritores que não se importam, sabe? "Eis o meu livro. Você não gosta dele, que se foda, não me importa." Sou como meu pai, suponho. Correria um quilômetro se visse alguém vindo atrás dele com um porrete. Mas gosta de acreditar que esse alguém existe. Ele assiste à *Família Soprano*. Quer acreditar que há caras durões. Quer que eles sejam reais. Sou assim com os livros difíceis. Eu provavelmente nunca os lerei, e os caras que os escrevem provavelmente sabem que a maioria das pessoas é como eu. Mas o fato de eles ainda assim continuarem escrevendo esses livros difíceis tem algo de tocante, sabe?

— Não sei por que você achou que eu era esse tipo de escritor.

— Você não se veste como imagino que um escritor de thrillers se veste. Você não tem nenhuma bagagem de mão. Não quero ser rude, mas parece que dormiu com as roupas que está usando. E há sangue na manga da sua camisa.

O punho da camisa saíra da manga do paletó de Kellas. Ele disse que tivera uma espécie de acidente na noite anterior e ela pediu que contasse o que acontecera.

— Não sou bom em contar histórias em voz alta.

— Você é um escritor!

— Por que supostamente devo ser capaz também de falar bem? Vou tentar contar o que aconteceu. Mas vou hesitar, vou me repetir. Vou falar demais sobre algumas das pessoas e usar os nomes de outras de quem esqueci de lhe contar. Vou começar no meio, ir até o fim, e então voltar para o começo, e terminar no meio. Tudo é meio.

Elizabeth inclinou-se na direção dele, pôs a mão em seu braço e disse:

— Você está me dizendo que se tornou escritor porque não é eloquente. No entanto, está tagarelando sobre seu livro e sua vida desde que levantamos voo. — Kellas riu. — Se você vai me contar uma história, conte logo. Caso contrário, pode fechar o bico. Estou certa, certo?

— Certo — disse Kellas. Ainda estava rindo.

O mapa em movimento na frente dele mostrava a ponta norte da Irlanda e as Ilhas Orientais desaparecendo na borda da tela. Palavras de tinta e palavras de ar. Quarenta vidas e toda a tinta das Bíblias ao Google não os fez parar, a hora em que os celtas descobriram que havia uma arte chamada escrita, e uma arte chamada leitura. Ainda as acolhiam no oeste, ainda tinham bardos e druidas na camada mais interna de seus corações. Na maneira com que falam, como o som de uma explosão de rocha derretida e cinzas que ainda circula depois da cratera estar fria, ele ainda podia ouvir o sussurro remoto da raiva ao escrever as palavras, ensopando suas palavras de ar em tinta até ficarem encharcadas e afundar. Aprenderam e dominaram a arte, claro, mas em seus pubs e camas e em seus velórios e seus galanteios as palavras de ar ainda resistiam. Mesmo não sendo todos Behans e Thomases e M'Gurgans para serem conhecidos. Ou mesmo celtas. Apenas para persistir na ideia de que a fala podia ser uma canção, de que a fala devia ser uma canção.

— Estava num jantar — disse Kellas. — Na noite passada. Perdi a paciência e algumas coisas acabaram quebradas. Um dos convidados era esse sujeito, Pat M'Gurgan, um velho amigo meu. Fomos colegas de escola. Seus pais eram irlandeses. Mudaram-se para a costa leste da Escócia quando ele era pequeno. Ele poderia lhe contar a história melhor que eu. Ele também é escritor. Começou como poeta e acabou de escrever um romance que está indo bem. O título é *O livro da forma*. Ganhou prêmios.

— Mas ele não está aqui, de modo que...

— O que você precisa saber sobre M'Gurgan é que ele é um bardo. O fato é que, o que estou dizendo é que há dois tipos de escritores, bardos e sacerdotes. O bardo é o que fala. Fala tão bem que todo mundo acha que deve ser um belo escritor, e às vezes é mesmo. Mas as palavras saem de sua boca com habilidade e esse grande amor pela fala. Ele entretém. Conta histórias, piadas. Atrai uma multidão num bar, exagera, mente tão bem que mesmo as pessoas que sabem que estão ouvindo mentiras adoram ouvir. Ele ri de si mesmo. Pode chorar também, e falar sobre amor a noite inteira. Transforma os mortos em heróis e os vivos em vilões e palhaços. Lembra-se das pessoas que conheceu e faz história de coisas que acabaram de acontecer. Sabe o que eu quero dizer? Você conhece aquele bardo, você estava lá! Viu as mesmas coisas! Mas para você são apenas momentos cotidianos e para ele, são atos de uma história. Adora pequenas multidões. Adora atenção. É o agente da glória instantânea para qualquer um que conhece. Encanta as pessoas que deseja e, quando vai embora, todos sentem sua falta. Quando está sozinho, sente-se péssimo, e acha que todo mundo o odeia, e se pergunta se é superficial. Ele é fraco. Bebe.

— Gostei dos bardos.

— O sacerdote, por outro lado, não está ali para contar histórias, e não é bom com piadas. Está tentando vender ideias. Da maneira que o sacerdote encara as coisas, a verdade é mais importante que a felicidade, o passado e o futuro são mais importantes que o presente, e as grandes ideias são mais importantes do que você ou eu ou a segunda-feira que vem. As pessoas levam o sacerdote a sério, mas têm dificuldade em se concentrar no que ele diz. É rude e embaraçado na companhia dos outros e só consegue lidar com relacionamentos intensos, longos, demorados, dolorosos. Sente-se mais à vontade dirigindo-se a um milhão de pessoas do que a dez, mas raramente tem a chance.

— Esse é você, não?

— O triste é que a maioria dos sacerdotes anseia por ser bardo, e a maioria dos bardos realmente quer ser tratada como sacerdote.

— Você não está me contando muito bem essa história. Talvez tenha bebido champanhe demais.

— Talvez. — Era o terceiro copo de Kellas. — Deixe-me pensar um pouco mais. — Estava tendo dificuldades em se concentrar. Queria pôr em palavras os eventos da noite anterior e pôr as palavras na cabeça de uma desconhecida que nunca mais veria, enterrar a história, não espalhá-la. Estava tentando tornar a história clara, despojada e concisa, mas cada momento e cada personagem se abriam em encruzilhadas através do tempo e do espaço para outras histórias, e cada caminho levava a uma nova encruzilhada, e embora ele sempre fosse encontrar o caminho de volta, havia encruzilhadas demais. Em sua mente, no caminho de um jantar em Camden para a aurora da escrita e da leitura na Grã-Bretanha romana, passou por M'Gurgan uma lembrança de quando eles tinham 17 anos. M'Gurgan de pé num ponto de ônibus falando com uma garota, falando em seu ouvido suavemente, insistentemente, incessantemente, enquanto ela olhava direto para a frente, sem se mover. Parecia triste, orgulhosa e magoada. Kellas nunca ouvira falar nela e percebia que os dois já tinham passado por uma pequena vida juntos. M'Gurgan poderia estar dizendo a ela por que a amava, por que não a amava, por que ela devia partir, por que ela devia ficar, por que ele estava indo para Oxford, por que ela devia fazer um aborto, por que ela devia ter o bebê, ou por que Pound era melhor do que Eliot. Kellas nunca perguntou a ele, porque não queria estragar a sensação de deslumbramento que teve com a forma como M'Gurgan falava e falava, e a garota ouvia; enquanto Kellas não conseguia falar com a garota que pensava amar. Ele escrevia cartas a ela.

5

Kellas estava meia hora atrasado para o jantar na casa de Cunnery, e a cinco minutos de chegar quando Margot ligou. Estava levando uma cara garrafa de Bordeaux de uma loja em Paris. Margot disse a ele que tinham convidado Melissa.

— Tivemos um branco — disse Margot. — Sinto muito. Liguei para... estou em apuros. Ela já está aqui. Esquecemos que vocês tinham uma história. Não podemos pedir que ela vá embora. Sabe que você vem e não parece se importar. Sorriu quando eu disse a ela. Não sou especialista em melissologia de modo que não sei que tipo de sorriso foi. Seja como for, quis avisar antes e dar-lhe a chance de desistir. Mas realmente queremos que você venha, claro. Você decide.

Kellas perguntou se Melissa tinha ido sozinha. Tinha. Agarrou a garrafa pelo gargalo no saco plástico e entrou na rua de Cunnery. A noite cuspia chuva. Faltavam cortinas às casas na rua. As pessoas que viviam ali não se incomodavam que os passantes olhassem para suas cozinhas e salas, que eram despojadas e decoradas com madeira e cores primárias, com pianos, estantes e pinturas.

Os Cunnery tinham uma casa georgiana geminada de quatro andares, com alguns degraus subindo da rua à porta de entrada.

Aquele andar era quase todo tomado por uma sala de estar aberta que abarcava todo o comprimento da casa, com uma janela de um lado para a rua e outra para o jardim. A cozinha, a mesa de jantar e a porta para o jardim ficavam abaixo, no porão.

Quando Kellas chegou, beijou Margot nas duas bochechas, entregou o vinho e pendurou seu casaco na fileira de ganchos na parede junto à porta. Devia ter trazido flores. Margot estava usando um vestido justo de tecido brilhante, com uma estampa de quadrados coloridos. Tinha a pele escura e não precisava da maquiagem que estava usando. Um cheiro de carne assada veio do andar de baixo e misturando-se a ele havia o perfume chique de Margot. Embora fosse completamente inglesa, havia nela uma tranquilidade, um langor e uma graça que faziam com que parecesse ter crescido passeando nos bulevares de um país com noites quentes.

— Belo vestido — disse Kellas. — É de seda?

— É. E veja só o seu elegante terno. Estamos bem vestidos, não? E vão ser apenas oito pessoas. Você tem certeza de que vai ficar tudo bem para você? Sinto muito, foi burrice da nossa parte.

Margot era mais sábia que o marido, mais gentil e mais informada sobre o convívio humano. Faltava-lhe o instinto político e o ego de Cunnery. Às vezes, quando ele falava, os olhos dela se assemelhavam aos de uma testemunha. Eram leais e fiéis um com o outro. No entanto, ele era um desses conselheiros confiáveis dos poderosos que conseguiam fazer os suplicantes esquecerem que não estavam do mesmo lado. Pessoas que queriam algo de Cunnery procuravam Margot com a intenção de mandar um recado a ele e, ao descobri-la tão compreensiva, começavam a contar o que não gostavam em seu marido. Não conseguiam evitar, mesmo sabendo que Margot contaria tudo a Cunnery. Talvez fosse essa a razão de essas pessoas conseguirem o que queriam com tanta frequência, porque Cunnery gostava de ouvir tão claramente os detalhes de sua personalidade que desagradavam aos outros. E talvez a verdadeira intenção deles não fosse tanto conseguir o patrocínio de Cunnery, mas fazer com que ele as ouvisse. A frase que Margot ouvia com mais frequência era: "Por que Liam não gosta de mim?"

Kellas estava fazendo precisamente isso. Não conseguiu evitar. Ele e Margot estavam falando baixo no saguão.

— Para falar a verdade, fiquei surpreso ao ser convidado — disse. — Não conheço Liam tão bem assim.

Margot olhou-o por um instante com olhos arregalados. Balançou a cabeça, pegou-o pela mão e o conduziu à sala, dizendo:

— Agora você está sendo tolo.

Quando ela abriu a porta da sala, alguém começou a tocar piano. A música parou e foi reiniciada. Do outro lado da sala, junto à porta, a filha dos Cunnery, Tara, estava sentada ao lado de Melissa no banco do piano. Tara estava tocando. Melissa estava com as mãos entre as pernas observando os dedos de Tara nas teclas. Olhou para Kellas quando ele entrou e inclinou de novo a cabeça sobre o teclado, sussurrando para Tara. Sophie e Pat M'Gurgan estavam sentados juntos num sofá perto da lareira vazia, assistindo ao recital. Estavam inclinados para a frente, lentamente girando a haste de suas taças e copos de vinho nas mãos, os lábios se esforçando em sorrisos similarmente desesperados.

Cunnery estava de pé junto a uma mesa com as garrafas de bebida. Virou-se, foi até Kellas e apertou-lhe a mão. O rosto dele lembrou a Kellas a máscara da comédia grega, a palidez e o sorriso demoníaco, e, por trás, o relance de olhos de verdade. Cunnery ofereceu-lhe uma bebida com o tipo de murmúrio baixo que os lanterninhas usam para os que chegam atrasados. Kellas recebeu um copo cheio de vinho tinto. Tara não queria ser interrompida, embora ficasse ela mesma se interrompendo. Melissa era 25 anos mais velha que a menina, e, no entanto, as duas pareciam irmãs. Os olhos de Kellas se desviaram do piano. Viu um exemplar de *O livro da forma* numa mesa baixa perto dos M'Gurgan. Em vermelho e verde, até mesmo a capa era uma obra feita com técnica e alma. Sobre a lareira havia um busto de Lenin. M'Gurgan o comprara numa viagem a Hungria em 1981, quando estudava em Oxford. Dois anos depois, quando ele e Cunnery se formaram, ganharam bolsas do governo da Alemanha Oriental para trabalhar em teatros em Berlim Oriental por um ano. M'Gurgan foi; no último minuto, Cunnery mudou de ideia e foi para Nova York. No apartamento de M'Gurgan, explicou a ele, enquanto um cheiro forte se desprendia de sua jaqueta de operário que secava sobre o aquecedor elétrico, que o socialismo, por mais comprometido que estivesse, estava assegurado na Alemanha Oriental por pelo menos duas gerações. Sua testa ficou ainda mais franzida quando chegou a essa conclusão. Nova York era onde todas as linhas de força faziam intersecção: classe, capitalismo, raça, arte. Levantou-se, pegou o busto de Lenin e disse a M'Gurgan: "Vou levar isto comigo". M'Gurgan não o impediu. Depois de nove meses na Alemanha Oriental, M'Gurgan mudara de opinião sobre Lenin e não o quis de volta. Cunnery passara um ano em Nova York, escrevendo para semanários radicais, dançando e vivendo de comida de festa, antes de ir para a Nicarágua e escrever matérias para o *Left Side*.

Tara terminou sua performance com um atlético acorde dissonante, usando todos os dedos para tocar 12 teclas. Todos aplaudiram, incluindo Tara, que bateu palmas sobre a cabeça, como um jogador de futebol saudando os fãs ao ser substituído. Pat e Sophie se levantaram e abraçaram Kellas.

— Foi ótimo, não foi? — disse Sophie. — O que era?

— Acho que era Mozart — disse M'Gurgan. — Ou então Van Halen.

A campainha tocou. Cunnery foi atendê-la e Melissa se aproximou com Tara. Margot apresentou a menina a Kellas e eles apertaram as mãos.

— Era Nick Cave — disse Tara a M'Gurgan.

— Claro que era — disse M'Gurgan. — Adorei.

Margot pôs um CD tocando baixinho, *The Charlatans*, e foi pôr a filha na cama. Kellas e Melissa foram deixados um olhando para o outro.

No inverno ela estava vestida para o verão, com um vestido branco de gola solta. Estava bronzeada. Passava a mão direita no pescoço. Sua mão não estava livre para apertar a dele. Os olhos de Kellas focalizaram os dedos dela por um instante, esfregando os tendões na garganta. A última vez que foram para a cama, não tinham camisinhas e ele gozara sobre ela, por insistência dela, e caíra bem ali, no pescoço. Agora estava proibido de beijá-la. Sentiu que a tratara mal e que, se a tivesse tratado pior, talvez ainda estivessem juntos.

— Você está com ótima aparência. Como quem volta de férias — disse Kellas. Ouro brilhou em suas orelhas entre cachos escuros de cabelo. Ela levantou a outra mão. Mais ouro.

— Seychelles com meu noivo — disse ela. — Chalés separados. Nada de cama antes das núpcias e então direto para os filhos. Vou ter cinco.

— Eu sei — disse Kellas. — Vi o que você escreveu. Esse é o problema de ter uma colunista como ex. Posso ler a sua mente. — No aniversário dos ataques de 11/9, o *Express* dera a Melissa duas páginas para seu anúncio sobre sua resolução de ter filhos. Ela comparou as tripulações suicidas dos aviões aos ativistas que fazem campanha contra as restrições ao aborto. "Que aqueles que não querem ver a Inglaterra transformada num estado islâmico terrorista lembrem-se disso", ela escrevera. "Como o velho IRA, os terroristas islâmicos têm duas estratégias para nos vencer: a kalashnikov e o berço. Seja nos bombardeando até a submissão seja procriando mais que nós, o resultado será o mesmo. Como mulher, patriota e cristã, sei onde está o meu dever. Eu serei, espero, uma mãe não só para mim, meu marido e meus filhos, mas para a Inglaterra."

— Ele afirmava que nunca lia os jornais — Melissa disse para os M'Gurgan. — Esse é o problema com os jornalistas, ele costumava dizer, eles passam o tempo todo lendo uns aos outros.

— Você o ama? — perguntou Kellas. — O tal, o noivo.

— Amor. Ah, Adam — Melissa pôs a mão no braço dele. — Você não está qualificado para usar a palavra, meu caro.

— Não me chame de "meu caro". Sou mais velho que você. Não tão velho quanto o noivo. Quantos anos ele tem, 55?

— Tem 49 — disse Melissa. — Vai ser um problema conseguir um convite de casamento para você. O château só aceita duzentas pessoas. Em todo caso, Pat, eu queria lhe dizer, seu livro é fantástico. — Pegou-o pelo pulso e olhou para Kellas. — Este é um homem qualificado para falar de amor. Este é um homem que conhece a vida. Um poeta *e* um marido *e* um pai.

— Obrigado — disse M'Gurgan. — Gostou da cena com as gralhas?

— É brilhante. Você não fica com inveja dele, Adam? Nenhum dos seus livros foi tão bem-sucedido como o de Pat, foi? Faz um tempão que você não publica nada.

— O último do Adam era um ótimo romance — disse Pat. — Não cabe a nós produzir em série.

— Eu consegui chegar até a quarta página, lembro — disse Melissa. — Ainda assim, continue tentando, hein?

— Fico satisfeito por saber que você se preocupa — disse Kellas.

— É por isso que ele lê minha coluna! Para ver se é mencionado. Adam, você não foi assim tão importante.

— Tenho certeza de que vi uma tigela com batatinhas aqui antes — disse M'Gurgan.

Margot pôs a cabeça pela porta. Tara estava chamando Melissa. Ela saiu para ler uma história para a menina.

— Permissão para usar a palavra "piranha" — disse M'Gurgan.

— Concedida — disse Sophie. — Qual será a história da hora de dormir de Tara? *Ligações perigosas*?

— Li seu livro duas vezes — disse Kellas — e não me lembro de nenhuma cena com uma gralha.

— Ela não o leu.

Cunnery chegou com Joe Betchcott e Lucy Flagg. Lucy era uma física nuclear de 26 anos que ganhava um alto salário na Goldman Sachs para jogar uma rede feita de números nas águas escuras dos mercados financeiros. Quando os computadores puxavam a rede, estava cheia de lucros das profundezas. Ninguém mais conseguia entender de onde vinham, mas o dinheiro era tão real quanto qualquer outro. Ela tinha a pele macia e branca, cabelo preto curto, usava um vestido preto e óculos de armação oblonga preta. As únicas coisas que não eram brancas ou pretas nela eram os lábios escarlate e os olhos azuis. Ao cumprimentar, Kellas ouviu-se dizendo para Lucy, que ele só encontrara uma vez antes, que ela estava sexy. Todo mundo ficou surpreso. Todos sentiram o mesmo, mas todos esconderam. Lucy deu um sorrisinho e franziu as sobrancelhas, Cunnery riu e Sophie disse em voz baixa: "Adam", e foi tudo. Mas todos os ouvidos se sobressaltaram e as nucas se arrepiaram. Kellas ficou surpreso por ter dito as palavras em voz alta. Foi como descobrir que a rocha entre você e a lava subterrânea era infinitamente mais fina do que você imaginava, uma espessura de centímetros. Uma crosta delicada era tudo o que havia entre ele e atividades incontroláveis, incompatíveis com a paz. A sala configurou-se e Kellas se sentou em um sofá com Sophie na outra ponta e Lucy entre os dois.

— Eu não devia ter dito isso — Kellas observou. — Embora seja verdade.

Lucy tomou um gole de vinho branco de uma maneira que o deixou perceber que a boca dela estava seca e que a estava deixando nervosa.

— É bom ouvir o que as pessoas estão pensando — disse.

— Nem sempre — disse Sophie. — Há gente demais que não sabe a diferença entre pensamentos e hormônios. Adam.

Adam voltou-se para Sophie. Ela o estava olhando. Ela o estivera observando enquanto ele cumprimentava Lucy e espiava seu corpo pelo que lhe parecera apenas um momento, mas que fora mais.

— Você deve estar muito feliz pelo livro de seu marido — disse Lucy. Kellas levantou-se e foi até onde Betchcott estava, sozinho junto à mesa das bebidas enquanto M'Gurgan escrevia uma dedicatória no exemplar que dera a Cunnery. Betchcott era um fotógrafo que estava fazendo uma série para Cunnery, tirando fotos de paparazzi em ação ao redor do mundo. Vestia-se como quem acreditava que era mais jovem e estava em forma, com um suéter preto justo que aderia a seu torso flácido. Usava Ray-Bans e tinha eczema. Estava sempre se movendo, fazendo pequenos movimentos angulares com a cabeça, mudando de um pé para o outro, virando o corpo de um lado para o outro, como um pássaro esperando uma semente cair. Não estava mascando chiclete, mas do jeito que movia a mandíbula, parecia. Kellas perguntou se os paparazzi se incomodavam em ser fotografados.

— Porra, adoram! — disse Betchcott. — Tive de fazer Mel Bouzad parar de piscar para mim outro dia quando ele estava à espreita de Russell Crowe. Aguentam o desaforo, mas não gostam quando consigo as estrelas do meu lado. Em Leicester Square, semanas atrás, grande estreia, um cara chega até mim: "Jennifer quer ajudá-lo a mostrar como esses macacos agem, pela perspectiva dela." Quando dei por mim, estava na limusine de J-Lo fotografando sobre os peitos dela o babaca que berrava na janela, usando o flash de uma Nikon de 50 mil, batendo no vidro, e ela ali calmamente sentada com seus diamantes, sorrindo. Tomamos um drinque e ela me convidou para visitá-la em LA, mas ando muito ocupado, sabe.

Kellas estava ouvindo e observando Lucy enquanto Betchcott falava. Ela não usava joias. Suas mãos descansavam sobre os joelhos. Estava com meias pretas e assentia e sorria para o que Sophie dizia.

— Você está... você e Lucy estão juntos? — Kellas perguntou.

Betchcott exalou e estalou a língua negando. Olhou por sobre o ombro, mudou o peso de um pé para o outro e olhou para sua bebida.

— Tenho uma namorada. Lucy é só essa coisinha incrivelmente obediente, disposta. Ela faz qualquer coisa. Ela chupa o seu pau, se você pedir. É patética. É constrangedor.

— Não acredito em você.

— Vou lhe mostrar. — Betchcott virou-se e começou a estalar os dedos para Lucy. — Ei. Venha cá. Venha cá um instante.

Lucy levantou-se rapidamente e foi. Deixou seu copo de vinho no chão, olhou para o rosto de Betchcott:

— ...hum? — disse.

— Diga a Adam o que você falou ontem à noite. — Lucy pareceu confusa, olhou de relance para Adam. — Você sabe do que estou falando. — Lucy ia dizer algo quando Sophie chegou trazendo o copo dela. Lucy pegou-o e segurou-o com as duas mãos, olhando dentro dele. Então pôs uma das mãos em volta do braço de Betchcott e moveu-se para perto dele. Sua maneira de se mover alterou-se. Seus olhos se abriram mais e os ombros se encolheram um pouco. Betchcott começou a falar de novo, olhando para Kellas e Sophie como se Lucy não estivesse ali, e após alguns momentos sacudiu o braço e Lucy deixou a mão cair junto ao corpo.

— A série devia ter saído na revista do *Sunday Times*, mas toda essa coisa do Iraque a fez dançar — ele estava dizendo. — Um monte de bobagem sobre a porra dos curdos. Umas fotos legais à luz das estrelas. Eu poderia ter feito melhor para eles, só que não faço essa merda estrangeira, sabe?

Sophie riu.

— Qual é a graça? — Kellas perguntou.

— Meninos.

— Não vejo qual a graça. "Merda estrangeira" é engraçado?

— Ele não está falando sobre você, Adam.

— Eu sei, ele está falando sobre estrangeiros.

— Não tenho problema com estrangeiros — Betchcott disse. — São os merdas dos perdedores, vagabundos, preguiçosos e mendigos neste país. Todas as reuniões, discussões, protestos e votos.

— Votos?

— É, não vejo para quê. Devíamos ter uma ditadura. Deixar os bem-sucedidos cuidarem da vida.

— Detesto ouvir gente falando assim — disse Kellas. Percebeu que o tom de sua voz estava se elevando e que não havia nada que pudesse fazer para impedir. — Você fica aí em seus óculos escuros e suéter preto numa sala de estar em Camden Town e está cuspindo nos túmulos de seus ancestrais, seu arrogante de merda. — Essas últimas palavras saíram muito claras e sinceras, e altas o bastante para a sala inteira ficar silenciosa. O rosto de Betchcott mudou de cor e ele se virou e se afastou, com Lucy seguindo-o. Cunnery aproximou-se e pôs a mão no ombro de Kellas. Estava sorrindo.

— Tenho certeza de que Joe disse algo detestável com o que eu também não concordaria — disse —, mas preferia que vocês não brigassem por causa disso em nossa casa. Aqui é território neutro. É preciso haver algo assim para que nós não fiquemos matando uns aos outros ou gritando o tempo todo.

— Nós nunca matamos uns aos outros. E quem é "nós"?
— Quem você quer matar? Joe?
— Não. Mas ele é um fascista.
— Ele não é um fascista, é um fotógrafo. Tem opiniões. O mais longe que já vi ele chegar em política foi me dizer uma vez que proibir um governo de abolir os direitos humanos era uma violação de seus direitos humanos. Você sabe que eu acredito na resistência. Mas organizada. Não começa só porque você perde a paciência.
— E enquanto isso os socialistas e os fascistas se sentam juntos para jantar na bela mansão do socialista em Camden.

A máscara da comédia grega do rosto de Cunnery não se alterou. Os olhos por trás da máscara pareceram ficar mais escuros e ferozes, como se o ator com a máscara tivesse ouvido algo de que não gostara e estivesse frustrado por não poder expressá-lo em seu rosto.

— Não há fascistas de verdade em Londres em 2002, Adam — disse Cunnery. — Seria muito mais fácil se houvesse. Acho que a comida está pronta, então vamos jantar. — Ele foi na frente. Cunnery não gostava de alusões a sua propriedade. Era verdade que ele não podia ser culpado por ter pais ricos, ou porque uma casa que ele comprara por 200 mil libras na década de 1980 valesse agora provavelmente 1,5 milhão. Londres estava cheia de milionários embaraçados. Socialistas com hipotecas: toda a história da Europa desde a Segunda Guerra Mundial estava contida nessas três palavras.

Os M'Gurgan foram na frente de Kellas e pararam na porta antes que ele pudesse seguir Cunnery. M'Gurgan estava rosado. Já enchera e esvaziara seu copo de vinho algumas vezes. Por um momento, as origens de M'Gurgan ficaram invisíveis para Kellas. Ele o viu como ele pareceria a alguém que não o conhecia havia trinta anos: sábio, engraçado, poderoso, perigoso e vulnerável. A magnitude e o ceticismo, o cabelo grisalho como uma coroa, o paletó novo e a camisa Paul Smith que Sophie o fizera comprar com um pouco do dinheiro dos prêmios. O homem que explorara profundamente o interior de sua alma e encontrara as palavras para descrever o que vira. O desembaraçado bardo de si próprio. O grande celta malvado de Londres. Sua falta de interesse em se aproveitar disso magnificava a distinção.

— Como você está se sentindo? — perguntou Sophie.

— Menos que a soma das minhas experiências — disse Kellas.

— Gostaria de ter sido eu a xingar Betchcott — disse M'Gurgan.

— Eu sei — disse Sophie. — Mas Adam, talvez você devesse ir para casa.

— E perder meu jantar?

— Com Melissa aqui e você brigando com o Capitão Desagradável. Você não acha, Pat?

— Todo mundo é cheio de trevas — disse M'Gurgan. — Como todo mundo é cheio de sangue. É algo de que você precisa, e é algo que precisa ficar contido. Você tenta manter sua pele longe de lâminas afiadas e tenta manter sua alma longe dos tipos de corte que podem fazê-lo sangrar suas trevas no tapete de outras pessoas — ele riu. — Lembra-se daquela vez em que você de fato sangrou por uma certa garota? Espetou o dedo na aula de inglês, foi até a carteira dela, manchou o papel dela com seu sangue, desenhou um coração com uma flecha e foi embora.

Sophie disse rapidamente:

— Sei que você gostou daquela garota, Lucy, mas não seja predatório, Adam. Ela é extremamente brilhante, mas há algo de acuado nela. Digo isso porque parece que você vai ficar.

— Sim — disse Kellas. — Está tudo bem. Eu decidi quando acordei hoje de manhã que ia ser bonzinho com todo mundo hoje. Escute, Pat, sei que eu já disso isso por e-mail e por telefone, mas queria dizer de novo agora: seu livro é uma maravilha. Um assombro. Tudo é merecido. Fico orgulhoso de conhecê-lo.

M'Gurgan riu, ficou ainda mais vermelho que o usual e murmurou um agradecimento, remexendo os dedos e olhando para eles. Sophie pediu para ele descer e dizer aos outros que eles iriam num momento, e M'Gurgan foi. Ela voltou-se de novo para Kellas.

— Você acha que eu estou tentando organizá-lo — disse. — Você acha que estou sendo uma dessas mulheres comuns que consegue que as coisas sejam feitas.

— Eu disse isso dez anos atrás — disse Kellas. — Você ainda me faz pagar por isso. Eu jamais quis que você ouvisse esse comentário. A linguagem que se usa sobre as pessoas pelas costas é diferente da que se usa na frente delas. As palavras não querem dizer a mesma coisa. Você sabe disso.

— E como soa quando você diz na minha frente de novo?

— Algo assim: "Sophie, você é uma dessas mulheres incomuns que fazem coisas acontecerem".

Sophie começou a rir e parou.

— Obrigada por não ter inveja de Pat. Você logo vai chegar onde ele está.

Kellas engoliu em seco.

— A obra dele foi uma inspiração para o livro que eu acabei de escrever — disse. — Ele lhe contou o que é?

— Não, vocês dois ficam fazendo segredo sobre isso. Precisamos ir. Você sabe, todo mundo adora o livro de Pat, é tão peculiar, trágico e engraçado sobre a vida dele. Está tudo lá. Você está lá. Tudo e todos estão lá, exceto eu. Não há traço de uma esposa lá, e nenhum traço de mim.

— Ninguém deveria se casar com escritores — disse Kellas. — Eles sempre imaginarão alguém melhor. — Sophie apertou os lábios e começou a piscar, e desajeitadamente passou um nó do dedo ao longo de um olho. Kellas pôs os braços em torno dela e apertou-a.

— E quanto a você? — Sophie perguntou. Deu um passo para trás e cruzou as mãos à frente. Fungou levemente. — Está saindo com alguém? E aquela mulher que você conheceu no Afeganistão?

— Ela não respondeu minhas cartas.

— E você queria que tivesse?

— Não devia tê-la mencionado — disse Kellas. — Precisamos descer para jantar.

O piso do porão era de ardósia e a cozinha tinha superfícies de granito e panelas de cobre de todos os tamanhos. Da área onde ficava a mesa de jantar de carvalho, Kellas pôde ver que havia outra mulher ajudando Margot. A mesa brilhava com prataria e cristal. Sobre a lareira de granito havia fotos de família em porta-retratos de madeira, alguns pequenos troféus esportivos, alguns dos prêmios de Cunnery e alguns lírios num comprido vaso de vidro de lados retos. As hastes verdes dos lírios emprestavam sua cor ao vidro grosso e irregular. Nas paredes estavam penduradas fotografias granuladas em preto e branco de tamanho A3 que Margot tirara da vida operária dos brancos na Inglaterra na década de 1990. Duas luminárias de chão, globos de vidro translúcido em esguias hastes cromadas, iluminavam a mesa. Kellas sentou-se sob a fotografia de uma menina inclinada, tentando acordar outra menina que estava deitada na sarjeta com os olhos fechados. Kellas sentou entre Cunnery, na cabeceira da mesa, e Sophie à sua direita. Lucy e M'Gurgan estavam do outro lado. Tinha sido bem isolado de Melissa e Betchcott na outra ponta da mesa.

M'Gurgan estava falando com Lucy em voz baixa demais para que Kellas pudesse ouvir. Os olhos de M'Gurgan se abriam mais e se estreitavam, seu sorriso ia e vinha, suas mãos se abriam e se fechavam. Lucy assentia e ria, e então parava e assentia novamente. Ele tinha a completa atenção dela. Sophie estava falando com Betchcott e Melissa. Margot e sua ajudante, que usava um vestido preto simples e parecia ser da América do Sul, distribuíam pratos de sopa de castanhas. A ajudante tinha uma expressão curiosa, alheia, como se na verdade estivesse em outro lugar, como se estivesse sonhando com o jantar enquanto dormia numa cama do outro lado do mundo. Kellas estava esperando provar o vinho que trouxera da França, mas os Cunnery pareciam ter comprado uma caixa de algum chileno tinto e ficariam nisso. Kellas sorveu um gole e olhou para Melissa de perfil. Aquela boca carnuda que virava para cima nas pontas. Às vezes tinha sido bom ouvi-la e às vezes ele a beijara apenas para tentar estancar suas palavras inteligentes, rápidas, mordazes. Ela tinha sido tão insistente, aguda e cruel em suas caracterizações de todo mundo em torno dela que ele começou a se sentir mais e mais exposto em sua própria imunidade. Sem dúvida, já terminara.

Melissa tinha excelente visão periférica. Ele se esquecera disso. Ela percebeu os olhos dele fixos nela e retribuiu o olhar. Desviou-se, inclinou-se sobre a mesa apoiada nos braços e começou a conversar com Betchcott.

— Excelente sopa — Kellas disse a Cunnery.

— Obrigado. Alguém falou que o viram aprendendo como pôr um traje de guerra química numa casa de campo em Surrey há algumas semanas atrás.

— Eu aprendi da outra vez — disse Kellas. — O *Citizen* quis que eu fizesse o curso de novo. Desse jeito eles conseguem um desconto no seguro de guerra. É uma semana ouvindo ex-combatentes falando sobre fogo indireto e, sabe, hemorragia arterial.

M'Gurgan desviou-se de Lucy, inclinando-se na direção de Kellas e Cunnery.

— Adam andou me contando sobre os ex-combatentes — disse a Cunnery. — Aparentemente eles ficam de pé e dizem: "Muito bem. Agora. Você acabou de perceber que entrou num campo minado. Qual é a primeira coisa que você vai fazer? Alguém sabe?" E no fim do dia vão para casa para seus quartos de solteiro com camas perfeitamente feitas e cartas de filhas que veem uma vez a cada 15 dias e você se pergunta se talvez eles também não precisem de um curso. "Muito bem. Agora. Você acabou de perceber que entrou num relacionamento com uma mulher. Qual é a primeira coisa que você vai fazer? Alguém sabe?"

— Não foi fácil para você nesses aspectos também — Cunnery disse a Kellas.

— Eu não estou tentando ensinar a ninguém — disse Kellas.

— Sinto muito por ter convidado Melissa.

— Sente mesmo?

— Por sua causa, quero dizer. — Cunnery perguntou se ele achava que o Iraque tinha armas químicas.

— Não sei — disse Kellas. — Mas se eu achasse que havia alguma possibilidade de Saddam usá-las, nunca teria concordado em ir. Mas é uma questão acadêmica agora, não vou mais. Saí do *Citizen*.

Kellas não pretendera dizer isso alto e claro, mas as palavras atravessaram a mesa toda no mesmo instante. No silêncio depois que as perguntas pararam ele disse que vendera um livro por uma quantia decente e que pedira demissão do *Citizen*. Cunnery ergueu o copo e propôs um brinde.

— Por favor, não — disse Kellas.

— Falsa modéstia! — Melissa gritou, ergueu o copo e bebeu um gole. — Desculpe, quis dizer exata modéstia.

Sophie deu tapinhas em seu ombro e estava dizendo muito bem, muito bem. Lucy estava olhando para ele e sorrindo e ele inclinou o copo para ela, sorriu e tomou um gole.

— É aquele que eu estou pensando que é? — perguntou M'Gurgan. Parecia ter a esperança de que não fosse.

— Você o leu? — perguntou Lucy a M'Gurgan, pondo a mão esquerda na borda da cadeira e apoiando-se nele. — Sobre o que é?

M'Gurgan nada disse. Apenas assentiu para Kellas e ergueu as sobrancelhas.

— É um thriller — disse Kellas. — Sobre uma guerra imaginária entre a Europa e os Estados Unidos.

— De que lado nós estamos? — Cunnery perguntou.

— Da Europa.

— Isso é bobagem! — Melissa exclamou do outro lado da mesa. — Politicamente correto *e* se vendendo!

— Fiquei intrigado — disse Cunnery. — Devíamos fazer um artigo sobre ele. O seu último foi mais literário, não?

— Foi — disse Kellas, olhando para M'Gurgan. — Mas as únicas pessoas que sei que leram os livros que escrevi até agora foram minhas namoradas e outros escritores como Pat. Eu queria ganhar algum dinheiro. Queria ser popular antes de morrer. Vocês estão pensando que eu vendi minha alma. Alguém viu minha alma ultimamente?

— Eu nunca vi a alma dele — gritou Melissa, sorrindo. — Vendido!

— Se é popular, não quer dizer que seja ruim — disse Cunnery, cortando um pedaço de pão ao meio e fazendo gestos precisos com as metades. Seu rosto ficou mais sério, e a voz também. — O livro de Pat está vendendo bem e ele não estava tentando ir atrás do dinheiro, estava? Ainda é uma grande obra de literatura.

— Não sei quanto a grande — disse M'Gurgan.

— Ora, aceite o elogio, pelo amor de Deus — disse Kellas.

— Você não pode ir atrás do dinheiro — disse M'Gurgan. — Ele sempre corre mais rápido do que você pode alcançá-lo. Você apenas tem de ir para onde quer, e se ouvir o dinheiro vindo atrás, não olhar para trás. Espere que ele o alcance.

— É essa a sua filosofia agora? — perguntou Kellas. — Não foi o que você disse um ano atrás. — Deu-se conta de uma mão em seu braço e de que todos estavam olhando para ele. Provavelmente levantara um pouco a voz. Estava ficando difícil perceber. Seria melhor parar com a bebida. O estranho era que ele não tinha bebido muito.

— Adam — disse Sophie, a dona da mão em seu braço. Por que ela ficou tão ofendida em ser descrita como comum? Conseguir que as coisas sejam feitas, isso era um elogio. Como produtora de rádio, era ela quem mantinha a estação funcionando. Lucy o olhava fixamente com uma aversão que o deixou atônito. Margot pediu a Cunnery para ajudá-la a tirar os pratos de sopa. Cunnery levantou-se. Em seguida, M'Gurgan levantou-se.

— Tenho tempo para fumar lá fora antes do próximo prato? — perguntou.

— Vou com você — disse Lucy. Os dois saíram para o jardim levando os copos de vinho. Melissa perguntou alguma coisa a Sophie e ela virou-se na direção contrária à de Kellas. Deixado por conta própria, Kellas pegou seu prato lateral, sentiu o peso e olhou o outro lado. A porcelana era de um bonito jogo, branco com desenhos pretos de um caricaturista pós-soviético. Kellas estalou a língua no palato repetindo uma música. *There was an old man called Michael Finnegan/He grew whiskers on his chinnegan.* Cunnery comprara o jogo de porcelana de um famoso restaurante kitsch em Moscou no fim da década de 1990. O colapso da União Soviética tornara possível ao cartunista celebrar a existência da União Soviética, e também ganhar dinheiro. Kellas estivera no restaurante: a porcelana tinha sido cara. Levantou-se e foi até a cozinha, perguntando se podia ajudar, mas os pratos de sopa já estavam na máquina de lavar e Margot e a ajudante estavam começando a colocar a carne de uma panela de ferro fundido nas travessas.

— Vou chamar os fumantes — disse Kellas. O cozido tinha um aroma rico e fértil, como o final feliz de alguém. Kellas abriu a porta dos fundos e se viu num pequeno pátio, feito sobretudo de vidro, mais escuro que a cozinha e mais claro que a noite. Podia ver os vultos de Lucy e M'Gurgan no pátio, em pose de fumantes, M'Gurgan com a mão apoiada no metal da escada de incêndio e a brasa do cigarro movendo-se amplamente de um lado para outro enquanto ele contava sua história, Lucy um ou dois metros afastada dele, braço esquerdo sobre o peito e enfiado sobre o cotovelo direito, seu peso apoiado numa só perna, cabeça inclinada para trás para soprar a fumaça no ar.

— Ei, lobby do tabaco — Kellas chamou. — Hora de comer.
— Esperou até Lucy e M'Gurgan apagarem seus cigarros e entrarem na casa antes de ir também, fechando a porta atrás dele.

Kellas ouviu Betchcott e Melissa elogiando o cozido para Margot. Era veado. A única razão pela qual Kellas quisera se juntar ao empreendimento iraquiano era a esperança de encontrar Astrid lá. Ligara para o *DC Monthly* para saber se a estavam enviando, e qual seria o melhor lugar para encontrá-la, se Bagdá, Curdistão ou Kuwait, mas tudo o que lhe disseram foi que ela não trabalhava mais para eles.

— Fiz umas fotos de moda com caça de veados na Escócia anos atrás — Betchcott disse. — Montes de tweed. Dei a todas as modelos armas carregadas. Pelo olhar delas, aquilo funcionou melhor que cocaína, sabia? Aliás, tinha cocaína de sobra também. Uma delas acertou a porra de um cachorro na perna. Boas fotos. A porra dos saltos altos numa carcaça, foi clássico. Uma delas me pagou um boquete no banco de trás de um Range Rover descendo a montanha. — Margot, Melissa e Sophie puseram-se a gargalhar. — Pagou mesmo! — M'Gurgan e Lucy desviaram-se da conversa, olhando para outro lado. Sophie, Melissa e Margot estavam rindo, balançando a cabeça e exigindo que Betchcott desse o nome da mulher, e ele estava sentado ali com os rostos delas refletidos em seus óculos escuros, com seu sorrisinho abusado.

— Pior foi que senti o narizinho dela na minha coxa quando ela estava ali — disse Betchcott. — Dava para notar que não havia mais septo sobrando, estava se desfazendo. Não contei a ela. Pena, uma boca macia.

— Não acredito no que você acabou de dizer — disse Sophie.

— Ah, Soph — disse Melissa, em meio a sua gargalhada. Margot e Sophie tinham parado. — É só um pouco de pilhéria de gente grande. Era o que tornava os ingleses fortes na época de Boswell e Johnson, antes da podridão se instalar.

— É sobre isso a sua próxima coluna? — perguntou Kellas. — A santidade da vida familiar e o lado mais leve do sexo entre celebridades?

— O quê? Não consigo ouvi-lo, Adam. Você não está falando com muita clareza.

— Não tinha percebido que já voltamos para o século XVIII. Isso dá três séculos em dois pratos. Estaremos na Idade das Trevas quando o café for servido.

— Você não suporta quando as pessoas são inconsistentes, não? É por isso que você está atolado na classe média. Você quer passar a ferro todos os picos e vales e achatar tudo ao seu nível.

— Crianças — disse Cunnery.

Melissa o ignorou.

— Você fica desolado, não fica?, que eu esteja à mesa de Liam Cunnery e me divertindo. Você não suporta que eu me dê bem com poetas da classe operária como Pat, e homens de verdade como Joe, e marxistas como Margot e Liam, e ricaços como a família de meu noivo. A personalidade transcende classes, Adam. As únicas pessoas que eu não tolero são meninos mesquinhos e burgueses como você.

— Crianças! — disse Cunnery, levantando a voz e as mãos. — Por favor.

— Há mais carne, se alguém quiser — disse Margot.

Sorrindo largamente, Melissa levantou-se e saiu da sala em direção às escadas, passando por Kellas. Quando ela passou, Kellas disse, sem se virar:

— Traga a porra dos seus demônios a minha porta. Lutarei com todos. — Melissa nada disse e ouviram seus passos subindo as escadas.

Kellas olhou rapidamente para M'Gurgan e Lucy. Agora Lucy falava baixinho com Pat enquanto ele comia, olhando para sua comida.

— Mas é de se perguntar — disse Kellas a Cunnery. Cunnery ergueu as sobrancelhas. — Quanto a Melissa estar aqui. E Joe.

— São amigos. É...

— É, eu sei. Só que... me faz pensar sobre quando era um jovem repórter no tribunal. Lá está o cara no banco dos réus, o acusado, com as mãos atrás das costas, flexionando os joelhos, com as cicatrizes no rosto e as tatuagens no pescoço, olhando direto para a frente. E na frente dele há dois advogados. Há esse cara, o advogado que se supõe que o está defendendo. E há o cara da promotoria, o que quer que ele fique preso, quer que ele não obtenha fiança. Aparentemente, estão em lados opostos. Um deles está do lado dele, e o outro é seu inimigo. E estão todos lá, esperando o juiz entrar. E o cara no banco dos réus vê os dois advogados, o que é contra ele e o que é a favor dele, conversando. Ele vê que os dois se conhecem muito bem. Então vê que estão fazendo piadas. Estão rindo. São amigos. Eles não se empenham quando pedem ao juiz que conceda a fiança ou que a fiança seja negada. Estão pouco se fodendo se o réu consegue ou não. Não ligam para ele. É só um jogo.

— Você não está no banco dos réus, Adam — disse Cunnery.

— São os seus leitores. Leem o que você escreve no *Left Side* e leem o que Melissa escreve no *Express,* ou ao menos ouviram falar nela, e soa como se você realmente acreditasse, como se importasse, como se devesse ter algum resultado. Uma luta entre o certo e o errado, o bem e o mal, e vocês estão em lados diferentes. Eles não sabem que vocês jantam juntos à sua mesa. Como se fosse um jogo. Dois times no mesmo clube.

— Você saiu com ela, não? Foi para a cama com ela?
— Sim.
— E você não concorda com o que ela escreve?
— É nojento.
— Então, quem é o hipócrita?
Kellas corou.
— Não pude evitar. As de direita são tão safadas. — Melissa voltou para a sala e sentou-se sem olhar na direção de Kellas. Sophie inclinou-se na frente de Kellas para perguntar a Cunnery sobre a escola de Tara. Kellas olhou para Lucy e M'Gurgan. Os dois estavam sentados sem dizer nada, olhando para seus pratos enquanto levavam a comida à boca, como um velho casal que nada mais tem a dizer um ao outro num restaurante. Kellas estava a ponto de perguntar a Lucy sobre o trabalho dela quando percebeu que o silêncio entre ela e M'Gurgan era um só silêncio compartilhado, precário e perigoso. Lucy pôs a faca e o garfo no prato subitamente, como se tivesse se lembrado de algo, e perguntou a Cunnery onde ficava o banheiro. Estava um pouco sem fôlego. Ele disse que havia um no primeiro andar, mas se ela não se incomodasse era melhor usar o do último andar para não acordar Tara. Lucy saiu, e após um momento M'Gurgan recebeu uma mensagem de texto para ligar para seu agente, pediu licença e saiu para o jardim.

Kellas declarou que estava com vontade de mudar para vinho branco, e disse que ia ele mesmo procurar um copo limpo na cozinha. Disse olá para a ajudante ao passar por ela. Ela estava arrumando a cozinha. Nada respondeu. Kellas saiu para o pátio. Viu, no mesmo instante, M'Gurgan subindo a escada de incêndio para o primeiro andar. Kellas voltou para a sala de jantar, passou pela mesa e subiu a escada. Quando chegou ao primeiro andar parou e ficou escutando. Ouviu o que poderia ter sido um copo de plástico com escovas de dente caindo, e M'Gurgan resfolegando e rindo. Ouviu passos num assoalho que rangia. A porta do quarto de Tara estava aberta, com o interior escuro, a poucos metros. Havia o odor estranho dos produtos de limpeza. Kellas subiu o último lance de escadas até o último andar. Todas as portas estavam abertas, exceto uma. Tentando se mover silenciosamente, foi até lá. Ouviu um som mínimo, que poderia ser um som que Lucy fez quando M'Gurgan a beijou, enquanto a tocava. Então ouviu Lucy dizer, num murmúrio lento:

— Sua mulher poderia estar ouvindo atrás da porta agora.

— Olhe para mim — veio a voz de M'Gurgan. — Apenas ponha sua mão aqui. Gosta disso?

— Detesto — disse Lucy e riu.

— Você não está querendo que eu pare, está?

Lucy inspirou fundo.

— Não.

— Você cresceu no interior?

— Em Hampshire. Ah. Hm. Por quê?

— Eu estava pensando no que a mocinha diz num trecho de Burns. — Os dois estavam falando bem baixo.

Algo fez Lucy engasgar e ela disse:

— É um pouco tarde para poesia agora.

— É o pedaço em que a mocinha diz que nove polegadas agradariam uma dama. E então ela diz: "Mas para uma boceta do campo como a minha, na verdade, não somos tão delicadas. Juntamos o dedão às nove, e assim fica..."

Kellas afastou-se da porta do banheiro, desceu e usou o outro banheiro. Quando saiu, Tara estava de pé na frente dele, piscando em sua camisola.

— Desculpe. Eu a acordei — disse ele.

— Não foi você — disse Tara mal-humorada. — Foi a moça gritando no andar de cima.

— Ah, é? Eu não ouvi nada.

— Tinha uma moça e ela gritou. Você gostou de me ver tocando piano?

— Sim, foi legal.

— Melissa acha que eu devia ter minha própria banda.

— Quantos anos você tem, mesmo?

— Dez.

— Tudo o que você precisa é estudar mais.

O rosto de Tara enrugou-se como papel amassado e ela se entregou a um choro desabrido.

— Viu? — disse Kellas, ajoelhando e pondo as mãos nos ombros dela. — Viu o que acontece quando as pessoas dizem a verdade? É um remédio amargo. Venha. — Levantou-se e pegou a mão dela. — Vamos descer. Todos os adultos estão dizendo a verdade lá embaixo e estou me sentindo igualzinho a você. — Ouviu a porta do banheiro no andar de cima se abrir e conduziu Tara chorando para baixo.

— Desculpe — disse quando chegaram ao porão. — Lucy estava no banheiro lá em cima e eu precisava ir. — Tara correu para o outro lado da mesa e jogou-se nos braços de Margot. Kellas sentou-se ao mesmo tempo em que Lucy entrou.

— Ele disse que odiou minha apresentação de piano! — choramingou Tara.

— Não exatamente com essas palavras — disse Kellas. — Realmente sinto muito tê-la acordado.

— Não foi ele! Foi a moça gritando no andar de cima.

Sophie olhou para Kellas, e para Lucy, que parecia confusa e sem fôlego, e não tão pálida quanto antes. Sophie inclinou-se para perto de Adam e sussurrou:

— Vocês podiam ao menos ter voltado com alguns minutos de intervalo.

— Eu fico com ela, querida — Cunnery disse a Margot. — Você pode ir buscar a sobremesa.

M'Gurgan chegou do jardim e sentou-se.

— Tudo bem? — perguntou Sophie. — Foi uma ligação longa.

— Eu achei que ele foi rápido — disse Kellas.

— Demorado o bastante para você — disse Sophie. Parecia brava.

— Ele estava dizendo alguma coisa sobre mim? — Lucy perguntou a Sophie, apontando com a cabeça para Kellas.

— O agente ficou falando sobre o contrato do filme — disse M'Gurgan.

— Há um contrato para um filme? — Kellas perguntou. Havia pessoas demais falando e algum coquetel difícil, raro, de emoções estava se misturando dentro dele. Sua alma estava sendo empurrada para baixo, para um lugar mais profundo do que ele conhecia, enquanto sentia seu corpo ardendo, forte, leve e frio.

— Algum figurão de Hollywood fez uma opção pelos direitos, mas sabe como é, provavelmente nunca será feito — disse M'Gurgan.

— Me incomoda que você não tenha tido a paciência de levá-la para casa e fazer lá, longe dos ouvidos de uma criança — Sophie sussurrou no ouvido de Kellas.

— Você tinha de dizer a Tara o que achou dela tocando piano? — perguntou Margot, enquanto punha uma fatia de bolo de chocolate na frente de Kellas. — Ela tem só 10 anos. — Ela soou cansada, muito cansada, como se tivesse fingido não estar cansada toda a noite e acabasse de desistir da encenação.

— O que você disse a ela sobre mim? — Lucy perguntou a Kellas. Estava tremendo ligeiramente. Talvez estivesse a ponto de chorar.

— Nada — disse Kellas. M'Gurgan estava escavando garfadas em seu bolo e enfiando-as na boca.

Melissa veio do outro lado da mesa, trazendo Tara pela mão. Tara subiu no colo de Cunnery e se enrodilhou ali. Ele pôs os braços em volta dela. Melissa olhou para Kellas, abriu e fechou a boca, sacudiu a cabeça e disse:

— Deus nos livre de você algum dia ter filhos.

Kellas olhou para Betchcott do outro lado da mesa. Betchcott devolveu o olhar, sorrindo. Ocorreu a Kellas que não vira Betchcott sorrir até agora. Não estava sorrindo para ele, estava sorrindo com ele. Você é igual a mim. Kellas baixou a mão para pegar uma colher. Uma coisa curiosa aconteceu. Ambas as mãos agiram, e em vez de levantar a colher, levantaram o prato com bolo. Só por alguns centímetros, antes de ele devolvê-lo à mesa e apoiar os punhos na mesa. Seus sentidos se atenuaram e ele começou a seguir uma espécie de sonho voluntário em que ele se levantava e andava pela casa e, num quartinho remoto, encontrava Astrid trabalhando, e ela erguia os olhos do trabalho, olhava para ele e sorria.

Kellas foi distraído por uma voz. Percebeu que Cunnery, que balançava Tara para cima e para baixo em seu colo, perguntava a ele se os Estados Unidos e a Inglaterra iriam invadir o Iraque, e o que aconteceria se o fizessem. Falou sobre petróleo, imperialismo, Israel, e como a Inglaterra se comportara cruelmente quando dominava a Mesopotâmia. Falava com confiança, conhecimento e precisão sobre a História da região. Depois de um instante, como Kellas nada disse, Cunnery perguntou a ele o que achava.

Kellas deu de ombros.

— Não sei — disse.

— Ora, vamos — disse Cunnery. — Você é um repórter. Você esteve no Afeganistão. Você deve ter uma opinião.

— Estou tentando não ter opiniões — disse Kellas. — Ficam no caminho entre o "está" e o "estou".

— Do quê?

— O "está" e o "estou". Como em: "Alguma coisa real *está* acontecendo e eu não *estou* fazendo nada real sobre isso."

— Você quer dizer a verdade?

— Não foi o que eu disse. — Kellas estava ouvindo a própria voz. Tinha assumido um tom que ele não gostou. — Você se importa com os iraquianos, não? E com os palestinos, os afegãos, e com todo o resto? Você tem amigos árabes, ao menos é como você os chama quando escreve sobre eles em sua revista. Você não quer que os americanos, os ingleses e os israelenses joguem bombas neles. Isso é bom. Faz de você um homem bom. Mostra que você se importa.

— Não sei quanto a bom, mas não há nada errado em se importar, há? Não sei bem o que você está querendo dizer. Você está dizendo que é a favor de jogar bombas nos outros?

— É possível que eu seja — disse Kellas. — Pago meus impostos. Fui a uma entrevista coletiva com o primeiro-ministro uns meses atrás e nem sequer tentei avançar nele e chutá-lo na cara.

— Ninguém espera que você faça isso.

— É porque o preço de se importar é muito baixo. Basta você dizer que se importa e já pagou. Você não tem de renunciar a nada.

— Dou voz às pessoas que o fazem. Na revista. Na internet.

— Mas a questão é você. É você. Você pode ser tão radical quanto quiser aqui na ilha e pode viver uma vida extremamente confortável, que as pessoas ainda dirão que você é marxista. Quando na verdade você está completamente seguro. Sua casa está segura, seu dinheiro está seguro, sua família está segura. Sua reputação está segura, e também a sua sanidade. Seu passaporte britânico está seguro. Até mesmo seu tempo livre. Como você pode escrever sobre tantas pessoas em perigo se achando tão importante quando você não corre perigo nenhum? Quando foi que as pessoas que apoiam os perdedores começaram a ficar com medo de perder o que quer que fosse? Você ficou com os sandinistas por um tempo, mas nunca foi um. Você voltou para casa. Você não fala árabe. Você não mora em Bagdá. Você nunca viveu como clandestino. Você nunca tentou viver como um jornalista intelectual honesto, secular, de esquerda, tendo propriedades, uma filha pequena e uma mulher feminista que trabalha num país islâmico autoritário. Poderia, mas nunca o fez.

Cunnery olhou para Tara, dormindo em seu colo. Acariciou o cabelo dela. Ergueu os olhos para Kellas. Sua voz estava fria.

— Foi isso o que você aprendeu no Afeganistão? — perguntou.

— Não aprendi nada no Afeganistão. Montei um escritório lá.

— Suponho que seja difícil saber, realmente saber, como é para eles. Para pessoas como os afegãos. Quero dizer, as matérias que você escreveu para mim de lá; não conseguiam passar a realidade, conseguiam? Talvez seja impossível saber.

— Você está errado. É muito simples. Mas eu não acho que você queira saber. É isso o que estou dizendo. — O coração de Kellas estava batendo com muita força e ele estava tendo certa dificuldade em respirar normalmente.

— Não, eu quero saber, sim.

— Tem certeza?

— Sim.

— OK. — Kellas levantou-se, empurrando a cadeira para trás. As pessoas na sala pareciam indistintas. Podia ver que eram diferentes umas das outras, mas havia uma luz difusa sobre elas que tornava difícil olhar diretamente. A mobília, os objetos na sala estavam mais nítidos. Sua posição, e sua destrutibilidade. Primeiro, seu prato. Ele o pegou, ergueu-o à altura dos ombros e o largou no chão de ardósia, onde se quebrou em vários pedaços, que se espalharam pelo piso. Ele agarrou os pratos na frente de Sophie e de Cunnery, e arremessou-os ao chão, com mais força dessa vez. Os copos de vinho! Foram abaixo com um gesto amplo de seu braço, e no que deve ter sido um intervalo de tempo muito curto seus pés estavam sobre o tipo de fragmentos esmigalhados que se espalham com uma explosão ou um acidente. As pessoas em volta dele estavam ocupadas recuando e se encolhendo, mas suas vozes começavam a ficar altas. Kellas pegou o vaso sobre a lareira, jogou as flores fora e o atirou ao fogo. Um dos fragmentos ricocheteou do chão e o atingiu no braço esquerdo. Era uma sensação reconfortante, mas talvez o tivesse feito sangrar. O som de vidro e porcelana quebrando o encorajava, mas havia uma parte dele que se envergonhava por não conseguir pensar em nada para dizer enquanto fazia tamanho estrago. Varreu o resto da tralha sobre a lareira, notando que o vidro da fotografia de família rachara, mas não quebrara, e então arrancou a mais próxima das fotos de Margot da parede e a bateu com um estrondo na borda da mesa. Deveria ter partido no meio, mas a moldura apenas se dobrou. Sentiu as mãos que o tocavam e estava ficando impossível ignorar que seu nome estava sendo gritado. Sangue no chão. Por um instante ele hesitou, tendo ficado sem objetos por perto para destruir. Era ele assim tão fraco, e essas paredes de duzentos anos, tão fortes, que ele não podia chutar através delas como estuque ou barro seco? Ele tomou fôlego e se posicionou junto à borda da mesa. Agora estava descobrindo uma voz própria. Com um rugido e uma sensação lancinante em todos os músculos ele virou a mesa, destruindo definitivamente os copos e porcelanas que ainda restavam. Arrancou e destruiu mais uma das fotografias de Margot. Na frente dele, uma face adquiriu contornos e sons definidos. Uma criança pequena estava berrando. Ele queria dizer algo, algo equilibrado e contido, mas quando formou as palavras o único registro que sua voz encontrou foi o estridente.

— É ASSIM QUE É PARA ELES! — gritou bem no rosto de Tara. Todo mundo estava aos berros, exceto a ajudante, que viera da cozinha para ver. Estava olhando para Kellas com a boca fechada. Ele saiu dali, correu escada acima, pegou o Lenin, saiu da casa e arremessou o Grande Líder na janela da frente da casa de Cunnery. Depois que a vidraça se despedaçou inteira, e o breve tilintar dos fragmentos cessou, Kellas pôde ouvir o som fraco de uma criança soluçando vindo de dentro da casa. Olhou para o pulso. Sua manga estava grudada com o sangue. Começou a correr pela rua. Na esquina, passou por uma caixa de correio. Parou e tirou a carteira do bolso. Havia selos nela, e a nota fiscal de uma estante. Achou uma caneta no bolso, agachou-se, alisou o lado em branco da nota sobre a coxa e escreveu: "Cara Sophie, foi Pat quem transou com Lucy na casa dos Cunnery. Ele subiu pela escada de incêndio. Saudações, Adam." Dobrou a nota no meio, fechou as metades com um selo, pôs outro na frente, escreveu onde havia espaço entre o impresso na nota, o nome de Sophie e o endereço de M'Gurgan, e postou o pedaço de papel enfiando-o na boca escura da caixa. Então saiu correndo de novo, e desapareceu como uma pedra no poço profundo da noite de Londres.

6

O som de talheres tocando delicadamente cerâmica esmaltada acordou Kellas. Elizabeth estava cortando um filé em pedaços pequenos. Ela apoiou a faca e o garfo no prato, pegou um aspargo, mergulhou-o em molho hollandaise e comeu a ponta. Olhou para Kellas.

— Você simplesmente fechou os olhos e parou — ela disse, mastigando enquanto falava. Ela pôs o resto do aspargo na boca. — Como se alguém tivesse cortado seus fios.

A mesa de Kellas tinha sido posta, com um copo de vinho, um guardanapo de linho dobrado, um cardápio e uma flor num vasinho do tamanho de um polegar. Naquela classe, a mesa tinha o dobro do tamanho e girava para o lado. Ele olhou pela janela. Onze quilômetros abaixo, um mosaico de gelo cobria o oceano como gordura congelada no prato do jantar da noite passada. Ele virou-se para perguntar a Elizabeth que horas eram. A tela que ela afastara do braço de sua poltrona mostrava a imagem em pausa de *Homem-aranha*.

— Desculpe — disse ele. — Assista a seu filme.

— Gosto de Toby Maguire — disse Elizabeth. — Acho que perdi a esperança de ouvir a sua história. — Olhou para Kellas com uma afeição casual que ele já vira antes, uma espécie distante de preocupação, entre a paciência zombeteira de uma mãe com seu filho indolente e os momentos divertidos, mas breves, de afeição de uma filha por seu pai misantropo. Ela sorriu, pôs os fones de ouvido e fez Toby Maguire mover-se de novo.

Com sorte, uma das turbinas dará problemas e eles terão de se desviar para a Groenlândia ou para a Baía dos Gansos. Uma noite no Ártico, roubada aos acontecimentos. Só a sorte podia roubar tempo dessa forma. De outro modo, seria escapismo. A aparição de gelo no mar significava que estavam se aproximando da costa canadense. Ele iria aterrissar em Nova York dali a duas horas, e os acontecimentos começariam de novo. Kellas pôs a mão no bolso de seu paletó e tirou um pedaço de papel pautado, dobrado em quatro. Tinha o endereço de Cunnery e, numa cor diferente, escrito com a caneta do hotel, o texto do e-mail de Astrid que ele copiara da tela da internet na TV, deitado na pesada coberta cor de estrume da cama, sujando o controle remoto com sangue. *Adam Kellas*, começava. Numa linha separada, sem pontuação. O fato de ela ter usado os dois nomes era estranho. Talvez ela estivesse enfatizando sua seriedade. A mensagem era curta. *Quero vê-lo agora. Quero que você venha me ver, não importa o quanto já seja tarde, e me diga exatamente o que quer de mim.* Ficou intrigado com a parte "não importa o quanto já seja tarde". Era como se ela achasse que ele já estivesse nos Estados Unidos. A frase final também o deixara perplexo. Parecia se referir a uma conversa que os dois tinham tido recentemente e, no entanto, não tinham trocado uma palavra sequer desde o dia em dezembro de 2001 em que ela saiu do helicóptero no Panjshir. O verbo "querer" aparecendo três vezes na mensagem o excitava e encorajava. Se, em vez do primeiro "quero", ela tivesse escrito "gostaria", ele não teria tomado um avião. Contou as palavras. Só 27! Com 27 palavras ela o agarrou e o precipitou de um lado do Atlântico para o outro a 800 quilômetros por hora. A palavra desalentadora era "exatamente". Astrid com certeza queria dizer aquilo mesmo: uma prova oral de amor. Na noite daquele mesmo dia ele já teria conseguido chegar a Chincoteague, tocaria uma campainha e encontraria a mulher que não lhe saíra da cabeça o ano todo, e não poderia haver evasão alguma. Ela não toleraria que ele lhe mostrasse o que desejava simplesmente por atos. Ele não poderia tocá-la, dormir com ela, passear com ela, ou mesmo ficar perto dela, até ter conseguido convencê-la apenas por palavras de que encontrara ali um sentimento impossível de ser chamado de qualquer outro nome que não fosse amor. Sendo que "amor" era uma palavra que nenhum dos dois deveria usar até que ambos tivessem certeza de que se referiam à mesma condição. Eram termos nada razoáveis, e surpreendia que tantas pessoas os aceitassem. Era como implorar pela vida a um carrasco sem saber que língua este falava, e sem ter como descobrir, até o momento em que ela levantasse o capuz e abraçasse sua vítima, ou que o cadafalso se abrisse.

Ele desdobrou o pedaço de papel. Era uma página arrancada de um dos cadernos em que ele escrevera *O voo da águia desgarrada* à mão antes de transferi-lo para o laptop. As linhas eram frequentemente interrompidas por rasuras e inserções. Era uma das passagens que ele achara mais difíceis. A tarefa, naquela altura do livro, parecera tão clara quanto simples: cometer um ato de deliberada imaginação equivocada. Tomar um país real, complicado, nesse caso os Estados Unidos, e simplificá-lo a um conjunto de caricaturas tão gritantes, e tão cruas, que poucos leitores duvidariam de sua sinceridade. Um ingênuo produtor de entretenimento, mas sincero. O país simplificado era um exercício elementar. Era habitado por uma massa homogênea de palermas trabalhadores e iludidos, decentes, mas facilmente enganados; e por um punhado de picaretas e facínoras que os levava para o mau caminho e os mantinha sob rédea firme. O que os palermas e os facínoras tinham em comum era sua linguagem e sua falta de senso de humor. A característica que definia o país equivocadamente imaginado era não possuir a chave para a própria salvação.

O secretário de Defesa — *não dê aos bandidos os nomes simplificados do país, só cargos* — era um velho alto e durão que vira dez presidentes assumirem e deixarem o cargo, e servira à metade deles. Não era a primeira vez que ~~faria~~ fazia aquilo, tirar de sua valise uma pilha de pastas pretas e ~~distribuí-las~~ lançá-las às outras oito pessoas em volta da mesa, como ~~quem dá as cartas~~ se estivesse dando as cartas para uma rodada de pôquer. Não era a primeira vez que deixaria atônitos homens e mulheres no auge de seu poder, cujas carreiras os ensinaram a não ficar atônitos com nada, com o alcance da visão do Pentágono. Mas sabia que ~~dessa vez~~ nessa ocasião, "atônito" seria uma palavra muito suave. Seria um choque. Recostou-se em sua cadeira e ficou ouvindo o som das páginas sendo viradas.

O secretário de Estado foi o primeiro a falar.

— Está querendo me dizer que vocês realmente tinham um plano pronto para um ataque à Alemanha?

~~Defesa deu uma risadinha. — Temos planos aos montes.~~ *Humano demais!*

~~— Há também um plano para um ataque ao Departamento de Estado aqui?~~ *Humor demais! Democrático demais!*

Defesa pôs as pontas dos dedos juntas à sua frente na mesa. ~~As lentes grossas e a armação de seus óculos escondiam seus olhos.~~ *Real demais!*

— Correto — disse. — Esta contingência foi prevista por nossos estrategistas. Podemos estar prontos para agir em 24 horas.

~~— E com quê resultados? — perguntou o presidente.~~

— Resuma a possibilidade de sucesso dessa operação — disse o presidente.

— Temos a capacidade de imobilizar as comunicações táticas e via satélite de todos os nossos aliados da OTAN, exceto os franceses — disse Defesa. ~~Nossos rapazes estarão fora de lá~~ Teremos repatriado nossas forças para os EUA antes ~~que se possa dizer Nova Ordem Mundial~~ que qualquer político ou general europeu perceba ~~o que os atingiu~~ o que aconteceu.

— ~~Não podemos nos dar ao luxo de perder essa,~~ senhores Não podemos nos desprestigiar mais! — disse o vice-presidente.

— ~~Os ingleses estão nessa? — perguntou o presidente.~~
— ~~Suponho que os otários de Downing Street estarão nessa jogada — disse o presidente.~~
— Os ingleses estão do nosso lado? — perguntou o presidente.
— O governo britânico descobriu que sua política externa tem apenas uma dimensão: a nossa.

Kellas ouviu a risada dos vilões em volta da mesa no filme de seu livro. Ele teria de processar o carma das consequências dessa mentira de 110 mil palavras para o resto da vida. Pôs o papel de volta no bolso. O comissário de bordo veio oferecer comida e mais champanhe. Kellas balançou a cabeça, que estava doendo. Mesmo se as quatro turbinas falhassem agora, seria possível o avião planar até uma aterrissagem segura no Canadá. Ele poderia pegar outro avião para Washington DC, alugar um carro e ir para Chincoteague de lá. Suas entranhas retorceram-se de ansiedade. Estava perto.

Astrid fora o fator mais marcante para ele no Afeganistão, mas se proximidade, dependência e tempo eram os componentes da intimidade, Kellas poderia ter se casado com Mohamed. Todos os dias, durante semanas, o intérprete chamara Kellas depois do café da manhã no alojamento em Jabá-Saraj. Circulavam de carro pela província de Parvan e se separavam à noite, quando Kellas ia jantar e escrever em seu prédio, e Mohamed se dirigia para acomodações que alugava na cidade. As residências dos generais afegãos e dos homens poderosos eram afastadas e eles raramente atendiam a seus telefones via satélite. Kellas fazia visitas com a esperança de encontrá-los, com a esperança de que seria tratado como convidados. Os almoços duravam horas em volta da travessa de cordeiro com arroz. Os generais e os ministros sorriam e adivinhavam o futuro como se não tivessem o poder de alterá-lo. A mentira pública não era uma mentira. Em volta deles, as suas montanhas vermelhas elevavam-se sobre construções brancas, tanques enferrujados e soldados magros da Aliança em uniformes novos abotoados pela metade e botas europeias que lhes davam bolhas, alguns usando Kajal nos olhos e outros fumando erva. As montanhas dominavam a ação humana com seu tamanho, idade e imobilidade, como uma manifestação física do destino. A linha branca de giz desenhada no céu sempre azul pelos B-52 parecia fazer parte desse destino. Não havia humanos lá em cima na ponta do giz. Não podiam vê-lo ou saber de você. A faixa branca nos picos azuis e vermelhos pertencia à eternidade, para a qual a carne é tão transitória e insubstancial quanto a luz. Kellas descobriu que não mais olhava para cima quando percorria com Mohamed os frangalhos de estradas da Aliança. Examinava as amoreiras amarelas, as chaleiras de latão, o vapor espiralando dos copos e as folhas girando no chá ambarino, a tensão das varas de pescar sobre o rio, as mulheres na estrada cobrindo o rosto quando eles passavam, e os homens protegendo a boca com a ponta de seus xales quando o vento soprava. Às vezes seus olhares se cruzavam. Sentira o cheiro de fumaça de lenha, de cardamomo, querosene, estrume de ovelha e óleo de cozinha. Ele e Mohamed sentavam-se na varanda da casa de chá em Gulbahar e no restaurante que servia kebabs na encruzilhada de Charikar, um lugar vazio e cavernoso cujo movimento morrera com a guerra, e se demoravam em almoços. Tentavam conseguir entrevistas com refugiados, bandoleiros, contrabandistas de gente, traficantes de heroína e médicos. Kellas não levara música alguma. Acostumou-se com os tons dos diferentes muezins. Uma vez pediu a Mohamed que encontrasse músicos, e passou uma tarde sentado como um empresário no jardim da delegacia de polícia de Charikar enquanto quatro bandas tocavam para ele, uma após a outra, com alaúdes, sopros e caixas de madeira contendo cravelhas e cordas. Alternaram-se em xingar o Talibã por ter acabado com o negócio deles de tocar em casamentos. Quando já estavam guardando os instrumentos, um som estridente no céu fez com que se encolhessem e procurassem cobertura como criminosos fugindo da punição. Quando os mísseis do Talibã explodiram no mercado a 800 quilômetros dali, o chefe de polícia pegou o cotovelo de Kellas, sorrindo, e o levou para seu escritório para servir-lhe amêndoas açucaradas enquanto ele ouvia os relatórios das baixas em seu walkie-talkie. Kellas e Mohamed foram ao mercado e viram galinhas soltas com sangue humano nas penas, as manchas escuras nos melões partidos e os mortos envoltos em trapos. Ficaram extasiados com a redundância daquelas mortes. Naquela noite, Kellas enviou uma longa matéria sobre os músicos e, no dia seguinte, seus editores perguntaram se ele não ficara sabendo do ataque de mísseis em Charikar, que era manchete dos jornais rivais naquela manhã.

Alguns dias se resumiam a ir de carro para o Panjshir através da garganta onde os carros arranhavam uns aos outros ao se cruzar, para não cair das bordas ou ceder a vez. Passavam pela residência de Yunus Qanunis, por campos de refugiados, pelo monumento inacabado a Massoud, em direção aos verdes pastos nas montanhas onde os panjshiris tinham fazendas e escondiam os mísseis de longo alcance. Ali, também, os grandes helicópteros militares soviéticos destruídos jaziam nos bosques de amoreiras como velhos cães de caça abrigados à sombra. Esses dias terminavam no caminho entre Gulbahar e Jabal, ao anoitecer. A estrada tinha vista para a planície Shomali de uma altura de centenas de metros, e a luz do sol que se punha era atenuada três vezes: pelas montanhas que cercavam a planície, pela atmosfera, e pela poeira que subia das estradas e campos. A planície era repleta de árvores e plantações, mas sobretudo, de árvores; do alto da estrada, ao pôr do sol, parecia uma floresta. A superfície enrugada que resultava das copas das árvores parecia inchar na luz difusa e dourada, e desaparecer no promissor horizonte amarelo.

Mohamed era um homem de formas abauladas, como um ídolo pagão feliz, com um nariz comprido e bulboso, um rosto redondo e uma tranquila e reconfortante barriga. Tinha barba e sobrancelhas negras e espessas, e circulava nas cidades e vales da Aliança usando uma jaqueta de couro preta sobre um *shalwar kameez* marrom. Tentava fazer suas cinco orações por dia. Com frequência, esquecia. Durante o Ramadã, a sensação comunal do iminente romper do jejum no fim da tarde — quando as bancas de comida estavam cozinhando à toda, o ar ficava impregnado do cheiro de gordura quente e os afegãos cerravam a mandíbula para se impedir de salivar — afetava seriamente Mohamed. Ele comprava sacos de roscas recém-fritas na estrada e os guardava no banco de trás, sentava-se em silêncio, com os pés inquietos, os músculos do rosto se contorcendo até o momento designado para o fim do jejum, quando pegava a comida no banco de trás em uma débil tentativa de parecer indiferente e começava a mastigar. Não tinha autoridade, terra ou dinheiro, apenas uma casa no desfiladeiro de Salang e outra em Cabul, que ele não via desde a chegada do Talibã, mas os generais e poderosos locais o conheciam, e a Kellas parecia que o respeitavam. Tinha suas dívidas, dívidas em dinheiro. Não parecia que lhe deviam muitos favores. A suavidade com que ele navegava pelo terreno social de Parvan era uma consequência de como ele se movera durante uma geração de guerra civil sem partilhar da desgraça, da vergonha e da desonra que a acompanharam tanto quanto os abutres e os comerciantes de ferro-velho. Mohamed a princípio parecera ser tão cordial em sua matreirice, tão temerariamente otimista quanto a qualquer projeto, tão falível e jovial quanto a assuntos de dólares e comida, que Kellas o tomara por um palhaço. Não era, e tivera de se comprometer. Servira aos ocupantes soviéticos como um instrutor de artilharia das tropas afegãs, e então, servira a Massoud. No mercado de Jabal, seus olhos viam todas as camadas de colaboração e resistência que se empilhavam em cada rosto, e os outros as reconheciam no dele. Ali era praticamente impossível distinguir entre a constância numa causa e a loucura. Quem quisesse ser virtuoso teria de aceitar que a virtude seguia caminhos enviesados. O que Mohamed fizera fora trocar de uniforme e de lado. Estivera presente quando camaradas em armas transformaram lares, escolas e mesquitas — antes lugares de vida, luz e vozes — em pilhas destruídas de entulho e carne humana. Para aqueles que cometem atrocidades, estas são apenas um serviço, mas eles sabiam o que tinham feito, e com a presença de homens como Mohamed, que encontrava um raro equilíbrio entre condená-los e juntar-se a eles, aqueles que cometiam atrocidades ficavam num dilema. Queriam que os Mohameds estivessem implicados. Queriam que os Mohameds metessem os dedos no sangue e se sujassem, para dividir o peso da culpa entre mais consciências. Mas queriam também que os Mohameds ficassem limpos. Tanto quando se orgulhavam de sua perversidade, ou quando ainda acreditavam haver um caminho para a redenção, precisavam carregar um estoque de virtude entre seus suprimentos, como um ponto de referência de quão longe estavam da bondade, e quão longa poderia ser a jornada de volta. Ainda assim, fora difícil para

Mohamed, após todos esses anos movendo-se através de uma guerra sem que ela o corrompesse inteiramente, continuar sendo um homem bom sem adquirir, ao menos como um véu, algumas características do bufão. Nunca se sentia à vontade no *shalwar kameez*, como um escocês usando um kilt de casamento no escritório na segunda-feira. Quando Mazr-i-Sharif inesperadamente caiu para a Aliança em novembro, e ficou claro que o tempo do Talibã em Cabul estava contado, Mohamed pediu uma folga para ir a um alfaiate e encomendar dois ternos para sua volta à cidade grande. Assim que ficaram prontos, começou a usá-los. Eram feitos de veludo cotelê grosso marrom; o paletó ia até a cintura, onde se apertava como um uniforme de soldado inglês de 1940, e tinha ombreiras, e duas fileiras de botões enormes na frente. Ficava justo em torno da barriga, e a barba se espalhava sobre o pequeno colarinho. Ele parecia um ursinho de pelúcia gigante.

Mohamed apresentava Kellas aos generais, contava-lhe em segredo quais eram analfabetos, explicou a ele como diferenciar um tanque T-54 de um T-55, e sentou-se com ele no telhado de um posto avançado certa noite, observando as luzes das picapes do Talibã a um quilômetro e meio de distância, o som de pano sendo rasgado dos aviões norte-americanos atravessando o céu, as ocasionais bolas de fogo no horizonte, e os uivos dos chacais dos bosques de Shomali em volta deles, como uma turba de adolescentes bêbados. Uma vez foram de carro até a entrada do túnel em Salang, no alto do vale, na estrada para Mazar. Passaram pela casa de Mohamed no caminho, embutida numa aglomeração de construções de barro atrás de diques de pedra cinza. Mohamed entrou por meia hora, e então saiu. Não convidou Kellas para conhecer sua mulher e filhos. Ele tinha dois filhos e três filhas. Kellas agora sabia o suficiente para não ficar surpreso ou ofendido. Ficou desapontado. Os ternos de Mohamed para a libertação de Cabul tinham parecido um voto pela modernidade, um voto a favor de descer das montanhas e abraçar a grande cidade pós-Talibã, a eletricidade, os táxis amarelos e as mulheres livres. Do teto da fazenda na planície naquela noite tinham visto o fulgor cinza das luzes das ruas de Cabul, 50 quilômetros ao sul. A notícia da queda de Mazar viera pelo rádio e as trincheiras da Aliança começaram a cantar, as vozes dos soldados se mesclando aos uivos dos chacais. O sorriso aberto de Mohamed ficou visível à luz do laptop de Kellas, que achou que pudesse pedir-lhe ajuda num assunto que dizia respeito a Astrid já que o intérprete estava generoso e feliz. Kellas queria que Mohamed arranjasse um lugar onde ele e Astrid pudessem ficar sozinhos juntos, sem serem perturbados por uma noite, com um teto e algo parecido com uma cama. Antes do começo do colapso do Talibã, a moral de cidade pequena de Parvan tinha feito parecer algo duro de pedir a Mohamed. Quando a sensação da iminente abertura de Cabul tomou os corações da Aliança e os jornalistas estrangeiros se juntaram a eles, pareceu que o caminho estava aberto não só para a reunificação do Afeganistão, mas para desbloquear os canais que conectavam o Afeganistão às lâmpadas brilhando em Islamabad, Teerã, Pequim, e até Paris, Nova York, Londres, Los Angeles. Por um breve período, Kellas permitiu-se imaginar que o verdadeiro Mohamed era alguém que provara e gostara da faceta liberal da Cabul comunista e do Uzbequistão soviético, onde uma vez servira; mais que a vodca e as minissaias, que ele tivesse visto o mundo maior e mais brilhante dos estudantes, rapazes e moças conversando nos cafés, carregando pilhas de livros, rebeldes e sem véus. Quando Kellas viu Mohamed saindo de sua aldeia em Salang com um sorriso sereno, parecendo saciado e paternal, movendo-se lentamente para o carro como se Kellas e o motorista trabalhassem para ele, compreendeu que a estrada da montanha, com suas armas, antigos feudos e mulheres recolhidas, era tanto o lar dele quanto a cidade; e que sua embaraçada observância e seu *shalwar kameez* eram mais um sinal sincero de sua vontade de pertencer à aldeia do que a camuflagem de um liberal querendo escapar dela. Os ternos de veludo também eram sinceros. Mohamed queria pertencer a Cabul. Mas entre os dois mundos, ele era menos ele mesmo na metrópole, e sabia disso.

Kellas hesitava dizer ou fazer qualquer coisa que poderia resultar na expressão que passara pelo rosto de Mohamed quando estivera presente aos atos cruéis de seus companheiros. Kellas não vira a expressão, mas ela tinha de existir, e ele não queria despertá-la. Claro, Kellas não ia ser responsável por um massacre. Mas havia a possibilidade de que ao pedir ajuda a Mohamed para o arranjo de um ato de fornicação — de vários atos de fornicação, Kellas esperava — entre dois estrangeiros infiéis num país muçulmano, numa zona de guerra, causasse aquela expressão. Se não quando ele mencionasse o assunto pela primeira vez, então quando o mencionasse pela segunda vez, ou quando fosse a hora de acontecer, ou quando já tivesse acontecido. Quanto mais jovial e gentil Mohamed estava, mais Kellas receava o momento de sua seriedade, quando ele se distanciaria do estrangeiro. Apesar disso, ele tinha que tocar no assunto.

— Ouça — Astrid dissera uma noite. Falara com uma delicadeza, clareza e de forma tão direta que fizera sua pele se arrepiar. — O que você e eu precisamos é de um lugar onde possamos dormir juntos. Você providencia, e eu irei.

A declaração não viera do nada, mas depois de vários dias em que Kellas não parara de pensar em Astrid. Nunca sonhava com ela. No entanto, porque pensava nela quando estava acordado, desviava a interpretação de qualquer sonho para o caminho de Astrid; confirmando sua atração e aprofundando seu fascínio. Sonhou que estava num pequeno café numa estreita rua italiana. Sentou-se no interior porque as mesas do lado de fora estavam cobertas por uma agitada massa de pardais. A garçonete veio atendê-lo, uma jovem baixa e atarracada, de cabelos escuros, que não se parecia nem um pouco com Astrid, e disse que ele precisava ir embora, por causa dos pardais. Kellas disse que não estava com medo. A mulher disse: "Os pardais estão apenas guardando as mesas para quando vierem as águias." Mesmo acreditando que sonhos eram o subproduto caótico de pensamentos e impressões, sobras sendo eliminadas pela mente como outros excedentes materiais das necessidades da vida, Kellas presumiu que aquilo era sobre Astrid. Que ele estava esperando por ela sem saber; que ele pacientemente ficaria sentado aguentando a cansativa falação e contorção do mundo com a esperança da chegada de algo perigoso, mas magnífico. No sonho, não havia águias, e ele se transformava na garçonete, mas preferiu ignorar essa parte.

Kellas não conseguia se lembrar de quando a presença de Astrid começou a despertar uma reação tão intensa nele. Tentou pensar sobre química e sinais, para esconder de si mesmo a alegria com o retorno de um estado que acreditava que não conseguiria mais alcançar.

Mesmo antes da terrível pergunta sobre o que ela sentia por ele, ele examinou a natureza de sua atração por ela. Teve tempo enquanto a guerra gaguejava, e o *Citizen*, que inundara o sul da Ásia com correspondentes, desprezava a minuciosa inconclusividade de suas matérias em favor das certezas incisivas de fontes obscuras em Londres e Washington. Não importava quem tivessem mandado para Jabal, os editores preferiam as decisivas reportagens de jornalistas que queriam estar lá às incertezas do jornalista que realmente estava. Por semanas a fio, em outubro e novembro de 2001, faltavam pontos de referência narrativos ou familiares às lucrativas notícias do Afeganistão. Como Astrid se recusava a trabalhar com ele, dizendo que ele tinha de mandar matérias quase todos os dias, enquanto ela só estava ali para escrever dois ou três artigos longos — "Meu tambor só bate uma vez a cada 15 dias", dissera — havia tempo para olhares furtivos de relance, caminhos se cruzando, cortesias constrangidas nas portas de banheiros. E havia tempo para Kellas se perguntar o que estava fazendo. Tentou comparar Astrid aos padrões de relações antigas. Nenhuma se encaixava, embora não pudesse ter certeza de estar se lembrando corretamente delas. O amor pertencia a essa classe de experiências que não podem ser lembradas. Só os sintomas e causas se fixam na memória.

Descobrira que era difícil transformar adoração em sexo, mas fácil transformar sexo numa perigosa, e breve, adoração. Essa descoberta aconteceu cedo, em seu casamento prematuro com Fiona. Ela era mignon, tinha olhos grandes e um jeito de corar rápida e intensamente sempre que tomada por uma emoção forte. Certa noite, os dois estavam em companhia de outro jornalista em Edimburgo. O homem era cego a quaisquer relações humanas fora da esfera da política e podia falar interminavelmente num tom constante, monótono e insistente. Kellas transformou as palavras dele no ruído indistinto de inseto por meia hora enquanto lhe ocorria o quanto queria tocar Fiona, então olhou para ela e soube que ela pensava o mesmo. As palmas jovens, suadas e suaves de suas mãos se juntaram sob a mesa. Por um momento, sentindo que seus pulsos e instintos estavam em sincronia, ficaram sentados observando os lábios do outro jornalista formando palavras, e permaneceram conscientes do ondulante ruído vindo de suas cordas vocais. Então pediram licença e correram para pegar um táxi, fora da escuridão do pub, num desses becos da cidade velha onde o cheiro de madeira úmida e velha se mistura e engrossa com o de álcool rançoso, e se perderam no pulso cálido e na pele perfumada do pescoço um do outro. Kellas passara os poucos dias seguintes num estado de tamanho êxtase, tamanho deleite nos adoráveis gritinhos, na liberdade com que Fiona dava seu corpo e no prazer que ela parecia obter dele, que esquecera o quanto aquela felicidade estava sendo aguçada por um período de privação sexual que a precedia. Os longos silêncios que pontuavam os momentos entre o sexo, quando ficavam respirando, pele contra pele na cama, pareceram na época a prova de uma compreensão telepática, em vez de um sintoma de que nada tinham a dizer um ao outro, o que acabou se confirmando. Kellas percebera a fanática arrumação do apartamento de Fiona. Como não teria percebido? Todas as superfícies brilhavam, nada velho ou gasto sobrevivia, a mobília estava disposta em ângulos pitagóricos. O apartamento declarava uma necessidade de ordem em um nível inquestionável. Mas ele preferiu acreditar que o jeito rápido, descuidado, ávido com que Fiona se despia, a maneira como, para começar, não havia parte alguma do corpo do outro que não pudessem tocar, provavelmente acabaria se transmitindo para uma atitude mais descontraída em relação à arrumação da casa, em vez do contrário, que foi o que aconteceu. Alguns meses depois de terem se casado, ela começou a pedir que ele usasse uma segunda camisinha sobre a primeira.

Kellas não cometera aquele erro de novo. Cometeu erros diferentes. Maravilhava-se com a variedade de seus erros, que vinham disfarçados de sucessos. Katerina, em Praga, era tão bonita que parecia compensar seu gosto por frequentar clubes de tecno quatro noites por semana, e sua relutância em arranjar um emprego de verdade, e as horas que ela passava empoleirada numa cadeira dura na varanda com um xale, um joelho para cima, fumando, olhando as torres das igrejas e roendo as unhas. Mas não compensara. Ela pegara o trem para a Beleza quanto tinha 13 anos e quando, alguns anos depois, chegara ao destino, em vez de descer, decidira continuar e ver se não havia mais e melhores estações naquela linha. Quando Kellas a conheceu, ela tinha 26 anos, e acreditava que estava velha. Confessou isso como um segredo, chorando em seu ombro.

Havia uma área do terreno em frente à casa em Jabal, dentro dos muros da construção e em parte cercado por árvores, onde os afegãos tinham tentado fazer um gramado. A grama não pegara e crescia em manchas isoladas na terra. De manhã, um repórter ex-integrante das forças especiais da Austrália fazia flexões ali, e falava em tailandês alto e fluente com a mulher em seu telefone via satélite, enquanto correspondentes usando chinelos atravessavam a grama até o banheiro no outro extremo, levando papel higiênico, como campistas descontentes. À noite, os fotógrafos instalavam seus transmissores no gramado fracassado, espaçados e todos alinhados pela bússola para a mesma estrela artificial no espaço sobre o oceano Índico. Ficavam sentados de costas para a casa, com a luz de suas telas lhes delineando a silhueta, observando as barras de contagem de bytes avançando da esquerda para a direita, absortos num culto em outro mundo. Uma noite Kellas estava na quase-grama com Mark e Rafael do *New York Times*. O intérprete de Rafael discava repetidamente o número do telefone via satélite de um dos generais no norte, tentando passar pelo sinal de ocupado. Rafael estava com pressa. Era um desses que acreditavam que a guerra estava com problemas, como uma linha de mercadorias vendendo devagar. Precisava de promoção. Mark, que habitualmente trabalhava àquela hora — a todas as horas — estava esperando seus editores na Califórnia acordarem. Tinha levado seu mata-moscas de plástico vermelho. Sua única recreação era sentar-se ereto em seu saco de dormir de manhã cedo e matar todas as moscas que ficassem a seu alcance.

— Para onde as moscas vão de noite? — perguntou. — Para casa, para os seus lares-mosca com suas mulheres-mosca e seus 2,2 milhões de filhos-mosca?

Kellas estava observando Astrid, que podia divisar na escuridão no outro extremo do gramado, aonde a luz da casa chegava fraca. Ela estava falando com o repórter do *Guardian*, que tinha acomodações em outra rua. Astrid estava com um meio sorriso, olhando para baixo, a mão parada no meio de um gesto enquanto ela pensava no que queria dizer.

— Por que você pediu ao seu tradutor para me perguntar sobre meu braço? — Mark perguntou.

— Não fiz isso — disse Kellas.

— Não me importo. Só não entendo é por que você mesmo não podia me perguntar.

— Ele queria saber. Estava curioso.

— Você estava constrangido demais para perguntar pessoalmente e pediu para o tradutor fazê-lo.

— Não fui eu! — Kellas riu. Não perceberiam que ficara vermelho na escuridão.

— O meu pessoal acha que foi cortado por roubo — disse Rafael. — Conseguiu ligar? — Seu intérprete balançou a cabeça. — Continue tentando.

— Estou discando o mesmo número há duas horas. Meu dedo está doendo.

— Continue tentando. Eu o pago para ficar com o dedo doído.

— Na Somália — disse Mark — falaram "ele faz amor com as mulheres usando seu coto".

— O que aconteceu, afinal? — Rafael perguntou.

— Nasci assim.

— Sério? Conseguiu ligar? — O intérprete começou a berrar no telefone. — Pergunte se é possível um dos caras das forças especiais norte-americanas atenderem o telefone. Pergunte se posso falar com um norte-americano!

— Suponho que você vai me pôr num romance inglês barato — Mark disse a Kellas.

— Não são tão baratos assim.

— Eu o processarei, sabe? — Mark estava falando para o lado da cabeça de Kellas. Rafael e o intérprete estavam gritando um com o outro em inglês e dari. Mark disse: — Ela é igual a um gato.

— Quem? — Kellas perguntou.

— Astrid. O gato que só anda sozinho. Nunca viaja com mais alguém.

— Está tentando conseguir uma entrevista com a viúva de Massoud.

— Você também nunca viaja com mais alguém — disse Mark.

— Mohamed. Motoristas. Gente que pegamos na estrada.

— Alguém que não seja afegão.

Kellas perguntou se ele sabia alguma coisa sobre Astrid. Mark disse que lera alguns de seus artigos, um sobre a Bósnia e outro sobre Kosovo. Eram bons, extraordinariamente bons, memoráveis. Ela se imiscuíra numa família sérvia que se preparava para ir embora de Pristina. Arranjaram espaço para ela no caminhão que os levou para a Sérvia, com as lápides da família empilhadas na traseira e os restos mortais de seus ancestrais em sacos de construção. Mark mencionou o nome de um fotógrafo famoso com quem ela estava saindo naquela época.

— Eu disse "saindo". Eles dormiam na mesma cama de hotel, ouvi dizer, no mesmo estábulo ou caverna ou o que fosse, quando as coisas que eles queriam fazer os levavam à mesma região. Estavam morando em cidades diferentes na época, um em Roma e outro em Zagreb ou Budapeste, não me lembro. Não era exatamente um relacionamento. Contavam com a coincidência para ficarem juntos. Mas as coincidências podem ser bem confiáveis nessa linha de trabalho, não? Poucos lugares de cada vez cheiram a esse tipo de morte.

— Não diz muito sobre como ela é.

— Você acha que não? Ouvi "selvagem".

— Que merda isso quer dizer?

— Calma. É tudo o que eu lembro, e não sei quem disse isso. Selvagem, sei lá. Em festas? Na cama? Feral, criada por lobos?

Os olhos de Kellas estavam vermelhos pela falta de sono e pelo excesso de poeira do dia. Fechou-os bem e os abriu. Sem umidade, como a décima espremida de um limão. Mark era um homem gentil demais para ser qualquer outra coisa que não casado e satisfeito, e esquecera quão imenso era o espaço entre duas pessoas que não decidiram ficar juntas. Esquecera toda a jornada que havia a fazer. Como agora era fácil viajar milhares de quilômetros para ficar à distância de poder tocar alguém, e como era difícil viajar aqueles últimos centímetros de sua cabeça a seu coração. Cedo, nas manhãs afegãs, Mark estaria em seu telefone falando com sua editoria em San Diego, onde ainda era a noite do dia anterior. Estaria tentando vender seu artigo para a primeira página, e estaria vendendo as fotografias de Sheryl. "Arte", era como sempre as chamava. "A arte está ótima." A arte sempre estava ótima. Sheryl não era a mulher dele, era uma colega, mas ela devia se sentir bem quando entreouvia isso. Era uma coisa gentil. Mark estava aumentando a sua própria chance de sair na primeira página, e Sheryl era talentosa, mas ainda assim era gentil. Eram como Kellas supunha que seria um casamento, um apoiando o outro.

— Você tentaria algo com Astrid? — Kellas perguntou a Mark.
— Não.
— Por quê? Você não a acha bonita?
— É, acho que é.
— Ela é inteligente.
— Sim, esperta. Boa no que faz.
— Então, por que você não tentaria?
— Por que isso o interessa?
— Não me interessa. Só me diga.
— Já disse no começo. Ela é um gato. Caça por conta própria. Ela sempre vai atrás do que quer, e você tem de segui-la ou deixá-la ir e eu não gostaria de ter de ficar fazendo nenhuma das duas coisas o tempo todo.
— E se ela o quisesse?
— Não quero ser caçado.

— Você não a conhece.

— Nunca disse que conhecia. Só estou falando do que vejo.

Kellas olhou na direção de Astrid de novo. Sentiu o incômodo do ciúme em suas entranhas. Era Mark assim virtuoso, ou apenas ocupado demais para trair? O homem do *Guardian* estava se levantando e deixando Astrid. Era um homem baixo e pálido com mãos delicadas, cabelo avermelhado claro, óculos redondos e um sorriso ligeiramente torto. Em seu caminho pelo gramado, seu pé se enroscou num dos cabos dos fotógrafos, ele tropeçou, desprendeu o cabo e foi embora. Kellas se perguntou se Astrid estaria com a pistola. Perguntou-se quantas outras pessoas no prédio sabiam que ela estava armada. Iria magoá-la se aquilo se tornasse público. Ainda assim, saber que a arma estava lá era algo que compartilhavam.

Levantou-se e foi até onde ela estava. Tinha aberto o laptop e estava escrevendo. Ergueu os olhos e moveu a franja para um lado.

— Oi — disse, sorrindo.

— Você parece ocupada.

— Tudo bem. O cara do *Guardian* estava tentando conseguir de mim alguns contatos para a viúva de Massoud. Sente-se. Nunca tivemos tempo para pôr os assuntos em dia, não?

Kellas sentou de pernas cruzadas na grama em frente a ela e Astrid fechou o laptop e o colocou de lado. Ela cruzou as mãos e olhou para ele. Kellas estava tão convencido da desordem e descuido do universo que a possibilidade de harmonia o desconcertou. Ele tremia. Seu desejo era acompanhado pelo medo de que ela perdesse rapidamente o interesse por ele. Era a velha suspeita das mulheres quanto ao que os homens queriam, e agora ele sentia o mesmo em relação a Astrid. O interesse dela tornara-se precioso e ele não queria perdê-lo. A novidade dele podia ficar gasta em uma noite. Uma noite! Esse tempo todo ele a observou, os olhos dela nele, e viu as sardas sobre o nariz e um único fio dourado da sobrancelha reluzindo minimamente na luz fraca. Certa vez, em Londres, passara várias noites ouvindo, com interesse real e concentração parcial, uma mulher cujo relato da vida era como o fabuloso mapa em escala 1:1 de um país de Borges. Cada história durava no mínimo tanto tempo quanto os eventos que ela descrevia, com frequência, mais. Uma noite eles acabaram indo para a cama e depois viram-se por exatamente o tempo necessário para Kellas compreender quão magoada ela ficara por ele não querer mais ouvi-la. O que tornava tudo pior é que ela tentara esconder o que sentia. Ela era durona, risonha e fingia querer ter prazer tanto quanto ele, que era isso o que homens e mulheres adultos faziam. Mas ela não pensava assim, e estava magoada. Kellas percebeu e prometeu a si mesmo que nunca mais agiria daquela forma. Mas agiu.

Ele queria Astrid, e algum outro estado dentro dele estava tentando deter seu desejo, segurá-lo, preferindo ser apenas o satélite para o oceano Índico de Astrid, se movendo eternamente na direção dela na exata velocidade em que ela se afastava, de modo que sempre ficariam face a face, mas nunca colidiriam, nunca se misturariam, nunca saberiam.

— Não quero quebrar o silêncio — disse Kellas —, mas não consigo lidar com ele.

— Estou apenas observando você — disse Astrid.

Kellas perguntou onde ela fora naquele dia.

— Eu fiquei observando — disse Astrid, começando devagar, e então ganhando velocidade. — Eu fiquei observando uma noiva ser vestida para o casamento. Uma das parentes distantes de Massoud. Tinha 16 anos. Estava de pé no meio do tapete e não sabia qual parte do corpo devia cobrir com as mãos. Os mamilos dela eram da cor de nuvens de chuva. As mulheres da família a fizeram entrar numa banheira e a lavaram com a água de jarros que trouxeram do quarto ao lado. Rasparam-lhe todos os pelos com uma velha navalha e a lavaram de novo. Depois a enxugaram, aspergiram colônia em sua pele, deram a ela um par de calças de seda para vestir, e uma roupa de baixo sem mangas. Puseram nela um vestido vermelho, de um vermelho brilhante, como o de pétalas de papoula. — Astrid parou, sorriu para Kellas, e continuou. — Ficava justo nos braços e na cintura e era bordado com moedas de ouro que tilintavam quando ela se movia. Perguntei a ela se já conhecera seu marido e ela negou com a cabeça. Perguntei se queria se casar e ela assentiu e começou a chorar, virando-se, e eu pude ver seus ombros se sacudindo. Ela balançou um pouco os braços, fazendo as moedas tilintarem para encobrir o choro, mas de qualquer modo todas as moedas nas costas já estavam balançando. Você fica com inveja de mim, Adam, por ter visto isso hoje?

— Não.

— Você está mentindo! Não o excitou?

— Sim.

Astrid deu em Kellas um leve soco no ombro.

— Ela só tinha 16 anos!

— Você me provocou! Foi uma armadilha.

— Se considera isso uma provocação, devo concluir que você é uma pessoa fácil ou difícil de agradar?

— Não pedi para ser agradado

Astrid parou de sorrir e abriu mais os olhos.

— Esse não é você, durão e insensível.

— Sou mais duro do que você pensa.

— Lá fora, talvez. — Ela moveu o polegar sobre o ombro encostado na parede do prédio. — Não com mulheres. Posso acreditar em você sendo um canalha com mulheres, mas não sendo duro.

— Vou começar a ser duro.

— Não — disse Astrid seriamente. — As pessoas não podem mudar. Você sabe disso, não sabe? As pessoas não podem mudar, exceto para acentuar as próprias características.

— Você sabe quem é?

— Sou a mesma mulher que era nos Estados Unidos. Não mudei. Apenas me pus aqui num lugar em que algumas das aflições não florescem. Sou uma dessas espécies estrangeiras que prosperam num clima diferente. Sou como os coelhos na Austrália e o kudzu no Mississipi: sem inimigos naturais.

— Suas aflições não florescem aqui — disse Kellas. — E quanto a seus desejos?

Astrid riu, olhou para ele por baixo de sua franja, então baixou a cabeça e pôs-se a arrancar hastes de grama do solo, uma a uma. Quebravam com um ruído.

— Um homem está flertando comigo numa guerra. Será que é uma boa hora?, me pergunto.

— É o melhor momento. A pior coisa é que o Talibã e a Aliança são tão incompetentes que nenhum de nós pode fingir que poderia ser morto amanhã.

Astrid riu.

— Podemos fingir.

— Se eu não sou duro, você não é tímida.

Astrid olhou-o, estendeu a mão e pôs a palma sobre o lado do rosto dele por um segundo.

— Não, não sou tímida — disse ela. — Diga o que você quer de mim.

Kellas pensou, olhando para ela, que teria de mentir ou, antes, dizer a ela parte de uma verdade maior. Teria de convencer Astrid de que ele era duro. Parte disso era, com certeza, o que ele queria dela, e não era pouco. Ele de fato queria fazer amor com ela. Quantas vezes com uma mulher ele escondera esse desejo em promessas de coabitação e futuro compartilhado, quantas vezes sentira a necessidade de envolver a luxúria numa névoa de chilreios sobre intimidade, amizade e ter tempo para se conhecer? E com quanta frequência tinha sido desmascarado? Com muita frequência. Com Astrid ele seria de outro jeito, 180 graus. Esconderia dela, de modo que nenhum relance aparecesse, sua vontade de adorá-la e ser adorado por ela; e mostraria apenas o outro lado, como se fosse o mais importante. A única maneira que via de esconder seu desejo real era escolher palavras rudes, grosseiras e diretas o bastante para que tivessem a aparência da verdade. Astrid poderia ser suscetível à noção de que mentiras não soam ingênuas. Além disso, o que ele ia dizer era verdade; era uma mentira apenas por ser uma resposta falsa à pergunta dela.

— O que eu quero de você? — disse Kellas. Engoliu em seco. — Quero trepar com você.

Esperou que ela risse, ou levantasse as sobrancelhas, ou ficasse distante, ou, na melhor das hipóteses, recompensasse sua desonestidade com as palavras: "Ao menos você é honesto." Mas a expressão de Astrid não mudou nem um pouco. Ela piscou algumas vezes. Seu sorriso não se endureceu ou contraiu.

— O que você e eu precisamos é de um lugar onde possamos dormir juntos — ela disse. — Você providencia, e eu irei.

7

O comissário de bordo entregou a Kellas um formulário de isenção de visto. As autoridades dos Estados Unidos da imigração queriam saber o endereço onde iria passar a primeira noite. Ele escreveu o número de um apartamento em Prince Street onde tinha ficado 16 anos antes, em sua primeira visita aos Estados Unidos. Pela janela agora, através dos vãos entre as nuvens esgarçadas, ele podia ver o branco e preto do Canadá aparecendo aos poucos. Quantos acres de lárices imóveis lá embaixo, quantas picapes estacionadas em cafés nas estradas, e flocos aleatórios de neve investindo contra elas, para rolar e se fixar nos casacos de homens de família com tarefas necessárias, e destinações simples? Kellas sentiu o vento do inverno soprar através dos buracos de seus planos esfarrapados. Sua confiança o deixou atônito. Talvez ele realmente fosse ao apartamento na Prince Street, encontrasse algum nova-iorquino solitário morando lá, e o encantasse com seu sotaque e sua história de dormir ali durante a Festa de San Gennaro em 1986. Sim, poderia fazer isso. Não havia nada de errado com sua imaginação. Ele podia inventar histórias e fazer mais do que só escrevê-las; podia incluir a si mesmo nelas. Ele podia aparecer de verdade em qualquer história. Rascunhara uma história no quarto de hotel após a casa de Cunnery. Um homem fugindo de uma briga recebe um apelo de socorro de uma antiga amante do outro lado do oceano e imediatamente pega um avião para ir encontrá-la. Eles se abraçam. Sem palavras. Eles sabem. Fim. O começo. Essa era a sua história. Ele não sabia que história Astrid escrevera para recebê-lo. A história que acontecera em Bagram um ano antes tinha sido mais simples. Homem conhece mulher. Entendem-se. Fazem amor. O começo. E fim. Devia ter acontecido assim. Mesmo se ele a tivesse escrito como tragédia, não o teria feito de modo que aqueles que morressem fossem desconhecidos.

A ideia de Bagram como o local para o encontro ocorrera-lhe quase que imediatamente, na manhã seguinte à conversa com Astrid no gramado do prédio em Jabal. Mohamed conhecia um comandante de menor importância que chefiava um grupo local de mujahedeen da Aliança perto do campo de pouso, que na época estava a um quilômetro e meio da posição mais próxima do Talibã. Kellas passara algumas horas lá uma tarde e pretendia perguntar a Mohamed se podia ficar uma noite toda, para testemunhar e descrever para os leitores do *Citizen* o bombardeio do Talibã pelos norte-americanos mais de perto. O posto avançado do comandante estava instalado em meio a um grupo de altos abrigos sem teto em forma de ferradura construído duas décadas antes para proteger aviões soviéticos de ataques, os mesmos aviões cujos destroços estavam agora espalhados pelo campo de pouso. Atrás dessas muralhas os mujahedeen e suas velhas armas, que incluíam um único tanque quebrado, ficavam praticamente invulneráveis ao Talibã, que de todo modo raramente atirava neles depois que o bombardeio dos EUA começava. Os homens dormiam e comiam em prédios seguros um nível abaixo do parapeito das fortificações. Observavam o lado oposto de uma torre de vigia de madeira, uma plataforma com teto sobre vigas que se erguia, exposta, 4,5 metros acima dos abrigos para aviões. A plataforma era um lugar agradável à sombra no calor da tarde, e os mujahedeen estendiam um pano no chão de madeira para almoçar. Cobertores dariam conta do frio da noite. O comandante iria querer manter um homem de sentinela ali durante as horas de escuridão. Mas o sentinela poderia ser Mohamed; e não era necessário que estivesse na plataforma. Podia ficar vigiando quase tão bem da base da escada que dava acesso a ela.

Kellas mencionou o assunto para Mohamed no mesmo dia, no fim da tarde, depois de terem perdido a hora para uma entrevista coletiva que o ministro das Relações Exteriores da Aliança estava dando no Panjshir. Em vez disso, ele e Mohamed acharam uma mesa na varanda de uma casa de chá junto ao rio. Sentaram-se sob o sol com copos de chá aromatizado com cardamomo enquanto o motorista, por sua escolha, estava em outra mesa no interior. Duas mulheres usando burcas brancas imundas vieram até a varanda e ergueram as mãos abertas. Kellas podia ouvi-las falando, mas seus rostos estavam invisíveis sob a tela das burcas. Mohamed pôs nas mãos delas algumas das notas de baixo valor que ele mantinha para mendigos. As mulheres foram embora e a rua estreita foi preenchida pelo barulho de velhos motores bem cuidados. Do outro lado da varanda, o rio corria raso entre pedras chatas e pilhas de lixo das quais tudo o que era reciclável fora levado. Mohamed começou a falar sobre um dos seus projetos para ficar rico. Ele e alguns amigos iam alugar um contêiner de navio e enchê-lo de passas quando o mercado sazonal estivesse transbordando de passas e o preço estivesse baixo. No ano seguinte, antes das passas da nova estação serem postas à venda, Mohamed e seus sócios iam abrir as portas de seu contêiner e vender as passas com um lucro vertiginoso. Kellas tinha certeza de que havia algo de errado com a ideia, mas ele nada sabia sobre o mercado de passas. Talvez Mohamed tivesse descoberto algo que valia a pena. Talvez Kellas pudesse se instalar em Gulbahar e abrir um mercado futuro de passas. Continuar sentado ao sol, bebendo chá devagar e discutindo passas nas horas seguintes seria mais fácil do que pedir a Mohamed para facilitar seu encontro sexual no front. Ia pedir, entretanto. A ideia do encontro se apossara dele. Seria constrangedor se o *Citizen* descobrisse, mas o objetivo dera ao fato de ele estar ali um significado e um sentido de propósito que escrever reportagens para leitores na Inglaterra não dava. A própria intenção já o fazia estar mais presente no Afeganistão do que antes. Loucos e lunáticos são exilados em seu lar; achavam mais fácil sentir-se em casa no exílio. Um pouco de loucura lubrificava a jornada.

Nenhum dos dois prestou atenção ao som do avião, a hélice voando alto sobre eles, até os gritos começarem na rua, primeiro as crianças, daí os homens, e então as poucas mulheres fora de casa. Por um minuto nevou papel. Meninos e meninas corriam para lá e para cá recolhendo os pequenos quadrados. As pessoas na viela os agarravam. Houve disputas até perceberem que não era dinheiro. Kellas viu as duas mendigas brigando por eles, segurando-os na altura do rosto e rasgando-os em pedacinhos.

Mohamed pegou um dos quadrados que caíra na varanda. Era um folheto de propaganda dos Estados Unidos, dirigido aos habitantes do território talibã. Mostrava uma imagem desfocada de um miliciano talibã batendo em mulheres com o que parecia ser um pedaço de cabo elétrico preto grosso. A legenda perguntava se aquela era uma maneira justa de tratar as mulheres.

— O que você acha? — perguntou Mohamed.

— Não acho que mulheres devem ser surradas.

— Não, mas quanto às mulheres?

— As mulheres deviam ser livres — disse Kellas.

Mohamed riu.

— Vocês sempre dizem isso! Mas eu não sei o que quer dizer. Em inglês, uma "mulher livre" significa uma mulher que não está na prisão... certo?

— Esse é um dos sentidos.
— E uma mulher que não é reivindicada por um homem.
— Não comprometida. Sim.
— E uma mulher que não está ocupada.
— OK.
— E uma mulher que não custa dinheiro nenhum para comprar.
— Não. Não quer dizer isso.
— Mas em inglês vocês dizem, por exemplo, "medicine should be free". É o mesmo, em inglês: "women should be free".*
— Não, não é o mesmo. Isso é entender errado o idioma inglês. Não continue ou terei de lhe pagar menos.
— Pagar menos? Por que não pagar nada? "Interpreters should be free".
— Você não captou o sentido importante. As mulheres deviam ser livres querendo dizer "não dependentes", capazes de escolher como querem viver, onde querem viver, com quem querem viver.
— Mas, Adam, você não pode ficar mudando de opinião o tempo todo, e uma vez que você fez uma escolha, não é mais livre.
— Você pode escolher de novo.
— Diga-me, são só as mulheres que devem ser livres, ou os homens também?
— Os homens também, claro.
— Eu sou livre?
— Mais livre do que as mulheres.
— Posso me mudar para os Estados Unidos?
— Não.

---

*Em inglês, "free", além de "livre", pode significar também "grátis, gratuito". No caso, "remédios deviam ser gratuitos", "mulheres deviam ser gratuitas", o que explica a conversa. (*N. do T.*)

— Posso me mudar para a França?
— Não.
— Posso me mudar para Londres?
— Não.
— Posso comprar uma casa nova?
— Acho que não. Talvez, se suas passas derem certo.
— Posso deixar minha mulher e filhos?
— Sim.
— Sim. E meus filhos vão ser livres, então? Livres de mim, certo? Liberdade em inglês significa solidão, não? E ser livre é ser... qual é a palavra? A palavra é... cobiçoso! Cobiçoso e sozinho.
— Não, não, não.
— Devo ser um terrorista, Adam. Detesto a liberdade. Gosto de ser casado. — Os dois riram, e Mohamed continuou: — E quanto à mulher na casa, a norte-americana, a loira? A do casaco preto com zíper.
— Astrid? O que tem ela?
— Ela é uma mulher livre?
Kellas hesitou. Embora Mohamed tivesse se saído melhor na argumentação, Astrid entrara na conversa.
— Ela é uma das mais livres — disse. — Faz o que escolhe.
— Mais livre! Hum! Livre, mais livre, ...livríssimo? Você pode dizer isso? Livre, mais livre, livríssimo. Como frio, mais frio, friíssimo.
— Está certo, sim.
— Morto, mais morto, mortíssimo.
— Não, isso você não pode dizer. Você pode apenas estar ou morto ou vivo. Todo mundo que está morto tem exatamente a mesma quantidade de morte.
— Mas todo mundo que é livre é livre de uma maneira diferente.
— Você está começando a falar como um filósofo russo.

— Os russos vieram aqui.
— Eu sei.
— Nós os vencemos.
— Escute, Mohamed, você falou sobre Astrid. Ela é minha amiga. Uma amiga muito próxima. Tem algo, uma coisa, que eu queria lhe pedir. Se você poderia me ajudar, e a ela, com um assunto particular.
— Claro. — Mohamed começou a rir, e o riso tornou-se uma risadinha, e ele continuou com ela, assentindo, mordendo a língua, enquanto Kellas fez seu pedido. Kellas tentou achar um eufemismo que Mohamed entendesse. Falou dele e Astrid "querendo passar a noite juntos sozinhos. Sozinhos, sem ser perturbados".
— Adam — disse Mohamed —, assim que você disse "amiga muito próxima", eu entendi tudo.
— E a torre é um bom lugar?
— Vou falar com o comandante.

Kellas recostou-se em sua cadeira, pôs uma pedra de açúcar na boca e olhou para o rio. A doçura desfez-se em ruínas em sua língua e ele sentiu um sussurro de tristeza por Mohamed importar-se tão pouco com sua alma mortal. Ser infiel era estar do lado de fora das muralhas da cidade de moralidade religiosa de Mohamed. Mohamed apoiava-se no parapeito, assistindo aos ateus e apóstatas ganindo, se entocando e montando uns nos outros na poeira. Apontando-os para seus filhos curiosos, bem-educados. Não que se devesse presumir que Mohamed era virtuoso. Ele bem poderia estar arranjando encontros como esse para si mesmo. A cidade da moralidade religiosa estava cheia de pecadores. Mas Astrid e Kellas estavam fora do círculo exterior dos pecadores, monstros em busca de um circo. Em Kellas, Mohamed tinha um animal de estimação. Agora teria um show.

— Mohamed, ninguém pode ficar olhando — disse Kellas. Mohamed riu. — É sério. Sem ninguém espionando.

— Claro, claro. — Mohamed limpou a garganta e tentou engolir seu ataque de riso. — Hum. Você ama Astrid?

— Não é da sua conta.

— Ela o ama?

— Ela ama a liberdade. — Kellas fechou os olhos e esfregou a testa com a mão esquerda, surpreso com as frases idiotas que Mohamed o encurralava a dizer. A tática de Mohamed era atrair a vaidade de Kellas ao ar livre e vê-la morrer com a luz. Faça a ele perguntas ingênuas. Conduza-o ao papel de professor, sabendo que ele nada tem para ensinar.

— Se ela não o ama, por que...

— Chega — disse Kellas. — Chega de perguntas. Este é o seu país. Eu faço as perguntas.

— Faça-me qualquer pergunta. Qualquer pergunta, Adam, e eu responderei, mesmo se for a coisa mais secreta em meu coração.

— Por que você não me apresenta à sua mulher?

Mohamed olhou para baixo e inclinou a cabeça.

— Não é o que fazemos — disse. Ergueu os olhos e riu. — Se eu o apresentasse, o que aconteceria? Você tem alguma coisa a dizer a ela? Pedir a ela para ir tomar um drinque com você em Jabal à noite?

— Não acho que você traduziria isso para mim.

— Não. — A risada de Mohamed lentamente se tornou um sorriso e este se desfez em lábios pequenos, retos e vermelhos em meio à barba. — Não. De qualquer modo, você come demais. — Começou a rir de novo.

Kellas e Astrid chegaram em Bagram alguns dias depois em carros separados, com uma hora de diferença. Era pouco antes do pôr do sol quando o motorista deixou Kellas e Mohamed junto aos abrigos de avião. Para chegar lá passaram pelas aldeias nos limites de Bagram, numa estrada esburacada em que se enfileiravam bancas vendendo ferramentas de ferro de fundição grosseira de fábricas do Paquistão embrulhadas em papel, brinquedos chineses com luzes coloridas piscando desvairadamente, incontáveis variedades de bugigangas baratas para escandir os segundos da vida com os serviços de consertar, pendurar, cortar, juntar e guardar, panelas de aço com tamanho para cozinhar um carneiro inteiro, carvão, couves-flores, cenouras da cor de beterraba, maçãs e pedaços de carneiro cheios de moscas em cordas de gordura. Kellas fez com que Mohamed comprasse duas galinhas vivas e este estava com elas no banco de trás, segurando-as de cabeça para baixo, sereno em meio a ira de bicos e penas em alvoroço. Havia uma estrada para o lado leste do campo de pouso, protegida por três homens e uma corda estendida entre dois postes. Conheciam Mohamed e fizeram sinal para o carro passar e entrar na área de taxiar do campo. O carro entrou na pista e acelerou, como nenhum avião fazia havia cinco anos, passando pelos esqueletos dos aviões de combate bombardeados. O sol do anoitecer dava um brilho escarlate às fuselagens sem asas ou cauda dos Antonov destruídos, um brilho que zombava das luzes mortas deles, como o fantasma de uma ciência fracassada. Tudo o que sobrava dos trovejantes transportes aéreos de tropas da Kiev soviética eram dedos apontando as montanhas de onde sua perdição viera andando em sapatos duros e baratos de plástico. Kellas e Mohamed saíram do carro e puseram as galinhas no asfalto, onde elas se endireitaram, sacudiram a indignidade e começaram a ciscar.

    Os mujahedeen locais combatiam em turnos, se esperar era combater. Essa era a hora que os do turno da noite assumiam o posto. O comandante tinha sempre 12 homens de guarda. Ele, Mohamed, Kellas e um homem sem barba num terno engomado azul subiram à plataforma. Kellas foi o último. Os três afegãos ficaram sorrindo para ele como três tios bons. Um catre duplo tinha sido posto no chão e coberto com lençóis, um cobertor e uma colcha bordada. A colcha era cor de creme, bordada num padrão de folhas verdes e flores como dedaleiras e cápsulas de algodão ocre. Numa carteira escolar junto à cama havia uma bacia de plástico verde e um jarro de água de plástico azul. Uma toalhinha estava pendurada na borda da bacia. Sobre a cama, pendurado em um prego no parapeito de madeira da plataforma, havia um buquê de violetas e rosas vermelhas de plástico com um poema escrito em letras romanas prateadas numa linguagem turcomana, num coração de plástico. O arranjo todo tinha um forte ar de noivado. Kellas assentiu lentamente enquanto olhava em volta, punha as mãos nos quadris e se obrigava a sorrir para os afegãos. Sabia que Mohamed era o único que falava inglês.

— Você disse a eles que Astrid e eu somos casados? — disse.

— Adam — disse Mohamed. — Era a melhor maneira. Disse a eles que vocês dividiam um quarto em Jabal, mas que era muito cheio, com paredes muito finas. Eles têm esposas. Eles compreendem.

— Diga a eles que fico muito agradecido. Diga a eles que meu coração está repleto de alegria. Diga que me sinto como um príncipe num poema de amor dari.

Da borda aberta da plataforma, entre o parapeito e o teto, Kellas podia ver as saliências das posições do Talibã, uma extensão de deserto em suave declive atrás delas, e as montanhas mais além. O Talibã tinha o controle do lado leste e do sul, ocupando a planície, bloqueando o acesso a Cabul. A oeste, a um quilômetro e meio de distância, o esqueleto da torre de controle despontava no anoitecer. Todo o seu vidro tinha sido destruído, e o aço e o concreto remanescentes, deformados por tiros de canhão. Depois que escurecia, assim todo mundo acreditava, os norte-americanos usavam equipamentos que projetavam feixes luminosos nos alvos das linhas do Talibã, guiando suas bombas e mísseis quando eram lançados dos céus, como a mecanização das maldições.

Kellas ouviu um carro parar lá embaixo, as portas se abrirem, o som de vozes e de um motor a diesel. Astrid viera. O motor devia ser de um Uazik, mas soava como o de um táxi londrino. Kellas teve um momento de vertigem. Disse a Mohamed para pedir ao comandante que fizesse o cozinheiro matar e preparar as galinhas, e disse que esperava que todos comessem juntos.

Olhou para baixo da plataforma e a viu sorrindo para ele. Sua voz tremeu um pouco quando ele disse:

— Aparentemente, somos casados.

Jantaram juntos, Kellas, Astrid, o comandante e quatro dos homens dele, numa sala construída no lado de um dos abrigos. O alojamento dos mujahedeen ficava em um outro abrigo. Os oito sentaram-se em torno de um pano estendido no chão de linóleo gasto, sob a luz de um lampião de querosene, e serviram-se de arroz, pão, rabanetes, ervas verdes frescas e pedaços de galinha cozida num caldo. O comandante estava na cabeceira, à esquerda de Kellas. Astrid estava em frente a Kellas, ao lado de Mohamed. Astrid não trouxera seu intérprete. Os afegãos falavam entre si em dari. De vez em quando Mohamed traduzia um fragmento. As noites podiam ser silenciosas, ou podia haver bombardeio. Não havia como saber. Era como o tempo. Kellas e Astrid comiam e observavam-se mutuamente. Tivera o cuidado de prender o cabelo sob uma echarpe que usava apertada na testa e em volta do pescoço à maneira persa, como uma touca de freira, de modo que só seu rosto aparecia. Não estava usando maquiagem. Um grão de arroz ficou no canto de sua boca, e ela o catou com a ponta do indicador e o lambeu. Seus olhos se encontraram com os de Kellas e ambos sorriram, e ele ergueu seu copo de chá para beber, achando que se não o fizesse, riria alto. A coisa era séria. Cada vez que ela piscava, movia a cabeça ou pegava outro pedaço de comida, seu corpo vibrava como um sino.

— O comandante está perguntando por que vocês não usam aliança — disse Mohamed a Kellas.

— Não temos esse costume — disse Astrid.

O comandante fez um breve discurso e Mohamed disse:

— Não sei como traduzir a dúvida dele. Ele pergunta qual é o costume de vocês. Seus costumes... quais são as regras de vocês.

Kellas olhou para o comandante, que o estava observando com a cabeça um pouco para trás e os olhos arregalados, inquiridor. Tinha uma barba grisalha encaracolada, era baixo, de ombros largos, curioso e jovial. Kellas voltou-se para Astrid.

— Você é o marido — disse ela.

— Você é a esposa. Quais são as regras?

— Temos alguma regra? Pergunte o que ele quer dizer. Costumes no casamento?

— Não só isso — disse Mohamed. — Os comunistas vieram e tinham um jeito de fazer tudo. Um jeito de viver, e regras para a morte, casamento, negócios. Ficavam nos dizendo o tempo todo o que devíamos fazer. — O comandante começou a falar, e outro homem no canto, de uns 30 anos e usando um *shalwar kameez* cinza puído, se pôs a falar ao mesmo tempo. Os afegãos riram. Kellas perguntou a Mohamed o que o homem dissera e Mohamed respondeu que era muito grosseiro e não iria repetir. Kellas disse a ele que tinha de repetir.

— Ele disse que os russos gostam das garotas afegãs, e os talibãs gostam dos garotos afegãos, mas os norte-americanos e europeus só gostam uns dos outros.

Os olhos de Kellas estavam nos joelhos de Astrid sob o jeans. Perguntava-se quão suaves seriam ao toque quando ela estivesse nua e se quando ele os tocasse seriam quentes ou frios. O comandante falou de novo.

— O comandante disse que os norte-americanos são diferentes dos outros povos que vieram para cá. Estão aqui e não estão. Observam do alto, e bombardeiam, mas não estão aqui. Não são como os comunistas ou o Talibã. Não visitam as casas dos pobres. Não têm costumes. O comandante diz que ainda está esperando para ouvir a voz dos norte-americanos.

— Sou norte-americana — disse Astrid. — É assim que soa a voz dos norte-americanos.

Mohamed traduziu e os afegãos riram e o comandante falou.

— Ele pergunta, ainda quer saber, quais são os costumes de vocês? Quando vocês irão nos dizer o que devemos fazer para que tudo fique certo?

Astrid colocou o pão no pano, franziu a testa, sorriu e segurou o joelho direito com as mãos cruzadas. Olhou para o comandante.

— O senhor quer que estrangeiros lhe digam como deve viver?

Mohamed traduziu, e o comandante respondeu.

— Ele disse que não, claro. Diz que nós mataremos qualquer estrangeiro que nos diga como devemos viver.

Astrid curvou a cabeça, e a ergueu.

— Esse é o plano norte-americano. Se não tivermos um plano, vocês não nos matarão.

— Ele diz que poderemos matá-los mesmo assim.

O homem com roupa puída do canto falou por um tempo. Era difícil ver seu rosto na luz débil, mas sua expressão era tão familiar que Kellas achou que o conhecia. Era o homem na plateia cuja pergunta nunca era respondida, e que não esperava que fosse, mas a fazia mesmo assim; o homem que não tinha traços nem de deferência nem de rebelião, e estava condenado a nem aceitar o mundo como ele era nem agir para transformá-lo. Mohamed traduziu.

— Zulmai diz: como podemos conhecer os norte-americanos se eles não visitam as casas dos pobres e falam conosco? Nós os vemos a distância. Ouvimos os aviões e as explosões. Deveriam ir à casa dos pobres, a pé, e nos contar quem são e o que querem, e o que nos darão.

Houve um momento de silêncio. Então Astrid disse:

— Duas galinhas.

Todo mundo riu e os afegãos concordaram que Astrid era mais inteligente que seu marido. Sardar, o homem do terno engomado, começou a contar uma história. Toda vez que Kellas pedia a Mohamed para traduzir, ele respondia para que esperasse a história terminar. Quando Sardar parou de falar, Mohamed disse a eles o que contara.

— Sardar estava falando sobre seu tio, que tinha uma perdiz. Era uma perdiz corajosa, uma boa lutadora. A perdiz se chamava Shahrukh Khan. — Quando Mohamed disse as palavras "Shahrukh Khan" em meio às palavras em inglês todos os afegãos olharam para eles e sorriram, e alguns ecoaram o nome. — O tio de Sardar treinou-a por anos a fio, e quando Shahrukh Khan começou a lutar, venceu todos os outros pássaros. De modo que o tio de Sardar ganhou muito dinheiro em Cabul, Jalalabad e Peshawar. E Shahrukh Khan não podia ser derrotada. O tio de Sardar a mantinha numa gaiola com a forma de um sino e quando abria a gaiola e ela saía no ringue, já entrava lutando, usando o bico, os pés, usando as asas para se equilibrar. Shahrukh Khan podia lutar várias vezes no mesmo dia sem ficar cansada. Quebrou a asa e até perdeu um olho e ainda assim lutava melhor que as outras perdizes. Uma vez um cachorro entrou no ringue, e Shahrukh Khan atacou o cachorro, o feriu no focinho com o bico, e o cachorro saiu correndo. Um dia, o tio de Sardar estava tentando ir de Cabul para Charikar com Shahrukh Khan. Estava barganhando com um motorista de caminhão para que os levasse lá. O motorista não queria levá-lo. O caminhão dele estava cheio de galinhas vivas na parte de carga. Então o tio de Sardar e o motorista do caminhão estavam discutindo, e o tio de Sardar subiu no estribo para gritar com o motorista, e pôs Shahrukh Khan, em sua gaiola, no teto do caminhão. O motorista ficou muito bravo e acelerou o caminhão. O caminhão moveu-se para a frente num instante! E o tio de Sardar soltou a gaiola de Shahrukh Khan para não cair. A gaiola de Shahrukh Khan caiu do teto do caminhão no meio das galinhas. As galinhas estavam muito juntas umas das outras. Quando encontraram Shahrukh Khan depois, a gaiola estava quebrada, e aquele pássaro corajoso e resistente estava morto.

— Da queda — disse Kellas.

— Não! Não da queda. Shahrukh Khan ainda estava viva quando saiu da gaiola. Foram as galinhas. Sardar disse que seu tio a encontrou coberta de ferimentos de garras e bicos. Havia muitos. Elas ficaram em pânico. Shahrukh Khan estava perdida. Ela podia ter matado todas, mas ela nem mesmo lutou. Sempre vivera apenas na gaiola, e no ringue. Era ali que ela era uma lutadora. Nunca no mundo. Estava perdida nele.

Astrid pediu a Mohamed para dizer a Sardar que ela tinha gostado da história, Sardar sorriu e uma risada contida percorreu a sala.

Mais tarde Kellas instalou seu telefone via satélite no espaço na base da torre e ligou para Londres para dizer que era possível que ele mandasse uma reportagem no dia seguinte sobre passar 24 horas na linha de frente. Perturbados, eles agradeceram. Ligou para seus pais em Duncairn. Tinham saído. Deixou um recado dizendo que ligaria no dia seguinte. Um dos homens do comandante perguntou se podia ligar para seu irmão em Hamburgo. Kellas discou o número e lhe deu o aparelho. O homem estava emocionado por fazer a ligação, e gritou no fone, mas não falou por muito tempo. Eram assuntos práticos, claramente. Nascimentos, casamentos, mortes e movimentação de dinheiro. O homem agradeceu a Kellas e desapareceu na escuridão. Mohamed ficou na borda do pedaço de terra, observando os veículos do Talibã movendo-se em suas linhas. Nunca ocorria a eles desligar os faróis para não serem vistos? Tinham emprestado a Mohamed uma kalashnikov curta e grossa, que ele segurava no punho à altura da cintura, casualmente, como um arquiteto com uma planta enrolada. As estrelas estavam opulentas e pesadas. Kellas sentiu um toque no ombro e Astrid estava atrás dele.

— Que tal subirmos? — disse ela.

— Veja as estrelas — disse Kellas.

— Sei como elas são — disse Astrid. Pegou-o pela mão e levou-o na escuridão até a base da escada. Soltou a mão dele e começou a subir. Estava ficando frio. A noite estava silenciosa. Podia ouvir cada ranger da madeira quando as botas de Astrid pisavam nos degraus, e então o ruído de cada bota no chão da plataforma quando ela as tirou.

Kellas deu uma olhada para o vulto escuro e imóvel de Mohamed. Perguntou se ele não ia ficar com frio e Mohamed disse que ele não se preocupasse. Kellas subiu para a plataforma. Tirou as botas, colocou-as cuidadosamente lado a lado junto ao fim da escada, e foi até onde Astrid estava de pé, apoiada nos braços cruzados sobre o parapeito. Ele pôs o braço em volta da cintura dela, e deixou a mão escorregar para baixo. A sensação da curva macia sob seus dedos, terminando no ponto brusco de osso no quadril, o deixou contente. Astrid arrepiou-se. Tirara o casaco e só estava usando um suéter e uma camiseta. Ele perguntou se ela estava com frio e ela disse:

— Não é a única razão de eu estar arrepiada. — Ela voltou-se para ele e beijaram-se por muito tempo. Ele pôs a mão na frente do jeans dela e as pontas de seus dedos traçaram a linha onde a barriga se curvava nos pelos. Ela puxou sua mão gentilmente pelo pulso.

— Espere um pouco — disse ela. — Não precisa ser tão ávido. Temos tempo.

— Eu sei — disse Kellas, embora estivesse ávido. Ficaram encostados juntos no parapeito, ombro a ombro, quadril a quadril. Kellas pegou a mão de Astrid e a pressionou contra o ponto duro em seu jeans. Ela acariciou um pouco, afastou a mão e apoiou a cabeça no ombro dele.

— Veja os faróis dos carros do Talibã, lá — disse Astrid. — Você consegue entender por que esses caras simplesmente não acabam com eles?

— É, eu sei — disse Kellas. Uma das estrelas lá em cima moveu-se de sua constelação e descreveu um lento arco no céu, brilhando no percurso. Os céus estavam lotados, e ninguém no Afeganistão possuía algo capaz de atirar tão alto.

— O que foi aquilo tudo sobre visitar as casas dos pobres? — Kellas disse.

— Ficam se perguntando quando o nosso pessoal...

— O pessoal de vocês.

— ...o meu pessoal irá atrás de convertidos. É tudo o que eles acham que os americanos podem conseguir de valor aqui, o interior de suas cabeças.

— Cristianismo.

— Acho que eles pensam em norte-americanismo.

— Eu achava que isso existia. Que havia um jeito norte-americano de agir.

— É, eu também, mas se há um, você tem de emigrar para lá para encontrá-lo. Você não pode se converter ao norte-americanismo e não ir para os Estados Unidos. Talvez não o deixem entrar. Mas você ao menos tem de *querer* ir.

— Quando foi a última vez que você fez sexo?

— Há tempo demais — disse Astrid, enfiando a língua na boca dele e abrindo o cinto. Caíram na cama, lutando com as roupas para pôr pele contra pele. O cheiro das cobertas os cercou, velho, limpo e mofado, como o cheiro das roupas de cama de uma pousada no campo em que raramente se dorme. Na escuridão onde o tato era a visão, Kellas contemplou um caleidoscópio de pele quente, ar frio e algodão áspero. Astrid estava úmida e escorregadia quando ele a tocou lá. Começaram a elogiar um ao outro, indicando os detalhes que os agradavam. Provaram um ao outro, e quando ele a penetrou soube que sempre desejaria voltar ao que sentira quando ouviu as palavras tolas que ela então disse. Não era o sentido, mas a forma das palavras, como uma chave do metal mais barato que abria o cadeado mais pesado e grandioso. Ele ou ela, ou ambos, não importava, agarraram as cobertas e as fizeram voar para o alto e se abrir como um paraquedas pousando enorme, quadrado e quente sobre a nudez deles, mantendo o frio e o mundo fora enquanto faziam amor.

Quando Kellas acordou, ainda estava escuro e ele sentia-se confortável e estranho numa cama. Vinha passando as noites num saco de dormir fazia quase um mês. Estava sozinho. Não estava ao lado dele o corpo quente e nu que esperara encontrar. Ergueu-se, apoiado nos dois cotovelos, e a procurou. Astrid estava de pé junto ao parapeito, olhando na direção onde estava o Talibã. Tinha se vestido e pusera o casaco sobre os ombros. Kellas saiu da cama e foi nu até ela. O frio agora doía. Tirou um lado do casaco do ombro dela e se enrolou. Perguntou que horas eram.

— Nem meia-noite ainda — disse ela.

— Por que você se vestiu?

— Não conseguia dormir. Talvez eu desça para conversar com Mohamed.

— Houve algum bombardeio?

— Não. Nada. Só os faróis. E o mistério.

— Dane-se o mistério. Eu fiz de tudo para conseguir essa cama para nós hoje à noite e você e eu vamos ficar juntos nela até o sol nascer.

Astrid pegou o rosto dele entre as mãos e balançou-lhe a cabeça suavemente.

— Eu gosto de você, com seus olhos repletos com o mundo e suas raivinhas bobas — disse. Foi até a escada e começou a descê-la. Antes que ele pudesse perguntar aonde ia, ela já tinha ido. Ouviu-a falando com Mohamed lá embaixo sem conseguir distinguir o que diziam. Kellas levou minutos para pôr suas roupas e botas e quando tentou seguir Astrid, o primeiro pé que colocou na escada escorregou no espaço. Por um momento ficou pendurado pelas mãos. Recobrou-se e desceu rápido. Mohamed veio na direção dele, perguntando qual era o problema. Kellas estava olhando em volta e viu Astrid andando em direção à pista. Foi atrás dela, com Mohamed dizendo a ele para tomar cuidado. Uma calmaria que não podia ser interpretada pairava sobre o posto avançado do comandante; sono ou vigília, nenhum admitiria palavras gritadas em inglês. Sob a luz das estrelas refletida no concreto da pista e da área de taxiar, Kellas podia ver Astrid andando na frente dele. Chegou até a pista e começou a andar ao longo dela, de volta por onde tinham chegado. Ela estava adiante dele uns 30 metros. Um homem estava de cócoras no início da pista, sua kalashnikov apoiada no círculo de seus braços como o cajado de um pastor. Sua cabeça seguiu Astrid passando, e então Kellas.

Kellas começou a correr. O concreto estava marcado com a varíola do tempo e Astrid ouviu o som das botas dele na sujeira. Ela se virou uma vez, viu-o, alongou as pernas e se pôs a correr com um bom ritmo. Correram por 200 metros dessa maneira, mantendo a mesma distância entre eles, como competidores numa maratona, acompanhando um ao outro, esperando o seu momento. O frio deixava o ar ralo. As estrelas roçavam contra a pele de

Kellas e a picavam. Achou que se olhasse para cima poderia ver que havia trilhas escuras entre as estrelas, como as de crianças correndo num milharal. Não conseguia pensar no que iria dizer para Astrid. Tinha parado de pensar. Havia o afluxo do ar frio, o bater de seus pés no chão, seu coração, as estrelas, a escuridão e a corredora à sua frente. Não sabia se estava perseguindo ou sendo conduzido.

Astrid fez uma curva para fora da pista na direção de um dos aviões arruinados. Kellas acelerou o passo. Astrid olhou para trás mas não quis, ou não pôde, correr mais rápido, e ele a alcançou. Pararam e ficaram um em frente ao outro, a pouco mais de um metro de distância. Ambos estavam arfando. Kellas foi violentamente perpassado por um desejo de possuí-la, não só de possuí-la, mas de tomá-la, e não saberia até ter tentado, se ela desejava ser tomada. Não podia parar aquilo. Deu um passo em sua direção e ela começou a correr de novo, Kellas o seguiu. Correu até onde não havia saída, outro dos abrigos de aviões, aberto para o céu, mas esse estava vazio. Ela encostou-se contra a parede. Ele podia ver na débil luz que ela observava seu rosto enquanto ele se aproximava. A expressão dela dizia: quero ver o que você vai fazer comigo. Kellas foi até ela e pegou a cintura de seu jeans com as duas mãos. Abriu-o, baixou-o junto com a calcinha e pôs o polegar dentro dela. Sentiu-lhe a pele fria do umbigo quando a roçou e depois sentiu o calor dela passando através da pele. Ele sentiu-a pressionando o clitóris contra sua mão quando se deslocou da parede e começou a cavalgar seu dedão. Beijaram-se, mais vorazes do que antes. Astrid estava muito molhada e Kellas agachou-se, mantendo o braço rijo para Astrid foder seu dedo, acrescentando mais um, enquanto ela se contorcia e sua respiração ficava mais intensa. Astrid puxou sua mão, ele pôs o pau para fora, deitaram-se no concreto e foderam até gozar.

— Isso foi uma novidade — disse ele depois.

— Isso foi uma novidade e tanto — disse Astrid.

Voltaram para a torre de sentinela, subiram a escada e dormiram juntos, peito contra peito, o joelho dele entre as coxas dela, sua cabeça acomodada entre o travesseiro e o cabelo de Astrid.

Acordou subitamente, sozinho, não sabendo se o tiro ressoando em sua cabeça tinha sido sonho ou realidade. Era de manhã. Ele se sentou. A luz lá fora queimou sua retina. Ainda estava frio na sombra da plataforma. Ouviu o som de novo, o sinistro som de um tiro, e uma onda de vozes, um gemido ou um urro. Pôs sua calça jeans e sua camisa e foi até o parapeito. Não viu ninguém. Mohamed não estava mais ali. Terminou de se vestir. Enquanto descia a escada ouviu a arma sendo disparada de novo.

Encontrou-os no solo, na antiga pista entre os abrigos de aviões. Astrid estava de pé, de costas para ele. Ao lado dela estava Sardar, em seu terno engomado, mirando com a pistola de Astrid um par de obuses de largo calibre colocado sobre um enferrujado tambor de óleo a uns 25 metros de distância. O comandante e um grupo de combatentes os cercavam. Ouviram Kellas chegando e se voltaram para ele. Sorriram, riram e curvaram um pouco a cabeça como se esperassem que ele estivesse bravo. Como se esperassem que ele trouxesse ordem para uma cena que eles próprios não entendiam.

Sardar apertou duas vezes o gatilho. A arma disparou e recuou em seus pulsos. O segundo tiro acertou um dos obuses, que pulou no ar, caiu de volta na superfície do tambor e rolou até a borda. Astrid exclamou:

— Foi uma em duas, homem. — Sardar baixou a pistola. Astrid virou-se, viu Kellas e sorriu, balançando a cabeça. Olhou de volta para os combatentes, abrindo os braços e assentindo. — Ganhei, certo? Certo? Acertei dois em dois. — Ela não usava o lenço e sua franja curvava-se brilhante na luz da manhã.

Os combatentes riram, movendo-se embaraçados e olhando uns para os outros, sem saber o que fazer em seguida e sem saber onde pôr as mãos. Astrid pegou a arma de Sardar, enfiou-a no bolso de seu anoraque e estendeu a mão direita na direção dele. Sorrindo e enrubescendo, lentamente e receoso, ele moveu a mão direita na direção da dela. Astrid a apertou e Sardar deixou-a solta, como se não mais pertencesse a ele. Os outros combatentes estavam rindo.

Acordaram Mohamed, um amontoado imóvel no escuro e no cheiro cálido de suor de um dos prédios nos abrigos. Sentaram-se em volta do pano, como na noite anterior, para tomar o café da manhã. Astrid evitava cruzar os olhos com Kellas. Falava apenas com Mohamed e com Sardar através dele. A voz dela soava rápida e instável. Fora Sardar, que ganhara confiança, que estava ansioso por persuadir Astrid de alguma coisa e ficava interrompendo a conversa dela com Mohamed, o comandante e os combatentes não mais sorriam tanto quanto antes. Havia cenhos franzidos e eles olhavam mais para seus chás ou entre si do que para Kellas ou Astrid.

Astrid parou de falar e olhou para Kellas.

— Você está quieto — disse.

— Não tenho mais o que dizer.

Astrid inclinou a cabeça de um lado para o outro, olhou para baixo, dobrou uma fatia de pão com geleia e colocou-a na boca. Falou alto com ele com a boca cheia.

— Você não gosta de me ver com a arma, não?

— Gosto mais de você sem ela. "Jamais se meta com armas."

— Se é em Johnny Cash que você está pensando, a frase é "Jamais brinque com armas". Minha mãe me disse isso, de fato. Ela estava certa. Mas não estou brincando. Onde você pensa que está? Você não pode fingir que não está aqui, que não tem nada a ver com tudo isso.

— Estou tentando ser neutro.

— Há apenas duas maneiras de ficar neutro numa guerra. Uma é não saber dela, e a outra é não se importar. — Astrid levantou-se abruptamente, limpando as mãos. Fez um sinal para Sardar segui-la e inclinou-se para Kellas ao afastar-se. Deu um tapinha no bolso onde a arma estava e disse: — Estou sendo profissionalmente simpática.

Kellas olhou-a ir, voltou-se para o comandante e pôs a mão no coração.

— Sinto muito — disse. O comandante fez um sinal de que ele não devia se preocupar, falou algumas palavras de bênção e tocou o rosto com as mãos. A refeição estava terminada, e a companhia levantou-se e se dispersou. O cozinheiro e seu ajudante vieram, subiram na plataforma e começaram a remover o leito com enorme cuidado. Kellas observou-os por um momento, acalmando-se com a diligência e o trabalho deles. Levaram dez minutos para descer o catre pela escada.

Astrid estava do outro lado da pista entre os abrigos, sentada na traseira de um tanque, enquanto Sardar estava metade para fora da escotilha, com uma chave inglesa em cada mão, fazendo um gesto para ela. Havia uma mancha de óleo em sua testa. Kellas andou até lá.

— Oi — disse Astrid.

— Oi. Desde quando você fala dari?

— Sardar fez um ano de faculdade em Belgrado. Nós dois falamos mais ou menos o mesmo tanto de sérvio.

Os carros ainda demorariam seis horas para vir buscá-los. Kellas subiu na plataforma e esperou o bombardeio começar. Passou o tempo olhando as posições do Talibã através de um velho binóculo soviético. Tinha uma retícula pintada nas lentes para um artilheiro avaliar a distância. Examinou o deserto atrás das linhas do Talibã. Viu caminhões, avançando em meio à poeira.

Kellas virou o binóculo para olhar o tanque. Girou o botão do foco até que o sorriso de Astrid pudesse ser visto, nítido e claro. Sardar listava tópicos com gestos de uma das chaves inglesas. Parecia eloquente em sérvio.

Quando Mohamed e o comandante subiram na plataforma, Kellas perguntou sobre os caminhões. Mohamed disse que eram do Talibã. Kellas perguntou ao comandante por que não abria fogo contra eles; por que nenhuma das tropas da Aliança abria fogo contra eles. Mohamed traduziu a pergunta, e o comandante sorriu com ar infeliz, virou de um lado para outro e olhou sobre o parapeito. Usava um largo chapéu *pakul* e um cobertor marrom sobre seu *shalwar kameez* cinza-escuro. Movia-se com impaciência, como um pequeno empreiteiro forçado a aceitar um serviço indigno, cansativo, pouco compensador. Pelo binóculo, Kellas podia ver a lona se agitando nas traseiras dos caminhões, e o sacolejo das cabines enquanto avançavam pelo deserto. Sem a ampliação, arrastavam-se junto ao solo como piolhos.

O comandante falou, olhando para Kellas apenas quando terminou. Mohamed traduziu.

— Se acertarmos e destruirmos dez caminhões, o Talibã ainda os terá de sobra — disse.

Kellas baixou o binóculo e deu um olhar de relance para o tanque. Sardar estava fazendo um gesto para Astrid. Desapareceu dentro do tanque e Astrid aproximou-se, pegou um saco de lona manchado de óleo e ficou ali olhando para dentro da escotilha. Mexeu no saco e passou uma ferramenta para a mão vermelha que apareceu.

— Não é um argumento muito sólido, com certeza — Kellas murmurou para o comandante, pegando o binóculo de novo. — É preciso começar de alguma forma.

O comandante ficou inquieto, tirando e voltando a pôr os pés em suas sandálias quando Mohamed traduziu.

— Se abrirmos fogo contra eles, eles revidarão — disse o comandante. — Por que devo arriscar meus homens, e você, e Mohamed, quando de qualquer jeito os norte-americanos vão ganhar esta guerra para nós?

O dia estava ficando brilhante. A luz que se refletia no solo arenoso ficara intensa. Kellas perguntou-se se seria muito cedo para ligar para Duncairn. Seus pais acordavam cedo. Pelo visto, tinha escolhido um dia sem bombardeio. Talvez houvesse alguma maneira de fazer os carros virem mais cedo. Não havia necessidade de Astrid ficar às voltas com Sardar e seu tanque quebrado.

O comandante estava falando num tom que Kellas não ouvira antes, com a voz elevada de um homem com responsabilidade, ofendido por subordinados tolos. Kellas ficou interessado em saber com quem ele falava, voltou-se e viu que era com ele. Enrubesceu e esperou Mohamed traduzir, mas o comandante falou por um minuto, os olhos fixos, bem abertos e um tom ríspido. Mohamed apenas olhava para o chão, apertando o polegar esquerdo com o polegar e o indicador direitos.

— O comandante está dizendo que ele não tem conexões boas com a artilharia — disse Mohamed por fim. — Com frequência, erram. Diz que seria um desperdício de munição.

— Diga ao comandante que está tudo bem — disse Kellas. — Não tive a intenção de ofendê-lo.

— Ele está bravo com você — disse Mohamed. — Acha que você o está criticando.

— Diga a ele que peço desculpas — disse Kellas.

Antes que Mohamed pudesse dizer qualquer coisa, o comandante começou a falar com raiva de novo. No fim estava gritando e Mohamed tentou interrompê-lo, tocando gentilmente sua manga.

— O comandante diz que aqueles caminhões, os que você chama de caminhões do Talibã, estão carregando suprimentos para o Talibã agora, mas talvez amanhã ou depois estejam carregando para nós. São apenas motoristas.

Kellas e Mohamed tentaram acalmar o comandante. Ele parou de gritar e começou a dar passos curtos indo e voltando ao longo do parapeito, mexendo com os controles do walkie-talkie que carregava, e resmungando. Kellas saiu da plataforma. Tendo descido a escada, viu Astrid e Sardar agachados no mato que crescia em cima do abrigo de aviões em que o tanque ficava. Sardar estava apontando para algo na distância e Astrid inclinara-se para olhar na direção indicada. Ela se voltou, viu Kellas e fez um sinal para ele. Ele foi até lá e achou o caminho para onde os dois estavam agachados.

— Está vendo aquele tronco de árvore lá? — disse Astrid. Apontou para uma larga elevação no solo a uns 800 metros a leste, de areia com pedras e vegetação rasteira, onde uma atarracada tora de madeira se erguia no topo.

— Estou vendo — disse Kellas.

— Sardar acha que o acerta com um tiro. Eu acho que ele não consegue.

Kellas olhou para o tanque ali embaixo. A escotilha aberta do canhão estava cercada de ferramentas sujas. A máquina toda parecia ter sido escavada do solo, passada por fogo, depois água, e então deixada para enferrujar por décadas.

— O tanque funciona? — perguntou.

— Claro.

— Não fique aprontando com ele, Astrid. Deixe-o lá.

Astrid não estava ouvindo.

— Ele precisa da permissão do comandante para disparar o canhão. Você pode pedir? O comandante não vai me ouvir. O comandante acha que você é meu comandante.

— Não posso fazer isso. E se acertar alguém?

— Não está perto de nós, nem do Talibã. É terra de ninguém.

— Não é certo.

— Trate sua esposa como deve — disse Astrid, olhando com dureza em seus olhos. — Pare de fingir que você não está aqui. — Kellas olhou para Sardar, que sorriu para ele e assentiu. — Você está com ciúme? — perguntou ela.

— Não — disse Kellas. Deixou-os e foi até a sala onde deixara seu telefone via satélite. Pegou o estojo e subiu com ele para a plataforma. Quando chegou lá o comandante saudou-o alto demais, num tom incisivo, como se tivesse algo a dizer, mas quando ele pediu a Mohamed para traduzir, Mohamed deu de ombros e disse que o comandante apenas o saudara. Kellas instalou o telefone no chão, onde a madeira era larga o bastante para suportá-lo. Agachou-se junto a ele, ligou-o e esperou que encontrasse o satélite. Após alguns minutos sintonizou: quatro barras. Ele pegou o aparelho e se levantou. O cabo era longo o bastante para que o usasse confortavelmente com os braços no parapeito.

O comandante perguntou quanto custava o telefone e Kellas disse que não sabia, que pertencia ao jornal. Ofereceu-o ao comandante, que riu e perguntou para quem ele ligaria. O dedo de Kellas estava nos botões na parte de trás do fone, mas ele não discou. Olhou para o comandante, que o observava.

— Mohamed — disse. — Você poderia perguntar ao comandante se ele se incomodaria se Sardar desse alguns disparos para mostrar a minha colega, minha esposa, como o canhão do tanque funciona?

Mohamed traduziu. O comandante riu, disse algumas palavras a Mohamed, ergueu o walkie-talkie e falou nele. O walkie-talkie apitou e uma resposta veio.

A um quilômetro e meio, mais dois caminhões estavam fazendo a difícil travessia do deserto atrás das linhas do Talibã.

O comandante falou e Mohamed disse que ele estava perguntando para quem Kellas estava ligando. Estava fazendo uma reportagem? Kellas disse que estava ligando para sua família, mas antes que Mohamed pudesse traduzir, o comandante falou de novo.

— O comandante diz "somos apenas soldados comuns" — disse Mohamed. — Ele diz que fazem o que lhe mandam. Diz que fará o que você pede.

Kellas discou o número de seus pais e após alguns segundos escutou o som inglês do telefone chamando. Observava os caminhões ao longe. Eram obstinados. O que quer que estivessem levando, iam chegar.

Alguém atendeu.

— Alô? — disse Kellas.

— É Adam?

— Oi!

— Que bom que você ligou. Estava pensando em você agorinha — disse sua mãe.

O comandante falou em seu walkie-talkie de novo e uma voz respondeu em dari.

— Espero não estar ligando cedo demais.

— Não, acabamos de tomar o café da manhã.

— Ainda está escuro aí?

— Não, o sol já nasceu. Parece que vai ser um belo dia.

Kellas viu Astrid e Sardar precipitando-se a descer do abrigo, soltando pedrinhas e areia no caminho.

— Não tive mais notícias depois do último e-mail e resolvi ligar.

— Achei que eu tinha respondido.

— Não importa. Como vocês estão?

— Estamos bem. — A ligação estava boa. Kellas pôde ouvir o leve esforço na voz de sua mãe quando ela sentou-se. Talvez estivesse ouvindo o ranger da cadeira de vime no vestíbulo. Podia ser só estática. Naquela hora do dia a luz estaria brilhando através do vidro colorido em volta da porta. Estaria mais brilhante se eles tivessem aparado a hera.

— Não posso falar muito tempo — disse. Viu Sardar gritar para alguém, deslizar para dentro do tanque e, após um momento, Astrid entrar.

— Eu sei — disse sua mãe. — Mas devo dizer que fiquei um pouco chateada com você na última vez que ligou e desligou de repente.

— Desculpe — disse Kellas. — Precisei desligar.

— Por favor, não faça isso de novo. Como você está?

— Bem. Está muito tranquilo aqui.

Um jovem, um menino, surgiu subitamente correndo no canto do campo de visão de Kellas, trepou no tanque e entrou por outra escotilha.

— Tivemos ontem nossa vigília pela paz — disse a mãe de Kellas. — Havia cerca de uma dúzia de pessoas na praça, com velas.

— Que bom — disse Kellas.

— Um monte de gente parou para fazer perguntas, isso foi bom.

— Ótimo.

O barulho de uma máquina poderosa vibrou no ar. O tanque expeliu fumaça preta e moveu-se para trás um pouco, e então para a frente. Uma das razões pelas quais Kellas não dera importância ao veículo era o jeito como estava parado, o canhão voltado para a parede, encaixado entre blocos de concreto, sem poder ser apontado para o Talibã sem muitas manobras vagarosas. Mas não era uma limusine. Era um tanque russo, antigo e ágil. Deu um solavanco para trás saindo de onde estivera estacionado, cuspindo fumaça e rangendo em cada engrenagem e cada elo da esteira. A cabeça do piloto apareceu na escotilha da frente. Parecia calmo e concentrado. Alinhou o tanque com um aclive de terra que ia acima dos abrigos de avião num ângulo de 45 graus.

— O que foi esse barulho? — a mãe de Kellas perguntou.

— Um tanque se movendo.

— Um tanque! Onde você está?

Kellas riu.

— Não se preocupe. Estão só treinando. — Fez um sinal para Mohamed lhe passar o binóculo. O comandante estava olhando para ele, sorrindo e assentindo. Fez o gesto de positivo com o polegar para Kellas, que devolveu o gesto e pegou o binóculo na mão de Mohamed.

— Como está o jardim? — Kellas perguntou. Colocou o binóculo no rosto e observou o tronco. Com a ampliação pôde ver que a copa da árvore tinha sido arrancada por uma explosão anterior.

— Bom, é novembro. Não é a melhor época do ano para um jardim, você sabe. Está juntando folhas. É isso. Adubo. Mas vê-se melhor o estuário no inverno, claro.

O motorista do tanque fez a geringonça enferrujada virar com a graça pesada e escorregadia de uma pedra, então acelerou-o no aclive. O tanque tocou o início da subida, inclinou-se para trás, escorregou, rugiu com um frenesi maior, aderiu à terra, e investiu rampa acima, parando com o canhão acima do topo do abrigo.

— Escute, mãe, vai haver algumas explosões — disse Kellas. — Não se preocupe, é apenas treino de pontaria.

— Meu Deus — disse sua mãe, fingindo uma risada nervosa que realmente era nervosa. — Onde você disse que estava, precisamente?

— Espere um pouco — disse Kellas. Acertou o foco no tronco de árvore. Do walkie-talkie do comandante veio um ruído, e ele disse algumas palavras em resposta.

Com um estrondo que sacudiu seu peito, o enorme canhão do tanque disparou.

— Ouviu isso? — disse Kellas no segundo silencioso durante o voo do obus.

— Sim!
— Num campo de pouso — disse Kellas.
— Um campo de pouso?
— Isso é estranho.
— O que está acontecendo?
— Ele errou por quilômetros. — Pelo binóculo Kellas podia ver 100 metros de ambos os lados da árvore e não houve nenhum sinal do obus caindo. No entanto, ouviu um ruído surdo na distância que significava um impacto, e gritos de júbilo dos combatentes do comandante lá embaixo. Tirou o binóculo dos olhos e viu a fumaça da explosão subindo no ar a um quilômetro de distância, a meio caminho entre os dois tanques.
— Mohamed, que merda é essa? — gritou Kellas.
— Não se preocupe, ele vai atirar de novo! — disse Mohamed.
— O que está acontecendo? — disse a mãe de Kellas. A boca de Kellas estava inteiramente seca. Era algo grande demais para absorver. O tanque, a fumaça, os caminhões, o tronco da árvore, o comandante, Mohamed.
— Há pessoas nessas merdas de caminhões! — gritou Kellas.
— Era para ele ter atirado naquela direção.
— O que está acontecendo? — disse a mãe de Kellas.
— Vou ter de desligar — disse Kellas.
— Adam, era o que você queria — disse Mohamed. — Você queria que o comandante abrisse fogo contra os caminhões do Talibã. Você pediu para o canhão ser disparado.
O comandante disse alguma coisa rapidamente. Parecia confiante.
— O comandante disse: desta vez ele vai acertar um deles.
— Diga a ele para parar! — gritou Kellas.
— Por quê? São os inimigos. Você pediu isso.
— Adam, quero saber o que está acontecendo. Estou muito preocupada — disse sua mãe.

— Está tudo bem — disse Kellas.

— Você parece preocupado.

— Está tudo bem. O motorista do tanque cometeu um erro, mas o tiro não acertou.

— Ouvi você dizendo que havia pessoas nos caminhões.

— Ele errou, mãe, não aconteceu nada. Está tudo bem. Desculpe, mas vou ter de desligar.

Antes que ele pudesse pôr o fone de volta houve outro disparo. Kellas o viu balançar em sua suspensão. Sua mãe estava dizendo alguma coisa, e quando houve o impacto do obus os mujahedeen gritaram de júbilo de novo, e Mohamed e o comandante gritaram algo em árabe como "Deus seja louvado". Dessa vez a fumaça não se dispersou. Alguma fonte que continuava cuspindo fumaça negra apareceu no deserto. Kellas contou os caminhões. Um ainda avançava. O outro não estava mais lá. O obus atingira um dos caminhões e o incendiara. Kellas praguejou. Viu a escotilha do tanque se abrir e Astrid sair lentamente. Toda a energia dela a abandonara e seu rosto estava totalmente pálido. Olhou para a plataforma e começou a andar em direção a ela com a cabeça baixa.

O comandante gritou, e disse algo para Mohamed enquanto seus olhos brilhavam para Kellas.

— Adam! — Mohamed exclamou. — O comandante diz: dois para um! Veja!

— Adam, diga-me o que está acontecendo — disse a mãe de Kellas. — Ouvi outra explosão. Está todo mundo bem? O que aconteceu com as pessoas no caminhão?

— Espere — disse Kellas. O incêndio no caminhão, como uma ferida pela qual a escuridão sangrava na luz do dia, estava ficando mais intenso. Dois pontos se destacaram dele e se afastaram.

— Está tudo bem — disse Kellas. — Houve um acidente mas está tudo bem, eles conseguiram sair.

Empunhou o binóculo. Então pôde ver que os dois pontos estavam pegando fogo. Eram homens em chamas, queimando como velas. Um deles estava caído no chão, imóvel. Parecia que já tinha morrido na explosão. O outro ainda estava correndo, a fumaça saindo dele em meio a labaredas. Kellas não conseguiu distinguir detalhes, só a forma preta de seu corpo, membros e cabeça. O sobrevivente lutou um pouco, caiu de joelhos, e então desabou no chão e não se moveu mais. Os dois com certeza devem ter gritado quando correram em chamas do caminhão incendiado com a pele queimando, mas àquela distância não haveria como ouvi-los. Tudo aconteceu nitidamente, silenciosamente, rapidamente. Kellas ouviu o binóculo caindo no chão da plataforma depois de escorregar de sua mão úmida.

— Adam?
— Ainda estou aqui, mãe.
— Você está bem?
— Sim, estou bem. Não foi comigo.
— Com quem? Quem não está bem?
— Houve um erro.
— Não foi um erro! — Mohamed exclamou. — Talibã!
— Adam, por favor, diga-me o que está acontecendo. Eu sei que você não quer.
— Os homens no caminhão.
— Eles vão ficar bem?
— Não. Não vão ficar bem.
— Estão mortos?
— Sinto muito, mãe. Eram do Talibã.
— Enquanto nós estávamos falando? Você os conhecia?
— Adam! Dois por um!
— Sinto muito, mãe.

Um dos corpos ainda estava queimando. A gordura de um homem era seu próprio pavio.

— Eram pessoas que você conhecia? — A voz de sua mãe estava trêmula.

— Não. Eram apenas pessoas, pessoas pobres, Talibã, mãe, pessoas que morreram justo agora, infelizmente.

Houve um som nos alto-falantes e todos os filmes entraram em pausa.

— Senhoras e senhores — anunciou o chefe dos comissários de bordo. — Estamos começando agora nossa descida para a aterrissagem em Nova York.

8

O funcionário da imigração achou o velho visto afegão de Kellas e perguntou por que ele estivera lá. Kellas disse que fora cobrir a guerra para seu jornal.

— Que guerra? — perguntou o funcionário da imigração.

— A sua guerra — disse Kellas.

— A minha guerra?

— Não a sua, a de vocês. A guerra dos Estados Unidos. Depois, sabe, do... — Ele fez um gesto para o funcionário da imigração erguendo a mão esquerda na vertical e suavemente fez a mão direita atingi-la na horizontal.

Os olhos do funcionário se estreitaram. Ele fechou o passaporte. Em vez de devolvê-lo, levantou-se e agitou-o rapidamente, como uma impressão ainda úmida, olhando em volta os guichês e as filas no salão, como se fosse ver algo que o ajudasse. Balançou a cabeça, pôs o passaporte no balcão, carimbou-o e entregou-o a Kellas. Ergueu a mão esquerda na vertical para Kellas, e suavemente fez a mão direita horizontal atingi-la.

— Eu não faria isso de novo enquanto estivesse aqui — disse. — Boa estada.

Kellas entrou nos Estados Unidos. Sacou 300 dólares num caixa eletrônico, comprou um exemplar do *New York Times* e foi até a fila dos táxis. O ar frio tomou-o de assalto e ele virou a gola para cima, apertando o volume do *Times* contra o peito. Precisava de roupas de inverno. Ainda bem que chegara rico e não como um imigrante pobre. Ainda bem que pessoas na Europa estavam lhe pagando quase dois anos de salário por seu trabalho de imaginar uma futura guerra entre este lado do Atlântico e o deles. Entrou num táxi e pediu para ir à esquina da 19th Street com Park Avenue South.

Estava quente demais no carro, e lúgubre, com os bancos fundos, baixos e pretos, a divisória bem na frente de seu rosto. O céu estava de um cinza indistinto. Passaram rápido pelas vias expressas atravessando o Queens e chegaram ao trânsito no acesso à ponte. A pintura imunda das tábuas de madeira nas paredes das casinhas cujos fundos davam para a via, as portas de tela, as calçadas sujas, a luz de freio à frente brilhando escarlate sob as letras prateadas "Cadillac" despertaram em Kellas sensações imiscíveis do estrangeiro e do familiar. Estava passando pela única experiência que um cidadão nascido nos EUA jamais poderia ter. Seus filmes, TV e canções eram uma versão falsa da realidade e eles sabiam. Cresciam com ambas. Para os estrangeiros, os Estados Unidos eram uma maravilha mais difícil de crer, infinitamente mais assombrosa: a versão real de uma notória falsificação. Era uma visita à lenda apresentada a seus olhos através de duas dimensões elétricas de alto contraste, do mito se acumulando em seus ouvidos nota por nota, desde muito antes de se conhecerem por gente. Que som! Que visão! Era como um paparazzi com uma teleobjetiva tirando uma foto de Jesus na praia, mais pálido, baixo, flácido, com olhos menos sangrentos do que os que tinha nos ícones, desconcertantemente real. Estava ali, tão conhecido, reconhecível, e tão mais granulado e confuso do que nas canções e histórias exportadas, impossível de simplesmente amar ou odiar. Tinha partes inacabadas, amplas extensões de mesmice, imensas porções de vida cotidiana; partes de uma selvageria, uma beleza ou peculiaridade que não podiam ser retocadas pela *National Geographic* e vendidas no exterior. O primeiro minuto ali é o minuto do arrepio europeu, quando os primeiros cheiros são sentidos, e é imediata a percepção de que os Estados Unidos não são exceção à regra implacável de que todo país, visto de fora, parece conhecer a si mesmo, e que nenhum país, visto de dentro, de fato se conhece.

— Nesta hora do dia normalmente não há trânsito — disse o chofer. Estavam totalmente parados. — Nunca fica assim.

— Talvez tenha algum carro quebrado.

— Como disse?

— Disse que talvez tenha algum carro quebrado!

— É, talvez. Acho que talvez tenha a ver com as liquidações. Todo mundo saiu para fazer compras.

— Preciso de um casaco.

— O senhor precisa mesmo. Essa é a razão de estar aqui, fazer compras?

— Vim visitar uma pessoa.

— Uma pessoa do sexo feminino?

— É, do sexo feminino.

— Onde o senhor mora?, se a pergunta não o incomoda, Londres?

— Sim. — Kellas olhou a identificação do chofer. O nome dele era Vitaly Morgunov.

— Ela deve ser especial para o senhor vir de tão longe. — Quando Kellas não respondeu, o chofer o olhou pelo retrovisor e se dirigiu a ele de novo. — O senhor a conheceu pela internet?

— Não.

— Porque essas agências de encontros da internet são todas uma vigarice. Tem um amigo meu, ele pagou 30 pratas por cartas em inglês de uma bela garota na República Checa. Foi por causa da foto dela na internet. E aí ele descobriu que ela mandou as mesmas cartas para milhares de caras em todos os Estados Unidos e na Europa. E não foi ela quem as escreveu, e ela nem é bonita. Nem sei se era mesmo uma mulher.

Uma buzina soou atrás deles e o chofer pôs o carro em movimento. Kellas pegou o *Times* e começou a folhear os cadernos. Os assassinatos em Nova York diminuíram em 2002, em relação a 2001. Para ser preciso, 503 pessoas tinham sido assassinadas até a metade de novembro. As mortes do World Trade Center não estavam incluídas no total do ano anterior. De algum modo, essas devem ter sido contadas em alguma categoria mais nobre, não os assassinatos normais de sempre. Seis pessoas tinham sido assassinadas no fim de semana, uma delas com um tiro após ter se recusado a entregar sua jaqueta de couro. Os inspetores das Nações Unidas no Iraque suspeitavam de que os EUA e a Inglaterra não estavam dizendo a eles tudo o que sabiam sobre os projetos secretos de armas do Iraque. O *Times* citava uma matéria no jornal do mesmo nome em Londres alegando que Saddam Hussein mandara centenas de VIPs iraquianos esconderem partes de armas de destruição em massa em suas casas. Na Austrália, o primeiro-ministro declarou ser a favor de atacar países que acolhiam terroristas antes de os terroristas se mostrarem. No Kuwait, o primeiro-ministro declarou ser necessária uma mudança de regime no Iraque para o país voltar à ordem. Em Israel, no enterro de dois rapazes mortos num atentado suicida no Quênia, um dos presentes declarou: "É melhor haver uma guerra. Melhor uma guerra que uma bomba aqui, outra acolá. Melhor para eles, também. O que temos agora é pior." O *Times* escolhera a frase como a citação do dia. Um consumidor saindo do Rockefeller Center declarou-se desapontado porque os suéteres de caxemira na J. Crew não estavam com desconto na liquidação; mas havia ótimas ofertas na Banana Republic. O campeão de vendas da Sharper Image era um purificador de ar a $249,95, com um segundo pela metade do preço, e um terceiro de graça para o banheiro.

Os pais do motorista de ônibus Robert Mickens foram entrevistados. Disseram que já o tinham prevenido quanto a suas piadas sobre o Talibã. Mickens dirigia um ônibus da Greyhound entre Filadélfia e Nova York fazia cinco anos. Antes disso, trabalhara no Departamento de Parques do Brooklyn. No sábado estava levando trinta passageiros para Nova York quando encontrou trânsito congestionado no New Jersey Turnpike e tentou desviar pegando um atalho perto de Hightstown. Não informou aos passageiros o que estava fazendo e, quando passou pelas cidades pouco familiares de Manapalan e Freehold, os passageiros começaram a mostrar ansiedade. Quando entraram em Marlboro, com os passageiros perguntando onde ele estava indo, Mickens perdeu a paciência e gritou: "Estamos indo para o Talibã, não se preocupem." Os passageiros ligaram para a polícia. Alguns minutos depois, o ônibus foi cercado e forçado a parar por uma dúzia de carros de polícia. Com armas apontadas para ele, Mickens foi retirado do ônibus, algemado e acusado de perturbação da ordem.

Kellas olhou pela janela a face inquiridora de uma menina com um cachecol vermelho, passando em frente à cruz de néon verde na vitrine de uma farmácia, e um homem gordo usando uma boina e levando dois chiuauas na coleira. Leu fragmentos de canções nas esquinas, em letras brancas impressas em placas verdes onde a Delancey Street se encontrava com a Clinton Street. Sua mente tentava se inteirar de vidas que não podia alcançar. Ele até preferiria estar na canção de Leonard Cohen, em que havia música na Clinton Street a noite toda. Estava frio em Nova York, Cohen cantava, mas gostava de onde estava morando. Havia um calor naquela canção. O herói perdera a esposa para um viciado e amigo, e ele perdoava o amigo, e perdoava a mulher. A canção era repleta de amizade, remorso, anseio. De todos os personagens da canção, quem mais Kellas invejava era a heroína. Ser objeto do anseio de alguém! Um anseio assim era o tipo de brecha no celibato de Astrid, grande o bastante para ele conseguir passar, e em seu esconderijo no maldito hotel na noite anterior ele vira a brecha se abrindo na tela do computador, quando estava querendo mais do que nunca acreditar que alguém o quisesse com todo esse anseio. Tinha sido a loucura da ferida, do vidro quebrado, das trevas e da vontade de fugir. A primeira lufada do gelado vento nas portas do aeroporto tinha exposto a fragilidade de suas esperanças.

Estavam a poucos quarteirões da editora, percebeu. Iria se refugiar no negócio que fechara. Havia consolo no dinheiro. Tinha o endereço de Astrid. Alugaria um carro para ir até lá. Compraria roupas novas, para que ela visse que ele estava bem de vida. Um casaco preto de pele de ovelha e umas boas botas italianas. Mostrariam a ela que ele não tinha nada com que se preocupar, a não ser ela. Contaria o que acontecera na casa de Cunnery. Poderia fazer com que parecesse um episódio na biografia de um famoso escritor já morto, um desses monstruosos atos de egoísmo e selvageria que acabam virando um ingrediente de seu gênio, reconfortando os consumidores de biografias simultaneamente em suas próprias tímidas virtudes e em suas esquálidas, secretas transgressões. Kellas podia se dar ao luxo de chegar em Chincoteague ensanguentado, mas não maltrapilho. Pegou a caneta e a página de seu manuscrito e rabiscou números pequenos num espaço em branco. Não tinha nenhum dinheiro agora; na verdade, estava a descoberto, e como se demitira do *Citizen*, não teria mais salário. Ao assinar o contrato de *O voo da águia desgarrada*, receberia dois terços do adiantamento, cerca de £66.000. Menos a porcentagem do agente, menos os impostos, provavelmente ficaria com £35.000. Menos as 5 mil que acabara de gastar numa viagem de seis horas sobre o Atlântico. Se Liam Cunnery descontasse seu cheque em branco, poderia estar com outras 5 mil a menos. Como tinha sido fácil gastar 10 mil libras em 24 horas, quebrando coisas, gritando, bebendo champanhe, indo atrás de mulheres e dormindo. Iria dar um rico excelente.

Kellas pagou a Vitaly Morgunov dando uma gorjeta suntuosa, e empurrou uma porta giratória dura, seus pesados painéis de vidro emoldurados por grossas esquadrias de bronze opaco, para entrar no saguão do edifício em que a Karpaty Knox ocupava três andares. O saguão era claro e quente, revestido de pedra clara. Ao caminhar na direção dos elevadores, Kellas começou a sorrir. O conforto de se associar ao pessoal que trabalhava com livros; uma organização o aguardava. Mesmo desprezando o livro que escrevera, estava amparado pela perspectiva de receber os elogios que eles seriam obrigados a fazer.

Uma voz áspera irrompeu no silêncio e no cheiro agradável do saguão, chamando:

— Senhor! — O homem chamou de novo, e Kellas olhou para trás. Viu que um segurança de uniforme marrom usando um broche de águia no quepe, se levantara de uma mesa e estava indo em sua direção. Trazia uma prancheta. Perguntou seu nome. Kellas lhe disse. O segurança percorreu com o dedo a lista de nomes na prancheta, não o encontrou, virou a página e lá estava.

— Kellas, Adam? — disse, olhando para o rosto de Kellas.

— Sim.

— O senhor veio ver Madeleine Baker-Koontz.

— Ela é uma das editoras, sim.

— O senhor poderia vir comigo? — O segurança riscou o nome da lista e conduziu Kellas de volta à mesa. Em vez de parar, deixou a prancheta ali e saiu para a rua. Olhou para trás para se certificar de que o visitante o seguia. Parou na calçada com as mãos na cintura e esperou por Kellas, que ergueu a gola de seu paletó. Deixara o jornal no táxi. Começou a tremer de frio. A buzina grave de um caminhão soou a um quarteirão de distância e uma mistura de buzinas de carros respondeu. Dois homens de macacão, luvas e bonés estavam descarregando engradados de cerveja de uma caminhonete parada e empilhando-as do lado de fora de um restaurante ao lado do prédio da Karpaty Knox. O segurança se inclinou, pôs a mão no ombro de Kellas e ergueu a voz para ser ouvido sobre o barulho das garrafas.

— Se o senhor puder atravessar a rua para o restaurante em frente, bem ali — ele apontou para um letreiro vermelho aceso — pedir um café e esperar, a Sra. Baker-Koontz logo irá encontrá-lo. — Antes que Kellas terminasse de pronunciar a primeira palavra de sua primeira pergunta, o segurança erguera as mãos abertas e o queixo, interrompendo-o. — Senhor, senhor, por favor, senhor. São essas as instruções que recebi. Não tenho mais informações, e não posso permitir que espere no saguão. Não, a Sra. Baker-Koontz não está no interior do prédio. Por favor, senhor, por favor. — Colocou a mão no ombro dele; com um pouco de pressão, agora. — Se o senhor puder ir ao restaurante e pedir um café, ou um chá, ou o que for, a Sra. Baker-Koontz logo estará lá. Isso é tudo o que estou autorizado a dizer. É isso. Está tudo certo. Por favor, vá até lá.

Kellas atravessou a rua, foi até o restaurante, achou uma mesa vazia e pediu um café. Fechou as mãos em torno do exterior brilhante da grossa caneca de porcelana. Precisava mais do calor do que da bebida.

Algo foi posto em sua mesa com um ruído forte. Era um envelope acolchoado amarelo. Uma mulher de uns 40 anos, grande, de quadris largos e ágil, o pusera ali. Estava tirando o cachecol, o casaco e a bolsa, e enquanto o fazia, olhava fixamente para Kellas, como se ele soubesse muito bem o que estava acontecendo e ela quisesse saber até que ponto ele era culpado. Havia piedade nos olhos dela, e raiva. Certificou-se de que se dirigira à pessoa certa, apresentou-se como Madeleine Baker-Koontz e apertou a mão dele quando ele se levantou. Sentaram-se um em frente ao outro. Parecia ser um esforço para ela conseguir manter uma postura gentil. Forçou um sorriso, pegou o menu, abriu-o, fechou-o e o devolveu à mesa.

— Você não está com pressa, está? — ela perguntou.

— Não. Você está?

— Não! — Ela riu. A informação de que ela não estava com pressa causou em Kellas um medo insensato, do tipo que provoca palavras banais e inofensivas nos últimos pesadelos antes do sol nascer.

— Não nos encontramos antes — disse Baker-Koontz. — Trocamos e-mails.

— Sobre um circuito promocional no ano que vem.

— Sim — ela assentiu, e riu de novo. Não apenas achava a situação engraçada; para ela era também hilário que coisas que ela levara a sério tinham se tornado piada. Estava inebriada com a ironia. — Bom, estou aqui para lhe dizer que não vai acontecer.

— O circuito promocional.

— Não só isso. Não vamos publicar o seu livro. Eu devia...

— Nos Estados Unidos?

— Em lugar algum. França, Inglaterra, Estados Unidos; não vamos publicar seu livro, e ponto. Eu devia estar dizendo "eles" não vão, não "nós". Não trabalho mais na Karpaty Knox. Pedi demissão algumas horas atrás. De modo que eu não devia estar aqui dando-lhe a má notícia. Não é mais meu serviço. Mas eu pensei: coitado do cara, está vindo de avião de Londres para Nova York, vai desembarcar, chegar ao escritório e ninguém vai lhe dizer nada.

— Obrigado pela consideração.

Baker-Koontz riu de novo. Kellas percebeu que acabara de usar os dentes para arrancar um pedaço de pele em seu lábio inferior, inchado e endurecido pelo frio na rua.

— Eles disseram, "claro, vá em frente, mas faça isso fora daqui". Fizeram com que eu esvaziasse minha mesa antes. — Ela olhou com curiosidade para Kellas. — Você está enfrentando a notícia muito bem. Não é um resmungão. — Kellas balançou a cabeça. — Sabe, teria sido muito mais fácil se você tivesse visto seus e-mails hoje, ou atendido o telefone. Fiquei duas horas tentando ligar para você. Para que você tem um celular, se o deixa desligado?

— Ainda estou... — Kellas limpou a garganta e recomeçou — ...ainda estou neste mundo sem ele.

— Não me culpe, Adam. Você não se incomoda se eu o chamar de Adam, não é? Tive uma longa conversa com sua agente. Ela estava transtornada. Preocupada com você. Não entendia por que você resolveu vir para cá.

— Ela falou alguma coisa sobre um jantar na noite passada?

Baker-Koontz fez que não com a cabeça e contou a Kellas que às 2h30 da manhã recebera um telefonema de um amigo nas Éditions Perombelon em Paris, dizendo que a companhia, com todas as suas subsidiárias estrangeiras, incluindo a Karpaty Knox, tinha sido adquirida por um conglomerado industrial francês chamado DDG.

— Nunca ouvi falar deles antes, você ouviu? — perguntou ela. — Aparentemente, é enorme. Fazem reatores nucleares e iogurte. Viram nisso uma sinergia. — O principal executivo da DDG, Luc Vichinsqij, formado numa das grandes *écoles* e em Harvard, deu uma entrevista coletiva em Paris às 8 horas da manhã, passou pelos escritórios da Perombelon, pegou um avião e veio para Nova York. Ao meio-dia, queixo barbeado e olhos límpidos, sem um amassado em seu terno preto, com um alfinete de gravata, uma safira numa gravata rosa-metálico e cheirando a sândalo, ele apareceu na Karpaty Knox para conhecer a equipe, e pessoalmente despedir três pessoas.

— Incluindo você — disse Kellas.

— Não, eu pedi demissão. Pedi demissão quando Luc nos disse que a companhia não ia assinar o contrato com você. Eu poderia ter ficado com meu emprego. Mas perguntei: "E quanto ao livro de Kellas?", porque eu ia ser sua editora em língua inglesa, e sabia que ele já se livrara do cara em Paris que insistira tanto que o adquiríssemos, o chefe anterior, Didier. E Luc disse: "Não precisamos de outro monte de merda antiamericana agora." E foi então que soube que teria de pedir demissão. Porque eu realmente, realmente detestei o seu livro, e nunca tive coragem de dizer. Sou uma liberal, e não gosto de muita coisa que este país faz, mas quando li o seu romance, foi exatamente o que pensei. Outro monte de merda antiamericana.

Baker-Koontz fez uma pausa e olhou atentamente para Kellas, como se esperasse alguma reação. Kellas tinha alternativas demais. Não conseguiu escolher, e não conseguiu falar. Sentiu-se sem peso, cortado da certeza gerada pela gravidade, e ao mesmo tempo seu peito estava cheio de um pulsar e tamborilar, ondas de uma força amortecedora, como os primeiros segundos de uma anestesia geral. Baker-Koontz começou a falar de novo.

— Quando ouvi esse francês dizendo em alto e bom som o que eu tivera receio demais de dizer, comecei a desprezar a mim mesma. Fiquei envergonhada. Hoje é segunda-feira. Se você tivesse chegado aqui na sexta, teria assinado o contrato, recebido seu adiantamento, eu o teria levado para almoçar, e teria mentido descaradamente. Teria dito o quanto estava entusiasmada, o quanto nós todos estávamos entusiasmados, que era uma honra, um privilégio, aquela bobagem toda. Foi simplesmente horrível pensar nisso. Tinha de sair dali e arejar a cabeça.

— Mas deve ter sido duro para você.

Baker-Koontz riu de novo.

— Quero dizer, o que você estava pensando? As cinzas no *ground zero* mal esfriaram e você vem a Manhattan com um conto de fadas doentio sobre norte-americanos aniquilando árabes e trocando tiros com policiais ingleses em estradas no campo inglês?

— Iranianos, não árabes.

— Seja o que for. Meu Deus. Em todo o caso, acabou. Tome, eu trouxe a minha cópia do manuscrito. É o caso de tentar reciclar. *O voo da águia desgarrada* — ela fez a mímica de entre aspas no ar, balançou a cabeça e assumiu um sotaque britânico — é puro lixo. Se ao menos você tivesse posto um único personagem norte-americano com quem se pudesse ter alguma empatia! Um personagem com mais profundidade e substância que um recado num post-it. Você achou que estava simplificando para as massas, mas as massas são mais espertas que você. Um ou dois dos europeus têm algum traço de realidade, mas com os personagens norte-americanos, é como se você deliberadamente tivesse extirpado qualquer chama de humanidade ou empatia. Mesmo os bons são uns patetas. Palermas detestáveis, pomposos, sem senso de humor. Eu li tudo de novo, só para ter certeza disso, porque não podia acreditar, mas é verdade. Não há uma única palavra com algum humor saindo da boca dos personagens americanos em seu livro. Nem uma única palavra engraçada. Não somos assim, Adam. Somos divertidos! — Ela riu, seus olhos se encontrando com os dele por um instante e então desviando-se para baixo, como se ela estivesse partilhando sua risada com outra pessoa que não estava lá. — Escreva o que quiser sobre nós, mas você não pode esquecer nosso senso de humor peculiar. Você não pode sair pelo mundo, esperando vender seus estereótipos culturais superficiais para as mesmas pessoas que está estereotipando. Não vão engolir. Você não tem o direito.

— Você vai achar outro emprego? — Kellas perguntou. Uma ansiedade lhe veio em relação a Baker-Koontz levantar-se e ir embora. Queria que ela ficasse. Preferia ser destratado a ficar sozinho.

Baker-Koontz deu de ombros e cruzou os braços firmemente.

— Eu estava falando com a Corriman antes disso tudo acontecer — disse. — Há possibilidades lá.

— Corriman? Estão publicando o livro de um amigo meu. *O livro da forma.*

— Meu Deus, você *conhece* Patrick M'Gurgan? — Baker-Koontz apoiou as mãos na borda da mesa e se inclinou como se fosse dar um bote em Kellas e morder seu queixo. Os olhos dela estavam arregalados.

— Ele é meu melhor amigo. Fomos colegas de escola.

— Eu amei tanto esse livro. — Baker-Koontz apertou a mão no coração e balançou a cabeça de um lado a outro. — Oh, Deus. Transportou-me. — Ela parecia estar tendo dificuldades para respirar.

— Encontrei-o ontem à noite no jantar. Foi onde me aconteceu isto. — Kellas ergueu seu braço esquerdo. A manga escorregou para baixo, expondo o curativo. O faxineiro em Heathrow fizera um serviço excelente. Ainda estava firme no lugar e não havia sinal de ter sangrado.

— Você entrou numa briga com Patrick M'Gurgan? — Baker-Koontz perguntou.

— Exatamente — disse Kellas. — Eu estava criticando os Estados Unidos num jantar elitista e ele se levantou e disse que não iria tolerar mais ouvir a terra da liberdade ser insultada.

Baker-Koontz observou-o por um instante sem se mover. Disse:

— Você realmente acha que eu não sei que você está me gozando? Você acha, não acha? Você acha que não sabemos o que é uma gozação. Sr. Kellas, nós inventamos a gozação.

— Ele me deu uma surra e tanto.

Ela estava com todos os botões fechados, a bolsa pendurada.

— Só o que tenho a dizer é: tente aprender algo com isso tudo. — Estendeu a mão para ele apertar. Estava fria e seca, os ossos pareciam chaves numa bolsa meio vazia.

— Imagino que você precise ir — disse Kellas. Seus olhos e o interior de seu nariz coçaram e ele engoliu em seco.

— Ligue seu telefone — disse Baker-Koontz. — Fale com sua agente. Converse com seus amigos. Tchau. — E foi embora.

Kella pediu mais café para a garçonete, e um filé com fritas. O calor do restaurante era grandioso e generoso agora que ele não tinha mais dinheiro. Não se sentia pobre. Isso aconteceria na estrada. A certeza de que estaria pobre na semana seguinte o fez sentir-se mais rico agora, com 200 dólares na carteira e uma travessa de comida quente chegando, do que quando jogava conversa fora com Elizabeth Chang e o resto dos ricaços na primeira classe.

Didier ficaria bem, Kellas supôs. Jamais deveria ter fingido concordar com o entusiasmo do velho patriota francês com sua Europa ficcional, unida numa guerra justa e sangrenta contra os Estados Unidos. Kellas tivera uma satisfação de artífice na engenharia do livro, mas não esperara que fosse considerado por um editor eminente como Didier nada mais do que entretenimento. Não que Didier o tivesse tomado por literatura; mais como um exercício sonhador necessário, para inspirar os jovens. Um homem extremamente cortês e paternalista, que mantivera seu entusiasmo numa intensidade baixa, com ligeiros sorrisos, movimentos das sobrancelhas e inclinações da cabeça para indicar aprovação, como se tivesse uma reserva cavalheiresca inglesa que, adotada por ele, funcionava como um italiano usando um paletó de tweed, mais elegante que o original. Tudo isso, e no entanto tão entusiasmado com ideias de guerra. Kellas sentira-se como uma criança que cutucara um leão empalhado num museu e vira seus olhos se abrirem.

Em Paris fora levado direto da estação para um *arrondissement* impecável e um templo da gastronomia onde os garçons, assim como Didier, estavam entre os 60 e os 70 anos, e tremiam com o esforço de manter seus instintos de deferência e desprezo em equilíbrio. Didier, alto, magro e ligeiramente encurvado, com o nariz semelhante a uma barbatana, levantara-se para apertar sua mão. Observara Kellas bebendo, mais do que provando, o vinho; pedira outra garrafa; ouvira atenciosamente Kellas, ligeiramente bêbado, explicando, depois defendendo, e por fim se desculpando por seu livro, perdendo-se totalmente no processo e, sem perceber, usando o lado da mão para pastorear um pequeno rebanho de migalhas de pão sobre a toalha da mesa até formar um padrão circular preciso a meio caminho das duas manchas amarelas de sopa que deixara pingar. Só então Didier explicara, com o café, por que ele queria que *O vôo da águia desgarrada* fosse publicado. Kellas esquecera os detalhes. Lembrava de Didier dizendo: "Precisamos desse livro, e precisamos de mais livros como esse", e Kellas observando que não tinha certeza do que Didier queria dizer com "nós", e Didier explicando "a Europa". Kellas devia ter declarado que se importava bem menos com a Europa do que com os euros, e que cinicamente tingira seu comercialismo com as cores de um patriotismo europeu para não ofender seus amigos. E no entanto, Didier parecia tão nobre em seu terno cinza de caimento perfeito, e 100 mil libras eram tanto dinheiro, que Kellas segurara a língua.

Agora ele tinha sido chutado. Kellas achou difícil imaginar a vida de um distinto senhor francês rico e idoso na aposentadoria. Quanta confiança Kellas tivera para imaginar as vidas e as mortes de jovens iranianas, sem nunca ter estado no Irã enquanto com Didier sua imaginação emperrava em Fernando Rey nos filmes de Luis Buñuel; charme discreto e objetos obscuros. Era difícil continuar a viver esse tipo de vida, fora dos restaurantes com velhos garçons, todos morrendo e não sendo substituídos. Na Europa, como nos Estados Unidos, não mais havia nem deferência nem desprezo, só pagamento por hora.

A comida daquele restaurante em Paris devia ter sido da melhor qualidade. Algo de extraordinário. E no entanto Kellas não conseguia lembrar o que comera. O filé de 10 dólares à sua frente tinha uma borda de gordura brilhante, as batatas fritas estavam moles e o café, requentado e amargo, e apesar disso, a refeição lhe dava uma doce sensação de refúgio que fazia muito tempo ele não sentia.

A sensação de bem-estar, que Kellas esticou com outro café, começou a se esvair. Estava acabrunhado com sua falta de envolvimento nos grandes negócios daquela cidade. Só lhe restava Astrid. Ele pagou a conta, perguntou como se chegava ao terminal de ônibus, e saiu do restaurante. Já estava quase escuro.

Caminhou rapidamente para se aquecer. Um casaco decente não deixaria muito troco para 100 dólares, e o metrô ficava a apenas alguns quarteirões. Estava gelado, sem dúvida. O asfalto começava a brilhar e o vapor saía em grossas colunas dos respiradouros. Consumidores passavam por ele, selados em lã tingida em cores brilhantes e Gore-tex, com um andar animado, cheio de antecipação. Quanto mais frio ficava, mais mereceriam delícias quentes só por estarem respirando. Ficaria sem comprar o casaco. O metrô era aquecido, o ônibus era aquecido, o sul era mais quente, e ele não sabia quanto ia custar a passagem. Levara o livro com ele, pretendendo jogá-lo numa lata de lixo na rua, mas o manuscrito de 400 páginas, num envelope acolchoado, era excelente isolamento térmico, enfiado dentro de seu paletó abotoado e mantido no lugar por seus braços firmemente cruzados. Ele viu um sem-teto de cócoras como uma coruja perto de um respiradouro de aquecimento, meio oculto pelo vapor. O homem segurava um copo de papel, mendigando aos brados. Quando viu Kellas, rapidamente desviou o olhar. Como regra, gente sem teto, cachorros e crianças pequenas, viam nele um alvo em potencial. O fato de Kellas estar inadequadamente vestido para a estação, não estar tentando pegar um táxi, e não ter se barbeado desde o dia anterior deviam indicar que se tratava de um perdedor. O terno e os sapatos eram por si só um bom sinal de que ali ia alguém em meio a sua derrocada, um homem tentando se adequar a sua nova localização no andar de baixo. O curativo não ajudaria. Outra razão para não comprar o casaco é que poderia ter de pagar um médico para examinar seu braço. Não tinha seguro-saúde.

Quando tentou comprar uma passagem para Chincoteague no balcão da Greyhound, ninguém tinha ouvido falar do lugar. A balconista ficou algum tempo buscando no computador antes de lhe dizer que, se tal cidade existia, nenhum ônibus ia para lá. Kellas saiu no frio de novo, no ambiente febril da Times Square, onde pareceria impossível haver tanta luz e energia e nenhum calor, mas era o caso. Na filial de uma das grandes redes de livrarias, foi até a seção de viagens e descobriu, depois de olhar vários guias, que a parada de ônibus mais próxima a Chincoteague ficava a 16 quilômetros da cidade, num lugar chamado Oak Hall, na estrada para Norfolk.

Antes de sair da livraria, foi até a seção onde estavam expostos os thrillers militaristas. Pegou o envelope contendo seu manuscrito e escondeu-o cuidadosamente numa pilha de Tom Clancy. Dirigia-se para a saída e já estava quase do lado de fora quando um segurança o alcançou e lhe devolveu o manuscrito. O segurança abriu a porta, fechou-a atrás dele e ficou ali de braços cruzados enquanto Kellas se afastava.

A passagem para o ônibus das 20h45 para Norfolk custou 75 dólares. Kellas entrou numa fila de passageiros formada por balizas de náilon azul no salão de embarque no andar de baixo do terminal. Eram 20h30. Alguém escrevera em letras pequenas, tímidas, com pincel atômico na parede "OSAMA É UM BUSH". Não havia lugares para sentar na fila. Não havia assentos em parte alguma. Os passageiros, todos eles negros, com exceção de Kellas e um jovem com maçãs do rosto salientes e a cabeça raspada, pareciam cansados e acostumados a esperar. Um velho com problemas nos joelhos, que andava de bengala, saiu da fila e voltou trazendo um galão de plástico de leite, que virou de cabeça para baixo, sentando-se nele. Um pouco mais adiante na fila um homem mais jovem já achara o seu galão e estava dormindo nele, com as costas contra a parede, o capuz do moletom puxado para a frente, protegendo-o da luz. Havia um estoicismo, uma calma, uma civilidade na fila que parecia a face verdadeira de uma muito admirada geração de fundadores cuja realidade fora obliterada pela avidez dos atores modernos contratados para representá-los. Kellas teve a impressão de que seus companheiros de viagem considerariam ridículo fazer aquela jornada de qualquer outra forma que não direto do trabalho, e em qualquer outra hora que não as horas dedicadas ao descanso.

Embarcar dependia de um homem alto e barrigudo usando um uniforme azul-escuro e um chapéu de couro sintético azul que guardava as portas de vidro que levavam aos ônibus. O das 20h45 veio e foi embora. Às 21 horas, Kellas saiu da fila e perguntou ao homem de chapéu sobre o ônibus.

— Já foi — disse o chapéu. — O motorista esteve aqui. Ele já foi. — Olhou para a passagem de Kellas, segurando a uma distância maior de seus olhos, e então bem em seu rosto. — O senhor precisava estar aqui no horário. Acabei de pôr 55 passageiros naquele ônibus.

— Eu estava aqui!

— O senhor devia ter esperado na fila como todo mundo. Como esse pessoal aí.

— Eu esperei!

— Senhor, senhor, não toque em mim.
— Não estou sendo agressivo. Eu apenas...
— O senhor tocou em mim.
— Eu apenas...
— Se o senhor quer pegar o ônibus, espere na fila.
— Foi o que fiz.
— Diga-me uma coisa. O senhor está na fila agora?
— Eu...
— O senhor está na fila agora?
— Não.
— Então como vai pegar o ônibus?
— Eu não peguei. Eu o perdi.
— Exatamente. Exatamente. É o que estou dizendo. De modo que se o senhor voltar para a fila agora, não perderá o próximo. Há um ônibus para Norfolk às 22 horas. O motorista o deixará em Oak Hall.

Kellas voltou para seu lugar na fila. Robert Mickens, o motorista que foi preso, estava, seria de se supor, brincando quanto a levar seus passageiros ao Talibã. Ia ser duro levar até lá um ônibus da Greyhound com pessoas a bordo. Teria de embarcar o ônibus e os passageiros num cargueiro em algum lugar da Costa Leste, atravessar o Atlântico, entrar no Mediterrâneo, passar pelo canal de Suez, entrar no mar Vermelho, atravessar o mar Árabe até Karachi. Isso levaria várias semanas. Uma vez em Karachi, seria uma travessia direta até as áreas próximas à fronteira afegã, onde o Talibã era mais forte. Sem escalas. A polícia paquistanesa seguramente impediria que entrassem em regiões tribais, de modo que a jornada certamente teria sido inútil. Era uma pena. Essas pessoas mereciam se encontrar.

Astrid ficara transtornada após a morte dos motoristas do caminhão em Bagram. Sentada no espaço apertado e escuro do tanque, ajudara Sardar a carregar os obuses no canhão. Só depois que o caminhão tinha sido atingido percebeu que seu amigo não estava mirando no tronco de árvore. Isso foi tudo o que ela disse a Kellas, depois que ele contou o que lhe acontecera. O carro dela viera e a levara, e só muito tempo depois Kellas a reencontrou. Tinha ficado perturbada. Ela quis se mostrar forte em relação àquilo. Algumas palavras trêmulas sobre responsabilidade, e sobre não fingir não estar envolvida, o rosto pálido e os olhos úmidos de lágrimas que nunca de fato rolaram. Um pouco antes de se separarem em Bagram, ele lembrava, uma expressão diferente a tomara, a cor voltou e os olhos secaram. Uma expressão de aceitação, quase de reconforto, como se a corrosão do choque tivesse sido familiar, apesar de dolorosa.

Logo depois, com o paradeiro de Astrid desconhecido por todos no alojamento em Jabal, Kellas fora a Cabul com Mohamed, entrando na cidade na manhã de sua libertação, e a encontrando movimentada com táxis amarelos e bicicletas, como se a guerra tivesse sido uma fábula da gente do campo. Tinham tomado um café da manhã tardio de frango com fritas num restaurante onde, os garçons informaram, integrantes árabes do jihad lutando pelo Talibã tinham jantado na noite anterior, sem saber que seus aliados afegãos já tinham fugido. Aqui e ali na cidade, multidões de risonhos afegãos passeavam em meio a cadáveres talibãs. Um par dessas fatalidades estava na calçada não muito longe do restaurante, com as roupas meio queimadas, a pele já azul-acinzentada pela deterioração. Meninos pequenos pulavam em volta deles, sorrindo, enlevados pela visão de homens que tinham perdido a capacidade de reagir a qualquer abuso ou humilhação porque estavam mortos. Testemunhas disseram que os homens tinham sido facilmente mortos no meio da noite por um helicóptero norte-americano que acertara a picape Toyota onde estavam sem danificar mais nada em volta. Com certeza, os restos do Toyota estavam onde tinha sido atingido, os pneus em parte fundidos à rua, os canos duplos do canhão na traseira enegrecidos e murchos como rojões gastos.

Durante três semanas, Kellas ficou ocupado escrevendo matérias para o *Citizen*, com a ONU chegando em Cabul, os embaixadores ocidentais voltando e os combates se transferindo para o norte, e então para as montanhas no sul. Quatro jornalistas foram mortos na estrada do Paquistão. Kellas perguntou por Astrid, preocupado.

Ela estaria certa? Não havia de fato nenhuma boa razão para as mortes em Bagram incomodarem-no mais do que, por exemplo, as mortes de dois combatentes do Talibã em Cabul? Ele marchara com a Aliança e, portanto, com os norte-americanos; aceitara sua hospitalidade. Não era um guerrilheiro pela paz, saindo clandestino à noite para sabotar armamentos. Nunca tentara convencer um afegão de que matar era errado. Ele observava, reportava, não intervinha, e até aí, era culpado. Sem suas palavras ou as ações de Astrid, era verdade, aqueles homens não teriam morrido naquele dia; no entanto, nem ele nem Astrid quiseram que algo acontecesse a eles. Ele não estava sequer atormentado pela memória das duas figuras minúsculas morrendo queimadas em silêncio. Nenhum estresse pós-traumático, não sonhava com aquilo. As únicas vezes que sonhara com o Afeganistão desde a queda de Cabul tinha sido com um Afeganistão diferente, embelezado e confortável, feito de vendedores de bolo e mobília bamba. E, no entanto, quando mais correspondentes do *Citizen* chegaram a Cabul e ele teve mais tempo, descobriu que aquilo o mordia por dentro.

Havia uma distância, uma distância moderna entre as coisas, uma terrível distância moderna em que os guerreiros e seus seguidores nos acampamentos não ficavam sequer perto o suficiente para a matança íntima de lâminas e dentes, na qual se via o rosto do inimigo, sentia-se o cheiro de seu suor e se ouvia seu arfar, nem longe o bastante como os fogos do lar costumavam ser dos fogos no front. Perto o bastante para ver, mas não perto o bastante para saber. Quanto mais inteligentes as guerras e o mundo ficavam, maior era o esforço para preservar a ignorância. Quanto mais cheio e mais próximo o mundo, mais desesperada a luta para manter a distância. Agora que o mundo podia ser percorrido num dia, agora que qualquer um podia aprender qualquer língua e falar com qualquer um em qualquer lugar e hora, a batalha pela distância, da qual a guerra depende, assumira um caráter frenético, descarado. Havia um culto de ver sem saber e observar sem tocar. As faces genéricas de estrangeiros na televisão: você os conhecia, porque podia vê-los, podia ouvir os sons estrangeiros que pronunciavam. Mas você tinha de evitar saber o suficiente sobre eles para evitar que sua imaginação fizesse deles o que você queria que fossem. Você tinha de evitar o fato de que podia falar com eles por telefone. Que eles tinham telefones. Que eles podiam ligar para você. O horror ao esforço necessário se essas verdades fossem aceitas levava as pessoas a celebrar e alimentar a distância, a focar sua vontade em preservar a diferença entre um *aqui* e um *lá*, num mundo em que não mais havia um *lá*, onde todo mundo já estava *aqui*. Os cidadãos conspiravam com os governantes para dar ao "outro remoto" qualidades de maldade ou inocência que este não sabia que lhe tinham sido atribuídas, e não podia assumir. Não fazia diferença se a fantasia era de que o "outro remoto" era completamente diferente de nós, ou que o "outro remoto" fosse igual a nós; a fantasia ansiosamente cultivada era de que o outro era remoto. A certeza dos membros das Ummahs que se empilhavam no mundo era que eles nunca teriam de justificar, em pessoa, sem intermediário, numa língua que pudessem compreender, aquilo que estava sendo feito em seu nome para aqueles que sofriam as consequências.

Desde o dia em Bagram, Mohamed ficara menos sincero com Kellas. O sorriso andava contido e Mohamed, mais desconfiado, não porque, Kellas suspeitava, ficara incomodado com o ato em si, mas porque estava farto da guerra, vira Kellas como um arauto menor de seu fim, e agora o via como parte de sua perpetuação. Ele estava maculado. Mohamed ficara contente no dia em que voltou a Cabul, mas depois disso tornou-se cada vez mais difícil de encontrar. Estava ocupado vendo velhos amigos e arranjando empregos para depois que Kellas partisse. Quando Kellas um dia o localizou e pediu a ele que procurasse as famílias dos motoristas de caminhão que tinham sido mortos, Mohamed mostrou-se relutante. Não perguntou por quê; não estava interessado. Explicou como seria difícil achá-las, que podiam estar em qualquer lugar, não apenas no Afeganistão ou no Paquistão, mas na Arábia Saudita, na Argélia. Por onde começar? Kellas arrastou-o até a velha garagem estatal de caminhões e aos lugares nos limites da cidade onde os motoristas se encontravam, e fez com que ele perguntasse. Nada conseguiram. No fim, com a promessa de pagamento dobrado, Mohamed passou dois dias com ele, tentando achar os restos do caminhão incendiado. Perto do fim do segundo dia o acharam, ou o que decidiram que devia ser o caminhão, num campo de poeira suavemente ondulado, pontilhado de pedregulhos. Um céu cinzento e pesado estava baixo sobre suas cabeças. Na distância, em Bagram, podiam ver a torre do comandante, os guindastes se movendo onde os norte-americanos estavam construindo uma nova base. Obesos aviões de transporte, pintados de um cinza que correspondia às nuvens de neve, arrastavam-se nas pistas. O barulho dos motores era transportado pelo vento frio.

Mohamed chutou o chassi enferrujado e enegrecido do caminhão. Não havia indício do que ele poderia ter carregado. Se tivera placas, haviam sido levadas. Kellas olhou em volta para ver se havia algum traço dos restos das vítimas, mas não havia nada, nem um osso. Não havia habitação nenhuma por quilômetros.

Talvez o Talibã tivesse vindo e os levado para enterrá-los. Havia chacais; havia abutres. Kellas cruzou os olhos com Mohamed e sentiu-se um tolo.

— Desculpe-me tê-lo trazido tão longe — disse.

— Por que desculpar-se? — disse Mohamed. — Para você, eu iria aos confins da terra. — Kellas sabia que não iriam trabalhar juntos de novo. — Não pense nos homens que estavam neste caminhão — disse Mohamed. — O vento batia em seu *shalwar kameez*, pressionando-o contra os tornozelos. — Eram homens maus, estrangeiros, paquistaneses, árabes, chechenos. Eram inimigos dos Estados Unidos e da Inglaterra. Mereciam morrer. De qualquer modo, homens são mortos aqui com frequência. E se você encontrasse suas mulheres e filhos? O que iria dizer a eles? Iria lhes dar dinheiro?

— Não. Não sei o que eu diria a eles. Contaria o que aconteceu, talvez, e escutaria o que me dissessem.

— Não os ajudaria — disse Mohamed. Mudou a posição dos pés e, com a mão direita, tocou a ponta do cobertor pendurado sobre seu ombro. Seus olhos se desviaram por um instante, e então voltaram a Kellas. — E, se eles morassem aqui, iriam conhecê-lo e iriam me conhecer. Mas você iria partir, e eu ficaria. Seria um problema.

— Você os encontrou? — perguntou Kellas.

— Você precisa acreditar em mim. As famílias dos homens que morreram aqui só querem dinheiro ou vingança. Não querem apertar a sua mão ou ver suas lágrimas. Não é o bastante.

— Você os encontrou?

— Adam — disse Mohamed. — Adam Kellas. Quando você era menino, alguém bateu em você?

— Professores.

— E era sempre justo, quando batiam em você?

— Não.

— Você gostaria de ver os professores de novo, para conversar sobre o assunto com eles?

— Não é a mesma coisa!

— Considere isso igual a uma surra, Adam Kellas. Desculpas nem sempre servem. Nem todas as coisas podem ser encerradas e postas de lado. Se tudo pudesse ser perdoado e ficar certo, o que impediria os homens de fazer coisas mais e mais terríveis? Quando você estiver em Londres, você se lembrará de que estivemos aqui.

— Está frio — disse Kellas. — Você os encontrou, não?

No caminho de volta, no carro, Kellas disse a Mohamed que ia partir. Mohamed disse que ele deveria voltar e visitá-lo, que sempre ficaria contente em vê-lo.

— O que você vai fazer em Londres? — Mohamed perguntou.

— Estou escrevendo um livro.

9

Logo após as 22 horas, o ônibus, com Kellas a bordo, cruzou o Hudson e entrou em New Jersey. Por um breve instante as luzes de Manhattan brilharam a boreste, até que o paredão as encobriu. Em Newark, uma vintena de passageiros se acumulou em volta da porta do ônibus, esperando para entrar. Pareciam estar com frio. Vários outros ônibus chegaram ao mesmo tempo e os passageiros corriam de um lado para o outro tentando achar o certo. Suas malas abarrotadas se entortavam como animais relutantes em coleiras, emborcavam e ficavam do lado errado, e na pressa os passageiros não as ajeitavam e as arrastavam de qualquer jeito pelo chão. Um homem que falava espanhol, com um Stetson de plástico, carregou uma caixa de papelão mais alta que ele para o compartimento de bagagens, embarcou, achou uma poltrona, sentou-se, levantou-se, desceu, pegou a caixa e foi atrás de outro ônibus. Partiram de novo. Kellas tentou dormir, mas estava com sede, e ar quente saía de uma abertura debaixo da janela junto à poltrona dele. Ele tirou o paletó. Começou a suar. As veias em sua cabeça latejavam e o que restava de umidade em sua boca era viscoso, incômodo. O homem ao seu lado estava com uma garrafinha de água meio cheia nas mãos. Kellas disse:

— Eu poderia tomar um pouco da sua água?

O homem virou para ele, sorriu, e disse:

— Está tudo bem.
Kellas disse de novo:
— Eu poderia tomar um pouco da sua água?
O homem disse:
— Está tudo bem.
Kellas apoiou a cabeça no encosto e fechou os olhos. O calor e a sede contorciam-se como um segundo corpo contíguo ao seu, fazendo-o acordar tremendo sempre que seus pensamentos estavam a ponto de se esvair no limiar do sono. Cada vez que abria os olhos via estabelecimentos de fast-food e postos de gasolinas similares em cruzamentos similares, semáforos idênticos suspensos nos mesmo fios, e no entanto o tempo todo estavam indo para o sul. Pouco mudava, a não ser os slogans iluminados do lado de fora das igrejas. Passaram por um que dizia: "Um amigo de Deus é um estrangeiro para o mundo."

Algum tempo depois da meia-noite chegaram a Wilmington. Havia um amontoado menor de gente esperando para embarcar. Entre eles, um pouco mais para trás, os olhos brilhando de esperança, estavam os sem-teto. O terminal rodoviário tinha sido fechado com correntes. Kellas viu que havia uma máquina de refrigerantes lá dentro. Desceu do ônibus e bateu na porta fechada. Um dos sem-teto disse que havia uma porta do outro lado. Kellas e outro passageiro, um homem com a cabeça cônica, costeletas e um torso enorme, com uma camiseta com as palavras "Little Italy" na frente e "Lar dos Soprano" atrás, marcharam até a outra porta. Estava fechada por dentro. Não tinha maçaneta. Kellas bateu na janela e atraiu a atenção de um homem com uma capa de chuva cáqui, que os deixou entrar. Kellas enfiou uma nota de 5 dólares na máquina e ela expeliu uma garrafa de plástico gelada de Pepsi, e nenhum troco. Enquanto Kellas tirava a tampa e esvaziava a garrafa, a encarregada do terminal começou a gritar com o salvador deles.

— Por que você os deixou entrar? — ela berrou.

— Eu estava me perguntando, senhores, se por acaso poderiam me ajudar — disse o sem-teto, inclinando seu copo na direção do patriota de Little Italy. — Eis minha identidade. Estive no Vietnã.

— Tinha que deixá-los entrar. Não se pode deixar as pessoas do lado de fora nesse frio.

— Um trocado sobrando, senhores, ajudará muito um ex-fuzileiro a voltar ao caminho certo. *Semper fidelis*.

— Quero chegar em casa ainda hoje. Você não tinha nada que abrir a porra da porta.

— Não fale comigo desse jeito — disse o homem com a capa. — Não me importa quem você é, mereço respeito.

O patriota de Little Italy pôs moedas no copo do ex-fuzileiro, seus dedos grandes e grossos mostrando delicadeza.

— Você fez sua escolha quando se alistou nos fuzileiros, meu amigo. Ninguém o forçou.

— Está brincando? Nunca ouviu falar de recrutamento?

— Você não tem o direito de falar comigo desse jeito — disse o homem com a capa.

Embarcaram alguns minutos antes de o ônibus partir de novo. Kellas tirou um cochilo até chegarem a Dover. O imigrante com a água tinha descido. O vizinho de Kellas agora era um homem mais ou menos de sua idade, mais corpulento, com um casaco de lã preto abotoado até a garganta e uma expressão — olhos fixos à frente, um pouco abertos demais, alertas — de estar à espera da próxima desgraça. Quando o ônibus saiu de novo, Kellas viu a marca dos pneus desenhada sobre uma camada rendada de branco no asfalto. Flocos de neve dançavam em torno das luzes.

Kellas perguntou a seu vizinho se sabia quanto ainda faltava para Oak Hall. O homem respondeu que nunca ouvira falar do lugar. Estava indo para Raleigh. Seu nome era Lloyd, e trabalhava como um cobrador médico. Apertaram-se as mãos.

— Nunca tinha conhecido um cobrador médico — disse Kellas. — Temos um sistema diferente.

— Vocês fizeram a coisa certa — disse Lloyd. — O que temos aqui é um caos. Estaríamos melhor com a medicina socializada. Sempre digo isso. De onde você é? É? E por que está viajando de ônibus?

— É barato.

Lloyd riu.

— É. É barato.

— O que acontece nos Estados Unidos se você fica com câncer e não tem seguro?

— Você morre.

— Por favor, isso não é verdade.

— Quer saber o que é verdade? Vou lhe dizer o que é verdade. Estou indo visitar minha irmã em Raleigh, certo? Ela não tem seguro, e precisa de remédios que custam 30 mil dólares a cada ano só para continuar viva. Ela tem um emprego de merda num mercado, e enquanto ela ganhar o que mal dá para alimentar seu filho, o Estado da Carolina do Norte paga os remédios dela. Ela poderia conseguir um emprego melhor. Já ofereceram a ela. Mas no momento em que ela ganhar um pouco mais que um salário de pobre, o Estado para de pagar os remédios. De ambas as maneiras eles garantem que os pobres morram mais rápido.

— Qual o problema dela?

— É assunto pessoal. Posso perguntar qual é a sua profissão?

— Estou desempregado.

Lloyd riu com ceticismo.

— Veio para os Estados Unidos procurar emprego. Devia ter ficado em casa. Espero que tenha seguro.

— Não. Na realidade, estou com um problema no braço, esse ferimento em meu braço. Por acaso você poderia dar uma olhada? — Ele puxou a manga do paletó e mostrou o pulso enfaixado a Lloyd.

— Ei! Eu disse que era um cobrador médico. Não tenho qualificação para tratar de ferimentos. Não conheço nem os primeiros socorros.

— Eu sei que você não pode tratar. Achei que você poderia me dizer quanto iria custar para um médico fazê-lo.

— Ah, o custo? — Lloyd ergueu as sobrancelhas, segurou o pulso entre o polegar e o indicador e moveu-o cautelosamente para cima para baixo. — Não sei, provavelmente um código 881 0 2, ou 881 12. Não acho que vá custar muito mais que 500 dólares, desde que não precise de nenhum exame.

— Quinhentos?

Lloyd riu.

— Você vai precisar que o serviço de saúde britânico mande um avião para levá-lo de volta para a Inglaterra. — Balançou a cabeça. — Como você chegou aqui, afinal? A seguridade social que você tem lá é tão boa que dá para pagar um voo da Europa para cá?

— Achei que iam publicar meu livro. Achei que iam me dar montes de dinheiro. Foi um engano.

— O que você escreve?

— Romances. Você lê?

Lloyd respirou fundo, apoiou o queixo no peito, virou-se para Kellas, ergueu os dois indicadores e disse seriamente, como que repetindo uma confissão ensaiada:

— Devo admitir que não sou um grande leitor. Tento ler a revista *Time* uma vez por semana. Se estou num café e há um jornal, dou uma olhada. Gosto da seção de esportes, às vezes as colunas. Minha mulher lê bastante, e meus filhos... estão curtindo Harry Potter. Nessa eu entrei. Foi divertido. Gosto dessa besteira mágica. O último romance realmente para adultos foi... como chamava? *O Sol é... O Sol é para todos.* Lemos na escola. Adorei aquele livro, mas... é o tempo, você entende? Não tenho tempo. Às vezes, quando estou viajando e passo a noite num hotel, pego a *Bíblia* na gaveta e começo a ler. Primeiro dou uma olhada nos canais de TV, e quando não tem nada para ver... Não, sabe como é? Na verdade, quando tem coisas realmente boas em vários canais, e eu assisto a tudo, assisto talvez a um filme inteiro, e então a alguns talk-shows, e então a um ou outro desenho animado, com todos os anúncios, e começo a me sentir estranho, sabe o que eu quero dizer? Como se tivesse tomado refrigerante demais. É aí que eu abro a gaveta. Há alguns meses li o livro inteiro de Gênesis antes de apagar a luz. Agora isso sim, para mim, é uma história. Um monte de gente que eu conheço está sempre falando sobre o Apocalipse, o Êxtase, e sobre Jesus estar voltando, melhor estar preparado, mas Gênesis, é esse o que eu prefiro. Prefiro o começo ao fim, entende o que quero dizer? Então, sobre o que é o seu livro?

— É um thriller. Sobre uma guerra entre a Europa e os Estados Unidos.

— A Europa e os Estados Unidos? — Lloyd riu. — Sei, vocês vão nos enfrentar.

— Não é sobre como *vai* acontecer uma guerra entre a Europa e os Estados Unidos, ou como *deveria* haver uma guerra entre a Europa e os Estados Unidos. É sobre como *poderia* haver.

— De jeito nenhum. Isso nunca vai acontecer. Os Estados Unidos são muito fortes e vocês, europeus, são um bando de covardes. Veja o que está acontecendo no Iraque. Salvamos vocês na Segunda Guerra Mundial e os franceses e alemães amarelam na hora de nos ajudar quando pedimos. Não que a gente precise da ajuda, mas seria legal. — Lloyd parara de sorrir. Sua testa estava franzida e ele estava olhando fixamente para a poltrona à sua frente. — Em todo caso, você é inglês, certo? Vocês estão do nosso lado. Do que você está falando?

— É um livro sobre um futuro imaginário — disse Kellas. — É um thriller. É ficção. É entretenimento.

— O melhor amigo da minha irmã está no Kuwait bem agora com os fuzileiros navais. Não tem nada de entretenimento nisso. — Lloyd e Kellas ficaram em silêncio por um instante, embora Lloyd tivesse assumido um ar de certa indignação; estava sentado com os braços cruzados, olhando direto para a frente ou para o corredor. Estava processando o assunto. Uma ou duas vezes fez um som de "hum!". Por fim, virou-se para Kellas e disse: — O que eu quero saber é, de onde vem isso de ficar imaginando esse tipo de futuro?

— Não tem nada de mais — disse Kellas. — As pessoas fazem isso o tempo todo. Livros. Filmes. Políticos.

— O que estou dizendo é: você quer imaginar seu futuro, vá em frente, mas não é da sua conta ficar imaginando o nosso.

— Tome — disse Kellas, catando o envelope e tirando dele o manuscrito. — Fique com ele. Não vai ser mesmo publicado, afinal. Você bem pode ficar com ele. Leia-o, e veja o que acha.

— Não — disse Lloyd. O gesto acalmou-o e ele sorriu. — Você é boa gente. — Ele recostou-se e fechou os olhos.

Kellas acendeu a luz sobre sua poltrona e começou a ler seu livro. O ônibus parou em Salisbury. A neve fora substituída por uma chuva grossa, carregada por um vento intenso, em lufadas. Ondas de ar e água contorciam-se através dos retângulos brancos vazios pintados no estacionamento. Os passageiros que embarcavam exalavam um cheiro de lã molhada ao passarem pelo corredor. Tinham a expressão de sobreviventes que acabavam de ser resgatados dos telhados de um vilarejo inundado. Lloyd abriu os olhos. Quando o ônibus estava de volta à estrada, perguntou se ele estava lendo o próprio livro; e então, se às vezes lia seus livros em voz alta.

— Posso ler um pouco agora, se você quiser — disse Kellas.
— Boa ideia, vá em frente.
— Do começo?
— Leia do ponto em que você estava — disse Lloyd. Kellas começou a ler em voz alta. Chegara à parte em que Tom de Peyer da Divisão Especial estava partindo para um decisivo encontro secreto com suas contrapartes europeias, ocultando sua viagem da inteligência americana indo à noite, dentro de um contêiner de navio, a bordo de um trem de carga cruzando o Canal. Seu misterioso embarque era observado por dois jovens londrinos, Waz e Franky, que pichavam a ponte.

> — *Você já acabou? — disse Waz.*
> — *O branco já fiz, falta preencher com vermelho.*
> — *Porra, anda logo. Aqueles homens parecem suspeitos.*
> — *Paranoia sua, cara. É o bagulho. Aquela merda era ruim.*

— O que é bagulho? — Lloyd perguntou.
— Gíria para maconha.
— E isso do sotaque?
— É um sotaque londrino.
Lloyd sorriu com metade da boca.
— Não, o que quero dizer é por que você usa o sotaque para um deles, e não para o outro?
— São diferentes.
Lloyd riu.
— Franky por acaso é um rapaz de cor?
— Isso é um problema?
Lloyd riu.
— Usar os sotaques.
— Continuo?
— Claro. Espero que você me dê logo alguma ação.

Kellas leu a parte em que descrevia, com muitos detalhes, a rota que o trem seguia através da Europa a caminho de uma caverna secreta escondida junto ao túnel Sophiaspoor na Holanda. A passagem demorou vários minutos para ser lida e ele percebera a inquietação na poltrona a seu lado.

— Você disse que era um thriller — disse Lloyd. — Lamento informar, mas toda essa merda sobre trens é chata.

— Trata-se de ir construindo lentamente o suspense.

— No lentamente você acertou.

— É um truque. Você fica achando que uma coisa é a principal e o resto é cenário, mas na realidade é ao contrário.

— OK, professor, continue lendo.

Tom de Peyer, vice-líder da seção de Manchester da Divisão Especial...

— Esse é o seu herói?
— É. É uma nova seção começando. Tem um espaço.
— OK.

Tom de Peyer, vice-líder da seção de Manchester da Divisão Especial, sentiu o contêiner se inclinar quando o guindaste o ergueu do vagão. Após alguns momentos, houve um ruído surdo quando a caixa de ferro foi posta no chão. Soltou o cinto de segurança que o prendia à poltrona de avião que tinha sido rápida e grosseiramente soldada ao chão do contêiner, foi até a porta, abriu-a e desceu. Seus pés encontraram um chão de pedrinhas e ele ergueu a mão para proteger os olhos de uma ofuscante luz branca.

— *Sem bagagem, como sempre* — *disse uma voz familiar.* — *Desculpe se não era exatamente classe executiva.*

— *Casp!* — *disse De Peyer, avançando para apertar a mão de Casp Haverkort, o esguio e bronzeado agente do serviço de inteligência holandês com quem trabalhara uma década antes para*

desbaratar uma quadrilha croata de contrabandistas de armas.
— Que lugar é esse? — De Peyer perguntou, olhando em volta para o espaço cavernoso fora das principais linhas ferroviárias do túnel, iluminado por holofotes montados em postes. Contêineres de navio com portas abertas estavam espalhados como caixas de papelão descartadas do lado de fora de um mercado. Pequenos grupos de homens e mulheres, alguns de uniforme, conversavam e fumavam.
Haverkort sorriu e seus penetrantes olhos azuis piscaram.

Kellas deu um olhar de relance a Lloyd, mas não houve reação.

— Nós economizamos em nosso orçamento por um ano — disse. — Alguém achou que poderia ser útil ter um imóvel subterrâneo de que ninguém mais soubesse. Nem mesmo nossos amigos do outro lado do Atlântico. É praticamente impossível de ser detectado. Você soube que o Pentágono moveu outro satélite para vigiar a Europa Ocidental.

— Espere aí — Lloyd disse. — Quem são os mocinhos nisso?
— Você precisa ir lendo para descobrir.
— Mas o Pentágono são os *bandidos*.
— Neste livro, sem dúvida.
— Todo mundo no Pentágono?
— A instituição inteira.
— Como assim? Como se os Estados Unidos tivessem sido tomados por alguma ditadura do mal?
— Não, acabaram de ter uma eleição normal.
Lloyd suspirou.
— Isso é besteira demais. OK, continue.

De Peyer assentiu.
— Entendo que esta reunião não está acontecendo.

— *Nós não estamos aqui em absoluto, meu amigo. Sem registros, sem minutas. Você vai precisar se valer de sua excelente memória.*
— Quem veio?
— *Todo mundo, menos os canadenses. Mandaram a mensagem de boa sorte mais cifrada da história. Os franceses estão tentando assumir o controle, claro. Os alemães temiam que um dos norte-americanos em Ramstein pudesse ser judeu. Mas eles têm um hacker cumprindo pena que conseguiu entrar nos arquivos de pessoal do Pentágono de sua cela na prisão. Nenhum judeu naquela unidade. Os espanhóis estão surpreendentemente entusiasmados.*

— Espere, os alemães são nazistas de novo?
— Não, não querem ser nazistas, foi por isso a coisa quanto aos judeus.
— É muito confuso. Continue.

— *E quanto a seu pessoal?*
— *Nós? Estamos prontos para pôr um limite. Estive em Srebrenica.*

— O que é isso?
— Srebrenica. Uma cidade na Bósnia onde um monte de muçulmanos foi massacrado depois que um batalhão holandês da ONU deixou os sérvios entrarem.
— OK. Isso aconteceu de verdade? OK.

— *Eu sei. Você também pegou esse sotaque norte-americano quando estudou na Califórnia.*
— *O problema, Tom* — Haverkort inclinou-se em sua direção e baixou a voz, *é que ninguém confia em ninguém. Mas sobretudo, não confiam em você.*
— *Você confia em mim, Casp?*

Haverkort hesitou.

— Estamos todos em território desconhecido aqui. Estamos desafiando hábitos que aprendemos no berço. É algo enorme. Mas sabemos que por grande que seja para nós, é maior para o seu país, Tom. Inglaterra e Estados Unidos, vocês são família.

— Não sei se os norte-americanos pensam assim.

— Mandaram-nos um policial. Downing Street não confia nos militares quanto a isso.

— Não foi o que eu disse.

— Sem rodeios, Tom. O que ele disse a você, o primeiro-ministro?

— Ele disse que lei é lei, e os Estados Unidos não estão acima dela. Não atacaremos os Estados Unidos, mas não podemos permitir que esses soldados escapem da justiça internacional.

— E se os Estados Unidos nos atacarem? Vocês vão lutar?

De Peyer sorriu.

— Se ficar no caminho é lutar — disse — vou ficar no meio do caminho.

— Você tem muita coragem, vir vender essa coisa aqui — disse Lloyd.

— Vocês estão sempre vendendo as suas coisas lá.

— Eu não vendo nada.

— Não você pessoalmente.

— Seu livro é um lixo.

— Foi o que me disseram em Nova York.

O motorista do ônibus anunciou que estavam chegando no mercado T's Corner em Oak Hall.

— Minha parada — disse Kellas.

— Escute, quero lhe dizer uma coisa — Lloyd declarou. — Os Estados Unidos são o melhor país do mundo, sempre foi, e não precisamos de algum inglês vindo aqui com seus romances de merda, tentando nos ensinar sobre justiça. Quero dizer, meu

Deus, é como se o mundo inteiro estivesse na nossa cola agora, nos atacando, e falando mal de nós, fazendo de nós assassinos de bebês. Bom, eu tenho uma mensagem para o mundo: caiam fora, e tomem cuidado, porque estamos voltando. Demos um jeito no Afeganistão, e agora vamos fazer o mesmo com o Iraque, e o faremos onde mais for necessário para deter todos os terroristas e os fora da lei filhos da mãe, sozinhos se for o caso. Estamos voltando.

Um viva, um hurra e um amém vieram de outras poltronas no ônibus.

— É só um romance — disse Kellas. — Uma história inventada.

— Por que você iria inventar uma história assim se não achasse que era verdadeira?

O ônibus parou e as portas se abriram, Kellas levantou e Lloyd ficou de pé para deixar que passasse.

— Para ganhar dinheiro — disse Kellas.

— Isso é pouco, cara. Você não tem o direito. Você não nos conhece. Você não conhece este país e devia deixar o que não conhece e não entende em paz.

— Não é o modo norte-americano de vida?

— Besteira! Você não pode ser antinorte-americano do modo norte-americano. — Kellas assentiu lentamente, e disse adeus. — É, cuide-se, cara. Vá com calma. Alguém vem buscá-lo?

Kellas percorreu o corredor, agradeceu ao motorista e desceu os degraus para a tempestade. Chegara ao abrigo parcial do teto sobre as bombas de gasolina quando ouviu um grito atrás dele. Olhou para trás. Lloyd estava na porta do ônibus, acenando com o envelope contendo seu manuscrito. Ele ergueu-o para Kellas e o balançou, e então o jogou. Não foi muito longe e caiu no asfalto molhado. Um maço de páginas escapou do envelope. O vento e a água disputaram-nas. Após umas poucas dobras no ar, a chuva fixou-as no chão e o envelope e as páginas ficaram ali, se encharcando. O ônibus fechou as portas e partiu. Kellas pegou o envelope e as páginas avulsas e enfiou tudo numa lata de lixo perto das bombas. Por um momento, a raiva extravasou os limites de seu corpo e ele bateu na tampa da lata de lixo com ambos os punhos. Então ele foi para a loja de conveniência, iluminada e deserta, fora uma única atendente em serviço. Eram 5h30 da manhã. Seu pulso doeu. Foi até o balcão.

— Olá — disse a atendente. — Como vai o senhor? — Era uma moça bem jovem, pequena e esguia, com olhos grandes e o cabelo em trancinhas bem espaçadas rente à cabeça. Parecia mal ter 16 anos.

— Café normal — disse Kellas.

— Pequeno, médio, ou...

— Pequeno.

A menina trouxe um copo de papel com uma tampa. Seus movimentos eram precisos e lentos.

— O senhor desceu do ônibus de Salisbury? Estava nevando lá em cima?

— Mais ao norte estava. — A mão de Kellas fechou-se sobre a borda do copo.

— O senhor deve ter ultrapassado a frente fria, então, porque disseram que está descendo nesta direção, e chegará a qualquer momento. Disseram no Weather Channel que primeiro o vento ia ficar forte, daí viria a chuva, e quando a tempestade estivesse intensa e agitada, a chuva ia virar neve, e teríamos uns 3 centímetros antes do sol nascer. Só que eu não teria tanta certeza disso, porque...

— Meu Deus, dá para você parar de tagarelar sobre a porra do tempo? — disse Kellas. Abriu a boca para continuar, mas parou. Os olhos da garota se arregalaram. Kellas baixou os olhos. — Desculpe-me — disse.

— Não há razão para o senhor estar gritando comigo desse jeito.

— Você está certa, me desculpe. De verdade.

— Eu só estava puxando conversa.

— Eu sei. Não sei o que me deu. Quer dizer, eu sei o que me deu, mas de qualquer modo, peço desculpas.

— Eu tenho um botão de alarme bem aqui debaixo do balcão, e posso fazer a polícia pegá-lo em sessenta segundos. Quer que eu faça isso?

— Não, eu... Quanto é o café?

— Um dólar e dez.

Kellas catou 2 dólares em seu bolso, deu a ela e disse para ficar com o troco. Ela agradeceu.

— Como você se chama?

— Renee.

— Meu nome é Adam. Queria que você acreditasse que, quando pedi desculpas, foi a sério, não foi só...

— Tudo bem.

— Quantos anos você tem, se não se incomoda que eu pergunte?

— Tenho 18 anos. — Estava cautelosa agora.

— Estou atrapalhando o seu serviço?

— O senhor é o único cliente.

— Eu preciso seguir adiante — disse Kellas, já se virando. Mas parou no meio e ficou mais perto de Renee. — A última vez que perdi a paciência com alguém de sua idade foi cerca de um ano atrás. Gritei com ele e o empurrei, com a mão, assim, com bastante força.

— Talvez o senhor devesse considerar uma dessas terapias para lidar com a raiva.

— Talvez. Ele fez algo que me tirou do sério, mas um não falava a língua do outro, nem uma única palavra.

Renee esticara os braços no balcão a sua frente e se apoiara neles, curvando as costas.

— Por que ele não falava inglês?

— Ele falava outra língua, provavelmente duas. — Renee bocejou e se apoiou num dos calcanhares. Kellas sabia que devia parar. — Eu jamais teria dado um empurrão se ele não estivesse armado. Assim ficava tudo bem. Eu podia dizer a mim mesmo que estava fazendo uma coisa perigosa.

— Que tipo de arma ele tinha?

— Uma AK.

— Bem pesada.

— Você sabe qual é?

— Ah, claro que sei.

Kellas foi encher a xícara na cafeteira, esvaziou quatro saquinhos de açúcar nela e voltou para o balcão. Ficou com as costas para ele, apoiando-se, bebendo o café e olhando a janela, que tremia com o vento. Volta e meia um ruído vinha do vidro como se alguém tivesse jogado um punhado de cascalho nele. Renee estava limpando algumas superfícies com um pano.

— Onde o senhor estava? — Renee perguntou.

— Afeganistão.

Renee esticou o lábio inferior e assentiu, passando seu pano de um lado para o outro numa prateleira limpa.

— É bem longe daqui.

— Dá para chegar lá num dia.

— Você viu algum daqueles talibãs?

— Só mortos.

— Você é soldado?

— Não.

— Alguma espécie de caçador de recompensas?

— Não! — Kellas riu.

Renee sorriu.

— Por que não? Há caras lá que valem milhões só por suas cabeças. Morto ou vivo, é o que diz o cartaz. Meu namorado veio com "eu que não me alisto no exército", mas se alguém pagasse a passagem e lhe desse uma Uzi e uma picape, iria atrás deles por conta própria.

— Eu era repórter.

— OK. Então nada de matar no seu caso. Você é um sujeito pacífico. Um não combatente.

Kellas franziu o cenho. O balcão estava atulhado de guias rodoviários, isqueiros, latas com o rótulo *Amendoins em sal marinho*, doces de 5 centavos e adesivos com "Virgínia é para quem ama" escrito. A luz forte da loja era recebida por milhares de rótulos amarelos e vermelhos impressos em embalagens de plástico.

— Era o que eu achava. Agora não tenho mais tanta certeza disso — disse. — Se você está lá quando alguém mata estrangeiros a distância, você está envolvido na morte? Qual a acusação, cumplicidade e incitamento? Não sei o que diz a lei da Virgínia ou do Afeganistão quanto a isso. Achei que estávamos apenas *falando* sobre matar, e aí um de nós foi e fez isso mesmo. — Kellas fez uma pausa e olhou para Renee. Ela estava de pé com as mãos nas costas, encostada à parede atrás do balcão, olhando para o nada com a cabeça levemente inclinada.

— De modo que talvez eu tenha ajudado — disse ele. — A matar uns dois talibãs.

— Devia entrar em contato com o FBI — disse Renee. — Quem sabe você mereça uma recompensa por isso.

— Você acha?

— Imagino que eles precisem ver alguma espécie de prova. Como uma orelha, talvez, ou um dedo.

Pararam de falar. Kellas deu-se conta de que, se não fosse pelo fraco som de Bing Crosby cantando *Rudolph The Red-Nosed Reindeer* nos alto-falantes, a loja estaria em completo silêncio.

Ele pôs a xícara pela metade no balcão e perguntou o caminho para Chincoteague.

— Essa é a estrada para Chincoteague logo ali, entre nós e o Pizza Hut — disse Renee. Ela assentiu. — É só seguir por ela o caminho todo, sobre o dique, e você chega em Main Street, Chincoteague.

Kellas agradeceu e saiu da loja para a tempestade. Após alguns passos parou e considerou se era o caso de voltar e dizer a Renee que começara a nevar, mas mesmo a pouca distância que andara não tinha sido fácil, e ele seguiu adiante.

10

O vento estava tão forte quanto antes, mas a temperatura caíra muito, e flocos de neve espessos e aderentes dançavam sombrios nas luzes. Meias-luas pálidas de uma textura de pena na borda da estrada sugeriam que a neve ia perdurar. Olhando mais adiante, Kellas podia ver uma faixa de gelo se solidificando no centro da estrada.

Sua mão esquerda segurava firme os dois lados do paletó em volta de seu pescoço. O curativo fornecia um pouco de calor extra, só que era neutralizado pelo efeito gelado da neve derretendo na pele da mão e do rosto. A dor em seu pulso estava diminuindo, amortecida pelo frio, talvez. Isso era bom. A preocupação maior era a velocidade com que seu paletó e calças estavam absorvendo a umidade. Assim que todas as suas roupas ficassem saturadas, o que não demoraria muito, ele começaria a perder o calor do corpo rapidamente. Não era um bom sinal que a neve caísse com intensidade suficiente para a camada inferior derreter e continuar a molhar seu paletó, enquanto a camada intermediária fazia uma transição, e uma camada externa começasse a aderir e se acumular na frente do paletó.

Mais à frente, a neve estava cobrindo o asfalto rapidamente. Havia casas. Abrigo a procurar caso a coisa ficasse séria, o que, muito provavelmente, ficaria. Uma frase apareceu em sua cabeça: quando você sente os sintomas inequívocos da hipotermia, já é tarde demais. Mas ele a ouvira, lera, ou acabara de inventar na hora? Não seria bom se perder em digressões. Sem divagações. Concentre-se.

— Concentre-se — ele disse para o vento.

Aumente o passo. Marcha rápida. Para a frente. Adiante. Imagine que você está carregando alguém mais doente que você, alguém caro a você. Alguém que lhe importa mais do que você mesmo. Adiante com a pessoa amada, adiante até estarem seguros. Pense em coisas com fins e destinações. Pense na argumentação que fará para a mulher que você atravessou o oceano para encontrar. Não pense na argumentação propriamente dita, só em fazê-la. Bombardeie-a com palavras. Uma a atingirá. Adiante, agora. Embora certamente 16 quilômetros fosse um inferno de distância para andar numa tempestade de neve. Duas horas e meia num passo razoável no plano. Não estava vestido para aquele clima. Não era tanto a ideia de morrer, mais a de embaraçar seu pai o que poderia forçá-lo a bater na porta de desconhecidos pedindo ajuda. *Escocês encontrado morto em estrada nos Estados Unidos. Pai critica calçado, falta de agasalho.* Mas não queria bater nessas portas desconhecidas. Todo aquele interior era armado até os dentes, desconfiando até do rumor de vagabundos ou bandoleiros. Precisava manter-se em movimento. Isso iria aquecê-lo.

O sol nasceria em uma hora, supunha, já era o meio da manhã em Dumfries. O carteiro já teria passado. Era terça-feira. Iria chegar. Uma das crianças acharia a carta, talvez, o pequeno e estranho comunicado fechado com um segundo selo, pairando da abertura para cartas na porta para o tapete do saguão, junto com o peso e as cores brilhantes das propagandas, carregado mais adiante pelo bafejo mínimo de ar a mais quando as cartas mais pesadas atingissem o chão. Kellas não podia voltar atrás em tê-lo enviado, por mais que quisesse. Talvez Fergus o encontrasse. O menino teria ficado intrigado e o levaria para a mãe. Cinco ao todo na mesa do café da manhã, pegando, despejando, bebendo e discutindo. Sophie o abriria, curiosa, mas com um mau presságio. M'Gurgan teria percebido o endereço rabiscado à mão numa nota da Ikea, olhado para o rosto de Sophie, e se perguntado se havia alguém atrás de sua mulher; se ela estaria tendo um caso. O que ela sabia sobre ele que ele não sabia que ela sabia? Sophie teria deixado o bilhete cair, posto as mãos na boca e se precipitado para fora da sala, chorando. Não, isso seria um filme. O que ela teria realmente feito? Lido cuidadosamente, tentando não mostrar o que estava pensando, embora M'Gurgan percebesse. Ela teria dobrado o pedaço de papel várias vezes, passando as unhas nas dobras, e fechado o punho em volta dele, e ele teria sabido que ela recebera informação prejudicial para a sua boa reputação naquele lar. Talvez tivesse havido algum umedecer nos olhos, e certamente a essa altura Angela e Carrie teriam percebido que alguma coisa estava errada. No mesmo momento, Angela teria perguntado: "O que foi, mãe?", e Carrie teria dito: "O que estava escrito, mãe?". Sophie teria respondido: "Nada", e as despacharia para a escola. M'Gurgan, sentado à mesa, teria ouvido a porta se fechar e Sophie voltando do saguão com passos duros e ele teria se levantado, pronto para a briga. Uma possibilidade: estariam preocupados com Kellas, o amigo deles. M'Gurgan poderia ter reconhecido a letra e pensado que era um bilhete suicida. Que homem bom, se preocupar tanto! E quão mais difícil seria descobrir que Kellas não se matara, mas o traíra, e traíra Sophie, a mulher comum que conseguia que as coisas fossem feitas. Estariam discutindo agora, no dia que já nascera ao leste. Até a noite, Kellas teria estourado em fragmentos a família de seus amigos.

Kellas escorregou e caiu na neve acumulada. Pôs-se de pé imediatamente e tirou a neve de seu paletó e calças freneticamente, como se fosse uma massa de insetos venenosos. Uma luz o ofuscou e ele pôs a mão direita sobre os olhos. Um veículo parara a poucos metros dele. Estava indo na direção de Chincoteague. Após alguns instantes, avançou até a janela aberta do motorista ficar junto a Kellas. Era uma picape com aparência antiga. Um homem de uns 50 ou 60 anos, de cabelos brancos, usando uma velha jaqueta de esqui, olhou para Kellas sobre o cotovelo.

— Para onde você está indo?
— Chincoteague.
— Está bêbado?
— Não.
— Chapado?
— Não.
— Há algum remédio que você devia estar tomando, e você pulou uma dose?
— Não.
— Entre. Sem fazer barulho. O bebê está dormindo. — Kellas foi até o lado do passageiro, entrou e fechou a porta. Um único assento ia de um lado a outro da cabine, no estilo norte-americano, e no meio, entre Kellas e o motorista, estava uma sólida cadeira de bebê branca, com a face franzida de um bebê aparecendo entre dobras de lã.

— Obrigado — disse Kellas em voz baixa. — Estou ensopado. É bom sair da neve. — Ele inclinou as entradas de ar com o dedo e sentiu o calor bafejando por elas. — Posso?
— Para onde você vai?
Kellas disse o nome da rua.
O homem ficou olhando a estrada por algum tempo. No cone das luzes, a neve parecia se afastar e mostrar o caminho ao mesmo tempo, como a multidão em volta de um corpo quando a polícia chega.

— Você está sendo esperado lá? — perguntou o homem.
— Esperado? — repetiu Kellas. Olhou para o bebê. Estava mais firmemente adormecido do que qualquer coisa que jamais

vira. Dois pequenos punhos fechados. A escuridão era total do lado de fora, e o caminhão avançava firme, em direção à ilha, com um velho na direção e um bebê adormecido a seu lado.

— Ela está com seis meses — disse o motorista. Deu um olhar de relance a Kellas e voltou a olhar a estrada. — Não é sua.

Kellas não respondeu, sem ter certeza se entendera errado ou se o motorista dissera algo tão estranho que iria significar a partida de Kellas de uma vida e sua entrada numa outra, mais real e secreta. Ele olhou para o velho. Era alto, pelo que podia ver; teria bem mais de 1,80m. Não parecia ter muita gordura sob a jaqueta de esqui, cujo zíper não estava fechado. Sob ela, usava uma camisa xadrez e um colete branco. Tinha um rosto comprido e estreito com uma marca sob o olho esquerdo, oculta de Kellas enquanto olhava para a estrada. Seu cabelo estava cortado rente dos lados. Não fosse cheio e solto em cima, teria parecido militar. Duas longas e nítidas linhas, como cortes, desciam dos lados de seu rosto, das bochechas à mandíbula. Havia uma qualidade genérica em sua beleza, como se, quando jovem, tivesse começado a forçar a si mesmo em ter aquele particular conjunto de características quando tivesse 60 anos, usando como modelos a aparência dos chefes de polícia, presidentes e generais como eram retratados nos especiais da TV nos Estados Unidos , e foi difícil identificar o que havia nele que ia além da representação e lhe dava gravidade. Kellas percebeu que parecia não haver nenhuma tensão nele, nem as feições falsas de atores ruins demonstrando seriedade de propósitos, nem o retesamento acumulado de ansiosos homens e mulheres de negócios ocidentais impacientes, que faziam exercícios demais sem ter nada de real para fazer com a força que adquiriam, terminando o curso de um dia retesando inconscientemente os músculos, prontos para saltar e estrangular o monstro de sua desafeição, que nunca aparece. Aquele homem estava remoendo alguma coisa, algo que de certa forma Kellas ousava supor que não o envolvesse, mas ele não estava remoendo com o corpo.

O homem virou-se para olhar para Kellas. Tinha olhos cinzentos. Embaixo do olho esquerdo, a marca, Kellas agora via, era uma lágrima tatuada.

— Meu nome é Bastian — ele disse. — Você o reconhece?

Kellas sacudiu a cabeça, e começou a se apresentar, mas Bastian o interrompeu.

— Sei o seu nome — disse. — Você é Adam Kellas.

A lágrima estava tão fora do lugar, parecia um erro tão ridículo, que inicialmente Kellas achou impossível se concentrar no que o outro estava dizendo. Queria perguntar sobre a lágrima, e não podia. Gradualmente a estranheza do fato de Bastian o reconhecê-lo e perguntar se ele era esperado se impôs sobre a esquisitice da tatuagem. A vida real e secreta estava, afinal, começando agora, quando Kellas estava imundo e exausto; a informação de que o bebê não era seu demandou um esforço tão desnorteante para juntar as peças que Kellas involuntariamente passou as mãos pelo cabelo. O bebê murmurou algo.

— O meu lado das coisas não é tão estranho quanto possa parecer, devo lhe dizer — disse Bastian. — O que é estranho não é que me tenha acontecido de encontrá-lo. Deixei Astrid no local de caça há alguns minutos. Ela começa cedo nos dias de caçada. E eu não podia deixar Naomi sozinha em casa. Fui à loja comprar leite, e Renee estava arrancando os cabelos como uma barata tonta. Eu perguntei o que ela fizera, e ela disse que indicara a um sujeito com aparência curiosa, usando nada além de um paletó, a estrada para Chincoteague, 16 quilômetros com a neve chegando, e só depois que ele fora embora ela se dera conta de que ele viera no ônibus e não tinha carro. Estava tentando resolver se chamava a polícia ou a ambulância e eu disse que, já que estava indo naquela direção, ia ver o que estava acontecendo. Achei que havia algo de familiar em seu rosto, mas só quando você entrou no carro eu o reconheci.

— Nós nos conhecemos?

— "Alguém devia ter informado a Paris McIntyre que ele estava em vias de ser preso, pois ele tinha muitos amigos na polícia que lhe deviam favores, só que quando a hora chegou, cada um deles encontrou sua própria maneira de esquecer que ele alguma vez havia existido." Sua foto estava na contracapa. Quando Astrid voltou do Afeganistão, me contou sobre você; disse que você escrevera livros. Achei *A manutenção da fúria* na internet. Demorou um tempão. Gostei do livro. Tenho uma boa memória para começos de livros, e gostei desse. Ecos de Kafka e Tolstoi.

— Não preciso do fato de estar viajando há mais de 24 horas como desculpa — Kellas disse bem devagar. — Estou me sentindo muito acordado agora. Mas poderia escrever centenas de começos de livros e ainda não saber como começar a perguntar todas as coisas que quero perguntar.

— Experimente fazer a primeira pergunta que vier à cabeça.

— Por que você tem uma lágrima tatuada em seu rosto?

A neve se abrandara e um azul aguado estava iluminando o horizonte no leste.

— Logo ali fica o dique que levará Naomi e eu para Chincoteague — disse Bastian. — Posso levá-lo até a ilha, para nossa casa. Farei isso, de bom grado, e você será muito bem-vindo, e encontrará Astrid, que, imagino, seja a razão de você estar aqui. Ou, se você me pedir, posso levá-lo, igualmente de bom grado, a Baltimore ou Washington, agora mesmo. Pense sobre isso. Meu conselho seria: volte. Não venha para a ilha. Pense nisso enquanto eu respondo à sua pergunta.

— OK — disse Kellas.

— Foi depois que larguei a faculdade. Tinha uma pequena propriedade nas colinas perto de São Francisco. Plantava maconha lá, fornecia para os músicos locais. Dava um pouco de dinheiro, e eu lia, escrevia e colecionava livros. Passava muito tempo na mata, fumando e ouvindo as árvores e a água. Um ano, imagino que deva ter sido em 1968, apareceu um cara e ficou lá. Era um pouco mais novo que eu. Podia estar fugindo do recrutamento militar, não lembro. — O carro deu um solavanco. Algum bicho na estrada, presumivelmente, um coelho ou uma ave grande. — Usava uma jaqueta de pele de veado com franjas e uma barba que ele achava que o fazia ficar parecido com Anton Chekov, se bem que para mim ele parecia mais o general Custer. No começo ele não me incomodava, mas depois de um tempo notei que onde quer que eu estivesse, e o que quer que eu estivesse fazendo, ele também estava lá, fazendo a mesma coisa. Eu ia à biblioteca para ler e ele ia junto, pegava um livro e começava a ler. Ia para a cama quando eu ia. Se eu saía para caminhar, ele ia atrás. Não ajudava com as plantas a menos que eu iniciasse a coisa. O nome dele era Edwin. Por um tempo pensei que fosse um detetive de narcóticos. Depois passei a achar que era um animal de estimação. Mas era outra coisa. Ele não agia, não aprendia; cada vez que me seguia era para poder se observar. Ele era o espectador de si mesmo. Estava fascinado com a originalidade da sua própria vida. Era como se o verdadeiro Edwin estivesse em outro espaço, sentado numa poltrona, enfiando pipoca na boca, assistindo e comentando enquanto o Edwin material experimentava a vida. Eu acendia um baseado, e ele vinha e esperava eu passar para ele, e dizia: "Vou ficar muito chapado hoje". Faria mais sentido para mim se ele dissesse "*Eles* vão ficar muito chapados hoje". Ele ficava irrequieto na mata. Não era da natureza dele simplesmente *estar* lá. Ele precisava ficar dizendo a si mesmo, e a mim, que estávamos ali, e que era uma coisa boa, uma coisa ótima.

Entre os homens, Naomi dormia. Deu uns soquinhos no ar, e soprou uma bolha de saliva. Kellas estava tentando escutar o que

Bastian dizia. Tinha um anseio de ver Astrid e um anseio covarde de adiar. Sentia-se como se sentira quando os motores ensurdecedores do avião de transporte verde-musgo mudaram de tom ao começarem a descida para Faizabad, e ele queria aterrissar e descer no Afeganistão, e ao mesmo tempo receava o fim da claridade da jornada.

"Um dia no inverno acordei cedo, fiz um café e saí para ver o sol nascer — disse Bastian. — Imediatamente, Edwin estava a meu lado, café na mão. E ele começou seu comentário sobre o quanto era belo, e como ele se sentia um só com o mundo, como ele tinha pena dos funcionários de escritório e suas rotinas burguesas. Tinha um poder sobre mim, um encantamento, comecei a sentir que o sol tinha sido projetado, feito e vendido, e eu o estava comprando só por estar ali o olhando e ouvindo Edwin. E Edwin disse como era ótima a nossa vida, e eu disse que supunha que era, mesmo que o fato de ele estar dizendo isso me fizesse duvidar. Edwin perguntou o que eu ia fazer no futuro e eu disse que não sabia, talvez o mesmo que estava fazendo agora. E Edwin assentiu e disse que sentia a mesma coisa. Disse: "Se eu algum dia descer desta colina e arranjar um emprego normal na terra do pão branco e das calculadoras, Bastian, você faria o favor de vir atrás de mim e me dar um tiro?" Olhei para ele e pensei no caso. Pensei seriamente. Tinha certeza de que ele ia arranjar o tal emprego e acreditei naquele momento que matá-lo era um futuro possível. Vi-me entrando em seu escritório numa corretora de imóveis de cidade pequena e ele se levantando para me cumprimentar, com sua gravata apertada nas dobras do pescoço, e dizendo: "Oi, Bastian! Há quanto tempo!" E eu perfurando-o com uma calibre 12. Mas aí pensei sobre mim mesmo e minha própria fraqueza. Eu poderia matar o Edwin futuro, mas não queria, não era um assassino, e quanto a mim? Tinha sido afetado pela sombra dele tão facilmente. Precisava voltar ao mundo, mas precisava me transformar. Precisava de algo que impedisse o mundo de me engolir.

"Foi nesse dia que fiz a tatuagem. Uma tatuagem no rosto é difícil de esconder. Coloca-o à parte. Não confiava em mim mesmo para evitar a faculdade de direito ou jornalismo... Desculpe, Kellas...

— Tudo bem — disse Kellas.

— Não confiava em mim mesmo. E não queria pedir a alguém para me matar, como Edwin. De modo que a lágrima era a minha salvaguarda. Não para me destruir, só para cercar certas partes do mundo, colocá-las fora de meu alcance. Nada de country club para mim. Nada de clube de golfe. Nada de corretora de valores para mim. — Ele deu uma risada curta. — Ao menos, não na década de 1970. Então é para isso que a lágrima serve, para me pôr a salvo de possíveis fraquezas.

— Poderia também ser...

— Uma desculpa para o fracasso, eu sei. Mas não sou um fracassado. No mesmo dia que fiz a lágrima, pus Edwin para fora de casa e arranquei os pés de maconha. Algumas semanas depois eu estava em Nova York, procurando emprego como professor, escrevendo contos, tentando ganhar um salário. Devo muito à tatuagem. Colocou-me de volta no mundo pondo um limite para quanto deste mundo eu poderia ter.

— Entendo o que você quer dizer — disse Kellas.

— E agora. Agora... — Bastian balançou levemente o berço de Naomi. Depois de um segundo de silêncio olhou para Kellas. — Agora eu acho que é melhor que aqueles que têm fraquezas sejam constrangidos, ou constranjam a si mesmos, por meio de barreiras discretas, mas tangíveis como esta. — Ele tocou a lágrima. — Como deliberadamente mudar para um lugar onde suas fraquezas são proibidas pela lei. Ou por... — ele suspirou, uma inspiração profunda seguida por uma expiração igualmente completa — ...se submeter às regras de um supervisor. O problema em barreiras como essa, claro, é que são muito fáceis de romper. Um par de óculos escuros e a tatuagem fica escondida. Um dique e um carro...

Naomi acordou e começou a chorar. Tinham chegado à água e ao dique. Bastian encostou o carro ao lado da estrada, ergueu-a do berço e a segurou junto ao ombro. Murmurou palavras para acalmá-la, balançou-a suavemente para cima e para baixo e o berreiro parou. As nuvens estavam se abrindo, embora o sol ainda não tivesse nascido.

— Você é o pai de Astrid?

— Não. Você achou que eu era?

— Para começo de conversa, sim. Ela disse que morava com o pai.

— Jack Walsh morreu no verão. Era um grande amigo meu. Escute, eu tenho que levar Naomi para casa. Posso deixá-lo no T's Corner, e mais tarde ir buscá-lo para levá-lo a Baltimore ou Washington DC, ou você pode vir para casa com a gente. Tenho de pedir que você tome uma decisão. Tendo em mente que eu recomendo muito seriamente que você não venha à ilha.

— Serei bem-vindo se for, mas você acha que é melhor eu ir embora?

— Sim.

— Não entendo. Por que não devo ir à ilha?

— Isso concerne a uma terceira pessoa que não está aqui para falar por si mesma.

— Mas ela me convidou. Enviou-me um e-mail.

Bastian olhou cuidadosamente para Kellas. Sua cabeça estava levemente inclinada para um lado. Ele estava acariciando as costas de Naomi.

— Dizia "...quero vê-lo agora. Quero que você venha me ver, não importa..." não é? Posso ver pela sua cara que você recebeu esse e-mail. É uma pena. Você poderia ter pensado mais. Esses e-mails estão se espalhando por aí o tempo todo. Você realmente achou que era genuíno? Quando chegou? Porque ela enviou mensagens para todo mundo ontem pedindo desculpas.

— Você tem certeza? — disse Kellas.

— Tanto quanto eu saiba, o vírus mandou e-mails para todo mundo na lista de endereços dela.

Kellas esfregou a testa com a ponta dos dedos. Essa notícia era ruim, atrozmente ruim. E, no entanto, em algum derradeiro reduto de sinapses nada-a-perder ele achou: ela tinha o meu endereço de e-mail na lista dela.

— Então o que você está dizendo é que eu viajei de Londres para cá em função de umas poucas palavras fabricadas por um software maligno? — perguntou. — Astrid não entrou de modo algum em contato comigo?

— Parece que é o caso. Sinto muito.

Kellas assentiu enquanto pensava.

— Sempre gostei da palavra "burro" — disse. — Quer dizer "tolo" e "ignorante" ao mesmo tempo.

— Não seja tão duro consigo mesmo. Você não fez nada de mau, ainda.

— Você acha que eu não devo ir à ilha.

— Exato.

— Você não pode me dizer por quê.

— Não vou fazer isso. Mas agora você sabe que não foi convidado.

— Alguma vez Astrid disse para você: "Não quero mais ver Adam Kellas?"

Bastian hesitou.

— Há quatro pessoas envolvidas aqui — disse. — Uma delas é você.

— Ela alguma vez disse isso, ou coisa parecida, sobre mim?

— Não.

— Eu gostaria de ver Astrid — disse Kellas. Hesitou. Estava com a cabeça aérea e seu pulso doía. — Viajei uma distância enorme. Qualquer que seja a situação entre vocês três, gostaria de vê-la, e se houver lugar, de passar a noite.

— Há lugar — disse Bastian. Ele entregou Naomi a Kellas, que pegou o peso quente e suave nos braços. Pôs a mão em concha sob ela e a mão esquerda em suas costas, deixando-a encostar-se em seu ombro esquerdo, sentindo os braços flexíveis dela se agarrando a ele. Kellas moveu-a para cima e para baixo, mas isso não a fez parar de chorar, só produziu intervalos de silêncio.

Bastian entrou na pista sobre o dique, que atravessava vários quilômetros sobre uma planície coberta de juncos e cortada por riachos. A ilha ficava a leste no horizonte, e o sol estava começando a aparecer por trás dela, fazendo os juncos curtos e grosseiros brilharem num tom de bronze. A vista para o norte era parcialmente obstruída por uma sucessão de placas pintadas, do tamanho de chalés, anunciando comida e acomodações para turistas em Chincoteague.

Enquanto avançavam, Bastian lhe contou que Astrid ficara grávida antes de ir para o Afeganistão, em setembro, antes, na verdade, das torres gêmeas caírem. Resultou de um caso de uma noite só; o pai era um cientista australiano que fazia uma breve visita a uma instalação da NASA em frente à ilha antes de voltar para Melbourne. Sim, Melbourne. Eles não mantiveram contato. A casa pertencia a Bastian desde os anos 1970, quando ele a comprou com o dinheiro do contrato de um livro que escrevera para o governo. Era uma casa grande demais para uma pessoa. Dava para uma família. Jack, Astrid e os outros Walsh ficavam lá de vez em quando, e depois que Jack se aposentou ele e Astrid se mudaram para lá.

— Depois que a mulher de Jack se matou e seu filho foi para o noroeste, Jack e Astrid cuidavam um do outro, e eu cuidava deles.

O suicídio tornou Jack uma pessoa muito dura. Adotou um culto à dureza. Reticência e obstinação eram tudo o que havia. Não era rabugento, não era nem mal-humorado, mas detestava conversar. Qualquer coisa a que ele pudesse responder "Sim" era uma perda de tempo para ele. Gostava de fazer você parar de falar dizendo "Não". Se você conseguia arrancar um "Talvez" dele, você estava indo bem. Acho que Astrid conseguia que ele falasse, mas ela ficava fora muito tempo. Então, agora Jack se foi, e eu estou cuidando de Astrid, e ajudando-a a cuidar da criança. Tudo bem com você aí? Estaremos em casa em dez minutos.

— Astrid precisa de que cuidem dela?

Bastian não respondeu de imediato. Continuou olhando direto para a frente enquanto atravessavam uma ponte basculante convexa sobre o último canal mais profundo antes da ilha propriamente dita.

— Não falo por Astrid.

Entraram à esquerda depois da ponte e passaram por uma rua de um quilômetro e meio de lojas, hotéis e restaurantes. Era estreita para o padrão dos Estados Unidos, uma pequena rua principal de cidade litorânea com um cinema, um posto de gasolina e a escultura de um cavalo. As construções tinham dois andares, feitas de alvenaria ou madeira. Uma dúzia de velhas árvores, sem folhas por causa do inverno, ia acima da linha dos telhados. Guirlandas de Natal verdes e escarlate estavam penduradas entre postes de telégrafo de madeira. Algumas das casas tinham varandas decoradas por arcos de treliças de madeira, mas nada parecia velho como uma cidade na costa da Virgínia devia ser. Kellas perguntou sobre tempestades.

— Tempestades, incêndios, inundações, temos tudo. Mas a neve vai ter derretido por volta do meio-dia. — Ele acariciou o rosto choroso de Naomi com o segundo nó do dedo indicador. — Ela está com fome. Você deve estar, também.

Entraram à direita numa rua mais larga. Maddox Boulevard, dizia a placa. Passaram por uma garagem de madeira branca antiga com um enorme pescador com capa laranja entalhado na porta. Uma placa na parede dizia "Island's Decoy", tendo ao lado dois gansos do Canadá voando. Estavam indo para o leste de novo, em direção ao Atlântico, e o sol na frente deles parecia estar pronto para cair do céu e rolar pela rua como uma bola de boliche. Ali as casas eram menores e mais baixas, as lojas de suvenires e os hotéis, maiores e mais espalhafatosos. Havia aluguel de bicicletas, um restaurante chinês, bancos *drive-through* e um barraca com o nome "Frutos do Mar e Loja de Iscas Dele & Dela". Bastian estava certo quanto ao tempo. Embora as faixas de grama ainda estivessem pontilhadas com montículos de neve, nas ruas, jardins e estacionamentos ela já tinha derretido. O pescoço de uma girafa de fibra de vidro num miniparque de diversões e as orelhas de um elefante africano reluziam onde o sol incidia. As palmeiras do parque estavam com as copas embrulhadas para a temporada de fechamento. Depois de mais um quilômetro e meio a rua atravessou mais uma faixa de juncos e córregos. Chegaram a um trevo. Bastian saiu dele pela esquerda passando por uma loja Family Dollar e entrou à direita junto a uma igreja que parecia ter saído de uma fábrica, com janelas góticas em arco cortadas no revestimento de vinil e uma pequena cúspide de fibra de vidro fixa no teto. Ali as casas eram maiores e ficavam em meio a bosques de altos pinheiros. Bastian entrou numa rua esburacada coberta por uma camada de agulhas de pinheiro vermelho-amarronzadas. As árvores faziam faixas de sombra na rua. À direita, através das árvores e além das casas, Kellas podia ver mais juncos, água, e a linha verde de uma segunda ilha.

— Aquela é a ilha Assateague — disse Bastian. — Do outro lado fica o oceano. E aqui é onde moramos. Sinto muito Astrid não poder recebê-lo pessoalmente.

A casa era cercada por pinheiros de 12 metros, com troncos esguios e copas altas de um verde brilhante. Era uma construção de dois andares, contando os quartos sob o teto como um segundo andar, com paredes de madeira tratada e não pintada e uma varanda que se projetava na frente fechada com tela. Uma extensão de pedra fora adicionada, com uma chaminé. A casa ficava sobre fundações elevadas e uma pequena escada de degraus de madeira levava à porta da frente. O telhado estava listrado de neve, derretendo no sol. Uma velha bicicleta com um guidão enferrujado e pneus com listras brancas estava encostada na parede junto à porta.

Bastian pegou Naomi de Kellas — ela tinha parado de chorar — e eles andaram sobre manchas de neve e a grossa camada de agulhas de pinheiro até a porta. Não estava trancada. Água pingava das árvores e escorria das calhas. Na varanda, Kellas reconheceu as botas pontudas de Astrid, largadas sem cuidado, uma em pé, a outra caída do lado. Ele seguiu Bastian, tirou suas botas quando Bastian removeu as dele na varanda, e se viu sentando à mesa da cozinha, que cheirava a café e torradas de um café da manhã anterior.

— Tenho de trocar e alimentar Naomi — disse Bastian. — Só vou buscar Astrid daqui a algumas horas. Você não tem bagagem nenhuma, certo? Acho que podemos lhe arranjar umas roupas. Você vai dormir no andar de cima. Tome um banho se quiser, ou então faça um café da manhã, o café está ali, a geladeira está cheia.

— Você é muito gentil — disse Kellas. — Vou descansar e tomar banho depois.

Estava quente na casa. Ele pendurou o paletó no encosto de uma cadeira, arregaçou as mangas, e pôs a cafeteira para funcionar. Derreteu manteiga numa frigideira e quebrou dois ovos, com algumas tiras de bacon. Perguntou a Bastian se ele também queria, mas ele disse que já tinha comido. Os dois homens trabalharam sem falar, Kellas fritando e Bastian trocando a fralda de Naomi e usando aparelhos para esterilizar a mamadeira e esquentar leite. Dentro da geladeira Kellas procurara, ao pegar a comida, itens distintivamente de Astrid, mas como poderia saber? Um pacote de bagels com passas? Cebolinhas? Molho Chipotle? A cozinha era arrumada e limpa. Ao longo de uma superfície de cerâmica sob uma janela sem cortina, que dava para os fundos onde havia um barracão de madeira e uma pereira, havia objetos recolhidos na praia, conchas, um esférico e pontilhado ouriço-do-mar, a carapaça verde de um caranguejo e o longo e delicado crânio de um pássaro. Havia informação na porta da geladeira; um pedaço de papel com "Ligar para o médico" escrito, preso com um ímã na forma de um salmão saltando, uma tabela de áreas e horários de caça, e uma fotografia granulada em preto e branco de uma pedra com letras entalhadas em dois alfabetos diferentes; o de cima parecia grego.

    Kellas pôs seu prato na mesa e começou a comer. Bastian estava alimentando Naomi com uma mamadeira e Kellas a observou, tentando encontrar Astrid na cabeça rechonchuda e nos olhos. Os sons na cozinha eram os goles de Naomi, Bastian murmurando palavras carinhosas, os talheres de Kellas no prato e o ruído do exaustor que ele ligara sobre o fogão. Sentia-se mais traído por não ter tido um encontro imediato com Astrid, mais indignado por não haver indícios da vida dela na casa, do que se sentia ansioso quanto a Naomi ou Bastian, mesmo não tendo esperado encontrar nenhum dos dois ali. Havia uma doçura na virilidade de Bastian. Se chegasse a isso, Kellas não conseguia imaginá-lo lutando por Astrid. Naomi era mais complicada. Das duas interpretações de Astrid indo grávida para o Afeganistão, a temerária e a desafiadora, Kellas gostava de ambas. Ficou comovido com a ideia de ter dormido com Astrid enquanto Naomi crescia dentro dela. Ele não a queria fatigada pelo cuidado materno ou presa a um berço, mas a criança dava a ele mais tempo, deveria diminuir a velocidade de Astrid o bastante para que pudesse andar ao lado dela por mais tempo. A oferta implícita de ser um pai adotivo estava aberta e ele com certeza podia agir tão docemente quanto o homem grande e velho do outro lado da mesa da cozinha, que estava enfiando o nariz no rosto risonho de Naomi e repetidamente entre as palmas que eram as duas estrelas rosadas das mãos dela.

Havia, no entanto, a questão do dinheiro.

— O que diz a inscrição na foto na geladeira? — Kellas perguntou.

— É um tablete do segundo século antes de Cristo. Um decreto do rei Ashoka, entalhado em grego e aramaico. Foi encontrado em Kandahar e ficou no museu arqueológico de Cabul até a guerra civil no Afeganistão nos anos 1990. Aí desapareceu.

— Foi Astrid que pendurou a foto?

— Fui eu. Antes que fosse para lá, pedi a ela para ver se descobria alguma coisa sobre onde tinha ido parar. Eu deixei aí, esperando que ela escreva alguma coisa, porque embora não tenha conseguido resolver o assunto, fez algumas entrevistas. Você sabe como é. Gente que não é repórter sempre acha que tem alguma ideia que dará um ótimo artigo. Você lê grego?

— Não — disse Kellas. — Não sabia que havia gente falando grego em Kandahar 2 mil anos atrás.

— Ah, sim. Depois de Alexandre, o Grande. Havia grandes povoações gregas no Afeganistão. Foi onde Aristóteles encontrou Buda. Não literalmente, quero dizer onde a filosofia grega se encontrou com o budismo. A inscrição é sobre isso. Foram os gregos que primeiro deram ao Buda um rosto e um corpo, sua imagem corporal. Todas as estátuas do Buda vêm dos gregos do Afeganistão e da Índia. — Bastian deu sua risada curta. — Estou reconhecendo a expressão em seu rosto. Você está pensando que o tempo está indo na direção errada, não? Que a antiga Kandahar tinha Platão e o Dharma, e a moderna Kandahar tem Jeová às voltas com Alá, o Velho Testamento versus o Califado. Você quer brincar, docinho? Quer ir pescar com Bastian? — Bastian, que estava segurando Naomi em seu joelho, ergueu-a no ar e teve com ela uma breve discussão sobre marés e iscas. — Quando me mudei da Califórnia para o leste, era sobre isso que eu ia escrever. Fiquei fascinado com a noção, sobre a qual não existe nada a não ser provas circunstanciais, de que Jesus e seus discípulos eram budistas embora não se denominassem assim, que um budista grego de algum lugar entre Cabul e Peshawar fez a jornada até os gregos da Palestina e ensinou ao jovem Jesus a abnegação, a não violência, as virtudes da pobreza, castidade e humildade.

— Um romance?

— Sim.

— E o herói seria esse ancião grego e budista?

— Sim.

Kellas sentiu a vertigem dos milênios e a avidez dos bilhões por revelações de verdades ocultas.

— Poderia ter sido...

— Eu quase o terminei — disse Bastian. — Mas aí o vendi para uma agência do governo. Não verá a luz do dia por muito tempo, se depender deles. O ato de estupidez corporativa que cometeram ao comprá-lo era muito mais embaraçoso que qualquer coisa no texto. — Ele olhou para o chão e acariciou suavemente a cabeça de Naomi. — Gostaria de lhe contar o que aconteceu. Posso ver que você está curioso. É um ato de expiação contar.

— Vá em frente — disse Kellas.

— Minha vida teria sido diferente se eu fosse inglês ou francês — disse Bastian —, para quem Londres e Paris são o centro de tudo. Mas comecei a sentir, depois de ter-me mudado para

Nova York, que estava tentando me manter firme numa encosta acentuada que tinha Washington na base. — O que movia Bastian era a noção de serviço, não a de ser um servidor, mas a de estar na *polis* onde quem servia estava. Era um livre-pensador. — Sem querer me gabar — disse a Kellas —, mas eu estava num plano diferente dos hippies e da multidão contra a guerra, os radicais contra o governo, os terroristas amadores. — Ser contra o governo, como Bastian via, era ser definido por aquilo a que se opunha. Bastian estava atraído pela noção de uma cidade de governo eterno que existia um pouco além da Washington dos ciclos eleitorais de quatro anos e das batalhas com tambores e pratos por dinheiro, guerra e raça. Na época, envergonhava-se das visões que lhe assomavam subitamente em suas caminhadas no Village, de homens com camisas brancas e gravatas pretas, reunidos sobre a grama verde em meio a prédios brancos lendo pilhas de cifras datilografadas em papel branco impecável, não para servir a uma causa ou partido, mas pela virtude do próprio serviço; que os rituais eram agradáveis, honrados, e bons. Ficava com vergonha; sua namorada era uma ativista feminista, seus amigos, músicos de calças de couro, guerreiros do campus e lutadores pelos direitos civis. Foi para se precaver das tentações dos escritórios, camisas e gravatas que ele tinha posto a lágrima permanente em seu rosto. Ficava com vergonha, até concluir que a sua Washington conceitual era mais subversiva que a de seus amigos. Eles queriam mudá-la; ele apenas antecipava sua final desaparição em outra era. A Washington que o atraía era a Washington como poderia ser vista daqui a milhares de anos, misteriosa, codificada, em trajes singulares como a antiga China imperial era vista agora, remota o bastante para suas especificidades ficarem invisíveis e a beleza dos padrões que se repetiam emergir. Suas realizações, virtudes e crueldades, tanto quanto chegassem a ser lembradas, não iriam impressionar ou horrorizar, apenas divertir. Com isso na cabeça, em 1975, Bastian mudou-se para Washington DC.

Foi difícil conseguir um serviço com a tatuagem, mas a sua experiência e alguns contos publicados eventualmente lhe deram um cargo como professor itinerante de escrita criativa nos bairros mais pobres da cidade. Ele conheceu Jack Walsh através de uma instituição de caridade que trabalhava com os sem-teto. O pai de Astrid era do conselho. Ele convidou Bastian para jantar na casa dos Walsh em McLean, um subúrbio no oeste de Washington, já do outro lado da fronteira, na Virgínia. Kellas calculou que Astrid teria então 8 anos, e Bastian, 33. Kellas perdeu a concentração por algumas frases. Homens e mulheres sentados a uma mesa, cabelos se encaracolando sobre as orelhas dos homens, gravatas grandes e colares grandes. Muita sombra nos olhos. Uma criança séria aparece na porta para dizer boa noite. Todos os rostos se voltam. Um homem com uma lágrima tatuada no rosto. Ela se lembra dele.

— Eu sabia que o principal empregador em McLean era a CIA. O portão de entrada ficava logo ali, do outro lado da estrada, na floresta. Então me perguntei se algum dos estudantes seria da agência, ou casado com alguém de lá. — Kellas franziu o cenho, desculpou-se, e pediu a Bastian para retomar o que tinha dito. Bastian repetiu o que acabara de dizer; dera-se bem com os Walsh e seu círculo em McLean, que era bem de classe média então, mas não um lugar tão disputado como agora. A tatuagem, nesse caso, era exatamente o que queriam: um emblema de boemia em alguém que não era perigoso, drogado ou inclinado a jogar a Sociedade na cara deles. Não queriam abraçar a contracultura, mas queriam apertar sua mão, poder dizer que a tinham como uma conhecida. Um homem branco com uma tatuagem era um compromisso menor do que tornar-se conhecido de algum negro. A consequência foi que Bastian conseguiu um trabalho dando aulas de escrita criativa em

McLean, junto com outros dando aulas de conversação em francês e cestaria, para cidadãos entediados e confinados.

Havia cerca de 25 alunos assíduos, a maioria mulheres. Na primeira aula, Bastian leu trechos de sua própria obra em progresso, sobre o budista grego de Kandahar que viajou para a Palestina antiga, e encorajou os alunos a criticá-la. Nas semanas seguintes houve um rodízio. A cada semana, um par de estudantes lia seus esforços, falava sobre os escritos do outro, e respondia a questões e comentários dos restantes. No fim da nona aula, um dos alunos demorou-se um pouco para falar com Bastian enquanto ele arrumava suas coisas. O nome dele era Crowpucker. Era mais jovem que Bastian, acabara de fazer 30 anos, pálido, com bochechas rechonchudas. Crowpucker disse a Bastian que na semana seguinte seria a sua vez de ler e ser lido, e que ele teria, para seu pesar, de abandonar as aulas, pois a natureza de seu trabalho para o governo tornava impossível o material envolvido ser tornado público.

"Posso imaginar o tipo de trabalho que você faz", disse Bastian a Crowpucker. "Mas não tem nada a ver com o que estamos fazendo aqui. Você está lidando, suponho, com informações secretas do governo em suas horas de trabalho. Aqui, trata-se de escrever ficção e poesia em seu tempo livre. Você pode manter essas coisas separadas. Ninguém, e muito menos eu, quer que você venha ler material sigiloso."

Crowpucker sorriu, balançou a cabeça, mudou a posição dos pés e olhou em volta.

"Escute" disse "você gostaria de conversar sobre isso tomando uma cerveja?"

Foram a um restaurante chinês e conversaram por várias horas. Crowpucker disse que não queria ser romancista, roteirista ou poeta; o que o movia era um interesse pela imaginação. Retomou o que Bastian tinha dito: "Posso imaginar o tipo de trabalho que você faz." Talvez Bastian pudesse. Havia técnicas que uma agência do governo estava interessada em examinar. Crowpucker e um grupo de jovens administradores que pensavam parecido tinham apoio para encontrar especialistas nessas técnicas. Não era uma questão de inventar coisas. Não haveria fabricação de fatos. Era mais o espaço entre os fatos, a montagem dos fatos numa forma reconhecível, e a direção que essa forma apontava que gerava interesse. Era um assunto, em última instância, de segurança nacional. Informações importantes demais estavam sendo desperdiçadas por serem passadas a pessoas com o poder de usá-las de uma maneira que era informe, desordenada, confusa. Ou burra! A burrice também podia ser de interesse nacional.

— Alguns meses depois, eu aceitei — Bastian disse a Kellas. — Pode parecer estranho, mas eu não estava pensando em espiões e na Guerra Fria. Estava pensando numa grandiosa burocracia hermética, uma cidade secreta de servidores com camisas brancas cuidando de algo eterno e arcano. Parecia que eu ia ser um visitante no claustro de uma ordem secreta. Quando cheguei vi bebedouros e carpetes horríveis e ouvi brigas sobre quem tinha reservado qual sala de reuniões, mas a essa altura eu já estava curioso para ver quem ia se beneficiar de meus 250 dólares por semana. Fiquei surpreso por ter passado pela avaliação de segurança tão facilmente. O fato é que o meu nível de acesso era muito baixo. O mesmo dos faxineiros que passavam aspirador de pó nos escritórios de baixa segurança à noite. Eu tinha a ficha limpa. Não tinha fugido do recrutamento porque nunca tinham me chamado. Fiquei surpreso com a palavra "Programa" no contrato. Parecia hiperpomposo. Mas lá estava eu uma bela manhã, indo de carro para a Virgínia, passando pelas guaritas, e me sentando com os alunos do primeiro Programa de Escrita Criativa da CIA.

Havia apenas oito alunos, todos homens. Como Crowpucker, eram jovens, com as mãos macias e os rostos pálidos de quem fica em escritórios. As expressões estavam radiantes de otimismo.

— E não quero dizer "esperança" — Bastian disse a Kellas. — "Esperança" implica reconhecer que há uma possibilidade de as coisas darem certo, e uma de que não deem. Aqueles caras tinham a expectativa de triunfar. Era algo garantido. Nunca consegui descobrir se o triunfo ia ser deles, da agência, dos Estados Unidos ou da humanidade. Não tenho certeza se eles viam alguma diferença. — Eles se apresentaram e Bastian delineou como as aulas aconteceriam.

"Professor" um deles disse, "o senhor acha que é sempre verdade que a História é escrita pelos vencedores? Em vez disso, não poderiam ser os perdedores a escreverem a História, se eles a escrevessem muito, muito bem?"

Antes que Bastian pudesse responder, os alunos começaram a discutir entre si.

— Continuaram por um bom tempo — Bastian contou a Kellas. — Fiquei lá ouvindo. Quando eles se acalmaram, eu sabia que era o homem errado no lugar errado, e que não ia voltar. O que eles estavam discutindo eram eventos que ainda não tinham acontecido, como se fosse certeza que aconteceriam, como se já tivessem acontecido. Fiquei ouvindo frases como "Quando a União Soviética invadir o Irã", "Quando os comunistas tomarem o poder na Itália", "Quando Moscou avançar sobre a Islândia", "Quando começarmos a dar armas aos muçulmanos da Ásia Central". Se eu fosse mais paranoico, se esses homens fossem mais velhos, poderia ter pensado que eles sabiam do que estavam falando. Que sabiam que esses eventos iam acontecer, que poderiam, quem sabe, até provocá-los. Era a CIA. Mas não aqueles caras. Riam demais. Era a coisa mais estranha: eram sérios e nada sérios ao mesmo tempo. Eram sinceros quando falavam sobre o que iria acontecer no futuro; acreditavam honestamente que esses países e povos reais iriam vivenciar esses eventos. Mas não havia gente nesses povos. Os países de que eles falavam eram formas no mapa, com certas qualidades numéricas. Era um mundo simples de dissidentes, conformistas e massas.

Quando teve chance de falar, Bastian disse que talvez tivesse havido um engano. Crowpucker pediu desculpas e rememorou o encontro no restaurante chinês. O objetivo ali, disse, era aprender a utilizar a imaginação de um escritor a serviço da inteligência.

Bastian disse que era verdade que a imaginação podia ser aplicada para adivinhar o que indivíduos poderiam estar pensando, como eles poderiam ser, e como poderiam agir. Mas funcionava melhor quando o indivíduo era um personagem ficcional composto, baseado na experiência de outras pessoas, reais. Não podia ser aplicado a nações ou povos, exceto na literatura fantástica, ou de má qualidade.

Os alunos pareceram desapontados. Tomaram notas. Bastian achou que afinal não teria de se demitir; eles o demitiriam e ficariam entrevistando professores até encontrarem um que ensinasse a eles exatamente o que já tinham decidido que iam aprender.

Crowpucker queria discutir. Com certeza, disse, há três tipos de imaginação: inventar algo ou alguém que não existia de forma alguma; imaginar como pessoas reais agiriam no futuro; e o terceiro tipo, em que você imaginava o que você ou sua organização, ou seu país, podiam ser capazes de fazer, e então faziam. Não era o ideal quando se conseguia combinar tudo, imaginação e ação? Como os fundadores da pátria. Imaginaram um país inexistente, os Estados Unidos democrático, imaginaram como os colonos ingleses e americanos iriam lidar com a ideia, e imaginaram um curso de ação que podiam pôr em prática e tornar a fantasia real.

Bastian disse que Crowpucker estava confundindo filosofia e planejamento prático com literatura. Romances e peças não existiam para mostrar às pessoas o que deviam ser, ou prever o que iriam fazer. Mostram como são os seres humanos.

"Isso é um problema com que a literatura tem de lidar", disse Crowpucker. "A falta de um quadro moral. A falta de modelos para a ação heróica e patriótica. Posso lhe dar exemplos do que devia ser. Tolstoi é um. E você. Seu livro." Crowpucker insistiu que Bastian admitisse que seu romance sobre o Jesus budista era mais que entretenimento, um poema lírico, ou uma narrativa de personagens. Era uma espécie de sermão, não era? Uma lição? Um modelo de como os seres humanos deviam se comportar? Não um modelo que ele, Crowpucker, achasse interessante, mas ele admirava a intenção.

— Ele era esperto — Bastian disse a Kellas. — Todos eles eram espertos, tinham lido bastante. Ele me pegou. Nenhum escritor gosta de ser acusado de ter escrito um sermão...

— Não — disse Kellas.

— ...mas eu não podia negar que havia verdade no que ele dissera. Eu estava trabalhando naquele livro fazia muito tempo, e ainda não tinha sepultado o pensamento que o provocara, quando eu estava enfiado nas montanhas: eu realmente queria que Jesus tivesse sido um judeu budista. E mesmo que ele não tivesse sido, que deveria ter sido, e poderia fazer que fosse assim e puxar os fiéis na minha direção. — Bastian teve dificuldades em achar uma resposta. Já percebera que Crowpucker estava segurando um maço de páginas datilografadas em espaço duplo, e perguntou se ele tinha trazido o trabalho que não pudera ler na aula em McLean, e se não queria lê-lo agora, para dar a Bastian e aos outros uma ideia melhor do que queria dizer.

Crowpucker leu seu trabalho em voz alta e com prazer. Explicou antes que o assunto de seu relato era um país real, e tudo era baseado em informações reais, cruas, mas que, por causa de Bastian, iria se referir ao país como "A". A história, ou o relatório, como Crowpucker o chamava, descrevia a vida de um menino, Abdullah, que morava na cidade "C" do país "A", cujo pai era um bem-sucedido exportador de tapetes, um muçulmano devoto, e membro de um grupo de homens de negócio que estava tentando persuadir o rei a abdicar em favor de um parlamento eleito. O menino amava o pai e tinha muita esperança quanto ao futuro de seu país. Então, um dia, com ajuda de dinheiro e armas de Moscou, da gentalha do bazar e de um bando de intelectuais liberais equivocados, os comunistas deram um golpe e tomaram o poder. Os pais do menino foram presos, o negócio de tapetes foi coletivizado e a mesquita ficou sob a supervisão estrita de ateus. Em vez de aulas corânicas, o menino foi forçado a se submeter à doutrinação marxista. Os anos se passaram; a repressão se intensificou, os pais do menino foram executados, e as tentativas de democracia e livre empreendimento, esmagadas. O Islã era tratado como uma superstição vulgar. Aos 16 anos, o menino fugiu da cidade "C" e se juntou a um bando de combatentes rebeldes nas montanhas. Em minoria e mal armados, lutavam pela liberdade. A luta deles pendia na balança. Moscou ajudava os comunistas, mas quem os estava ajudando? Em suas cavernas e montanhas, sonhavam com um país poderoso do outro lado do mundo. Por que os Estados Unidos não os ajudavam? Lutavam, com seus fuzis roubados, pela liberdade, democracia, capitalismo e Deus. Onde estavam os Estados Unidos? A história terminava com o jovem Abdullah cercado por comunistas, ficando sem munição e morrendo com a palavra "liberdade" nos lábios.

Com o aplauso a aula chegou ao fim. A aula seguinte seria dali a uma semana e Bastian estava pensando qual seria a melhor maneira de faltar a ela, quando, alguns dias depois, foi visitado em casa por três homens de terno e gravata com aparência séria. Disseram que trabalhavam para o governo e que gostariam de conversar. Sentaram-se na sala de Bastian, não aceitaram café. Eram frios e ríspidos. Mais tarde, ocorreu a Bastian que estavam tentando atemorizá-lo.

Apresentaram-se como Jim, Steve e Don.

"Você sabe o que é supervisão do congresso, Bastian?" Jim perguntou. Pegou uma cópia do contrato de Bastian com a CIA em seu bolso e o mostrou. "Este é o seu nome, e a sua assinatura, certo? Você tem alguma ideia da merda que vai para o ventilador quando se descobre que a CIA está mantendo um programa secreto sem a autorização do Congresso?"

" Um programa de escrita criativa", disse Bastian.

"Cale a boca, sim?", disse Jim. A conversa demorou várias horas, e voltou a ocorrer por mais muitas horas nos meses que se seguiram. As aulas foram encerradas. Por indicações e comentários Bastian deduziu que Crowpucker e os outros sete escritores estavam agindo além de sua autoridade, competência, ou dever; que eram todos analistas juniores de inteligência. Foram suspensos. Com o tempo Bastian percebeu que não estava encrencado, e que a postura severa de seus interrogadores não era para torná-lo uma testemunha maleável, mas para intimidá-lo a assinar várias cláusulas de renúncia e confidencialidade.

— Estavam com medo — Bastian disse a Kellas. — Desprezavam Crowpucker e seus amigos, acho, mas estavam menos interessados em puni-los do que... você conhece a rotina. O encobrimento. Foi naquele interlúdio de contrição administrativa, depois do Vietnã e Watergate, mas antes de Reagan. O olho do escrutínio abriu-se brevemente. Eles queriam pegar tudo o que havia sido dito nas duas horas daquela aula e enterrar como se nunca tivesse acontecido. Incluindo o romance.

— Eles queriam comprar o seu livro?

— Queriam ficar com ele. Tive de fazê-los pagar. No fim, acabaram pagando. Pagaram bem e eu assinei tudo o que eles quiseram que eu assinasse. Não creio que poderiam ter me forçado se eu recusasse. Consultei um advogado. Poderia tê-los desconsiderado. Mas fiquei com o dinheiro porque já perdera o interesse pelo livro. Não acreditava nele. Queria que desaparecesse. Queria pegar as palavras e transformá-las no que quer que eram antes de serem palavras. Daquela única maneira, Crowpucker estava certo. Eu não estava escrevendo para entreter. Estava tentando obter seguidores. Pensei: devo escrever palavras para obter seguidores se eu mesmo não vivo de acordo com elas?

— O que aconteceu com Crowpucker e o resto? — Kellas perguntou.

Bastian assentiu lentamente.

— Isso foi há 25 anos — disse. — Começaram muito cedo e a CIA era o ambiente errado para eles. Havia realidade demais lá. Estão com uns 50 anos agora, em sua melhor forma. Ainda estão por aí e, pelo que posso ver, muito requisitados. Conseguem um monte de patrocinadores. Nos últimos meses, volta e meia vejo o nome deles nas páginas dos artigos de opinião dos jornais. Continuam escrevendo suas histórias.

Bastian levou Kellas a um quarto no andar de cima sob o telhado, com um banheiro anexo. Deu-lhe uma toalha e o deixou. O quarto estava quente e cheio da luz do sol da manhã. O chão e o teto inclinado eram de madeira envernizada, que rangia quando Kellas andava. Kellas tirou os sapatos e as roupas e removeu o curativo. Uma fina, frágil casca se formara sobre o corte. Tomou banho e se enxugou. A casca se manteve. Tirou um pequeno pacote do bolso de seu paletó, deitou no lençol, puxou a colcha sobre o corpo e fechou os olhos. Começou a contar as horas de sono que tivera desde que saíra da casa de Cunnery. Assim que começou a contar, adormeceu.

11

Kellas acordou e abriu os olhos. Astrid estava sentada na cama, olhando para ele.

— Oi — disse ela.

— Oi — disse Kellas. Havia mais sangue e aspereza nela do que ele se lembrava. — É estranho vê-la de novo.

— É mais estranho para mim — disse Astrid. — O que você está fazendo aqui? — A voz dela não estava cálida como Kellas queria. Estava sentada bem na borda da cama, com suas pernas cruzadas na direção oposta a ele, as mãos juntas no colo, os ombros virados levemente para que ela pudesse ver a cabeça dele no travesseiro.

— Você me mandou um e-mail — disse Kellas.

— Essa... Não! — disse Astrid, cerrando os dentes e marcando cada palavra com um cutucão firme do dedo médio na coxa de Kellas sob a colcha. — Você sabia que era falso. Aquele vírus mandou o mesmo e-mail para todo mundo em minha lista de endereços, e eles não estão aqui. Você não recebeu a mensagem que mandei avisando todo mundo, como se não fosse óbvio?

— Eu não chequei meus e-mails depois da primeira mensagem — disse Kellas. Ele se sentou e estendeu a mão na direção de Astrid. Ela a olhou e manteve as dela cruzadas, depois balançou a cabeça e curvou os ombros.

— O que você achou que ia acontecer? — disse. — Eu não retornei suas ligações, suas cartas, seus e-mails. Você pensou "Ela está louca por mim, por isso nunca responde"? Foi essa a sua lógica? — Kellas começou a falar sobre pensar que coisas vão acontecer, e o quanto era insensato, quando Astrid o interrompeu. — Você não pode ficar. Você não deve ficar e não devia estar aqui. Você estava fora de si por achar que eu queria que você viesse, independente do que dissesse um e-mail idiota. Não me olhe assim. Não é justo.

— Eu estava fora de mim. Mas agora estou aqui.

— Bastian disse que o encontrou na neve usando apenas um terno e uma camisa, sem nem mesmo uma mala. — Astrid riu. Parou imediatamente, e ficou séria e preocupada, e no entanto durante os dois segundos de sua risada, o ânimo de Kellas melhorou. Percebeu que dormira com algo em seu punho fechado, e lembrou o que era. Entregou a Astrid.

— Tome — disse. — Eu nunca lhe devolvi aquelas pilhas.

Astrid olhou sua mão ao fechá-la em volta das pilhas e disse:

— Por que você está fazendo isso?

— Há coisas sobre as quais preciso falar com você — disse Kellas.

— Não há necessidade aqui — disse Astrid, levantando-se. — Não há necessidade entre nós. Fizemos o que tínhamos a fazer e cada um foi para o seu lado. Não tente estabelecer uma ligação fajuta porque dormimos juntos uma vez, porque você sente o que quer que acha que sente por mim, ou por causa de qualquer outra coisa.

— Andei pensando sobre o que aconteceu em Bagram.

— Você é muito pretensioso. Quer roubar a tragédia de outros porque seus próprios erros não são grandiosos o bastante para serem tragédias. — Ela deu de ombros. — Você achou que íamos nos abraçar, chorar e liberar nossas emoções reprimidas? Eu não reprimo e não liberto. O que faço é lembrar. Se você acha que ajudou a fazer com que aqueles homens fossem mortos, bem, voce provavelmente ajudou. Eu provavelmente ajudei. Não vou deixar você usar isso como uma razão para ficar na minha casa quando não devia estar aqui.

— É a sua casa? Ou de Bastian?

— Não é da sua conta. Aqueles homens eram motoristas do Talibã, sabe? — Ela abriu a porta. — Tenho que limpar um cervo. — Foi embora e ele a ouviu descendo.

Kellas saiu da cama. Um dos ocupantes da casa tinha posto roupas limpas numa cadeira com assento de palha no canto; uma calça jeans, uma camiseta amarela e um suéter grosso cor de aveia. Em cima, havia um saco de plástico transparente contendo uma escova de dentes, pasta de dentes, um barbeador descartável e um tubo de creme de barbear. As roupas de Kellas estavam onde ele as tinha deixado, uma antiga cômoda feita com lâminas de pinho de três centímetros de espessura. Ao lado das suas roupas havia uma ave de madeira que caçadores usam para atrair outras, entalhada e pintada imitando um marreco nadando. Junto à cama havia uma mesa com um abajur e dois livros. Havia uma fotografia na parede sobre a cama. Kellas supôs que devia ter sido tirada no fim da década de 1960. Era uma foto a cores superexposta numa moldura preta simples de metal. No fundo, num gramado perto de uma árvore frutífera, estava uma mulher bonita em calças de verão largas e uma blusa branca de mangas curtas, inclinando a cabeça para um lado e um pouco ofuscada com a luz, sorrindo e enfiando o começo da mão direita no bolso de um jeito constrangido, enquanto a esquerda ficava desajeitadamente solta. Parecia-se com Astrid; seu queixo era mais largo. A meio caminho entre a mulher e a câmera estava uma menina descalça de rabo de cavalo, uma camiseta de poliéster malva com estampa florida e calças escuras. Kellas reconheceu Astrid na menina. Sua imagem estava ligeiramente borrada porque estava se movendo. Parecia estar correndo em direção à câmera, enquanto seu braço se estendia para trás, a mão apontando para a mulher que devia ser sua mãe. Havia uma ambiguidade no movimento implícito na imagem. Parecia que, imediatamente antes de o fotógrafo apertar o botão, Astrid soltara a mão de sua mãe e correra para o fotógrafo, deixando os três isolados. Mas mesmo Astrid tendo se desprendido da mãe, deixou a mão estendida para trás, num gesto de empatia e convite. Era como se ela tivesse relutado em ficar parada com sua mãe, mas gostaria de correr com ela. Não vou ficar com você, mas vou me mover com você, se vier comigo.

Kellas foi até a janela, que se projetava para fora do telhado. Dava para o jardim nos fundos. Podia ver a barriga pálida de um cervo sem cabeça pendurado pelas patas dianteiras numa armação de metal. Ao lado da armação Astrid instalara uma mesa dobrável. Nela havia uma serra, um cutelo, uma faca de açougueiro, um rolo de papel-toalha de cozinha; uma pequena bacia com água quente de onde saía vapor, e a cabeça do cervo numa travessa. Não era um animal grande. Havia uma tina maior debaixo da carcaça. Astrid, usando um avental branco manchado e segurando uma faquinha entre os dentes, estava mexendo com um tubo num orifício ensanguentado que cortara em volta do ânus do cervo. Estava dando um nó.

Kellas tomou um banho rápido, fez a barba, escovou os dentes e vestiu as roupas emprestadas. Pôs suas próprias meias usadas e, após hesitar, colocou a calça jeans sem nada por baixo, lavou sua cueca na pia, torceu-a e pendurou-a no suporte da cortina do chuveiro. Desceu as escadas. Havia um cheiro de carne frita e o som de Bastian falando com Naomi enquanto abria e fechava portas e usava utensílios. No corredor, entre Bastian na cozinha e Astrid no jardim, Kellas era supérfluo. Sua única razão para estar ali era perturbar algo que estava funcionando maravilhosamente.

Pôs a cabeça pela porta da cozinha, Bastian olhou do fogão e Kellas perguntou se podia ajudar. Bastian disse que não, e que chegara na hora certa para um almoço tardio ou um jantar mais cedo.

— Se você quiser se juntar a nós — disse.

Kellas disse que gostaria. Bastian ergueu Naomi de sua cadeirinha, entregou-a a Kellas e disse a ele para levá-la para ver a mãe lá fora. Kellas fez o que foi pedido.

Astrid tinha aberto o cervo e o eviscerado. As vísceras do animal reluziam em membranas brancas no balde sob a carcaça. Ela estava na metade do processo de tirar a pele. Kellas observou-a quebrando as pernas delicadas do cervo, cortando entre a pele e o osso nas juntas com a faquinha, e arrancando o couro. Naomi pronunciou uma sílaba e Astrid olhou em volta. Ela cumprimentou Kellas e a filha.

— Oi, meu bem! — disse. Ela pendurou o couro do cervo no canto da armação de metal. Suas mãos e pulsos estavam ensanguentados. Ela se aproximou e esfregou o nariz no de Naomi, mantendo os braços afastados, e então entrou na casa. Os olhos do cervo estavam abertos e tinham ainda um brilho estranho. A língua estava para fora no lado da boca. Astrid colocara a cabeça do animal voltada para a armação, de modo que parecia estar olhando seu próprio corpo, vermelho e esfolado. Seus olhos pareciam fitar o cadáver com a mesma estupidez adorável com que olhara o sol nos traços da neve se derretendo na mata não muito antes.

Kellas ouviu vozes se erguerem dentro da casa. Não conseguiu distinguir as palavras. Ouviu o que pareceu ser Astrid interrompendo Bastian. Bastian saiu da casa, pegou Naomi de Kellas e voltou para dentro. Astrid voltou alguns minutos depois e começou a mexer no balde de entranhas.

— Em geral eu limpo o cervo na mata mesmo — disse. — Menos peso para arrastar e menos chance de danificar a carne. Acontece que o matei perto da estrada, desta vez. Bastian chegou e me deu uma mão. Pensei: posso estar em casa em meia hora, fazer lá. E agora me atrapalhei toda. Deixei cair sangue em todo o couro, devia simplesmente ter deixado pendurado. — Astrid tirou duas massas sangrentas e escuras do balde, cortou-as com a faca, e colocou-as numa tigela. Mexeu nelas com a lâmina, virou-as de lado, levou a tigela até o nariz, e cheirou.

— Esse é o fígado? — Kellas perguntou, chegando mais perto da tigela.

— O fígado e o coração — disse Astrid. — Você verifica se não estão doentes. Se parecer que você pegou um cervo doente, é possível mandar os órgãos para o veterinário do município, e ele lhe dá uma nova licença. O que significa que ele deixa você matar outro. São bons para comer, também.

Kellas ofereceu ajuda e Astrid balançou a cabeça. Ela ia limpar tudo e pendurar o cervo na despensa. Molhou as mãos na água quente e as enxugou.

— Naomi é muito bonita, você não acha?

— Sim, claro.

— Amo muito a minha menina. Ela é tudo o que há agora. Não quero que você a segure. Não o conheço o bastante para deixar que você a conheça. Então, não a pegue de novo.

— Não farei isso — disse Kellas. Sua voz falhou e ele olhou para o chão.

Astrid começou a levar a carcaça do cervo para baixo e Kellas voltou para a cozinha, onde Bastian tinha posto a mesa. Quando Astrid voltou para dentro, Bastian tinha posto Naomi para dormir no quarto dela.

— Você a alimentou? — Astrid perguntou.

— Sim — disse Bastian.

— Vou ver se está tudo bem com ela.

— Não precisa.

Astrid sentou-se. Ela e Bastian conversaram sobre a próxima consulta médica de Naomi e a necessidade de limpar a chaminé. Bastian pôs uma jarra de água na mesa, serviu a comida e pôs as mãos com as palmas para baixo dos dois lados de seu prato. Astrid fez o mesmo e Kellas os imitou. Bastian disse:

— Adam, Astrid e eu, Bastian, declaramos nossa humildade e gratidão por beber e comer bem, e em companhia agradável, na glória cega do mundo, no curto espaço concedido a nós entre o desconhecido antes de nossos começos, e o desconhecido além de nossos fins. Por favor, comam. — Bastian tinha feito bifes de carne de veado com molho de zimbro, do último cervo que Astrid matara.

— De rabo branco, de Assateague — disse Bastian. — Só é permitido caçá-lo lá dois dias por ano.

— O sabor é fantástico — disse Kellas. — Comi carne de veado em Londres... que dia é hoje? Terça? ... domingo à noite. Não havia nenhum caçador à mesa, imagino, suponho que a carne tenha vindo do Waitrose. É um supermercado chique, na Inglaterra.

— Domingo à noite — disse Bastian. — Então, você partiu quando?

— Ontem de manhã. Algumas horas depois que recebi o que pensei ser um e-mail de Astrid. — Kellas baixou os olhos para a comida em seu prato. As palavras estavam menos pegajosas hoje. Gostava de Bastian e a calma de sua ruminação encorajava a noção de que as histórias contadas para ele eram mantidas em segurança e usadas com sabedoria. — Foi uma noite péssima. Perdi o controle.

— Às vezes, quando as pessoas dizem isso, querem dizer que perderam o controle, e às vezes querem dizer que decidiram desligar o controle.

— Eu perdi mesmo — disse Kellas. — Vi meu melhor amigo traindo a mulher bem na minha frente, sem ela perceber. Uma ex-namorada estava me insultando. Um dos convidados era um fotógrafo sociopata, misógino e fascista. E o anfitrião era um jornalista de esquerda que idealiza qualquer país que se opõe ao de vocês sem jamais se colocar ou a seus amigos na inconveniência de viver lá. Era coisa demais junta. Quebrei a porcelana e os copos deles, virei a mesa, e joguei um busto de Lenin na janela da frente.

— Sempre achei que a melhor coisa a fazer quando não se gosta de alguém é evitar a sua hospitalidade — disse Bastian.

— Espere — disse Astrid. — Você jogou um busto do Lenin bem na janela da frente desse cara? E aí o que você fez?

— Fugi. Fui para um hotel. Foi onde vi seu e-mail. Bastian está certo. Gostaria de não ter ido. Aceitei o convite de Liam porque gosto da mulher dele, porque meus amigos iam estar lá, porque Liam publicou artigos meus e, imagino, se chegarmos às barricadas e aos tempos difíceis, estaremos do mesmo lado. Ele viveu na Nicarágua sob os sandinistas quando Reagan estava aprontando.

— Então ele de fato viveu num de seus países idealizados — disse Bastian.

Astrid estava olhando para Kellas e sorrindo do mesmo jeito de quando conversaram no gramado fracassado em frente ao prédio em Jabal-Saraj.

— Você simplesmente fugiu de todo o caos que provocou, leu um e-mail e pulou num avião? — ela disse.

— A mensagem veio num momento particular. Sentia-me livre. Sentia-me sem amarras — disse Kellas. Era como ele tinha esperado. Ao contar, o seu caso estava se transformando em história. O maluco do Kellas! Lembra dele? Uma figura, um caso sério. — Tinha recebido a oferta de um adiantamento considerável para meu próximo livro e tinha acabado de me demitir de meu emprego. Voei para Nova York na primeira classe. Quando cheguei lá ontem, descobri que a editora tinha sido comprada por outra e não ia mais publicar meu livro.

Astrid riu.

— Primeira classe! Então, deixe-me ver: você perdeu seus amigos, perdeu seu emprego, está sem dinheiro, e a carta de amor que estava seguindo era falsa? Está indo tudo muito bem para você agora.

Kellas riu com ela. Os olhos dela estavam de novo concentrados nele, com a intensidade que requeria que ele devolvesse sua atenção e se sentisse desejado.

— Desculpe — disse Astrid —, mas eu vou ter de levar esse homem para dar um passeio.

— Você tinha intenção de ficar com Naomi enquanto eu ia ao Axiters — disse Bastian.

— Mudei de intenção.

— Parecia uma boa intenção para mim.

— Você está contando as vezes em que mudei de intenção?

— Você não fez isso por um bom tempo.

— Estou fazendo agora.

— Estou vendo — disse Bastian. — Quando vocês... — ele se interrompeu. — A opção é sua. — Inclinou levemente a cabeça.

— Quando vamos voltar? Não sei.

O curvar da cabeça de Bastian enquanto Astrid declarava suas vontades dividiu Kellas. Já tinha visto antes um homem permitir que uma mulher que ama vá com outro homem. Já estivera nos dois papéis. Nunca notara o gesto em si mesmo, mas com certeza o fizera, involuntariamente, um gesto de deferência ao macho no bando. Estava envergonhado e selvagemente orgulhoso de ser o vitorioso. Os dois, vergonha e orgulho, se aninharam juntos, espelhados em câmaras adjacentes de seu coração.

Astrid veio usando seu anoraque grande demais, o casaco que usava no Afeganistão. Estendeu uma parca do exército para Kellas.

— Tome — disse. — Vamos. Bastian, até mais.

— Cuide-se, querida — disse Bastian, erguendo a voz quando Astrid dirigiu-se à porta. A intensidade com que Bastian pronunciou as palavras comoveu Kellas, como se fosse um manual de instruções que ela devia levar consigo para manter-se viva. Enquanto punha a parca, perguntou a Bastian se queria ajuda para tirar a mesa.

— Não — disse Bastian. — Apenas traga-a de volta em segurança.

Kellas seguiu Astrid na direção da estrada. Ela andava em direção à estrada pela qual Kellas e Bastian tinham chegado de carro naquela manhã. Ele a alcançou e eles andaram sem falar por um minuto. Seus passos eram amortecidos pelas agulhas de pinheiros. Eram 16 horas e o sol já estava baixo no oeste. Os últimos traços da neve tinham desaparecido e o ar estava mais ameno. Cheirava a terra úmida.

Kellas perguntou sobre a ação de graças de Bastian antes da refeição. Astrid olhou para ele e sorriu, e então recitou as mesmas palavras. Explicou que Bastian não acreditava em Deus, mas acreditava que as falhas e limites do homem requeriam que este tivesse alguma maneira de preencher as necessidades usualmente supridas pela religião. Eram esperança, gratidão, humildade, comedimento, confissão e expiação. Ele encontrou uma maneira para si mesmo, que se manifestava em suas graças, conversa e conselhos.

— O que ele quer dizer com "glória cega"? — Kellas perguntou.

— A glória cega do mundo... ele quer dizer que nós testemunhamos quão bonito e rico é o mundo, vemos a sua glória, e estamos certos em fazê-lo; mas precisamos entender que o mundo não vê nenhuma glória em nós.

— Ele escreveu isso?

— Ele escreveu um livro quase inteiro uma vez, há muito tempo. Um romance. Mas houve um negócio esquisito em que ele o vendeu...

— Ele me contou.

— E agora ele é contra escrever o que acredita. A crença tem de estar viva, diz, e só pode ser viva e verdadeira quando não está escrita, quando nem mesmo existe como um conjunto de palavras. Ele acha que quando se escreve um credo é que a coisa dá errado. Torna-se fixo e perigoso. Cada palavra é como um prego prendendo uma coisa viva a um lugar fixo.

— É uma doutrina secreta.

— De forma alguma. Bastian não gosta de segredos. Dirá a você em que ele acredita. Mas dirá que descrever a crença não é a crença. Ele a descreverá de uma maneira diferente cada vez. Superposta, mas diferente. E você terá uma boa ideia, mesmo não sendo a própria coisa em si. Dirá a você que o ideal é que seja impossível distinguir o que ele faz daquilo em que ele acredita.

— Você parece uma discípula dele.

Astrid riu e deu o braço a ele.

— Não sou discípula dele e ele não está tentando converter gente ou recrutar seguidores. É um homem sábio tentando viver uma vida boa.

— Você dormiu com ele?

— Sim, há muito tempo. Eu devia ter por volta de 23 anos, acho, e ele estava em seus 40. Mas nunca mais depois dessas poucas vezes.

— Estou com ciúme.

— Ah, porque agora eu estou muito velha!

Chegaram à igreja e Astrid conduziu Kellas através do estacionamento de uma loja Family Dollar, entrando na rua que levava de volta ao centro da cidade. Ele podia sentir o calor dos braços dela através do anoraque. Eram quase exatamente da mesma altura, os dois com suas botas, ambos com pernas compridas, e andavam com facilidade juntos.

— Lembro dele quando eu era pequena — disse Astrid. — Bastian era um bom amigo do meu pai, era leal a ele, embora passasse muito tempo viajando quando eu estava crescendo. Estava sempre em movimento, pelo mundo todo, e lendo onde quer que fosse. Havia sempre pacotes de livros em movimento, uma fila de pacotes a caminho dele e uma fila de pacotes voltando. E então era eu que viajava. Morei em Nova York por um tempo. Estudei lá. Foi onde reencontrei Bastian. Encontramo-nos para tomar um café e fomos para meu apartamento. Parecia...

— Não quero ouvir mais.

— ...a coisa certa a fazer. É isso, não há mais.

— Vocês deviam fazer um belo casal.

— Não sei se é uma boa ideia ter ciúmes do passado das pessoas.

— Ele ainda está apaixonado por você?

Astrid não respondeu. Chutou uma pinha nos arbustos malcuidados e sem folhas no lado da estrada. Estavam passando pelo pântano. O sol se pondo corria através dos juncos e uma lufada de vento os empurrou como dedos de couro dourado.

— Eu acho que sim — disse Kellas.

Estavam andando dentro de uma sólida linha branca que tinha sido pintada dos dois lados da estrada, dando um metro de espaço para pedestres e bicicletas. Volta e meia um utilitário ou uma picape passava. A maioria tinha janelas escurecidas, tornando seus ocupantes invisíveis. Havia construções adiante, do outro lado dos juncos, mas o trânsito não alterava a impressão de que Astrid e Kellas eram os únicos seres humanos vivos fora de casa ao entardecer.

— Deve ser difícil aqui com um só carro para vocês dois — disse Kellas.

— Eu tenho uma bicicleta — disse Astrid distraída. Olhou para ele. — O que você quer dizer é o que Bastian e eu fazemos quanto a dinheiro? É isso que você estava perguntando, não é? Bastian foi esperto e teve sorte. Herdou dinheiro dos pais e conseguiu dinheiro por seu livro de você-sabe-quem, e aplicou em imóveis. Ele recebe aluguel de algumas propriedades.

— Você ainda escreve artigos?

— Quando é que iria achar tempo? Tenho uma filha.

— Bastian a ajuda.

— Ela toma todo o tempo que tenho, e isso não me incomoda. Nunca quis ter um filho mas, sabe, é maravilhoso. — Astrid falou um pouco distraída; estava olhando alguma coisa ao longe na estrada. — Está vendo aquela construção? É um hotel. Aquela construção de dois andares na beira do riacho. Vamos ficar num quarto?

Atravessaram a estrada e o estacionamento não asfaltado de um restaurante. Nos fundos do terreno havia uma abertura numa cerca baixa de madeira. Entraram por ela e chegaram ao hotel, que ficava sob pinheiros tão altos quanto os que cercavam a casa de Astrid e Bastian. Dois barracões e uma máquina de Coca-cola ficavam na frente, e o estacionamento do hotel estava vazio. Um par de esquilos pretos correu entre as raízes de uma das árvores.

— Peça um quarto no andar de cima — disse Astrid. — Peça um conjugado. — Ela foi na direção de um lance de degraus que subia para o andar de cima na parte de trás da construção, longe da entrada principal.

— Onde você está indo?

Astrid sorriu, e pôs o dedo nos lábios.

— Vejo-o lá em cima. Diga que sou sua namorada.

Kellas debitou 90 dólares em seu cartão para uma noite num conjugado, embora não soubesse o que era.

— Duas pessoas — disse à gerente, uma mulher emaciada, cheia de problemas, com um pé enfaixado. — Minha namorada vai vir depois.

— Vocês têm o lugar inteiro para vocês — disse ela. — Tenho caçadores de pato chegando amanhã, mas isso é tudo até o fim de semana. Se precisarem de alguma coisa, estarei em casa. É a casa do outro lado do estacionamento. Tenham uma boa noite.

O hotel ficava em pilares enterrados no pântano. Avançava sobre os juncos, o andar de baixo pouco mais de um metro acima de uma lama negra, quase líquida. Havia uma única fileira de quartos em cada andar, com portas de correr de vidro voltadas para o pântano. Entre as portas e a lama havia um terraço e uma balaustrada, feita de toras de madeira sólidas, compridas, acinzentando-se. Um píer em forma de T ia do hotel até a margem do pequeno riacho, a uns 30 metros de distância. Quando Kellas subia a escadaria aberta no centro do hotel, viu uma fila de gansos canadenses passar nadando pelo píer. O sol se pusera e a lua crescente nascera sobre a estrada. Astrid o esperava numa das pesadas cadeiras de madeira revestidas com uma pintura cor de ferrugem rachada que ficavam na frente de cada quarto. O encosto estava quase na horizontal e ela mordia a ponta de um cordão de seu anoraque, com os pés apoiados na balaustrada. O anoraque estava aberto. Estava usando uma calça jeans, um colete branco e um suéter azul-escuro sob o casaco.

Ela deixou os pés escorregarem para o chão e se virou. Os freios segurando a felicidade de Kellas se soltaram. Astrid inclinou-se para a frente e beijaram-se por um longo tempo.

Ele tirou a chave do quarto do bolso. Estavam em frente a ele.

— Adivinhei certo — disse Astrid.

— Posso apostar. — Kellas estava destrancando e abrindo a porta. — Foi aqui que Naomi foi concebida?

— Talvez.

— Você conhece a gerente daqui?

— É uma cidade pequena. Você conhece todo mundo e todo mundo conhece você. Ela e eu não nos damos bem.

Um conjugado era uma suíte com três cômodos, um com um fogão, uma geladeira uma mesa e um sofá; o banheiro; e o outro era o quarto de dormir. Havia uma TV em cada cômodo. Nas paredes havia gravuras de patos e gansos voando, e a pintura de um farol listrado em vermelho e branco, feita num pedaço de madeira devolvido pelo mar. Kellas pegou a mão de Astrid e tentou levá-la ao quarto, mas ela deixou-se cair no sofá e lá ficou, sorrindo. Kellas balançou a cabeça maravilhado. Havia lugar para ele naquela ilha. Três gerações numa casa grande. Ele seria o inchaço no meio, até que, talvez, a base da pirâmide se ampliasse com os filhos de Kellas e Astrid. Seria duro para Bastian, mas ele o ganharia para seu lado. Lisonjeá-lo — ou melhor, honrá-lo — aceitando-o como professor. E ele seguiria Astrid na caça.

Astrid pôs a mão no bolso, tirou uma nota de 50 dólares e entregou-a a Kellas. Ele não entendeu.

— Tem um posto de gasolina em Maddox — disse ela. — Você volta pela estrada e vira à esquerda, continue no caminho em que viemos. Você vai vê-lo à sua esquerda. Precisamos de alguma bebida alcoólica.

— Você vai junto?

— O pessoal lá é muito idiota.

Kellas olhou para a nota. Estava com ela aberta como um mapa em miniatura. Estava lendo o número "50" repetidamente.

— Com isso você compra cinco garrafas de vinho.

— Cinco?

— Não vamos beber tudo hoje! — disse Astrid, estendendo o pé e chutando-o de leve na canela.

Kellas foi até o posto e comprou cinco garrafas de vinho tinto californiano. A mulher atrás do balcão não parecia uma idiota.

Foi educada e nem perguntou se ele ia dar uma festa. Ele comprou alguns sacos de nachos e potes de pasta e carregou as compras de volta em dois sacos. Queria beber com Astrid, mas o peso das sacolas e o tilintar das garrafas o desanimaram.

Estava escuro. Uma fileira de luzes iluminava o terraço, uma fora de cada quarto, e Kellas pôde ver a luz se derramando pelas portas de vidro do quarto em que estavam. No outro lado do pântano, além das árvores, o facho de um farol varria a superfície polida do mundo. Astrid estava sentada no sofá em que a deixara, assistindo ao Cartoon Network e girando um saca-rolha cromado nas mãos. Havia dois copos de plástico na mesa. Astrid levantou-se, beijou-o na boca, acariciou seu corpo e começou a abrir uma das garrafas enquanto Kellas tirava as outras da sacola e as enfileirava na mesa. Perguntou se ela se incomodaria se ele desligasse a TV e ela fez que não com a cabeça. Ela entregou-lhe um copo cheio de vinho, brindou, disse a ele bem-vindo a Chincoteague, e tomou um gole. Sentaram-se com a garrafa no chão entre os pés dos dois.

— Posso ficar com você?

— De que você iria viver?

— Tenho que ligar para meus ex-editores. Não aceitam gente de volta com facilidade, mas pode ser que me peguem para a guerra. Gastaram muito me treinando.

— A nova guerra.

— É, a nova guerra. O que mais posso fazer? Estou endividado, seriamente endividado. Não sou um grande caçador. Talvez você possa me ensinar.

— Eu caço sozinha.

Kellas passou a mão no ombro de Astrid.

— Quero ver sua pele de novo. Amo sua pele — disse ele.

— Ama!

— Foi um salto e tanto o seu do helicóptero, para uma senhora grávida. Quase dois metros.
— De jeito nenhum! Foi um passeio para a criança.
— Então você foi embora depois.
— Muito depois.
— Quando?
— Junho.
— Naomi nasceu no Afeganistão?
— Acontece todos os dias.
— E agora está feliz em me ver de novo.
— Não me lembro de ter dito isso. — Astrid escondeu seu sorriso atrás do copo. Tinha tirado as botas. Trouxe os joelhos até o peito e pôs os pés no sofá.
— Você lembra daquele dia, quando você pulou?
— Claro. Lembro de nós todos berrando com o cara que não queria deixar nosso carro sair do alojamento enquanto não lhe déssemos 10 dólares.
— Lembro de você aparecendo no alojamento bem quando o helicóptero chegou para aterrissar.
— Lembro de você berrando: "Nós vamos matá-lo"!
— É — Kellas corou e olhou para seu vinho.
— Achei engraçado, você dizer: "Nós vamos matá-lo" e não: "Eu vou matá-lo". Você estava dando uma sentença de morte em nome do grupo inteiro.
— Não acho que ele ficou preocupado — disse Kellas, rindo.
— Não — disse Astrid. Estava rindo também. — Era aquele ferimento à bala cicatrizado na bochecha, onde ele foi atingido bem no rosto e sobreviveu. Foi isso que me fez pensar que ele não estava preocupado com sua ameaça de morte. E então nós demos a ele o dinheiro, entramos no helicóptero e você disse: "Próxima parada, o bar, Hotel Tajikistan.

— Eu estava mesmo berrando? — disse Kellas. — Não gritando? Foi por isso que você foi embora? Eu tendo um dos meus ataques?

— Você vai descobrir — disse Astrid, terminando seu vinho e enchendo de novo os dois copos. — Prefiro ser julgada pelo que faço em vez de pelo que digo que faço.

— Estava feliz em vê-la. Perguntei por você em toda a Cabul e Mazar-i-Sharif. Ninguém sabia onde você estava, até que encontrei uma mulher do Médicos sem Fronteiras no Intercontinental que disse tê-la visto em Bamiyan. Eu estava começando a pensar que você tinha morrido ou ido para casa. Você desapareceu depois que matamos aqueles sujeitos no caminhão.

— Nós não os matamos. Isso é de novo a sua vaidade. — A expressão nos olhos de Astrid era tão intensa, e fez Kellas sentir-se tão pertencente ao mundo, que por um momento ele vivenciou uma sensação de descoberta, como se acabasse de perceber que algo de que ele sempre soube e sempre quis, tivesse, de fato, pertencido a ele o tempo todo, e tudo o que lhe faltava eram as palavras certas para requisitar. — Nós não os matamos — Astrid disse de novo. — Tocamos um dedo na morte, só isso, uma pequena parte. Você escreveu sobre isso para o seu jornal?

— Não.

— Por que não?

— Fiquei envergonhado. Não queria que as pessoas pensassem mal de mim. Além disso, como poderia fazer parecer verdadeiro? Se eu contasse a história toda, não teria lugar num jornal. Teria de ter escrito por que eu me comportei daquele jeito. Teria de ter escrito que estava influenciado pelo amor.

— Não diga isso!

— Por que não?

— Eu sabia que você estava levando isso muito a sério. Sabia que você ia tentar usar o incidente como um elo de sangue entre nós.

— Como posso não levar a sério o fato de que dois homens morreram queimados na minha frente?

— Sei o que aconteceu. Sei que o que fiz foi errado. Carrego isso comigo. Mas é meu fardo, Adam, não *nosso*. O que mais o preocupa não são aqueles dois morrendo. O que mais o preocupa é que aconteceu quando nós dois estávamos lá depois de termos passado a noite juntos, e você supõe que quanto pior for o que tiver acontecido, mais nos terá deixado próximos.

— Não. Não foi assim.

— Sei que você mentiu para mim quando disse que queria transar comigo. Sei que você queria mais de mim. Você queria essa coisa do amor. Todo mundo quer. Todo mundo acha que os outros tem isso, então todo mundo quer ter. Acham que têm direito a isso. Todo mundo quer tanto o amor que, não importa o que conseguir, acaba chamando de amor. É a nova religião. Amor é Deus.

— Você está errada quanto ao caminhão — disse Kellas teimosamente. — Importava para mim.

— O que você fez quanto a isso?

— Fui procurar as famílias dos motoristas.

Teve de repetir para Astrid, que não entendeu a princípio. Quando ele disse pela segunda vez, ela se inclinou e beijou a testa dele. Ela foi abrir outra garrafa de vinho. Kellas levantou e foi ao quarto com seu copo. Ele encostou os travesseiros na cabeceira da cama e sentou-se com as costas neles. Depois de um tempo Astrid chegou com a segunda garrafa e sentou-se ao lado dele. Kellas pôs o braço em volta dela e ela apoiou a cabeça nele enquanto ele contava sobre as semanas que passara no Afeganistão sem ela, depois de Bagram. Ele podia ver os dois refletidos no retângulo verde da TV desligada sobre a cômoda em frente à cama. Enquanto falava, viu Astrid olhando para ele, sem perceber que ele podia ver.

Depois de algum tempo Astrid deslizou do braço de Kellas e sentou-se na beira da cama. Tinham aberto a terceira garrafa de vinho.

— Tire a calça — disse Kellas.

Astrid saiu da cama, abriu o cinto e tirou o jeans. Kellas tirou o dele, e as meias. Astrid riu quando viu que ele não estava usando cueca. Como num filme pornô, ela disse, e sentou-se ao lado dele.

— Eu menti mesmo para você — disse Kellas. — Eu estava apaixonado por você naquela época. Estou apaixonado agora. Foi por isso que vim.

— Quando o conheci no Afeganistão, você falava como se não acreditasse que alguma pessoa pudesse realmente conhecer outra — disse Astrid. — Quando estávamos indo para o hospital italiano, você parecia um homem negando a possibilidade do amor. Dá para entender por que estou surpresa com você surgindo do nada agora, dizendo que me ama. Naquela época você parecia um homem que tinha sido magoado e se decepcionara, e aprendera alguma coisa. Agora você parece um adolescente. O homem parecia alguém em quem eu podia confiar. Não estou certa quanto a esse novo cara.

— Eu estava errado — disse Kellas. — Esquecera que havia outras maneiras de conhecer alguém além de olhar, tocar e ouvir.

— Claro. Você pode simplesmente inventar a pessoa. É isso que você está fazendo agora? Me inventando?

— Claro que não.

— Fazendo de mim uma boa matéria?

— Não!

— Há uma terceira pessoa aqui, Adam — disse Astrid. — Há algum estranho amálgama do que você imagina que eu sou, e o que você imagina está na cama entre nós, e você está interessado demais nessa criatura. Não podemos ser isso. Depois, eu já disse: gosto de estar com você, de várias maneiras, exceto essa. A maneira do amor, o que quer que isso seja. — Astrid puxou os joelhos na direção dela e dobrou os braços em volta do peito. Apertou-se mais junto a Kellas. — Minha mãe era obcecada pela ideia de que não podia ficar próxima o bastante de mim, ou que eu devia ser mais próxima dela. Ela queria ficar sozinha, mas queria ficar sozinha com alguma outra identidade, uma gêmea, uma sombra, um reflexo. Um satélite. Essa era a ideia dela. Ela me disse uma vez que sua alma era muito grande para caber dentro de uma pessoa só. — Kellas riu. — É, era engraçado. Ela era engraçada. Mas era assustadora também. O que queria que nos tornasse mais próximas... às vezes era o amor, e às vezes era a morte. Algumas vezes ela tentou se matar na minha frente. Uma vez engoliu um monte de pílulas quando eu tomava banho e ela estava junto à pia. Noutra, cortou os pulsos na cozinha. Estávamos conversando cada uma de um lado da mesa. Ela picava cenouras e simplesmente olhou para mim e passou a faca sobre o pulso. Era pesada e afiada e seu peso cortou-a sem que ela precisasse apertar muito. Eu tinha 12 anos. Com frequência pensava que o suicídio é um pedido de ajuda. Quando era criança, achava que isso significava uma convocação às crianças para ajudarem suas mães a se matar. Ela sempre queria me envolver em suas atividades. Uma coisa de mãe e filha. Ela acabou confusa, acho. O conceito de morte e amor se misturavam. Ambos pareciam um refúgio, e parecia ser natural que participasse.

— Envolver você nas atividades dela? Como a morte?
— Sei que parece loucura. Eu não queria ir com ela!
— Não.
— Posso me mover na direção de alguma coisa, mas não quero chegar lá. Não quero ficar presa. Parece demais com morrer.
— Tudo bem, Astrid.
— Mas é como eu cresci, entende? Uma família com um membro que estava sempre a ponto de partir, simplesmente a ponto de partir para um lugar aonde não devia ir, e aonde eu não devia

segui-la. Era como viver numa casa com uma porta extra. Há a porta da frente, a porta do quintal, a porta do sótão, a porta que leva à morte. E nenhuma delas nunca estava fechada. — Ela olhou para Kellas. — Jamais quis morrer, Adam. E meu pai também não queria, foi em paz durante o sono; e meu irmão, ele não queria morrer. Mas se você cresce numa casa como aquela, com uma porta extra para a morte, esse é o seu lar. É o que parece familiar.

Eles ficaram em silêncio, ouvindo a respiração um do outro. Kellas a beijou e sussurrou:

— Você acreditaria em mim se eu dissesse que tocá-la o mais gentilmente possível, assim, enquanto olho nos seus olhos, me fez mais feliz do que qualquer outra coisa?

— Talvez. Faça um pouco mais e eu terei certeza.

Uma pequena parte de Kellas se perguntou se não seria melhor não fazer sexo com Astrid agora, quando estavam ambos meio bêbados, no silêncio que se seguiu às memórias dela. Que, se ele se refreasse, provaria alguma coisa. Mas ele queria fazer, e ela também, e eles fizeram. O prazer é parte da evolução. Nenhum prazer humano teria sobrevivido se não prometesse reconforto bem além de sua própria consumação.

12

Por trás da ressaca, quando Kellas acordou, havia um medo do qual por alguns momentos ele manteve distância, sem nomeá-lo. Abriu os olhos e viu o ventilador pendurado no teto. Flutuava lá, um pouco mais escuro que a escuridão, como um asterisco gigante. Pegou um copo de água que estava na prateleira junto à cama. Tomou-o inteiro e se sentiu melhor, mas seu coração continuava batendo contra as costelas, como um homem tendo um ataque numa cela muito pequena para poder se deitar. Astrid não estava ao lado dele. Não estava no quarto. Ele devia levantar e procurá-la, mas não queria. Estava com medo. Ouviu ruídos do outro lado da porta do quarto. Madeira raspando em madeira, e um estalo. Devia ir ver o que era, mas não queria. Relutantemente acendeu o abajur da cabeceira. Contou as garrafas vazias no quarto. Havia três, e outra vazia no cômodo ao lado. Kellas tinha certeza de que não bebera mais que uma e meia. As botas de Astrid ainda estavam no chão. Ela estava por perto.

Ele era como qualquer um, uma presa para os medos que se acumulam em homens e mulheres na madrugada, mas havia uma nitidez, um peso de granito no pensamento que estava se formando agora em sua cabeça. A mente extraía padrões de circunstâncias isoladas, coincidências e suspeitas. O padrão era sólido. Era real. Ele podia piscar, respirar fundo e acender a luz, mas o medo persistia.

Astrid era alcoólatra.

Por mais que tentasse rejeitá-lo, por mais que tentasse se convencer de que a culpa era da escuridão, o padrão insistia em sua realidade. Astrid era uma alcoólatra que estava tentando seriamente, para si mesma e porque era mãe, não ser mais uma alcoólatra. Que morava numa ilha e, como Bastian tentara lhe dizer, se submetera às regras de um supervisor por causa de suas fraquezas. Essas tinham sido as palavras dele. Uma ilha, quando se pensa no caso, com um número limitado de bares e lojas de bebidas, aos quais facilmente se podia ter o acesso impedido, voluntariamente ou de outra forma. Idiotas. Uma ilha sem transporte público, mas onde Astrid não tinha um carro e não guiava. Por que faria isso, a menos que sua carteira de habilitação tivesse sido suspensa?

O medo da recaída do alcoólatra em recuperação. Teria havido recaídas? Que ótima ideia deve ter parecido quando a menstruação de Astrid não veio depois do 11 de setembro e ela descobriu que estava grávida. Cobrir a grande notícia de sua geração para a revista, e ao mesmo tempo proteger seu filho ainda não nascido das tentações de sua mãe, num país muçulmano, onde o álcool é proibido. Um lugar em que, como Astrid lhe dissera, sua aflição não florescia. Voou para Dushanbe e se hospedou no Hotel Tajikistan. Teve uma recaída lá. Era esse o estado dela quando a encontrou em Faizabad, vomitando no despenhadeiro: de ressaca. Claro que havia bebida no Afeganistão, um bêbado contumaz com dólares podia facilmente obter o que precisava, mas Astrid estava lutando contra o vício, e a criança dentro dela era uma aliada de sua vontade. Ela deixara Kellas duas vezes. O que isso tinha a ver com álcool? Nada, nada mesmo. Exceto que a primeira vez, depois da passagem de Anjuman, foi quando ela percebera que ele estava levando um litro de uísque, e a segunda, no helicóptero, ele dissera a ela: "Próxima parada, o bar, Hotel Tajikistan". E ela ficara no Afeganistão.

Kellas levantou-se, vestiu-se e acendeu a luz principal. De pé na luminosidade, o padrão pareceu menos sólido e inevitável. Que ideia ridícula! Astrid apenas gostava de tomar um drinque. Uma das razões para a teoria do alcoolismo ser absurda era que faria dele, Kellas, o inimigo, a serpente. Não ganhando-a de Bastian para si mesmo, mas roubando-a de Bastian e de Naomi, e entregando-a ao veneno. Ainda mais perturbador, a Astrid fria e hostil que o recebera quando chegara seria a Astrid boa, e a Astrid risonha e afetiva das últimas horas seria a fraca, derrotada, ávida. Não, isso não era razoável. Seria o mesmo que imaginar que em todos os anseios de Astrid, na caçada aos cervos e no êxtase sexual, na busca do conhecimento nos lugares selvagens da humanidade e do mistério na escuridão, no núcleo dos desejos dela, estava um copo de etanol diluído.

Foi para a sala de estar. A cortina estava fechada na porta para o terraço. Todas as luzes estavam acesas e a sala estava gelada. A quarta garrafa vazia estava onde a tinham deixado. A quinta garrafa não estava ali. A comida que comprara estava fechada nas embalagens brilhantes sobre a mesa. Era meia-noite. Ele dormira várias horas. Abriu a porta do banheiro, com medo e esperança. Astrid não estava lá. Ouviu a cortina batendo e saiu do banheiro. Era o vento; a porta de correr devia estar escancarada. Kellas foi até ela e puxou a cortina.

Astrid estava sentada na balaustrada com as costas voltadas para o pântano, seus pés descalços apenas encostando no terraço quando ela oscilava levemente. Sua cabeça estava caída para a frente. Ele não podia ver o rosto dela, só o alto da cabeça. O braço esquerdo estava largado, como que deslocado. A mão direita agarrava o copo de plástico que ela apoiara no parapeito, mas virara de lado. A julgar pela pequena mancha escura que a madeira absorvera na borda do copo, estava quase vazio. A quinta garrafa, que estava vazia, encontrava-se entre as cadeiras.

Kellas ficou na soleira da porta, olhando-a. Se ele falasse, ela podia acordar subitamente e cair. Podia ouvir o ruído áspero da respiração dela. Ela adernou, inspirou com força, arrotou e resmungou alguma coisa. Kellas deu dois passos e pôs as mãos firmemente nos ombros dela. A cabeça de Astrid virou-se imediatamente para cima e ele viu no rosto dela que seu medo era real.

Ela estava ao mesmo tempo viva e morta. Havia uma crosta preta de resquícios de vinho ao longo de seus lábios, e o nariz e os olhos estavam vermelhos. Havia uma ferida na bochecha esquerda. Estava acordada, mas operando na consciência secundária de alguém que se habituara a enormes quantidades de álcool. Kellas já vira pessoas assim, homens e mulheres que chegam ao pub às 20 horas, quando estiveram bebendo desde a manhã. A princípio pareciam sóbrios, apenas cuidadosos ao falar, até ele perceber que ficavam repetindo as mesmas frases o tempo todo, e tudo o que sobrava deles era a função motora e sentidos bastantes para comunicar necessidades simples aos garçons e aos motoristas de táxi. Estavam realmente três quartos mortos, e Kellas sempre tinha um calafrio com a consciência gradual de que estava falando com o recipiente de um ser humano familiar onde o humano não estava presente. O frio, o vazio dos olhos não eram fáceis de esquecer quando o humano retornara e agora ele estava olhando para os olhos de Astrid e eles estavam assim. Ele dissera à mulher através desses olhos que a amava e os olhos o estavam olhando agora, mas a mulher não estava lá.

Astrid jogou com força a cabeça para a esquerda e Kellas tentou puxá-la da balaustrada, mas ela resistiu e o xingou de imbecil.

— Venha, querida — disse Kellas. — Você tem de vomitar e beber muita água. — Seria duro não lembrar do queixo mole e dos olhos fixos de réptil.

— Me tira dessa ilha de merda, seu imbecil! Onde está Naomi? Amo minha menina. Me larga! — Astrid chutou Kellas com força no estômago e ele caiu para trás sem fôlego. O peso em sua cabeça o lembrou do quanto tinha bebido. — Ei, eu nunca mostrei a você as fotos de Naomi — disse ela, com uma clareza sinistra. Kellas estava respirando fundo. Astrid enfiou a mão esquerda no bolso da calça jeans e com a direita ergueu o copo. Olhou para ele e o levou à boca, inclinando-o até a vertical e pondo a cabeça para trás, a outra mão ainda dentro do bolso. Kellas viu que ela estava a ponto de perder o equilíbrio, avançou para segurá-la e quase caiu para fora da balaustrada depois dela. Astrid caiu sem uma palavra ou grito, e o impacto de seu corpo na água do pântano respingou o rosto de Kellas com lama fria e úmida. O som disparou um alarme de grasnidos de gansos e penas em pânico batendo no ar.

Kellas correu escada abaixo e até o píer. O barulho dos gansos encobria qualquer som que Astrid pudesse estar fazendo. Gritando o nome dela, Kellas abaixou-se na borda do píer, virou-se, pôs as mãos na madeira, e com um impulso o mais leve que podia pulou em meio aos juncos.

Seus pés foram envoltos pela massa negra e fria e ele afundou até a água ficar pouco acima dos joelhos. Não havia firmeza onde pisava, apenas o apertar da pressão da lama mais profunda a um ponto em que ele podia levantar um pé sem o outro penetrar mais fundo. Percebeu que precisava ter tirado as botas. Continuou chamando Astrid enquanto avançava. Não conseguia ouvi-la sobre o barulho dos gansos e da água. As luzes do hotel estavam encobertas pelo terraço; destruíam a visão noturna de Kellas sem iluminar os juncos em meio aos quais Astrid caíra.

A cacofonia dos gansos começou a diminuir e logo à frente Kellas ouviu um som sinistro, como se alguém estivesse vomitando debaixo da água. Ele tentou ir mais rápido, mas caiu para a frente, no lodo negro. Por um instante a maciez morta e desapaixonada da lama agarrou-se a seu rosto com uma mordida pegajosa. Ele se esforçou para ficar de joelhos, levantou-se de novo e com mais dois passos chegou até Astrid. Ela estava de bruços, mantendo a cabeça fora da água com os braços rígidos estendidos, como alguém fazendo flexões. Seus ombros tremiam com o esforço e seu rosto estava escuro e pingava, como se ela tivesse acabado de conseguir se erguer para fora do lodo. Ela tossiu, gemeu, suas costas flexionaram-se num espasmo e quando ela vomitou seus cotovelos não aguentaram e ela caiu. Kellas se agachou, avançou, fechou os braços em torno do peito de Astrid sob as axilas e puxou-a para cima. Não tinha força nem apoio para colocá-la de pé de modo que a levou para trás ao mesmo tempo que se ajoelhava até os dois ficarem juntos, os joelhos na lama, a água na altura do peito.

— Tire as mãos de mim — disse Astrid.

— Não — disse Kellas, abraçando-a com mais força. Ele sentiu o corpo dela se enrijecer e engasgar e ela vomitou. Uma torrente fluida de vômito mergulhou na água.

— Me solte! Me SOLTE! — gritou Astrid, sua voz se elevando num berro, quase um latido. Ela se contorceu dentro do abraço de Kellas, golpeou-o com os cotovelos e jogou a cabeça para trás, acertando com força o nariz dele. Ela se soltou, conseguiu ficar de pé e começou a andar na direção do riacho. Kellas tirou as botas e foi atrás dela. Seu nariz ficou quente e entupido, e ele sentiu sangue escorrendo em seu lábio superior. Limpou com a manga ensopada e começou a tremer. O frio agora o estava pondo à prova. Astrid caiu e se levantou, mas estava bem à frente dele. Ele gritou que ela voltasse e ela respondeu com um grito estridente que poderia ser uma palavra, mas não uma que ele reconhecesse.

Quando a alcançou, brigaram. Ela o atingiu com os joelhos, cotovelos e mãos, e ele quis devolver os golpes, mas não conseguiu ter uma boa distância dela. Tentou agarrá-la, segurando seus braços frenéticos e começou a arrastá-la de volta para o píer. Quando brigavam, Kellas deixou-se chegar ao mesmo nível de fúria de Astrid, esperando que aquilo o ajudasse a vencê-la na escuridão, em meio ao cheiro de sangue, lama e vômito. A histeria mútua intensificou-se até que os sons da água e a ensurdecedora banda de gansos foram encobertos pelos palavrões gritados pelos dois. Kellas podia ver os faróis dos carros passando na estrada a menos de 150 metros de distância, seguindo seus túneis de luz, que não iluminavam os dois tolos brigando por nada num pântano gélido e escuro.

Astrid se cansou primeiro e largou o corpo. Começou a chorar. Kellas a segurou imóvel por um instante, e então a conduziu lentamente, soluçando e tremendo, para o píer, que estava perto. Ela subiu no piso de madeira, com a ajuda dele, e sentou-se com as pernas penduradas na borda. Quando Kellas saiu da água e ficou de pé junto a ela, sua cabeça estava atirada para trás e ela gritava pela mãe e pedia desculpas.

— Sua mãe se foi — disse Kellas. — Você é a mãe agora. Levante-se, você não pode ficar aí. — Mas Astrid parara de chorar e se deitara no píer com os olhos fechados sem dar sinal de se mover.

Fazia poucas semanas desde o curso pré-Iraque para ambientes hostis, e Kellas não tivera tempo de esquecer a maneira adequada de carregar um companheiro ferido até um lugar seguro. De todas as habilidades que lhe ensinaram, esta tinha parecido a menos útil. Ele arrastaria um fotógrafo pelo colarinho por alguns metros até atrás de uma parede, se fosse o caso. Agora estava se agachando e pondo Astrid sobre o ombro para carregá-la pelo píer, em vez de deixá-la ali para engasgar e morrer sozinha no frio enquanto ia atrás de ajuda.

Carregou-a pelo saguão do hotel, chutando as portas no caminho para abri-las, descendo as escadas e atravessando o estacionamento, os pedregulhos machucando seus pés descalços. Havia uma luz acesa na casa da gerente. Um velho trenó de madeira com patins brancos pendurados estava plantado na vertical em frente à casa, à guisa de decoração natalina. Kellas deixou Astrid escorregar de suas costas até o chão e esmurrou a porta da gerente. Astrid gemeu e tossiu, e Kellas passou a mão pelo rosto dela para limpar o que conseguisse do sangue coagulado e da lama. A porta se abriu e a gerente apareceu de olhos arregalados, usando uma pele sintética sobre o pijama.

— Astrid Walsh — disse ela. — Deus do céu, querida! O que isso tem com o meu hotel? Achei que agora você era uma boa menina. Ah, Deus! — Ela estava tirando os chinelos e pondo botas. — Quanto a deixou beber?

— Pelo visto, foram três garrafas e meia.

— De quê?

— Vinho!

— Vinho não é tão grave. Mas o senhor não tem por que estar orgulhoso de si mesmo... Sem a menor dúvida! Jesus Cristo, vocês estiveram no riacho? Há maneiras mais fáceis de pegar patos do que indo atrás deles com as mãos vazias no meio das plantas depois da meia-noite. E descalços. Deus meu. Espere aqui. Nem pense em entrar. — Ela começou a ir e voltar. Trouxe cobertores, botas de borracha, um copo grande com algo dentro e um balde.

— Faça com que ela beba isso e vomite no balde — disse ela. — Vou pegar o carro. — Deu marcha ré até mais perto da casa e começou a cobrir os bancos com jornais. — Qualquer estrago no quarto vai sair de seu cartão — disse a gerente. — Quanto ao resto, é com Bastian. Ah, Astrid Walsh, vi-a com sua filha no Parks Market sábado e pensei: essas duas vão ficar bem.

— Dormir — disse Astrid. — Quero Naomi.

— São duas das ocupações mais duras e que mais tomam tempo no mundo, ser mãe e ser bêbada — disse a gerente. — Conheço muita gente que tentou ter as duas coisas ao mesmo tempo e é como trabalhar no turno do dia e no da noite, um em seguida ao outro.

Astrid resmungou uma série de sílabas desconexas e Kellas tentou fazer com que ela bebesse. Tragou alguns goles, tremeu e se inclinou para a frente. Kellas pôs o balde sobre ela e o vômito atingiu-o com tanta força que respingou para fora da borda.

— É assim que se faz, querida — disse a gerente. — Ora vamos, senhor! Foi cavalheiro o bastante para alegrá-la enquanto ela estava pondo a bebida para dentro, podia se esforçar mais quando ela está tentando pôr para fora.

— Beba mais, Astrid — disse Kellas, segurando o copo junto à boca dela. — É melhor vomitar o máximo possível.

Astrid engoliu mais do líquido, cuspiu e olhou para Kellas. Um fio de saliva lhe escorria do canto da boca, que estava aberta. Estava coberta de lama e vômito e seu cabelo parecia um ninho. Seus olhos estavam opacos e manchados, a pele, cor de cera, e ela se movia desajeitadamente, como uma marionete pendurada por um só fio.

— Naomi — ela sussurrou.

A gerente estava parada olhando-os com as mãos na cintura. As portas de seu carro estavam abertas.

— Tem certeza de que é a mesma garota que você queria tanto na noite passada? — perguntou a gerente. — Tem certeza? Quem sabe ela foi trocada. — Ela riu. — É isso o que está pensando, não? Levaram sua bela garota embora enquanto dormia e deixaram uma megera maluca do pântano no lugar.

— Deixe-me em paz — disse Kellas.

— Você teve a sua paz — disse a gerente. — Entrem, os dois.

— Pôs Kellas e Astrid no banco de trás, Astrid com o balde no colo, Kellas instruído a mantê-la no alvo se fosse necessário. O carro partiu. A ressaca de Kellas estava a toda agora e o cheiro de vômito do balde de Astrid o fez recear que poderia ter de dar sua contribuição. Olhou para Astrid e desviou o olhar. Não a via naquela mulher. O que ele achou que era ela não passava de uma fantasia sobre uma crosta de mulher. Bastian! Ardiloso, querendo que isso acontecesse, o metido a monge. E para onde tinha ido a outra Astrid? Parecia tão real. Lembrava-se tão bem dela, e no entanto ela não existia. Estivera apaixonado por ela. Ainda estava apaixonado por ela, mas jamais poderia encontrar uma mulher para amar na bêbada em frangalhos ao lado dele. Era um caso perdido. Nunca entrara em Astrid e nunca saíra de si mesmo.

— Você precisa do balde? — disse a gerente, que estivera observando-o pelo espelho.

— Não. Estou bem.

Chegaram a casa e a gerente deixou-os a poucos metros da porta. Kellas agradeceu e ela recomendou que se cuidassem e nunca mais voltassem ao hotel, e foi embora. Enquanto andavam na direção da casa, as luzes se acenderam e a porta se abriu. Bastian estivera esperando um carro. Veio até o limiar entre a escuridão e a luz que se derramava da porta, pegou Astrid de Kellas, com facilidade e leveza, e começou a conduzi-la para dentro. Quando Kellas entrou atrás deles, ouviu Bastian murmurar para Astrid que Naomi estava dormindo e Astrid dizer, a voz se elevando com certa petulância mas mesmo assim contendo um tom de submissão, que queria vê-la. Bastian olhou sobre o ombro e pediu a Kellas para fechar a porta.

— Você não quer saber o que aconteceu? — Kellas perguntou.

— Se você me contar agora, deixará Astrid limpa mais rápido?
— Para onde você a está levando?
— Vou limpá-la.
— Eu faço isso.
— Você precisa primeiro cuidar de você.

Kellas foi atrás deles. Seguiu-os até um banheiro e olhou Bastian levando Astrid pela mão e fazendo-a sentar-se na tampa do vaso. Ela largou o corpo e a cabeça pendeu para a frente.

— Quanto ela bebeu? — perguntou Bastian, começando a tirar as roupas dela.

— Três garrafas e meia de Merlot.
— E você?
— Uma e meia. Por que você não me avisou?
— Por que eu não lhe disse o quê?
— Que ela era alcoólatra.
— Não gosto dessa palavra.
— Melindroso, hein? Se você tivesse me avisado, isso não teria acontecido.

— Você quer dizer que teria ido embora imediatamente, como lhe tinha sido pedido?

— Eu não disse isso. — Kellas viu Astrid sem a roupa de baixo na frente dele até ela estar ali, magra, branca e nua na luz brilhante, as mãos cruzadas entre as coxas, as vértebras se projetando de sua espinha como os brotos de um galho no inverno. Suas roupas imundas foram empilhadas no reluzente piso de cerâmica branco. — Era você quem devia estar fazendo isso? Você não é o pai dela. Não é o companheiro dela.

Bastian abriu o chuveiro.

— Ofereci-lhe a opção de ir embora antes de atravessar o dique — disse ele. — E Astrid lhe disse que você tinha de ir embora. — Ele pegou o pulso de Astrid. A maneira casual que os nós de suas mãos velhas, grandes e gastas pelo tempo tocavam e pressionavam o interior das coxas de Astrid quando ele puxou a mão dela fez com que o coração de Kellas se acelerasse e a raiva começasse a aumentar nele.

— Eu devia estar fazendo isso — disse, quando Astrid ficou de pé e cambaleou até o chuveiro, levada por Bastian. Bastian estava usando um suéter largo e velho sobre o pijama listrado.

— Suba e trate de se limpar — disse Bastian. — Pense no assunto. Venha, querida. Ponha a cabeça debaixo do chuveiro. — A água cobriu a cabeça de Astrid por trás da cortina do chuveiro semifechada. Bastian pegou um frasco de sabonete líquido e abriu-o com o polegar. Kellas não conseguia ver através da cortina o que ele estava fazendo com a outra mão. Viu um animal no espelho, e era ele.

— Alcoólatra porra nenhuma! — berrou Astrid em meio ao vapor e à água.

— Vou voltar depois — disse Kellas, e subiu para o quarto onde dormira no dia anterior. Tirou as roupas, fez uma trouxa delas e colocou-a junto à porta. Tomou banho, observando a lama do pântano dissolvida e cascas de sangue seco girando antes de serem sorvidas pelo ralo. A água deslizou por seu cabelo grudado por alguns minutos até começar a penetrar e limpar, e ele passou xampu. A ressaca reduzira-se a uma dor de cabeça nítida e simples. Bebeu um copo de água e pôs um roupão preto atoalhado que encontrou atrás da porta do banheiro. Juntou as roupas sujas, acrescentou a camisa com que viera de Londres, e desceu. O banheiro onde deixara Astrid e Bastian estava vazio com a luz apagada. Kellas aguçou os ouvidos. Não havia um único som na casa. Foi até a cozinha; estava escura. Um relógio digital no fogão marcava 1h45.

Ainda carregando as roupas, Kellas percorreu descalço o corredor. As tábuas de madeira envernizadas cediam e rangiam. Abriu portas e procurou os interruptores das luzes. Encontrou a biblioteca de Bastian, uma sala ampla em dois níveis, com estantes do chão ao teto. Havia um banco sob a janela e poltronas de couro, com partes desbotadas, junto a uma lareira. Uma única brasa brilhava nas cinzas. Não havia escrivaninha. Um laptop estava carregando sobre um tapetinho. Ele encontrou o estúdio de Astrid, com fotografias emolduradas de refugiados de Kosovo nas paredes, em formato A4, pilhas de revistas e cadernos abertos que pareciam estar sendo transcritos para o computador. Na bagunça da mesa dela ele viu o azul intenso de uma pedra não lapidada ou polida de lápis-lazúli. Achou a área de serviço e viu as roupas de Astrid num cesto de lavanderia sobre a máquina de lavar.

Voltou para cima e achou o quarto onde Astrid e Bastian estavam dormindo. Era no outro extremo do corredor em que ficava seu quarto. A porta não estava inteiramente fechada. Kellas a abriu e quando seus olhos se ajustaram ao escuro viu uma cama de casal com duas figuras sob uma colcha. Aproximou-se e parou para ouvir. Podia escutar a respiração deles. Não podia saber quão próximos estavam um do outro. Por que isso importava? Ele ia embora. Iria embora agora, se tivesse sapatos.

Achou o interruptor e o acendeu. Astrid gemeu, virou-se na cama e puxou a colcha para cima da cabeça. Bastian sentou-se, piscando. Agora que a luz estava acesa, Kellas pôde ver que havia espaço entre eles. Bastian estava usando o pijama.

— Estava procurando a máquina de lavar — disse Kellas. — Não consegui achá-la.

— Isso pode esperar até amanhã — disse Bastian, esfregando os olhos.

— Astrid disse que vocês não dormiam juntos.

— Não dormimos.

— Você não devia se aproveitar dela.

— Ela precisa ser observada — Bastian bocejou. — Ainda há muito álcool no corpo dela.

Bastian abriu mais os olhos e encarou Kellas, estava bem acordado agora.

— A mim parece que você rotulou minha amiga como alcoólatra.

— Você não está negando que é o que ela é, está?

Bastian pôs as pernas para fora da cama, levantou-se e passou por Kellas, fazendo um sinal para que ele o acompanhasse. Kellas seguiu-o até a área de serviço, eles puseram as roupas sujas na máquina e a ligaram.

— Vou voltar para a cama — disse Bastian. — Se eu fosse você, faria o mesmo.

— Não estou cansado. Dormi a maior parte da noite.

Bastian olhou para Kellas.

— Sei que é duro para você — disse. — É duro quando alguém não é como você imaginou. É uma tentação poderosa acreditar que a deficiência está no objeto dos seus planos, e não em você.

— Você está cheio de sabedoria idiota esta noite.

— Ter você como hóspede nesta casa é um duro mérito a obter. — Bastian fechou o punho, ergueu até o rosto e virou-o na luz, como que avaliando uma antiguidade. — Costumava usá-lo — disse. — Tinha dois, e costumava usar ambos. Não é uma ameaça. Não os uso mais.

— Tente em mim.

— Não. Com um homem como você aqui, lembro para que os usava, e como os usava. — Olhou para Kellas. — Eu realmente acho que você devia ir para a cama. Caso contrário, mais cedo ou mais tarde Naomi vai acordar, e eu vou levantar para cuidar dela, e nos reencontraremos. — Bastian deu-lhe as costas e saiu. Kellas pôs as mãos nos bolsos do roupão e encostou-se na máquina.

Estava com um pouco de sono. Seus olhos agora também doíam, além da cabeça. Se fosse para a cama, acordaria depois de uma hora. Preso num traje frio e pesado de medo, um traje para as noites em que se perdeu tudo, a esperança de amor, a esperança de um bom trabalho, o dinheiro e os amigos. A dignidade e a decência. Não importava o que Kellas fizesse agora, jamais se poderia dizer que ele agira decentemente ante a implacável caridade de seu anfitrião. Os homens saem em busca do amor e acabam em busca da dignidade.

Saiu da área de serviço e entrou no estúdio de Astrid. Não tentaria dormir, mas estar acordado não era nada confortável na madrugada do campo. Estava abalado, quase tremendo, como após uma discussão raivosa e sem sentido com um desconhecido na rua. Como após o que acontecera na casa de Cunnery. Não tinha certeza qual dia tinha sido. Podia ter certeza, podia descobrir, mas preferia que ficasse em dia nenhum em particular. Ficara naquele estado, com toda essa inquietação, quando saíra de lá e escrevera para Sophie M'Gurgan. Fechou os olhos com firmeza e arreganhou os dentes. Abriu os olhos e começou a procurar nos exemplares velhos da *DC Monthly* os artigos de Astrid. Achou vários e os levou para a cozinha. Sentou à mesa e leu as reportagens do Afeganistão. Havia quatro; cada uma, exceto a última, com cerca de 5 mil palavras. Uma era sobre as mulheres no vale do Panjshir, tudo o que elas tiveram de suportar e perderam nas guerras contra os soviéticos e o Talibã. Outra era a partir de uma unidade do exército dos Estados Unidos no encalço de Osama bin Laden nas montanhas no sul. A terceira era sobre um soldado afegão, do norte, um tadjique que falava dari que viajara à região pashtun de Kandahar pela primeira vez na vida com o recuo do Talibã, e então voltou a sua aldeia natal, onde seu tio passara a cultivar ópio.

Kellas ouviu Naomi chorando. Bastian a trouxe para a cozinha, preparou a mamadeira e deu para ela. Nenhum dos dois homens disse nada. Kellas leu a quarta matéria de Astrid, um texto breve no começo da revista sobre a experiência de dar à luz numa maternidade afegã, onde "tudo era ótimo, exceto os cueiros", e como tinha sido difícil depois obter os documentos para provar que Naomi era sua filha, norte-americana. Nada era dito, mas talvez alguma espécie de companhia estivesse implícita no último, ou ainda no terceiro artigo. Havia a referência a "um amigo".

Bastian levou Naomi embora e voltou, sozinho. Encheu um copo de água da torneira e o colocou do outro lado da mesa onde Kellas estava sentado. Sentou-se, tomou um gole de água, cruzou os braços e olhou para Kellas.

— Estava lendo os artigos de Astrid sobre o Afeganistão — disse Kellas.

Bastian assentiu.

— Ã-rrã.

— São ótimos. O último, sobre trazer Naomi para casa, é bastante engraçado. Acho que ela poderia ter escrito muito mais.

— Poderia. Tirar Naomi do Afeganistão não foi nada em comparação a fazê-la entrar no país. Ela foi enviada para casa pelo lado cooperativo da burocracia dos Estados Unidos, mas quando aterrissou foi pega pelo lado cheio de suspeitas. Então o serviço social se envolveu. Houve ligações para a NASA, exames de sangue, depoimentos juramentados mandados via Fedex da Austrália. Quando enfim acreditaram que o bebê era dela, encontraram os antecedentes de Astrid. Dois boletins de ocorrência: vandalismo e disparar arma de fogo em público.

— Ela feriu alguém?

— Foi há dez anos. Esvaziou uma arma no carro de um cara, do lado de fora de um bar, para fazê-lo parar de ficar atrás dela.

Não havia ninguém no carro quando ela atirou. Ele a estivera incomodando a noite inteira. Ela nunca foi para a cadeia, mas o serviço social não gostou disso. As justas superstições dos esclarecidos. Conheceram a mãe dela. Sussurrou-se sobre um problema na família. Foi um verão difícil, com as dificuldades de trazer Naomi, e a morte de Jack. E do dia em que ela voltou de Cabul até hoje à noite, ela se manteve à tona.

— Você está tentando fazer com que eu me sinta mal.

— Você se sente mal?

— Claro que me sinto mal. Sei que se eu não tivesse vindo para cá, sua comunidade ainda estaria funcionando bem.

— Eu não gosto de dizer que Astrid é alcoólatra porque soa demais como o fim da história.

— Não é supostamente o começo de...

— Sei o que o AA diz — Bastian interrompeu, elevando a voz. — Não posso impedir que você a chame de alcoólatra. Não vou lhe dizer que nunca a vi dessa maneira. Vou lhe dizer mais. Ela nunca disse que bebe demais. A única maneira em que ela reconhece o que faz é como tenta se impedir de fazê-lo. Nunca foi a uma reunião, levantou-se e disse: "Sou uma alcoólatra." Se você disser a ela que está bêbada, ela o mandará para o inferno. Três garrafas e meia de vinho agora, em dezembro de 2002, é um drinque. Dois, três anos atrás, teria sido a limonada do meio da manhã.

Os olhos de réptil.

— Quando você a vê dessa maneira, mesmo só uma vez... Eu sei o quão fraco me faz parecer — disse Kellas. — Mas eu a vi assim agora, e a alcoólatra é a verdadeira Astrid.

— Olhe pela janela — disse Bastian. — Você acha que a escuridão é o dia, fingindo ser noite? O dia é apenas a escuridão com a luz escondendo-a? Como você pode saber? Astrid era uma bêbada hoje à noite, mas não era esta manhã, e não será amanhã. Começarão a chamá-la de alcoólatra, e tentarão curá-la disso. Não para por aí. Diagnosticarão todas as fraquezas dela, usarão um termo médico para tudo o que a faz humana, e não ficarão felizes enquanto não a curarem da doença de ser Astrid Walsh. — Kellas assentiu e olhou para a mesa. Mordeu o lábio. — Estou desapontado com você — disse Bastian. — Você tem de criar a sua própria amante antes de poder conhecê-la. Todo mundo faz isso. O que mais se pode fazer? Mas você precisa deixar espaço para a mulher real. Caso contrário, você acabará sozinho.

— Como você.

— Há três pessoas nessa casa.

Kellas se levantou, lavou seu prato e seu copo e colocou no secador ao lado da pia. Pediu a Bastian o copo dele, Bastian o entregou e Kellas o lavou.

— Você não é feio — disse Bastian. — Mas não é tão perfeito que uma mulher possa querê-lo apenas para brincar com você.

— O que você quer dizer?

— Astrid não é o que você queria. E quanto ao que ela queria?

— Não há nada que eu possa fazer por ela.

— Isso já lhe aconteceu antes — disse Bastian. — Você é alguma espécie de viciado. Dariam um nome a isso, também, e tentariam curá-lo, se pudessem.

Kellas voltou-se e ficou de pé com as mãos nas costas, encostado na pia.

— Não — disse. — Dei bastante espaço e tempo à minha ex-mulher, e à minha namorada checa, e a uma mulher que eu estava... uma namorada inglesa.

— Pensei que haveria mais.

Kellas riu, sentou-se e passou os dedos pelo cabelo. Suspirou e estendeu as mãos abertas na direção de Bastian.

— O que você quer? — perguntou. — Detalhes de minha paixão colegial?

— Foi uma paixão colegial?

— Não — disse Kellas, passando a língua pelos lábios e franzindo a testa. — Sempre pensei que era amor. Algo total, uma verdadeira doença, que me deixou diferente. Nunca me senti assim até... Sim. Mas isso foi há vinte anos.

— OK. Você saiu com ela quando estava no colégio, e terminou aí.

— Não, nunca saímos juntos. Era muito tímido para falar com ela. Eu fiquei atrás dela a distância por um ano, eu a idolatrava, escrevia poemas para ela. Ficava perplexo com o poder que ela tinha sobre mim. — Ela tinha tomado o mundo e o chacoalhara até suas dobras farfalharem e brilharem como uma bandeira ao vento. — Mas depois desse ano eu fui para a universidade e ela ficou para trás.

— Você nunca a viu de novo?

Kellas se viu piscando rapidamente enquanto encarava Bastian.

— Não disse isso. Ela entrou em contato comigo há 12 anos, do nada, depois de ter visto meu nome num artigo. Fomos tomar um drinque e a levei para a minha casa. Não dormimos juntos. Ela não tinha mudado, e a conversa foi boa, mas ela não mais tinha aquele poder de abalar o mundo. Ela estava exatamente com a mesma aparência, e no entanto tornara-se comum. Ela pegou um táxi para casa. E esse foi o fim da história. — Deu de ombros. — Quando disse o fim da história, quis dizer o fim daquela história, a história de amor. Eu ainda a vejo, com frequência, mas não tenho mais aqueles sentimentos por ela. Ela se casou com um amigo meu, Pat M'Gurgan, o escritor de quem falei ontem.

— Qual é o nome dela?

— Não vejo por que isso possa interessar a você.
— Diga-me.
— Sophie.
— Você tem ciúmes de seu amigo porque ele casou com sua antiga paixão.
— Eu tenho ciúmes de meu amigo por ele ter achado uma maneira de ficar com uma mulher que deixou de amar.

13

Kellas acordou ao amanhecer e encontrou roupas e sapatos onde Bastian tinha dito a ele para procurar. Os sapatos eram de Bastian, um velho par de tênis, um número maior, mas com um par de meias grossas e o cadarço bem apertado, era possível andar com eles. Tirou tudo o que havia em sua carteira e estendeu as notas sobre a cômoda para secar. Enrolou-se num sobretudo xadrez cinza e preto com manchas de óleo, pôs o celular no bolso, ainda desligado, e saiu da casa antes que alguém mais tivesse se levantado. Andou até a estrada principal e cruzou o dique até Assateague enquanto o céu limpo ganhava luz. O vento tocando sua face era quase cálido. Kellas seguiu a estrada em direção aos pinheiros da ilha externa, passou uma série de guaritas vazias indicando o fim da reserva de vida selvagem, e pegou o caminho que uma placa apontava ser o da praia.

Ele precisava ser o primeiro homem a sair. Numa curva da estrada ele viu um cervo adiante, um animal malhado de uns 80 centímetros de altura. Virou a cabeça para ele, retesou seus músculos firmes, e pulou para fora da estrada, seus cascos fazendo barulho no asfalto, e então espalhando a água que havia dos dois lados. O sol iluminou a plumagem branca de um trio de garças pousadas num galho de pinheiro e socós espaçados ao longo das margens do pântano, como as pilastras gastas de um dique desaparecido. As árvores terminaram e a estrada ia reto para o leste na direção das dunas. Na água aberta ao sul estavam os cubos camuflados dos esconderijos dos caçadores. Havia um som a distancia que parecia ser um trem local chegando. Kellas olhou para o norte e viu uma nuvem branca se erguendo, mudando de ângulo, enrodilhando-se e se afilando. Eram milhares de pássaros brancos, voando e grasnando ao mesmo tempo: gansos-das-neves. A claridade maior do ar não era só do sol subindo, mas da terra ficando mais plana à medida que ele se aproximava do oceano. Ali na beira leste do continente, a luz era fria e perolada, prometendo grandes maravilhas, em seu devido tempo, às pacientes entre as espécies. Abrigado pelas dunas havia um centro de visitantes com um alto mastro de bandeira. Havia vento suficiente para fazer a *Stars and Stripes* tremular, se enfunar, ceder, e tremular de novo. Kellas chegou até as dunas, subiu-as e desceu até a praia.

Era uma praia lisa e limpa de areia fina e clara. As ondas chegavam à altura da cintura, quebravam e espumavam, e um bando de pássaros com corpos do tamanho de nozes corriam para perto e para longe do mar, rápidos como aranhas, para buscar proteína na areia remexida cada vez que as ondas avançavam e recuavam. O mar roncava com a mesma grandiosa garganta rouca, sempre bebendo e nunca engolindo, com que Kellas crescera. Passara noites na praia mais perto de sua casa em Duncairn, no ano antes de partir, no momento em que a última luz estava ficando amarela sobre a cidade e a primeira estrela aparecia sobre a floresta mais abaixo na costa. Ficava sentado na areia, cavando com as mãos e sentindo que estava se tornando um poeta e um amante, quando não era o caso de nenhuma das duas coisas. Como Pat M'Gurgan, Kellas acreditava que a luz pertencia a ele, mas Kellas queria ser amado por entender isso, não por compartilhar.

Conversando com Bastian na noite anterior, ele ainda fizera da Sophie de 16 anos "a menina", e da Sophie casada, Sophie. Era mais fácil pensar nela como duas pessoas, a que ele havia imaginado, adorado, e de quem se mantivera a distância, e a que ele conhecia, a amiga inteligente que trabalhava duro, que nunca devia tê-lo ouvido dizer que ela era uma dessas mulheres comuns que conseguem que as coisas sejam feitas. Ela não era comum. Ela era o ponto fixo a que a equipe instável de sua estação de rádio se agarrava em meio a suas lamúrias e briguinhas solipsas, ela criara um filho, fizera com que duas enteadas a considerassem como mãe, e atracara M'Gurgan ao que parecia um refúgio seguro durante os últimos 12 anos. A palavra "comum" era um eco posterior da palavra que ocorrera na cabeça de Kellas, em 1990, quando Sophie o procurara e eles tinham se encontrado por uma só noite.

Ele ficara surpreso com a coragem dela de entrar em contato com ele depois de tanto tempo, pois nada conhecia sobre ele, exceto os poemas ruins que lhe escrevera, seu postar-se perto da casa dela na esperança de vê-la longe da escola, seu romance obscuro e uns poucos artigos que lera. Ela alegou que fora curiosidade. Na noite e no dia antes de se encontrarem, num bar em Clerkenwell, uma esteira de possibilidades ficou rondando Kellas. Que uma grande dádiva lhe tinha sido concedida, uma segunda chance. Que ela teria mudado a ponto de ficar irreconhecível, que se tornara gorda ou destroçada por drogas. Que iriam fazer amor naquela noite. Que ela ia perder a coragem e não apareceria. Que ele poderia ligar para ela e cancelar. Que, tivesse ela 17 ou 26, ele ainda desejava alguém de 16 anos.

Ele chegou atrasado. Ao aproximar-se do bar, viu-a vindo em sua direção a distância. Nada nela mudara de forma óbvia, sua aparência, sua expressão, o jeito como andava. E no entanto, quando ficaram próximos, ele viu que algo nela, uma qualidade obscura pela qual ele antes ansiara, não estava mais lá. Conversaram a noite toda e nada rude foi dito de ambas as partes, e Kellas conseguiu não pronunciar a palavra "comum", mas ela podia ver que ele estava desapontado, e ficou magoada, e quanto mais magoada e desapontada ficava, mais afetuosa tentava ser. Perto do fim, Kellas estava tentando manter-se conversando enquanto lhe vinham pensamentos incontroláveis, enraivecidos sobre como a Sophie que devia estar ali tinha sido assassinada por aquela Sophie. Ficaram de pé na porta de Kellas, e quando Sophie percebeu que ele nem mesmo queria beijá-la, disse: "Bem, parece que não deu certo, não é?" E deixou-o lá. Ele ficou olhando-a ir embora e disse a si mesmo que devia correr atrás dela, como que para ver se seu corpo iria agir por conta própria; como se suas pernas pudessem encontrar a vontade que faltava em seu coração. Mas não se moveu até que ela sumisse de vista.

Na praia, Kellas caminhou ao longo da linha da maré, na areia úmida e dura. Havia conchas, delicadas metades de vieiras, pretas e brancas. Depois de andar um quilômetro e meio viu que o capacete de um soldado tinha sido trazido à praia e estava parcialmente enterrado na areia.

Chegou mais perto. Tinha sido pintado um dia, e a pintura descascara revelando o material sob ela. Não parecia ser feito do composto sintético habitual. Era de metal, como bronze, com um leve matiz vermelho em seu marrom. Como teria flutuado, em vez de afundar? Era ligeiramente oval na forma, amassado em cima, como se quem o usava tivesse levado um golpe violento na cabeça. A forma era de um hemisfério achatado, com uma linha dobrada na borda. Parecia os capacetes que as tropas soviéticas antigamente usavam, e que Kellas vira russos e chechenos usando em Grozny. Talvez uma coorte de novos confederados norte-americanos estivesse treinando aqui, fuzileiros do Azerbaijão, ou marinheiros etíopes.

Ele tocou o capacete com a ponta do tênis de Bastian. Com o primeiro toque percebeu que afinal não era metal. Fez mais força e empurrou para virá-lo. Suas entranhas tiveram uma pontada de medo e ele deu um passo brusco para trás, fazendo uma careta. Ocupando o capacete, e fundido a ele, estavam os restos de um artrópode, um animal articulado de 24 centímetros, como um escorpião sem cabeça, com 10 ou 12 pernas articuladas e um rabo de demônio. A visão que veio à mente de Kellas naquele instante foi da cabeça de um soldado ferido grudada a seu capacete com seu sangue, e algum animal comedor de carniça se insinuando e se alimentando dela, até consumi-la inteira. A visão durou apenas um segundo, mas foi longa o bastante para abalar Kellas, e mesmo depois que ele viu o que o capacete e seu proprietário realmente eram, a visão permaneceu.

 Essa criatura pertencia a essas costas por mais tempo que seres humanos, e ainda estaria lá quando eles estiverem extintos. A menos, quer dizer, que as tendências evolucionárias dos seres humanos se mesclassem com a do caranguejo-ferradura, e as duas criaturas se tornassem uma só. Por que não? A humanidade foi dotada de uma excelente proteção para a mente na forma de um crânio, e ainda assim achou a proteção inapropriada, e projetou crânios externos adicionais, mais grossos e maiores, capacetes de aço e kevlar. Com o tempo, a humanidade poderia descobrir a vantagem de capacetes maiores, cobrindo mais e mais do corpo e sendo usados continuamente, até entenderem por completo a lição do caranguejo-ferradura, que para sobreviver centenas de milhões de anos era melhor viver permanentemente dentro de um grosso capacete, vendo sem ser visto, sentindo-se seguro.

 Bom para a espécie, mesmo se não, evidentemente, para todos os seus indivíduos. Kellas podia ver agora que aquela parte da praia tinha caranguejos-ferradura mortos espalhados, alguns enterrados na areia, outros virados ou quebrados em pedaços. Parecia o deserto do Kuwait em 1991 após a rendição em massa do exército iraquiano, quando jogaram seus capacetes, quando suas armas foram retiradas e foram levados embora. Sob a escuridão crescente, com os poços de petróleo em chamas, Kellas pegou um de lembrança, pensando em talvez fazer furos e usá-lo como uma cesta de flores, sabendo que era algo que nunca faria e que queria deixá-lo em seu apartamento para impressionar as garotas. Ele tinha 27 anos. Quando chegou em casa deixou-o de fato a vista, pendurado num prego em sua sala de estar, e descobriu que as visitas o tratavam com repulsa, assumindo que ele o pegara do cadáver de um soldado morto. Contava a eles a verdade, mas não acreditavam, e por fim ele o tirou da parede e jogou fora.

Quando eles atravessaram as linhas sauditas e egípcias e as posições dos fuzileiros dos EUA, e estavam indo para a capital do Kuwait, Kellas e seus colegas passaram por grupos de soldados iraquianos em uniformes verdes que tinham se rendido e cujos pulsos estavam presos atrás das costas com algemas de plástico. Os norte-americanos os tinham mandado marchar para o sul e eles tinham feito isso, sem água, sem saber para onde estavam indo. Kellas e o repórter com quem estava no carro pararam para falar com um homem que estava sozinho, algemado, exausto, magro e com a barba por fazer, a cabeça torta num ângulo como se alguém acidentalmente a tivesse quebrado e a posto de volta, esperando que ninguém notasse. Ele não falava inglês. Tinham lhe dado água e seguido em frente e só depois lhes ocorreu: por que eles não tinham cortado as algemas de plástico e libertado as mãos dele? Estava desarmado e sozinho e poderiam ter-lhe dado uma garrafa de água. Kellas deu-se conta de que era isso que o soldado dizia, a frase em árabe que ficara repetindo e Kellas não conseguia entender, sem nem mesmo a possibilidade da linguagem de sinais: "Soltem minhas mãos."

Kellas tirou o celular do bolso, ligou-o e sentou-se no fragmento descorado de um tronco de árvore. Pôs o telefone na areia a certa distância e esperou. O telefone começou a chilrear com as mensagens que tinham lhe deixado nos três dias anteriores. Levou vários minutos. Quando o telefone ficou quieto, ele o pegou e ligou para o jornal em que trabalhava. Falou com diferentes editores por meia hora, então esperou que ligassem de volta. Não podiam lhe devolver o emprego anterior; não podiam lhe dar emprego algum. Tudo o que podiam fazer era lhe oferecer um contrato breve para cobrir a invasão do Iraque, que previam que ocorreria na primavera. Kellas concordou, com condições, e depois de recusas e consultas, eles aceitaram.

Kellas desligou o telefone e o guardou. Caminhou de volta. Outras pessoas tinham começado a chegar à praia. Uma mulher passeava com um setter vermelho e dois pescadores tinham posto carrinhos de plástico perto da água e estavam instalando suas varas na areia. Kellas cruzou as dunas e voltou para a estrada. Depois de andar um quilômetro e meio viu Astrid vindo na direção dele em sua bicicleta. Alcançou-o e parou, com um pé no chão e outro num pedal. Cumprimentaram-se. Kellas tirou as mãos dos bolsos, e então as pôs de volta.

Astrid estava pálida e com olheiras azuis. Fora isso estava recuperada. A brisa ficou mais forte, soprou o cabelo nos olhos dela e ela balançou a cabeça para tirá-lo. Tinha retornado do inferno onde as almas dos mortos residem nas horas de seu estupor. Na escuridão do pântano pareceu indiscutível para Kellas que a crosta alcoólica dessa mulher era a Astrid verdadeira, e que o que achava que amava era, como a memória de Sophie aos 16 anos, um espírito que ele mesmo invocara superficialmente, nunca mais do que levemente presente em Astrid. Agora, de manhã, vendo-a à sua frente, orgulhosa e nervosa, era difícil ver o alcoolismo dela como qualquer outra coisa que não uma ferida recorrente que se abria e sangrava de forma imprevisível, mas com certeza cicatrizaria de novo. Que a Astrid que amava era real, ainda que um ser humano não inteiramente capaz; se é que algum era inteiramente capaz. Mesmo tendo falhado com ela, uma sensação de leveza lhe veio. Os termos tinham mudado. Não era mais a questão de ele estar olhando uma alcoólatra disfarçada de Astrid, ou Astrid portando as cicatrizes de uma bêbada. Agora a questão só podia ser quem Kellas era — o Kellas que tivera repulsa pela Astrid bêbada, ou o Kellas que mal podia ver as marcas que a bebida fizera na mulher sóbria de quarta-feira; ou um Kellas que compreendia que tanto Astrid quanto ele não eram para ser percebidos como belas ou feras nesse ou naquele momento, mas como as formas longas, sinuosas que entalhavam no tempo ao fluir por ele.

— Um amigo nosso vai de carro para Baltimore mais tarde — disse Astrid. — Ele pode deixá-lo no aeroporto. Há um voo para Londres esta noite. Bastian viu na internet.

Kellas assentiu. Perguntou a Astrid como ela estava se sentindo.

— De ressaca.

— Você se lembra?

Astrid olhou para baixo e mexeu nas unhas. Encarou Kellas por um momento e rapidamente desviou os olhos, olhando para a esquerda e a direita como se estivesse enfrentando um painel de interrogadores. Ela disse, numa voz tão baixa que ele mal conseguiu ouvir:

— Uma perdiz caída em meio às galinhas. — Desceu da bicicleta e a deixou cair na estrada. Kellas a abraçou. Sentiu uma lágrima cair do rosto dela na gola de seu casaco e escorrer por suas costas. Ela se afastou e enxugou os olhos.

— Falei com o *Citizen* — disse Kellas. — Vão me aceitar de volta para a guerra.

Astrid sorriu, ainda com os olhos úmidos.

— De modo que agora você tem interesse que ela aconteça.

— Acho que sim — disse Kellas. Não pensara no caso dessa forma. — É certo, não é? O que quer que eles digam.

— É estranho como todos nós sabemos disso, e no entanto não fazemos nada quanto ao assunto enquanto eles nos dizem que ainda não decidiram. — Astrid enfiou as mãos nos bolsos, ergueu os ombros e traçou um arco na estrada com o pé. — O que vai acontecer, o que você acha?

— Não faço ideia — disse Kellas. — Mas estou tentando depender do resultado. — Contou a Astrid que o *Citizen* concordara em lhe pôr num curso intensivo de árabe quando voltasse a Londres. Arranjaria uma casa em Bagdá após a invasão, quando as coisas tivessem se acalmado. Em algum lugar perto do rio. Viveria como um exilado, sem tentar ser iraquiano, sem tentar viver sem conforto, longe disso. Seria Adam Kellas lá. Aprofundaria seu conhecimento da língua, das artes e das receitas do lugar. Inicialmente, ganharia a vida escrevendo uma coluna semanal, e então, quando os leitores ingleses perdessem o interesse no Iraque, escreveria um livro e tentaria arranjar trabalho na Universidade de Bagdá como professor. Talvez pudesse lhes ser útil. Acordaria cedo, dormiria à tarde e ouviria as histórias dos velhos nos cafés à noite. Se um quarteirão inteiro de ateístas escoceses de classe média poderia ser um problema, um único residindo em meio a eles lhe daria o escudo da excentricidade. Talvez ele acabasse sendo um mensageiro, não mais que isso, não um advogado, não um emissário ou intermediário, apenas um mensageiro entre o mundo no qual nascera e o mundo no qual estaria vivendo.

— Como você vai fazer quanto a mulheres? — perguntou Astrid.

— Darei um jeito.

— Seu plano é uma porcaria. Você pode anunciá-lo, mas não vai chegar a vivê-lo.

— Você não entendeu — disse Kellas pacientemente. — Estou abandonando a fantasia, deixando de lado a idealização e a demonização. Não vou viver como eles e não vou mudar. Vou estar lá como o homem que sou.

— Seu não idealizar é só outro tipo de idealizar — disse Astrid. — Você acha que superou as fantasias de nossos cruzados e os apocalipses de nossos catastrofistas, que você está sendo real. Bem, vou lhe dizer uma coisa de graça: se você admite que imaginamos o Iraque de forma equivocada, não é nada perto de quão equivocada está a maneira como o Iraque nos imagina.

— Mas é exatamente por isso que vou morar em Bagdá. Depois da invasão.

Astrid balançou a cabeça. Deu um olhar de relance a Kellas sob sua franja, tomou fôlego e abriu a boca para falar, mas mudou de ideia. Com a boca ainda levemente aberta, virou-se na direção do sol para pensar, e a luz iluminou sua face.

— De onde você vai começar? — ela perguntou.

— Kuwait.

— Hum.

— São bastante estritos quanto ao álcool lá.

— Sei.

— Não somos amigos, somos? — disse Kellas.

— Nunca tive um amigo como você, de qualquer forma.

— Ou amantes.

— Não como algo que apareceria evidente num teste rápido.

— Não estávamos procurando um ao outro. Eu estava procurando você, mas infelizmente eu a encontrei.

— Eu não estava pedindo para ser encontrada.

— Então suponho que acabou entre nós.

— Os caminhos se cruzam — disse Astrid.

— Deixando isso para o acaso.

— É. Mas pode acontecer de eu desviar meu caminho um pouco.

Kellas ergueu as sobrancelhas.

— E quanto a Naomi? — perguntou.

— Teria sido pior para mim se minha mãe não estivesse presente quando eu era criança — disse Astrid. — Mas eu poderia ter ficado melhor se ela passasse mais tempo longe. A tristeza se acumulava nela quando ficava num só lugar. Eu podia sentir isso e sabia que ela queria que todo mundo em volta dividisse o peso.

— E Bastian?

— Ele é bastante inteligente para não achar que pode me manter por perto apenas sendo bom comigo. Sabe que eu voltarei.

Um carro passando na direção da praia buzinou para Astrid e ela acenou.

— Vamos, precisamos voltar para casa — disse ela. — Monte aqui.

Os dois conseguiram se empoleirar na bicicleta. Astrid pedalava e Kellas se segurava o melhor que podia. Era desconfortável e eles oscilaram consideravelmente ao percorrer a ciclovia que atravessava as árvores e levava de volta ao dique. Várias vezes Kellas gritou quando Astrid quase perdeu o controle ou ele se sentia escorregar. Quando estavam chegando ao dique, ficara mais fácil, e quando deslizaram no declive do dique, Astrid gritou "iupi!" e Kellas riu. Quando chegaram ao plano, Astrid voltou a pedalar e Kellas olhou para o chão para ver a sombra que faziam. Era uma criatura enorme. Devia ter uma alma gorda. Mas por alguns segundos a sombra dos dois de fato pareceu fundida em uma, um único ser correndo em meio aos juncos.

14

Kellas chegou em Heathrow no dia seguinte antes do amanhecer e pegou o metrô pra Bow. Tomou banho, pôs roupas limpas e fez café. O leite desnatado que comprara no domingo ainda estava bebível, e o apartamento não tivera tempo de adquirir o odor da negligência. Quando estava saindo, o telefone fixo tocou. Kellas olhou para ele, hesitou, e partiu sem atender. Era hora do rush quando ele pegou o metrô para o oeste, apertado contra a porta e com o rosto perto o suficiente de uma passageira para contar cada grão de pó de arroz aplicado numa verruga pequena em seu queixo. Tentou mudar para a Northern Line, em Moorgate, mas houvera um suicídio sob um trem em Angel e o sistema estava congestionado. Subiu para a rua. As calçadas e as esquinas estavam apinhadas de paletós pretos e passos rápidos avançando em meio à garoa para a entrada matinal no serviço. Ele comprou um exemplar do *Citizen* e pegou o ônibus 205. Subiu para o andar de cima e achou um lugar junto a uma mulher curvada sobre um livrinho minúsculo com capa de couro e letras pequenas num alfabeto não familiar. Movia os lábios ao ler, e se balançava para a frente e para trás. As janelas estavam embaçadas. Alguns dos passageiros tinham limpado com a mão círculos na condensação, e outros, não, mas olhavam pelas janelas mesmo assim, como se a difusa luz cinzento-azulada desse visibilidade suficiente.

Kellas olhou primeiro as páginas de esportes. Gostava de ler os resultados de esportes obscuros que nunca assistiria ou praticaria: canoagem, *shinty*, cricket feminino. O fato de que tanta gente pudesse dedicar tanto tempo, esforço e paixão para competir conforme um conjunto arbitrário de regras dava esperança aos descrentes. Então os obituários, as cartas, os colunistas e as notícias. Três quartos das mulheres nas forças armadas dos EUA correspondiam aos critérios para transtornos alimentares. Michael Caine persuadira os produtores a lançar a adaptação para o cinema de *O americano tranquilo*, após eles terem hesitado por medo de parecer antipatriótico após o 11/9. A Casa Branca ridicularizou a ONU por dizer que os iraquianos estavam cooperando com suas inspeções. Várias centenas de oficiais ingleses estavam indo para Qatar para tomar parte nos exercícios de guerra dos Estados Unidos, mas o Ministério da Defesa disse que nada tinha a ver com o Iraque. Quarenta e sete por cento dos ingleses diziam que Saddam Hussein devia ser destituído pela força, e 47 por cento dos ingleses discordavam. Um crítico da Sky Movies dera uma declaração depois de assistir *As duas torres*, a segunda parte de *O senhor dos anéis*, dizendo que o diretor "obtivera algumas das cenas mais ferozes de batalha já filmadas, colocando sua câmera bem no meio do sangue e das vísceras".

O ônibus galgou Angel, desceu a Pentonville Road e contornou os cones e os divisores temporários de concreto em volta de King's Cross. Há apenas vinte anos pessoas da geração de Kellas se perguntavam se, caso conseguissem chegar tão longe quanto o século XXI, estariam escrevendo sob a luz de trapos queimados arrancados dos corpos dos mortos, em papel roubado aos mortos, com canetas preciosas, deixando migalhas de sua carne se petrificando na página tendo de ser espanadas. Em vez disso as luzes tinham apenas ficado mais brilhantes, e as diversões, mais maravilhosas. A invasão com a qual ele concordara em participar tinha sido roteirizada para uma plateia que sabia tanto sobre orcs e Sauron quanto sobre iraquianos e Saddam; e no entanto para aquele país era mais. Em toda parte naquela manhã ele vira sinais da riqueza pública se exibindo, um novo terminal ferroviário europeu emergindo em St. Pancras, um novo hospital num arranha-céu se erguendo sobre Euston, os guindastes cercando o velho Wembley Stadium preparando-se para a sua demolição e a construção de um novo a um custo suntuoso. Quando o trem em que estava saiu da cidade, um dos novos, mais rápidos, que iriam substituí-lo passou reluzente, como um emissário do ano 2000 que, embora agora já estivesse no passado, Kellas ainda nostalgicamente considerava como o futuro. Uma guerra desnecessária em que as únicas vítimas eram voluntários ou estrangeiros era o último luxo de uma sociedade que não podia aceitar que tinha mais dinheiro do que sabia como usar para se consolar. Era uma tentativa de comprar seriedade com o sangue de outras pessoas; de sentir o gosto da tragédia na boca, e saborear a própria perdição e arrogância, e, no entanto, desviar-se no último minuto e deixar um lanceiro tomar a faca que suas falhas tinham invocado para você.

Kellas estava impaciente para que ela começasse.

Seu trem avançava para o norte como uma raspadeira arrancando as nuvens de chuva do reboco úmido das Midlands. Os campos baixos estavam inundados e as barrigas dos animais estavam salpicadas de lama. As cidades se fundiam umas às outras, postes suspendiam delicadamente seus fios acima do lamaçal, nenhum campo verde ficava sem ter janela a contemplá-lo; eram sinais eloquentes da estreiteza da ilha. Kellas cochilou. Ao norte de Preston a terra começava a ser puxada e dobrada e as colinas se erguiam acima do trem, amarelas e nuas. Passaram por mochileiros na plataforma em Oxenholme. Perto da linha férrea havia pinheiros, tojos e diques de pedra, e a autoestrada que acompanhava os trens através dos Pennines. Em Carlisle, Kellas trocou de trem, embarcando num local decorado numa combinação de creme e ameixa que zuniu mais veloz do que ele se lembrava ou queria pelas planícies verdes em torno de Solway Firth, cruzou a fronteira e o entregou, no meio da tarde, a Dumfries.

Ele atravessou a passarela, saiu da estação e entrou à esquerda na Lockerbie road. Havia uma calmaria sobre os pesados sobrados e casas térreas de pedra vermelha. A cegueira de suas janelas escuras que era devida, ele sabia, ao fato de que quase todos os moradores estavam no trabalho, na escola ou assistindo à TV vespertina, mas ele não conseguia evitar sentir aquilo como uma expectativa por sua chegada, como a calmaria do corredor e da sala de espera levando ao lugar onde ele seria submetido a algum julgamento final.

Kellas chegou à cerca viva descuidada em torno do pedaço de jardim na frente da casa dos M'Gurgan. Abriu o fecho do portão de argolas de ferro na altura da cintura. Sua mão estava tremendo. O portão se abriu com o familiar som enferrujado de duas notas e ele deu os três passos até a porta. Pôs o dedo na campainha, o botão branco na caixa de plástico preta que ele estava acostumado a tocar despreocupadamente, e olhou para a direita. A lembrança de umas férias de muito tempo atrás estava dentro do parapeito da janela, entre a vidraça e as venezianas: um peixe de madeira pintado de vermelho com um buraco no meio. Desde a primeira vez que viera àquela casa, o peixe sempre estivera ali, por nenhuma outra razão a não ser que ninguém se sentira inclinado a removê-lo. Foi duro para Kellas forçar-se a lembrar que já tinha interferido com a vida das cinco pessoas daquela casa. Já cometera seu ato, e, tocasse ou não a campainha, não podia ser desfeito.

Apertou o botão. Ouviu a porta interna abrindo, o eco da maçaneta dura no chão de cerâmica da varanda, e então M'Gurgan estava olhando para ele. Da hesitação de M'Gurgan, o rápido percorrer de seus olhos para cima e para baixo dos sapatos de Kellas de volta ao rosto dele, Kellas soube que a carta chegara e seu conteúdo tinha sido discutido.

Os dois homens ficaram parados se olhando em silêncio.

— Desculpe-me — disse Kellas.

— Sua agente disse que você estava nos Estados Unidos — disse M'Gurgan.

— Voltei esta manhã.

M'Gurgan virou-se e fez um sinal com a cabeça para que Kellas o seguisse. O silêncio dele ecoava uma briga anterior. Kellas pôde perceber Sophie na mesa da cozinha, olhando para ver quem era. Os olhos dela estavam vermelhos. Quando viu que era Kellas, cruzou os braços, olhando direto para a frente, e inclinou a cadeira para trás em duas pernas. Na mesa estavam dois celulares, uma dúzia de bolas amassadas de lenços de papel e a caixa de onde eles tinham vindo, uma pilha arrumada de jornais que não tinham sido lidos, uma garrafa de champanhe e a carta de Kellas.

— Nós também só voltamos hoje — disse M'Gurgan.

— Um monte de correspondência à nossa espera — disse Sophie, sem olhar para nenhum dos dois. — A maioria era propaganda, mas não todas. — A voz dela estava rouca e tremia um pouco.

Kellas ficou na soleira da porta. Parecia presunçoso se sentar, ou tirar o casaco. M'Gurgan também não conseguiu se sentar. Ficou junto à pia, apertando nervosamente as mãos e estendendo os dedos, olhando para Kellas e para Sophie.

Kellas entrou e pôs a mão direita no ombro de Sophie.

— Desculpe-me — disse. — Desculpe-me pelo que fiz no domingo e por ter escrito aquela carta.

— De que me servem as suas desculpas? — disse Sophie, olhando para ele, seus olhos começando a faiscar. — Me digam. Não sei nem de qual dos dois eu devia estar com raiva. — Ela pegou outro lenço de papel. — Esse por me trair, ou esse por me contar? Que merda, tire a mão do meu ombro e sente-se aí. E tire o casaco. — Kellas fez o que ela mandou. Sentou-se com uma cadeira entre ele e Sophie. Ela se voltou para encará-lo. — Cinco horas atrás eu estava num avião, preocupada com você, me perguntando para onde você teria ido e o que tinha acontecido com a sua cabeça. Por que você me mandou essa carta? Como você achou que ela poderia me ajudar? Como você achou que ia ajudá-lo? Ele é seu amigo, não é? Quero dizer... — Sophie fungou, limpou os olhos e o nariz, e fechou a mão em volta do lenço. — ...sei as respostas, mas quero ouvir o que você tem a dizer. Vamos, fale. — Ela sorriu e as lágrimas voltaram. — Pode falar. — Kellas mordeu os lábios, pensando. — Vamos — Sophie elevou a voz. — Diga alguma coisa!

— Despeito — disse Kellas. — Estava com ciúmes de Pat e seu livro.

Sophie e M'Gurgan exclamaram "Ah!" e desviaram a cabeça ao mesmo tempo. Sophie disse que ele era um péssimo mentiroso e M'Gurgan riu exatamente a risada que Kellas ouvira de um velho judeu que sobrevivera a uma atrocidade ao descrever uma passagem particularmente absurda de assassinato.

— Estava com ciúmes de Pat se dando bem com Lucy — disse Kellas.

— Você está em terreno mais firme agora, mas ainda muito longe — disse M'Gurgan, abrindo a geladeira e pegando uma garrafa de vinho branco dois terços cheia. Colocou três copos na mesa e os encheu enquanto falava. Sophie ficou olhando-o.

— O que você está fazendo? Ele ainda merece as honras de um convidado, é isso?

— Todo ano, Adam, você trouxe à nossa porta alguma mulher de insuperável, valha-me-Deus, beleza... — disse M'Gurgan.

— É mesmo?

— ...e você me vê, uma única vez em minha vida, atraindo o interesse de uma garota...

— Seu *puto* — disse Sophie. Kellas nunca a ouvira xingando assim.

— ...e não vejo isso agitando as águas de seu ciúme assim. — M'Gurgan começou a procurar alguma coisa na geladeira.

— Você devia estar muito mais puto com ele — disse Sophie. — Vai me dizer que agora vai servir queijo?

— O que foi, então? — disse Kellas, pegando um copo de vinho e tomando um grande gole.

— Sophie — disse M'Gurgan, assentindo para sua mulher, mas continuando a olhar para Kellas. Sentou-se de modo a ficar no lado oposto, e equidistante de ambos, e pegou um copo. Cortou um pedaço de queijo para si mesmo. — Você ainda gosta dela. — Bebeu um gole e engoliu o queijo. — Você nunca superou isso.

— Jesus — disse Sophie, pondo as mãos abertas na mesa e batendo a testa nelas — vocês não...

— Escutem — disse Kellas, erguendo a voz para interromper Sophie. Ela arregalou os olhos e abriu a boca para olhar para ele, numa mímica sarcástica de surpresa. — Escutem — repetiu Kellas. — Não vim aqui me desculpar. Sinto muito, e gostaria de nunca ter escrito essa carta, mas é verdade o que você diz, isso de nada adianta. Eu vim para dizer, Sophie, que conheço Pat desde que éramos meninos, e tenho certeza em meu coração que o quer que tenha acontecido com aquela garota naquela noite, a única mulher que ele ama, e sempre amará, é você. — Ele terminou, satisfeito de ter falado sem se interromper, voltar atrás ou fazer digressões. A expressão de Sophie passara de uma surpresa fingida a uma verdadeira. Kellas voltou-se para M'Gurgan para a requerida confirmação. Bastian lhe mostrara como era possível inventar rituais pararreligiosos e a vantagem era que, como os crentes de verdade, os descrentes não tinham de acreditar na verdade por trás das palavras; simplesmente tinham de acreditar nas palavras.

M'Gurgan ergueu seu copo, olhou para ele, fez girar o que ainda havia, bebeu, colocou o copo na mesa e recostou-se na cadeira. Kellas começou a suar. Vários dias atrás ele expandira para M'Gurgan e Sophie os parâmetros de destruição que um homem pode causar num ambiente doméstico. Ainda assim, como podia M'Gurgan perder a chance de absolvição que Kellas lhe oferecera? Na manhã de terça-feira, andando na neve para Chincoteague, Kellas imaginara sua carta destruindo esta família, e pensara que, ao imaginá-lo, um encantamento fora posto impedindo a realização do que estava imaginando.

— "Certeza em seu coração" — disse M'Gurgan. — Você consegue fazer seu coração funcionar desse jeito? Sempre achei que o meu era um instrumento impreciso. — Bateu no peito com o punho. — Você tem sorte em ter um coração confiável. Tudo o que o meu pode fazer é continuar batendo. Quanto a medir o amor, estaria melhor com um calibrador, uma régua, ou uma balança. Acho que vou precisar de uma segunda opinião, receio. Arranje uma tomografia do meu cérebro, ou raio x, ou enfie um colonoscópio em meu ânus, me dê um purgante e uma dose de bário. — Ele se serviu de mais vinho. — Faça uma biópsia. Colha amostras. Transplante seu coração em mim e eu lhe darei o meu. Mas você precisará tomar cuidado porque meu coração é mentiroso. É o coração de um poeta e poetas são mentirosos. Você sabe que os egípcios costumavam orar para seus corações antes de morrerem, porque não confiavam que não fossem mentir aos deuses sobre eles. "Ó coração", costumavam dizer, "não me traia".

Ele ia continuar, mas Kellas o interrompeu e Sophie começou a falar ao mesmo tempo e Kellas cedeu a vez.

— Eu não sei como vocês dois conseguiram ficar amigos — disse ela. — Os dois gostam demais do som da própria voz. —

Dirigiu-se a Kellas. — Você não ouve o que ele diz porque está muito ocupado se preocupando com o que vai dizer em seguida. — E a M'Gurgan: — E você liga Adam e o deixa baixinho como um rádio no fundo até chegar a sua hora de falar de novo. Já vi isso. E agora ouvi ambos dizendo que o outro me quer, quando o fato é que nenhum dos dois me quer. Adam não está interessado em mim, Pat. Ele me odeia por eu não ser mais a menina de 16 anos com quem ele nunca teve coragem de falar...

— Isso não é verdade — disse Kellas.

— ...e ele tem ciúmes de você porque sabe que todas as suas mulheres imaginárias vão se transformar em mulheres simples e comuns como eu, e acredita que você descobriu alguma alquimia de poeta para me amar para sempre por causa de minha beleza interior. Foi por isso que ele escreveu sua carta horrível. Veja, ele não diz que não é verdade. Bem, Adam, ele não disse. Veja, se ele me amasse —, ela apoiou o cotovelo na mesa e se inclinou na direção de Kellas — ele não teria posto seu pau na boceta de uma menina não muito mais velha que as filhas dele enquanto eu estava na mesma casa, teria?

— Toda essa conversa sobre amor está me deixando enjoado — disse M'Gurgan, levantando-se. — Temos algum pão?

— Tem um pouco de Ryvita no cesto — disse Sophie.

Kellas teve um impulso de ir embora, de sair correndo. Não era a sua casa. M'Gurgan pôs o pão na mesa numa travessa com mais queijo e começou a abrir outra garrafa de vinho. Sophie pegou uma fatia, partiu-a ao meio, tirou um pedaço de uma das metades e colocou-a na boca.

— Fico imaginando se ela conseguiu algo afinal — disse ela.

— Sua linda Lucy. Você não é grande coisa como amante.

— Fiquei pior? — disse M'Gurgan, rindo novamente sua risada atroz.

— Mais superficial, eu diria.

— Pelo amor de Deus, depois de 12 anos, sei que gosto tem seu clitóris.

— Você sabe que gosto bacon tem e isso não o impede de entupir seu pescoço gordo com ele.

— Melhor eu ir embora — disse Kellas, levantando-se.

M'Gurgan estendeu a mão, fez com que ele se sentasse de novo, e dirigiu-se a Sophie.

— Você quer se separar de mim? Porque eu não quero.

— Você não sobreviveria — disse Sophie. — Lembro do estado em que você estava quando o encontrei. Havia criaturas vivendo em suas escaras.

— Você não respondeu à pergunta.

— Eu não quero você transando por aí!

— Você quer que eu a admire? Eu a admiro. Você quer que eu a elogie? Eu a elogio. Você quer viajar comigo? Eu quero viajar com você. Você quer dividir a cama comigo? Eu quero dividir a cama com você. Você quer compartilhar a minha vida? Eu quero compartilhar a sua. Isso tudo não soma o bastante para você?

— Você nem sequer me pôs no seu livro.

— Ele termina antes de você ter me encontrado.

— Eu não quero ser quem vocês dois acham que eu sou! — Sophie gritou. Seu rosto ficou vermelho. — Como você acha que é para uma mulher quando um poeta começa a ficar todo pragmático em relação a ela? Não quero ser quem eu sou. Não quero ser tão real. Quero ser, por um momento, a mulher que ele imaginou que eu era — ela apontou o indicador com veemência na direção de Kellas.

Ouviram a porta da frente se abrindo e Angela entrou na cozinha em seu uniforme de escola. Todos se levantaram e Kellas teve tempo de perceber a ansiedade no rosto dela antes de Sophie apertá-la num forte abraço. Quando ela a libertou, Angela foi atenciosamente beijada por seu pai e por Kellas.

— Puxa vida — disse Angela. — Vocês nunca irão me deixar viajar sozinha se ficam assim em cima de mim quando só estiveram fora alguns dias.

— Onde está sua irmã?

— Não faço ideia. O que era essa gritaria? — Ela estava examinando os rostos, os copos, as posturas. Os três adultos se sentaram, disseram que não era nada, e insistiram que Angela se juntasse a eles. Os olhos de Angela se estreitaram. — Vocês dois estavam brigando, e ele estava envolvido. — Apontando com a cabeça na direção de Kellas. — Sentados e enchendo a cara no meio da tarde e culpando um ao outro por alguma coisa. — Ela balançou a cabeça. — Ninguém é inocente aqui. Vocês são todos culpados porque são velhos.

Angela subiu. Kellas, Sophie e M'Gurgan, os três souberam que o primeiro impulso de necessária negação não era "Eu não sou culpado", mas "Eu não sou velho", e a consciência disso deixou-os atônitos. Uma sensação de solidariedade perpassou os três.

— Eu nunca disse isso antes — Kellas dirigiu-se a Sophie —, mas sempre achei estranho você ter procurado a mim e então ao Pat no mesmo ano.

— Mostra quem ela preferiu — murmurou M'Gurgan.

— Às vezes me perguntava se encontrá-lo não foi a razão de você ter me procurado. Eu lhe dei o endereço dele — disse Kellas. Ele se serviu de mais vinho, um biscoito e um pouco de queijo.

— Se o que você está dizendo é que eu era tão tola e idealista quanto você, tem razão — disse Sophie. — Ficou sábio agora que voltou dos Estados Unidos, não ficou? E o que foi isso? A mulher que você conheceu no Afeganistão?

— Astrid.

Sophie perguntou como tinha sido.

— Resultou que ela tinha um bebê. Resultou que ela tem um problema com bebida. E resultou que eu estava pronto para ir embora assim que descobri.

M'Gurgan e Sophie riram, desculparam-se, e assumiram um ar contrito.

— E você foi?

— Não — disse Kellas. — Não fui.

— Não é o tipo de coisa que se esperaria de você.

— Vamos nos encontrar de novo. Mas não para beber alguma coisa.

Fergus chegou com um menino de sua idade e tamanho. Estavam carregando sacolas de compras. Fergus cumprimentou seus pais e disse:

— Tudo bem se eu e o Jack fizermos o jantar?

— Não sei se você está me ajudando tanto quanto imagina ao me livrar de minhas funções agora — disse Sophie. — Vocês compraram o bastante para todo mundo? São... sete no total, imagino.

— Sim — disse Fergus. — Escalopes de peru *en croute* com molho de mirtilo.

— Você chama isso de refeição? — disse M'Gurgan. — Ei, Jack, cuidado com isso. — O amigo de Fergus tinha tirado de dentro de seu blazer uma faca de aço inox de 24 centímetros.

— É a minha faca de chef — disse. — Ganhei de presente de aniversário. É uma Sabatier.

Os três adultos observaram em silêncio os dois meninos amarrarem um o avental do outro e começarem a trabalhar, com alguma presunção e à vontade com seus instrumentos, como jovens açougueiros.

— Tire a sua gravata, Fergus — disse Sophie.

— Falei com Liam ontem — disse M'Gurgan. — Ele ligou. Achou que você podia estar em contato. — Olhou para Sophie e dirigiu-se de novo a Kellas. — Você não falou com ele desde que voltou? Ele vai descontar aquele cheque. Você fez um estrago e tanto. Mas a coisa com Tara foi alarme falso. Diria que Liam o perdoou. Mais que perdoou isso: acha que você fez algo corajoso. Disse para eu lhe falar que entendeu o que você estava tentando fazer.

— O filho da puta.

— Adam, os meninos.

— Pessoas como Liam não se veem expostas a paixões sinceras com muita frequência — disse M'Gurgan. — Em especial de um bom sujeito de classe média como você. Ele... sentiu-se honrado. Ficou realmente contente por você tê-lo feito sentir o que as vítimas sentem. Ele disse: "A princípio fiquei com raiva, e então percebi que minha raiva era a mesma que vivencia um afegão ou iraquiano cuja casa é bombardeada sem razão alguma, e entendi o que Adam estava tentando me dizer." Ele vai escrever um artigo sobre o caso.

— Que babaca metido ele é. Quem ele pensa que é para me entender? Se eu voltar e puser fogo na casa dele, matá-lo e estuprar sua mulher e sua filha, ele iria entender?

— Adam! Pare com isso!

— É — disse M'Gurgan. — Quanto a Margot, as notícias não são tão boas. Ela não vai perdoá-lo. Tem certeza disso. Não quer vê-lo nunca mais. Ela acha que a guerra nunca o autorizou a agir em nome dela em sua casa. Ela disse que você é uma fraude.

— Ela usou essa palavra?

— Ela disse que você não tinha direito ou razão para fazer se passar por um dos anjos destruidores da guerra. Disse que era uma espécie de blasfêmia.

— Ela realmente disse isso? Blasfêmia?

— Ela foi muito dura, Adam. Você quer que eu continue? — Kellas fez que sim. — Ela disse que quando alguém joga uma bomba, não faz diferença se o faz para destruir um lar, ou se é para mostrar como é ter o lar destruído. Tudo o que importa é a bomba.

— Se ela acha que aquilo foi destruição...

— Estou apenas repetindo o que ela disse. Ela disse que você foi infectado. Pegou alguma coisa, talvez nas guerras, talvez antes. E o que quer que seja, essa infecção, segundo Margot, o sintoma é um enorme anseio pelo silêncio. O que é estranho para alguém que junta palavras para ganhar a vida. Mas de algum modo, ela disse, você ficou infectado com esse ódio pela discordância e persuasão. Você não suporta que as pessoas tenham de usar esses instrumentos desajeitados para abrir uns aos outros. Em algum momento, Margot supõe, talvez quando você estivesse escrevendo uma de suas matérias ardentes sobre quão terrível era tudo, você se apaixonou por isso, pela destruição, por causa do silêncio que vem depois. Pareceu a você que a força é a verdade, porque é final e depois só há silêncio.

— Você gravou o discurso de Margot e o memorizou?

— Você não teve de ouvi-lo.

Kellas olhou para Sophie. Os meninos estavam fazendo um ruído significativo com facas, tigelas e tábuas de cortar.

— Onde você estava quando Margot disse tudo isso? — perguntou.

Sophie inclinou-se na direção dele e baixou a voz de modo que Fergus e Jack não a ouvissem.

— Lembro-me da primeira vez que você me mandou um poema. Eu o vi no dia seguinte, e não consegui entender por que você teria escrito aquilo, se esforçado tanto para escrever linhas tão apaixonadas, e ainda assim não falar comigo. Agora eu entendo, claro, que não era sobre mim.

— Não é isso de forma alguma — Kellas protestou. Sua boca tinha ficado seca e ele a enxaguou com vinho. Estavam todos um pouco altos. Notou que Jack e Fergus tinham arranjado copos e ocasionalmente se refrescavam enquanto preparavam a comida.

— Para terminar o que eu estava dizendo — disse M'Gurgan. — Margot queria lhe informar que ela tem os negativos das fotografias que você destruiu, mas que as ampliações propriamente ditas, que você destroçou, eram únicas. Aparentemente, é assim na fotografia de arte. Ela mesma fez aquelas ampliações e não pode reproduzir as mesmas condições uma segunda vez.

— Ela mencionou a Capela Sistina?

— Comparou a algo mais próximo de você. Disse para imaginar que ela tivesse excluído o arquivo onde você salvara um dos seus livros. Como você iria se sentir, ela perguntou, se ela tivesse feito isso e lhe falado para não se preocupar porque você ainda tinha na cabeça a história e os personagens, e bastava escrever de novo? Ela é mais importante do que eu imaginava nesse ramo. Aquelas ampliações valiam 10 mil libras cada, e ela quer que você a reembolse. Uma mordida em seu grande adiantamento.

Kellas sorriu e balançou a cabeça.

— Uma coisa maravilhosa aconteceu — disse. — A França e os Estados Unidos se uniram para evitar que a Europa e os Estados Unidos entrassem em guerra. — Contou a Sophie e M'Gurgan sobre a Karpaty Knox, e suas intenções quanto ao árabe e o Iraque. Acrescentou um novo embelezamento que acabara de lhe ocorrer. Iria vender seu apartamento em Londres, pagar suas dívidas, e comprar uns dois apartamentos em Bagdá imediatamente após a invasão, quando os preços estivessem baixos e houvesse procura por moeda estrangeira. Seus amigos o escutaram. Quando Kellas chegou ao fim do que tinha a dizer, sentiu na barriga a dor de ter feito algo muito errado. O pensamento de não ser perdoado até a morte por uma mulher de quem gostava começou a doer, e não ia passar facilmente.

Jack apareceu por cima do ombro de Kellas com uma travessa de *bruschettas*, que pôs na mesa com uma singular casualidade, como se a cozinha dos M'Gurgan fosse um movimentado pub gastronômico onde ele servia dezenas de travessas assim para as multidões todas as noites.

— Obrigado — disse Kellas.

— Eles crescem rápido — disse M'Gurgan, servindo-se de uma *bruschetta*.

— Pai, você deve 20 libras a Jack pela comida — disse Fergus.

— Como assim? — disse M'Gurgan incisivamente. — Deixei 60 com você e suas irmãs.

— Angela pegou 20.

— Para quê? Não deixe de olhar a cebola quando a está picando.

— Não sei.

M'Gurgan precipitou-se e a briga começou na escada. Sophie levantou-se e mudou-se para a cadeira ao lado da de Kellas e pôs o rosto bem próximo do dele, falando baixinho, quase num sussurro.

— Em qualquer outra época ficaria preocupada com você indo para o Iraque — disse. — Não me importa agora. Tenho meus próprios problemas. Isso bem pode ser a gota d'água. Posso me separar dele. Devia. Amo as crianças, mas não quero ser mantida prisioneira por causa delas. Nossos amigos solteiros vêm aqui e se sentam na cozinha, como você, e todos olham tudo como se fosse um zoológico. E não sei de que lado das grades estou.

— Tenho liberdade demais para qualquer animal — disse Kellas. — Espero que vocês não se separem.

— Você tem de dizer isso, é claro — disse Sophie. — Se acontecer, você irá visitá-lo, e não irá me visitar.

— Não é só por minha consciência. Eu realmente espero que vocês continuem juntos.

— Não quero a sua esperança. Preciso de algo mais concreto. Não quero ficar aqui como uma espécie de mulher de marinheiro enquanto ele corre o mundo com um livro de sucesso e uma libido de meia-idade. O que você me diz? Foi um caso isolado? Ele andou transando por aí por anos?

A verdade era que Kellas não sabia. Suspeitava de que M'Gurgan o fizera e iria continuar. Olhou Sophie nos olhos.

— Não — disse. Ela desviou o olhar. Queria acreditar nele.

— Talvez a gente acabe resolvendo — disse Sophie.

— Quanto tempo vai levar?

— Cerca de quarenta anos mais, imagino.

— É isso o que importa? É o tempo, então? — disse Kellas. Um pulso de excitação crescia nele. — É essa a língua que eu deveria aprender? Em vez de árabe?

— O tempo não é fácil de aprender. Leva tanto tempo... — disse Sophie. Sorriu sem rancor pela primeira vez naquela noite. — Essa sua aventura iraquiana. Trata-se do dinheiro, certo? Não é nenhum exercício idiota de expiação, é?

— Espero que vocês todos me visitem em Bagdá quando eu estiver instalado lá — disse Kellas. — Talvez no outono que vem, quando é mais fresco, ou na primavera de 2004. Talvez eu consiga um lugar com uma piscina. Não sei se eles ainda têm casas com galerias de colunas e pátios internos. Gostaria de uma assim. Com uma fonte no meio. Sombra é essencial. Boa sombra, água corrente, e uma boa biblioteca. E paciência. Não me olhe assim! Não ache que não sou capaz de aprender árabe e paciência ao mesmo tempo. Não ache que eu não seria capaz de passar quarenta anos em Bagdá.

Sophie balançou a cabeça.

— Você nunca esteve lá. Você não sabe como é.

— Essa é a diferença — disse Kellas. — Minha Bagdá imaginária não requer nada dos iraquianos, só de mim mesmo.

— Requer que eles não o matem.

— Acho que está na hora de ir — disse Kellas. Fergus e Jack pararam de picar, olharam em volta, trocaram um olhar, e então retomaram o trabalho.

— Fique — disse Sophie.

— Para ser punido ou para ser perdoado?

— Pelo amor de Deus! — disse Sophie, pondo as mãos nos ombros dele e o chacoalhando. — Só para *estar* aqui.

Angela entrou, seguida por M'Gurgan. Estavam gritando um com o outro, e Sophie entrou na briga. O caso era que, se fosse uma opção entre as duas coisas, M'Gurgan teria preferido que Angela tivesse comprado drogas em vez de ter feito uma tatuagem, mas uma tatuagem fora o que ela fizera com o dinheiro; a raiva de M'Gurgan era mais intensa porque a tatuagem era num local tão íntimo que Angela se recusava a mostrar o que obtivera com o seu dinheiro.

Carrie pôs a cabeça na porta, olhou as três pessoas discutindo e os dois meninos picando com as facas, piscou para Kellas e foi para o andar de cima. Kellas sorriu para ela, mas ela já tinha ido. Parecia-se com a mãe. A fina linha preta em volta dos olhos e os lábios pálidos. Só que Sophie não era a mãe de Carrie, era? As palavras fluíam da boca de M'Gurgan, Angela e Sophie. No dia seguinte não iriam lembrar a verdade de toda aquela cortante eloquência. Não iriam lembrar nem durante um par de horas. Kellas levantou-se. Alguma coisa permaneceria, um contorno sem sentido por si só, mas que não existiria por si só. Um rio era para ser conhecido pelo seu curso, não provando cada gota que fluía enquanto se andava nas margens dele. Depois de consultar os meninos, Kellas começou com enorme cuidado a pôr a mesa para o jantar.

Março de 2003

15

O Tahoe prateado levando Rafael, Zac e Yehia parou na frente. Três das portas se abriram imediatamente e os homens saíram e vieram lentamente na direção do Mitsubishi de Kellas e Astrid parado atrás. Os olhos de Rafael estavam semicerrados contra a luz e sua cabeça, inclinada para a frente. Queria discutir para onde iriam em seguida e tinha muito mais coisas na cabeça. Passava horas em seu telefone via-satélite Thuraya, comparando opiniões com seus colegas no teatro de operações e nos Estados Unidos. Não dormia muito.

Os carros tinham parado um pouco antes de um viaduto que atravessava sobre um vádi e, tanto quanto sabiam, era o caminho para Basra. A estrada era uma linha reta, bem construída, de asfalto, negra contra a granular aridez inquieta do deserto. Não havia outros veículos por perto. Não havia pessoas, construções, vento ou som. Kellas desligou o motor e saiu do carro com Astrid. Os cinco se aproximaram bem, voltados uns para os outros, cada um volta e meia se virando para procurar no horizonte algum sinal de movimento ou fumaça, exceto Yehia, que observava os rostos dos outros quatro. Kellas sentiu o calor do sol em suas costas. Tinha tirado o colete. Era o único ainda com o capacete. Ao sul, de onde tinham vindo, viu dois helicópteros dos fuzileiros navais, tão longe que seus rotores não podiam ser ouvidos e só eram reconhecíveis por suas silhuetas cinzentas, fagulhas sopradas de um fogo distante. Após alguns segundos desapareceram de vista.

Yehia e Zac estavam fumando. Rafael receava que Basra caísse e ele perdesse o evento. Kellas também queria estar lá, para ver os tanques britânicos rodarem, rangendo pela rua principal, os comandantes sorrindo sob as boinas pretas, dentes brilhantes em rostos queimados de sol, multidões aclamando, flores caindo das couraças dos tanques, as moças em vestidos primaveris subindo nos canhões para beijar os soldados, e o homem de terno branco proclamando a liberdade. Era fácil imaginar porque não era realmente imaginação, mas a lembrança dos cinejornais com os tanques ingleses libertando a Europa, em 1944, exceto o homem de terno branco, que era de *Casablanca*. As moças não usavam vestidos primaveris aqui, ou beijavam desconhecidos; e onde arranjariam flores?

Astrid tinha um mapa. Apontou onde achava que estavam. Basra estava apenas a 32 quilômetros de distância.

Rafael deslocou seu peso de um pé para o outro, brandiu o Thuraya em sua mão, com a antena erguida, como uma batuta, e invocou merda.

— Não sei não. Posso ver isso na primeira página do *Post* amanhã — disse. — Preciso da porra da indicação de procedência na matéria.

— Esta é uma bela estrada — disse Kellas. — Vai direto para Basra. Há 50 mil soldados ingleses e norte-americanos lá para trás que querem tomar Basra. E no entanto somos as únicas pessoas nesta estrada.

— Para mim parece que já acabou — disse Zac. — Se for para acreditar na BBC, os blindados dos Estados Unidos já estão a meio caminho de Bagdá.

— Eles só saíram da linha de partida anteontem à noite — disse Kellas.

— Vamos para mais perto de Basra — propôs Astrid —, com cautela, avançando, parando, observando, avançando.

— Carregar 200 litros de combustível num utilitário nessa parte do mundo não tem nada de cauteloso — disse Kellas. Eles pararam de falar, olharam em volta, escutaram, e se mexeram inquietos.

— Ouviram isso? — Kellas perguntou.

— Sim, parece uma cotovia, não?

— Não devíamos ouvir um som como esse no espaço entre dois exércitos. É um mau sinal.

— Ah, se os iraquianos fossem reagir combatendo, já o teriam feito a essa altura.

— Por ora, eles são o que menos me preocupa — disse Kellas. — Vocês não notaram o que o fuzileiro naval disse uma hora atrás? Algum problema perto de Zubair, ele disse.

— Isto é Zubair.

— Ele também falou em "zonas livres de fogo".

Todos olharam para cima. O céu estava claro e silencioso, fora o canto da cotovia.

— Temos os painéis laranjas nos carros — disse Rafael, um pouco mal-humorado.

— O que é isso, a nova Dança Fantasma? — perguntou Kellas, e riu. — As balas ricocheteiam? — Sua voz saiu aguda e ele achou que soara como se estivesse com medo. Estava, e gostaria de não se incomodar que os outros percebessem. Perguntou a Yehia, que deu de ombros. Iria para onde Zac e Rafael fossem. Eram eles que o pagavam e ele era o único intérprete.

— Bom, aqueles a favor de seguirmos adiante... — disse Rafael. Todos levantaram a mão, exceto Kellas.

— Eu poderia ir com eles, e você voltaria — disse Astrid a Kellas. — Kellas a observou olhando-o, com a aparente indiferença que, ele tinha aprendido, não significava que ela não se importava, mas que dava grande peso à responsabilidade dos outros em seus próprios destinos. — Eu preferia que você ficasse comigo, claro — disse ela.

Desde que ela se juntara a ele no Kuwait alguns dias antes, ele se descobrira começando a apreciar a ignorância da natureza interior dela. E, no entanto, parecia muito improvável que ele tivesse aprendido a ter paciência. Parecia improvável que ele tivesse aprendido a apreender o tempo, em vez dos eventos e palavras de que o tempo era feito. Acreditava no que Astrid lhe dissera uma vez, que não se pode mudar, exceto para se tornar mais o que já se é. Teria aprendido a ver as pessoas e os países no tempo ou sempre soubera fazê-lo? Ele soltou a presilha do capacete, tirou-o e passou a mão pelo cabelo. No passado, em situações como essa, ele às vezes se descobrira sendo o mais ousado. Daquelas vezes, os que tinham filhos ou parceiros queridos eram os mais prudentes. Esse grupo tinha cinco crianças, duas esposas e um parceiro entre si. Yehia tinha mulher e três filhos em Beirute. A temeridade deles era um indício da escala e suntuosa atração desse empreendimento.

— Quatro contra um — disse ele. Bateu três vezes no capacete com os nós dos dedos e o recolocou. — Tudo bem. Vamos embora. Pronto, trouxemos a democracia ao Iraque, e não doeu nem um pouco.

Quando estavam voltando para os respectivos carros, Kellas gritou que era a vez dele e de Astrid irem na frente. Kellas guiou o Mitsubishi para o viaduto e viu pelo espelho o Tahoe vindo atrás. Astrid estava olhando direto para a frente. Ela sentiu que ele a observava e sorriu para ele.

— Nós o forçamos a ir? — perguntou ela.

— Diga alguma coisa mais legal — Kellas respondeu. — Quero ouvir algo que importe. Quero ouvir uma história antiga. Detesto o vazio desta estrada. Os cabelos na sua nuca estão em pé?

— Gosto quando isso acontece. Em geral é sair para a floresta de noite que me dá essa sensação. Você quer ouvir a história de Ártemis e Acteon?

Astrid começou a contar. Kellas pôs sua mão sobre a dela, e ouviu a história de como a deusa transformou o caçador que a enfurecera num veado, e como ele foi morto por seus próprios cachorros. Depois de um tempo, no silêncio do deserto, ele sentiu sua consciência se dividindo: ainda era o Adam Kellas ao volante do carro, olhando a estrada à frente, e ao mesmo tempo ele era outra versão, alheia, de si mesmo, observando Kellas e Astrid no carro. Pareciam tranquilos e pensativos, meio gentis, meio ansiosos, o tipo de gente afortunada em que a esperança e a derrota ainda estão em equilíbrio — embora isso não fique claro, com apenas um momento de observação. Talvez estivessem sonhando um pouco. Gradualmente o observador se afastou, até Kellas e Astrid não mais poderem ser distinguidos como indivíduos; eram apenas duas figuras genéricas, escuras, no carro. O observador continuou a aumentar sua distância. Os dois carros foram ficando cada vez menores, encolhendo na paisagem, e pareciam se mover cada vez mais lentamente, até que no fulgor branco e preto de sua tela reticulada o observador não visse mais nada a não ser duas manchas pretas, rastejando como piolhos através do deserto ao longo da estrada vazia.

Este livro foi composto na tipologia Minion,
em corpo 11/15, e impresso em papel
off-white 80g/m² no Sistema Cameron da Divisão
Gráfica da Distribuidora Record.

Seja um Leitor Preferencial Record
e receba informações sobre nossos lançamentos.
Escreva para
RP Record
Caixa Postal 23.052
Rio de Janeiro, RJ – CEP 20922-970
dando seu nome e endereço
e tenha acesso a nossas ofertas especiais.

Válido somente no Brasil.

Ou visite a nossa *home page*:
http://www.record.com.br